KB272069

당시평선 4
唐詩評選

A Selection of Criticism on Tang Poems

지은이

왕부지 王夫之, Wang Fuzhi
청대초기(1619~1692)에 활동한 뛰어난 사상가이자 역사학자, 시인, 평론가이다. 주요 저서로는 『주역외전(周易外傳)』, 『장자정몽주(張子正蒙注)』, 『상서인의(尚書引義)』, 『독사서대전설(讀四書大全說)』, 『노자연(老子衍)』, 『장자통(莊子通)』 등이 있고, 문학과 관련된 저서로는 『당시평선(唐詩評選)』 이외에 『시광전(詩廣傳)』, 『초사통석(楚辭通釋)』, 『고시평선(古詩評選)』, 『명시평선(明詩評選)』, 『강재시화(薑齋詩話)』 등이 있다.

옮긴이

서성 徐盛, Seo Sung
북경대학교에서 중국고대문학 박사학위를 받았다. 전공은 위진남북조수당 문학이다. 한국열린사이버대 및 배재대 교수 역임. 주요 관심 분야는 중국고전시, 『삼국지연의』, 명청삽화 등이며, 중국고전시와 관련된 주요 저서로는 『양한시집(兩漢詩集)』, 『당시별재집(唐詩別裁集)』, 『가헌사(稼軒詞)』 등이 있다.

당시평선 4

초판발행 2026년 4월 15일
지은이 왕부지 **옮긴이** 서성 **펴낸이** 박성모 **펴낸곳** 소명출판 **출판등록** 제1998-000017호
주소 서울시 서초구 사임당로14길 15 서광빌딩 2층
전화 02-585-7840 **팩스** 02-585-7848
전자우편 somyungbooks@daum.net **홈페이지** www.somyong.co.kr

값 35,000원 ⓒ 서성, 2026
ISBN　　　979-11-7549-055-0 94820
　　　　　979-11-7549-056-7(전4권)

이 저서는 2019년 대한민국 교육부와 한국연구재단의 지원을 받아 수행된 연구임(NFT-2019S1A5A7069273).

당시평선 4

唐詩評選

칠언율시

왕부지

서성 역

일러두기

1. 이 책은 1997년 북경 문화예술출판사(文化藝術出版社)에서 출판한 『당시평선(唐詩評選)』을 저본으로 번역하였다.
2. 모든 시 작품은 시, 왕평, 해설로 이루어져 있다. 시는 먼저 원문을 제시하고 번역문을 싣는 방식으로 축구(逐句) 번역하였으며, 작품에 대한 주석은 각주로 처리하였다. 왕평은 왕부지의 평문으로 번역문과 원문을 달았다. 해설은 먼저 시에 대해 간단히 소개하고, 문단을 바꾸어 왕부지의 평문에 대해 해설하였다.
3. 한자가 필요한 경우는 우리말 독음 뒤 한자를 붙였으며, 이름과 지명 등 고유명사의 독음은 대부분 한국 한자음으로 달았다.
4. 책의 앞머리에 왕부지의 시학에 대한 역자의 해설을 실어 전반적인 이해를 도왔다.

당시평선 ─────────

권4 칠언율시

21 **두심언(杜審言) 3수**
21 대포(大酺)
23 섣달 그믐날 밤 시연하며 응제하다(守歲侍宴應制)
24 봄날 도성에서 감회가 있어(春日京中有懷)

26 **이교(李嶠) 2수**
26 인일에 대명궁에서 시연하며 '채색 인승을 하사하다'에 응제하다(人日侍宴大明宮恩賜彩縷人勝應制)
28 '초봄에 태평공주 남장에 행차하다'에 삼가 화답하여 응제하다(奉和初春幸太平公主南莊應制)

30 **심전기(沈佺期) 7수**
30 인일에 대명궁에서 다시 잔치하며 '채색 인승을 하사하다'에 응제하다(人日重宴大明宮賜彩縷人勝應制)
32 독불견(獨不見)
35 용지편(龍池篇)
37 '봄날 망춘궁에 행차하다'에 삼가 화답하여 응제하다(奉和春日幸望春宮應制)
38 '입춘일 정원에서 놀며 봄을 맞아'에 삼가 화답하다(和上巳連寒食有懷京洛)
41 원외랑 두심언의 '대유령을 넘으며'에 멀리서 화답하며(遙同杜員外審言過嶺)

43 **이예(李乂) 1수**
43 안락공주 산장에 시연하며 응제하다(侍宴安樂公主山莊應制)

45 **이적(李適) 1수**
45 황제의 ‘흥경궁에 행차하여 경주 놀이하며’에 응제하다(帝幸興慶池戲競渡應制)

47 **정음(鄭愔) 1수**
47 ‘봄날 망춘궁에 행차하다’에 삼가 화답하며(奉和春日幸望春宮)

49 **곽진(郭震) 1수**
49 유 교서에게 부치다(寄劉校書)

50 **마회소(馬懷素) 1수**
50 인일에 대명궁에서 잔치하며 채색 인승을 하사하다(人日宴大明宮恩賜彩縷人勝)

52 **무평일(武平一) 1수**
52 ‘입춘날 채색 꽃나무를 내오다’에 삼가 화답하며 응제하다(奉和立春內出彩花樹應制)

54 **유헌(劉憲) 2수**
54 ‘입춘날 채색 꽃나무를 내오다’에 삼가 화답하며 응제하다(奉和立春日內出彩花樹應制)
56 ‘봄날 망춘궁에 행차하다’에 삼가 화답하여 응제하다(奉和春日幸望春宮應制)

58   **조언소**(趙彦昭) 1수
58   '초봄 태평공주 남장에 행차하다'에 삼가 화답하여 응제하다
(奉和初春幸太平公主南莊應制)

59   **위원단**(韋元旦) 1수
59   '입춘일 정원에서 놀며 봄을 맞아'에 삼가 화답하며(奉和立春
遊苑迎春)

62   **장열**(張說) 1수
62   '봄날 정원을 나가 둘러보다'에 삼가 화답하여 응령하다(奉和
春日出苑矚目應令)

64   **소정**(蘇頲) 5수
64   '봄날 망춘궁에 행차하다'에 삼가 화답하여 응제하다(奉和春
日幸望春宮應制)
65   용지 악장(龍池樂章)
67   흥경지에서 시연하며 응제하다(興慶池侍宴應制)
68   호현과 두릉 사이에서 호종하며, 형부상서 숙부, 최일용, 마
회소께 삼가 드림(扈從鄠杜間, 奉呈刑部尚書舅崔黃門馬常侍)
70   봄날 저녁 자미성에서 숙직하며 아내에게 부침(春晚紫微省
直寄內)

72   **장악**(張諤) 2수
72   연평문 고재정자에서 기왕에 응교하다(延平門高齋亭子應岐
王敎)
74   중양절(九日)

75   **유광선(庾光先) 1수**
75   유 채방사의 '진운산 남령'에 삼가 화답하여 지음(奉和劉采訪
縉雲南嶺作)

77   **이징(李憕) 1수**
77   임금이 지으신 '봉래궁에서 흥경궁으로 향하는 복도에서 봄
비 속 봄날을 조망하다'에 삼가 화답하여 응제하다(奉和聖制
從蓬萊向興慶閣道中留春雨中春望之作應制)

79   **저광희(儲光羲) 1수**
79   농가에서 눈에 보이는 대로(田家卽事)

81   **가지(賈至) 1수**
81   대명궁 아침 조회 ─중서성과 문하성의 동료들에게 드림(早
朝大明宮呈兩省僚友)

83   **왕유(王維) 4수**
83   임금이 지으신 '봉래궁에서 흥경궁으로 향하는 복도에서 봄
비 속 봄날을 조망하다'에 삼가 화답하여 응제하다(奉和聖制
從蓬萊向興慶閣道中留春雨中春望之作應制)
85   태상주부 위오랑의 '온천에서 바라보며'에 화답하며(和太常
韋主簿五郎溫湯寓目之作)
87   백관에게 앵두를 하사하시다(敕賜百官櫻桃)
90   변경을 나가며 지음(出塞作)

92   **맹호연(孟浩然) 2수**

92 안양성루에 올라(登安陽城樓)
94 춘정(春情)

고적(高適) 1수
95 진류 최 사호의 '이른 봄 봉지의 연회'에 화답하며(同陳留崔司戶早春宴蓬池)

최호(崔顥) 2수
98 황학루(黃鶴樓)
100 화음을 지나며(行經華陰)

잠삼(岑參) 5수
102 가지 사인의 '대명궁 아침 조회'에 화답하며(和賈至舍人早朝大明宮之作)
105 장수현으로 가는 하남윤 엄무를 괵주자사의 연회에서 밤에 보내며(使君席夜送嚴河南赴長水)
106 가주로 부임하는 길에 성고현을 지나며 영안사 초 선사 방을 찾아(赴嘉州過城固縣尋永安超禪師房)
108 초봄에 위수 서쪽 교외를 거닐며 − 남전 장이 주부에게 드림(首春渭西郊行, 呈藍田張二主簿)
110 늦봄에 괵주 동정에서 부풍 별장으로 돌아가는 이 사마를 보내며((暮春虢州東亭送李司馬歸扶風別廬)

원결(元結) 1수
112 귤정(橘井)

114   **장위(張謂) 1수**
114   위 낭중과 헤어지며(別韋郎中)

116   **이백(李白) 2수**
116   금릉 봉황대에 올라(登金陵鳳凰臺)
119   앵무주(鸚鵡洲)

121   **두보(杜甫) 37수**
121   장씨 은거처에 적다(題張氏隱居)
122   정 부마의 연화동 연회(鄭駙馬宴洞中)
124   장안성 서쪽 호수에 배를 띄우고(城西陂泛舟)
125   전량구 판관께(贈田九判官梁丘)
127   태주사호로 폄적 가는 정건을 보내며—그가 늘그막에 적에 잡혀 벼슬한 사실을 마음 아파하며, 직접 송별할 수 없어 시로써 정을 보이다(送鄭十八虔貶台州司戶, 傷其臨老陷賊之故, 闕爲面別, 情見於詩)
131   가지 사인의 '대명궁 아침 조회'에 화답하며(和賈至舍人早朝大明宮)
132   선정전에서 퇴조하고 저녁에 문하성을 나오며(宣政殿退朝晚出左掖)
134   자신전에서 퇴조하며 즉흥적으로 짓다(紫宸殿退朝口號)
135   문하성 벽에 적다(題省中院壁)
137   곡강에서 남사와 같은 정팔장을 모시고 마시며(曲江陪鄭八丈南史飲)
138   곡강 2수 (曲江 二首)
138   제1수

140 제2수

142 곡강에서 술을 마주하고(曲江對酒)

143 곡강에서 비를 만나(曲江値雨)

145 중양절에 남전의 최씨 별장에서 잔치하며(九日藍田宴崔氏莊)

148 시골 늙은이(野老)

149 들을 바라보며(野望)

151 성도 초당에 가면서, 도중에 시를 지어 먼저 엄 정공께 부침
(將赴成都草堂, 途中有作, 先寄嚴鄭公)

152 십이월 일일―3수에서 2수 뽑음(十二月一日 三首選二)

152 제1수

154 제2수

156 밤(夜)

157 가을의 감흥 8수(秋興八首)

157 제1수

161 제2수

162 제3수

164 제4수

165 제5수

168 제6수

170 제7수

173 제8수

176 영회 고적―5수에서 2수 뽑음(詠懷古迹 五首選二)

176 1수

178 2수

181 보이는 대로(即事)

182 반딧불을 보고(見螢火)

184	등고(登高)
185	보이는 대로(卽事)
187	소한식날 배에서 지음(小寒食舟中作)
189	제비가 배에 날아오기에 지음(燕子來舟中作)

유방평(劉方平) 2수
191	
191	가을밤 − 황보염과 정풍에게 부침(秋夜寄皇甫冉鄭豐)
192	엄팔 판관께 부침(寄嚴八判官)

곽수(郭受) 1수
194	
194	두 원외에 부침(寄杜員外)

장지화(張志和) 1수
196	
196	어부(漁夫)

유장경(劉長卿) 3수
198	
198	회녕군절도사 이 상공께 바침(獻淮寧軍節度使李相公)
200	영우 화상의 고택에 적다(題靈祐和尙故居)
202	경치를 보고(賦得)

전기(錢起) 3수
204	
204	도성의 배 사인에게(闕下贈裴舍人)
206	왕 원외의 '눈 그친 아침의 조회'에 화답하며(和王員外雪晴早朝)
208	낭사원의 반일오촌 별장에 적고 이 장관께 드림(題郞士元半日吳村別業兼呈李長官)

210	**포하(包何) 1수**
210	정 원외의 '봄날 동쪽 교외에서 보이는 대로'에 화답하며(和程員外春日東郊卽事)
212	**포방(鮑防) 1수**
212	인일에 선주 범정전 중승과 범전진 시어를 모시고 동봉정에서 잔치하며(人日陪宣州范中丞傳正與范侍御傳眞宴東峰亭)
213	**이가우(李嘉祐) 1수**
213	유선각의 백공묘에 적다(題遊仙閣白公廟)
214	**한굉(韓翃) 1수**
214	단양에서 유태진을 보내며(送丹陽劉太眞)
216	**위응물(韋應物) 3수**
216	이 녹사와 술자리에서(燕李錄事)
218	풍수 강가에서 우거하며 우 사인과 장 사인에게 부침(寓居灃上精舍寄于張二舍人)
220	이담에게 부침(寄李儋元錫)
222	**낭사원(郞士元) 3수**
222	봄날 왕 보궐의 성 동쪽 별장의 연회에서(春宴王補闕城東別業)
223	왕계우의 '반일촌 별장에 적다'에 답하며 겸하여 이 명부께 드림(酬王季友題半日村別業兼呈李明府)
224	풍익 서루(馮翊西樓)

226	**고황(顧況) 1수**
226	호숫가 산사에서 묵으며(宿湖邊山寺)
228	**노륜(盧綸) 1수**
228	장안에서 병이 나은 후 초가을 밤 눈에 보이는 대로(長安疾後首秋夜卽事)
229	부록－장안의 봄 조망(附－長安春望)
231	**사공서(司空曙) 2수**
231	교서랑 이단의 작품을 받고 답하며(酬李端校書見寄)
233	호주로 돌아가는 왕 존사를 보내며(送王尊師歸湖州)
234	**이익(李益) 1수**
234	염주에서 호아음마천을 지나며(鹽州過胡兒飮馬泉)
236	**두공(竇鞏) 1수**
236	남양 가는 길에 지음(南陽道中作)
238	**왕건(王建) 8수**
238	이른 봄 오문에서 서쪽을 바라보며(早春五門西望)
240	응성관에 적다(題應聖觀)
241	강릉에서 눈에 보이는 대로(江陵卽事)
243	장홍정 상공께 올림(上張弘靖相公)
244	위주 이 상공을 보내며(送魏州李相公)
246	들은 이야기(聞說)
248	연말에 감회가 있어(歲晚自感)

250 삭섬 장군께(贈索暹將軍)

유우석(劉禹錫) **8수**
252 우 상공의 '남장에서 유람한 후 취해 백거이에게 장난삼아 지
　　어서 주고 겸하여 유우석에게 보임'에 화답하며(和牛相公遊
　　南莊醉後寓言戲贈樂天兼見示)
253 형문 가는 길에서 회고하다(荊門道懷古)
255 송자 나루에서 삼협을 바라보며(松滋渡望峽中)
258 풍주로 부임하는 혼 대부를 보내며(送渾大夫赴豐州)
260 관중에 들어온 후 곧 촉으로 유람가며 위 영공을 배알하는 양
　　처후를 낙중에서 보내며(洛中送楊處厚入關便遊蜀謁韋令公)
261 우씨 집안의 공주 저택에 적다(題于家公主舊宅)
263 복야 우 상공의 '봄날 한가히 앉아' 나를 생각하며 보낸 시에
　　화답하다(和僕射牛相公春日閑坐見懷)
265 다시 연주자사를 수여받고, 형양에 이르러 유 유주자사의 '증
　　별'에 화답하며(再授連州, 至衡陽酬柳柳州贈別)

한유(韓愈) **1수**
268 장십일 공조에게 답하며(答張十一功曹)

유종원(柳宗元) **1수**
269 아우 유종일과 헤어지며(別舍弟宗一)

양거원(楊巨源) **6수**
271 대부의 '변경의 봄'에 화답하며 장안 친구에게 드림(和大夫邊
　　春呈長安親故)

273 장안의 봄 유람(長安春遊)

275 아침 조회(早朝)

276 촉 땅으로 돌아가는 정 법사를 보내며―법사는 홍루원의 공봉 광선 상인과 형제이다(送定法師歸蜀―法師卽紅樓院供奉廣宣上人兄弟)

278 정월 초하루 함원전에서 조회를 마치고 단봉문 문루 아래에서 사면을 선포하시다―상공께 올림(元日含元殿下立仗丹鳳樓門下宣赦上相公)

280 장차 동도로 돌아가며 영호 사인께 부침(將歸東都寄令狐舍人)

281 **백거이(白居易) 3수**

281 전당호 봄나들이(錢塘湖春行)

283 항주에서의 봄의 조망(杭州春望)

286 이이십 시랑에 답하며(酬李二十侍郎)

289 **원진(元稹) 1수**

289 이른 봄 이 교서를 찾아가며(早春尋李校書)

291 **이신(李紳) 1수**

291 봄날 곡강의 연회 후 부용원에 참가하기를 허락받은 일을 회상하며(憶春日曲江宴後許至芙蓉園)

292 **왕초(王初) 2수**

292 지주 도관을 만나러 가는 왕 수재를 보내며(送王秀才謁池州都官)

294 내가 지은 '가을에 쓰다'에 화답하며(自和書秋)

296 **이상은(李商隱) 13수**
296 제련한 단약(藥轉)
298 2월 2일(二月二日)
299 오늘 바로(卽日)
301 구성궁(九成宮)
303 무제(無題)
305 한 조각(一片)
307 젊은 부평후(富平少侯)
309 들국화(野菊)
310 친구의 '장난삼아 주다'에 화답하며(和友人戲贈)
312 한남에서 일에 대해 적다(漢南書事)
314 뜻을 쓰다(寫意)
316 버들(柳)
317 전 울주 계필 사군과 헤어지며(贈別前蔚州契苾使君)

319 **온정균(溫庭筠) 1수**
319 회중에서 짓다(回中作)

321 **두목(杜牧) 5수**
321 장안 잡제―6수에서 3수 뽑음(長安雜題 六首選三)
321 제1수
323 제2수
324 제3수
326 늦봄에 홀로 남정에 왔다가 장호에 부침(殘春獨來南亭因寄張祜)
327 경주자사 조종이 당항족과 싸우다 화살을 맞고 죽었다는 소

식을 듣고(聞慶州趙縱使君與黨項戰中箭身死)

329 **허혼(許渾) 1수**
329 병으로 누워서(臥疾)

331 **조하(趙嘏) 4수**
331 중양절 월주자사 원 상공을 모시고 구산사에서 잔치하며(九日陪越州元相宴龜山寺)
334 여산으로 돌아가는 스님을 보내며(送僧歸廬山)
335 오랑캐를 평정하다(平戎)
338 절동관찰사 원 상공을 모시고 운문사에 유람하며(浙東陪元相公遊雲門寺)

339 **설능(薛能) 3수**
339 허주 덕성정에 적다(許州題德星亭)
341 병주(幷州)
342 봄날 회포를 쓰다(春日書懷)

343 **한종(韓琮) 1수**
343 모란(牧丹)

345 **유창(劉滄) 2수**
345 왕모묘에 적다(題王母廟)
347 상당으로 돌아가는 원서 상인을 보내며(送元敍上人歸上黨)

348 **내붕(來鵬) 1수**

348 청명일에 친구와 옥립당장에서 노닐며(淸明日與友人遊玉粒塘莊)

최로(崔櫓) 2수
349 봄날 눈에 보이는 대로(春日卽事)
351 언덕의 매화(岸梅)

이영(李郢) 2수
352 강가 정자의 갠 봄날(江亭春霽)
354 유곡을 보내며(送劉谷)

이빈(李頻) 1수
355 상수에서 친구를 보내며(湘中送友人)

피일휴(皮日休) 1수
356 서새산에서 어부의 집에 배를 대고(西塞山泊漁家)

육구몽(陸龜蒙) 2수
358 별장에서 고향에 돌아갈 생각하며(別墅懷歸)
360 소설이 지난 후 쓰다(小雪後書事)

정곡(鄭谷) 1수
361 촉 땅에서(蜀中)

오융(吳融) 2수
363 봄에 돌아가다 금릉에 머물며(春歸次金陵)

364 보이는 대로(卽事)

한악(韓偓) 1수
366 난리를 슬퍼함(傷亂)

위장(韋莊) 1수
368 수주에서 지음(綏州作)

요광도(廖匡圖) 1수
370 중양절에 동 내소를 모시고 높은 곳에 오르다(九日陪董內召
登高)

담용지(譚用之) 1수
372 다시 위곡의 산사에서 놀며(再遊韋曲山寺)

석영철(釋靈徹) 1수
374 촉 땅으로 부모님을 뵈러가는 감 공봉을 보내며(送鑒供奉歸
蜀寧親)

두심언杜審言 3수

大酺[1]	대포
毗陵震澤九州通,[2]	비릉毗陵의 태호太湖는 구주九州로 통하는데
士女歡娛萬國同.	온 나라와 더불어 남녀노소가 기뻐한다.
伐鼓撞鍾驚海上,[3]	북 때리고 종을 치니 바다가 놀라고
新妝袨服照江東.[4]	새로 화장하고 성장盛裝하니 강동이 환해라.
梅花落處疑殘雪,	매화꽃 떨어진 곳 잔설인가 여겨지고
柳葉開時任好風.	버들잎 싹이 터 좋은 바람에 흔들린다.
火德雲官逢道泰,[5]	화덕火德의 관리들이 태평성대를 맞이하니
天長地久屬年豐.[6]	천지처럼 영원토록 풍년이 이어지소서.

1 　大酺(대포) : 임금이 경축의 표시로 내리는 큰 잔치. 일반적으로 백성에게 사흘 간 내리는 연회를 가리킨다. 나중에 대규모 경축 활동을 가리킨다. 『구당서』「측천황후기(則天皇后紀)」에 "영창 원년(689) 춘 정월, 신황(神皇)께서 친히 명당에 나아가 제사를 올리고, 천하에 대사면령을 내리셨다. 연호를 바꾸고, 7일 동안 백성들이 크게 술을 마시고 즐기게 하셨다(永昌元年春正月, 神皇親享明堂, 大赦天下, 改元, 大酺七日)"는 기록이 있다.
2 　毗陵(비릉) : 비릉군. 진릉(晉陵)의 옛 이름. 치소는 지금의 강소성 상주시(常州市).
　震澤(진택) : 태호(太湖)를 가리킨다.
3 　伐鼓(벌고) : 북을 치다.
4 　袨服(현복) : 성복(盛服). 염복(艷服).
5 　火德(화덕) : 고대에 왕조의 교체를 오행의 순환으로 본 결과, 무측천의 주나라를 '화(火)'에 속한 것으로 보았다. 당나라가 토덕(土德)이며 다음으로 오는 주나라가 화덕(火德)으로 보았다. 690년(천수 1)에 무측천이 당나라를 주(周)나라로 국호를 바꾸었다.
　雲官(운관) : 벼슬. 황제(黃帝)가 상서로운 구름으로 천명을 받았기에 백관의 관직 이름을 '운'자를 붙여 지었다.

【왕평】

다만 평담하다.

“버들잎 싹이 터 좋은 바람에 흔들린다”는 ‘경 밖의 경’으로 특히 절
묘하다.

只是平淡.

“柳葉開時任好風”景外獨絶.

【해설】

무측천이 주나라를 건국하면서 백성들에게 베푼 대포大酺를 송양하
면서 비릉의 대포를 묘사하였다. 당시 두심언은 비릉군의 강음현江陰縣
현승으로 임직할 때로, 비록 비릉은 작은 지방이지만, 구주가 통하는
곳임을 강조하고 만백성과 함께 기뻐한다는 뜻을 나타내었다. 언어가
적절하고 기상이 크다. 명대 호응린은 “지극히 호화롭고 웅장하고 가
지런하다極高華雄整”고 평하였다.

평담平淡은 왕부지가 비교적 높이 평가할 때 사용하는 평어이다. 구
성에 인위적이고 모난 부분이 없이 고르고 자연스러운 평平의 미감에
담박한 정서를 가졌다는 의미이다.

---

6 天長地久(천장지구) : 하늘과 땅처럼 영원하다.『도덕경(道德經)』에 “하늘은 영
   원하고 땅은 오래간다. 천지가 이토록 장구할 수 있는 까닭은, 그 스스로를 위해
   살지 않기 때문이다(天長地久. 天地所以能長且久者, 以其不自生)”는 말이 있다.

守歲侍宴應制　　　　　선달 그믐날 밤 시연하며 응제하다

季冬除夜接新年,　　　겨울의 제야가 새해에 이어지니

帝子王孫捧御筵.　　　황자와 왕손들이 어연御筵을 받든다.

宮闕星河低拂樹,　　　궁궐의 은하수는 낮게 나무를 스치고

殿廷燈燭上薰天.　　　전각의 등촉은 위로 하늘을 그을린다.

彈弦奏節梅風入,[7]　　현을 뜯고 가락을 타니 바람에 매화 향기 실려오고

對局探鉤柏酒傳.[8]　　바둑 두고 추첨 놀이하니 백엽주柏葉酒를 날아온다.

欲向正元歌萬壽,[9]　　원단이 되어가매 만수무강을 노래하니

暫留歡賞寄春前.　　　봄이 오기 전에 잠시 흥겨움을 누린다.

【왕평】

한 가지 푸른 하늘빛이다, 그러기에 부드럽게 펴지고 접힌다.

제3, 4구의 야경은 그믐날 밤에 대한 절묘한 묘사이다.

一色空碧, 因之舒卷.

三四寫夜景是晦夕妙語.

7　梅風(매풍) : 매화 향기가 실려오는 바람.

8　探鉤(탐구) : 놀이의 일종으로, 참가한 사람들이 먼저 해야 할 일을 종이에 쓰고, 이를 모아 추첨하게 하여 그 일을 한다.
　　柏酒(백주) : 측백나무 잎을 담그어 만든 술. 원단에 함께 마시며 장수를 기원했다.

9　正元(정원) : 원단(元旦).

【해설】

　궁중에서 제야를 보내는 모습을 그린 응제시이다. 이날 연회에는 황제와 신하들은 물론 황친들도 참가하였으며, 바둑이나 추첨 등 놀이도 하면서 신춘을 맞이한 것을 알 수 있다. 제3, 4구는 특히 뛰어나다.

春日京中有懷	봄날 도성에서 감회가 있어
今年遊寓獨遊秦,[10]	올해는 객지 살이 장안에 홀로 있으니
愁思看春不當春.[11]	시름에 봄이 와도 봄 같지 않아라.
上林苑裏花徒發,[12]	상림원에 꽃들은 부질없이 피었고
細柳營前葉漫新.[13]	세류영 앞 버들잎들 제멋대로 푸르다.
公子南橋應盡興,[14]	천진교에선 귀공자들 흥겹게 놀 터이고
將軍西第幾留賓.[15]	장군의 저택에선 빈객들 붙잡으리.

10　遊寓(유우) : 객지에서 머묾.
　　秦(진) : 진 지방. 일반적으로 장안을 가리킨다.
11　不當春(부당춘) : 봄으로 여기지 않다.
12　上林苑(상림원) : 장안 근교에 있는 황가 원림. 지금의 서안시 서쪽 교외와 주지현 일대. 진대에 창건하였고 한 무제 때 확충하였다.
13　細柳營(세류영) : 장안 주위에 세류(細柳)라는 지명은 두 곳으로, 하나는 함양시 서남에 위치한 위수(渭水)의 북안으로 한대의 명장 주아부(周亞夫)가 둔병했던 곳이다. 다른 하나는 장안의 서남 곤명지(昆明池) 남쪽에 위치한 세류원(細柳原)이다. 여기서는 전자를 가리킨다.
14　南橋(남교) : 낙양의 성남에 있는 천진교(天津橋)를 가리킨다.
15　將軍西第(장군서제) : 성 서쪽에 있는 장군의 저택. 동한 양기(梁冀)가 대장군이 되어 낙양성 서쪽에 저택을 세우자 마융(馬融)이 그를 위해 「대장군서제송(大將軍西第頌)」을 지었다. 일반적으로 호화로운 대저택을 가리킨다.
　　留賓(유빈) : 더 놀다 가라고 가려는 손님을 만류함. 한대 중엽 진준(陈遵)은 유

寄語洛城風日道,[16]　　　　낙양의 바람과 해를 편지로 알려주게

明年春色倍還人.　　　　　내년의 봄빛을 두 배로 돌려받으리.

【왕평】

전편이 악부가행으로부터 환골탈태하여 나온 것으로, 하늘처럼 높고 아득한 경지이다.

全自樂府歌行奪胎而出, 天逈.

【해설】

장안에 있으면서 낙양을 그리워한 시이다. 시인의 고향은 공현鞏縣으로 낙양과 가까웠고, 낙양승洛陽丞을 지낸 적도 있으며, 무측천이 주로 낙양에 거주했기 때문에 저작랑과 선부원외랑에 있을 때는 낙양에 있었다. 다만 무측천은 701~703년 사이에 장안에 있었을 뿐이다. 그러므로 이 시는 이 기간에 임시적으로 장안에 있을 때 낙양에 대한 그리움을 표현한 것으로 보인다. 전반 4구는 장안에 봄이 와도 시름愁思 때문에 봄을 느끼지 못한다고 토로하였다. 그 시름愁思이란, 제5, 6구에서 회상하였듯이 낙양에 대한 그리움이란 사실을 알 수 있다. 말미에선 올해의 봄을 제대로 느끼지 못했으니, 내년에는 배로 더 풍부하게

　　협 기질이 강하여 술과 손님을 좋아하였는데, 연회를 열면 손님의 수레 비녀장을 우물 속에 던져 중간에 돌아가지 못하도록 하였다.

16　洛城(낙성) : 낙양. 두심언의 고향은 낙양 부근 공현(鞏縣)이다.

만끽하겠다는 소망을 나타내었다. 특히 제5, 6구는 낙양의 자유롭고 호기 있는 유락을 상상으로 그리고 있어 변화의 폭이 크고 허실이 맞물려 있다. 구성이 엄정한 초기 칠언율시의 대표작이다.

왕부지는 두심언의 이 칠언율시가 악부가행의 전통을 계승했다고 말함으로써, 평소 그의 지론인 칠언율시는 칠언가행의 변체唐律詩之祖, 蓋歌行之變體也.란 사실을 긍정하였다. 두심언의 시가 음악성을 잃지 않고 고시의 정신도 담고 있기에 그 정서가 하늘처럼 멀리 펼쳐져 있다고 하였다.

이교李嶠 2수

人日侍宴大明宮恩賜彩縷人勝應制[17]

인일에 대명궁에서 시연하며 '채색 인승을 하사하다'에 응제하다

| 鳳城景色已含韶,[18] | 장안성의 경치는 이미 봄빛을 띠어 |
| 人日風光倍覺饒. | 인일人日의 풍광은 더욱 풍요로워라. |

---

17 人日(인일) : 정월 초이레. 인승절(人勝節) 또는 인경절(人慶節) 등으로도 불린다.
彩縷(채루) : 금박이나 채색 종이를 오리거나 잘라 모양을 만들다. 오늘날의 전지(剪紙)와 비슷하다.
人勝(인승) : 사람 모양의 장식물. 『형초세시기』에 따르면 인일이 되면 채색 종이나 금박을 사람 모양으로 오려서 병풍에 붙이거나 머리 위에 장식하거나 서로 선물로 주는 풍습이 있다고 하였다.
18 鳳城(봉성) : 장안 또는 장안성을 가리킨다.

桂吐半輪迎此夜,[19]　　달은 반원을 토하며 오늘 밤을 맞이하고

蓂開七葉應今朝.[20]　　명협蓂莢은 일곱째 잎을 오늘 아침 틔웠네.

魚猜水凍行猶澀,　　물고기는 시내가 얼었을까 여겨 느리게 움직이고

鶯喜春嬉弄欲嬌.　　꾀꼬리는 화창한 봄이 즐거워 더욱 소리 높이네.

愧奉登高搖彩翰,[21]　　부끄럽게도 높은 곳에 올라 채색 붓을 받들고

欣逢御氣上丹霄.　　하늘 높이 떠오른 제왕의 기상을 기쁘게 만나네.

【왕평】

이교의 조각과 장식은 눈길을 사로잡고, 칠언시의 풍격은 호방하여, 오언시보다 훨씬 뛰어나다.

巨山雕組奪色, 七言風味駘宕, 賢於五言遠矣.

19　桂(계) : 계수나무. 달을 가리킨다.

20　蓂(명) : 명협. 전설에 나오는 상서로운 풀로 보통 계단 아래서 자란다. 매월 초하루부터 꼬투리가 하루에 하나씩 나서 15일이 되면 열다섯 개가 났다가, 16일부터는 매일 꼬투리 하나씩 져서 월말이 되면 모두 진다. 만약 그 달이 29일로 되어 있다면 하나가 남게 된다.

21　登高(등고) : 인일에는 높은 곳에 오르는 풍습이 있었다. 서진 이충(李充)의 「등안인봉명(登安仁峰銘)」 또는 수대 양휴지(陽休之)의 「인일에 등고하여 시연하다(人日登高侍宴)」 참조.
　　彩翰(채한) : 채필(彩筆).

【해설】

　정월 초이레 인일을 맞이하여 궁중의 연회에 참석하고 지은 응제시이다. 제목에서 말한 채색 인승을 받은 일은 포함되지 않았지만, 신춘의 절기와 인일의 활동이 그려졌다. 710년**경룡**4 정월 7일에 지었으며, 이교 이외에 조언소, 유헌, 최일용, 위원단, 마회소, 소정, 이예, 정음, 이적, 염조은 등의 작품도『문원영화』에 실려있다.

奉和初春幸太平公主南莊應制
'초봄에 태평공주 남장에 행차하다'에 삼가 화답하여 응제하다

主家山第接雲開,	공주의 산중 저택은 구름 속에 있어
天子春遊動地來.	봄놀이 나온 천자 행차 땅을 흔들며 찾아가네.
羽騎參差花外轉,[22]	구불구불 우림 행렬 꽃 숲 밖에서 돌아가고
霓旌搖曳日邊廻.[23]	펄럭이는 오색 깃발 태양 옆에서 꺾어지네.
還將石溜調琴曲,	바위 사이 물소리로 거문고 가락 고르고
更取峰霞入酒杯.	봉우리 걸친 노을을 술잔에 담아 마시네.
鸞輅已辭烏鵲渚,[24]	봉황 수레가 이미 오작교를 떠났어도

22　羽騎(우기) : 우림군의 기병.
23　霓旌(예정) : 오색의 깃털을 꿰어 만든 깃발. 무지개의 기운과 유사하다 하여 이름 지어졌다. 고대 제왕의 의장 가운데 하나.
　　日邊(일변) : 태양의 옆. 일반적으로 도성이나 제왕의 주위를 가리킨다.
24　鸞輅(난로) : 천자나 왕후가 타는 가마.
　　烏鵲渚(오작저) : 견우와 직녀 전설에 나오는 오작교. 전설에서 직녀는 천제(天帝)의 딸이라고 했으므로 직녀로 곧잘 공주를 비유한다.

簫聲猶繞鳳皇臺.[25]　　　퉁소 소리는 여전히 봉황대에 감도네.

【왕평】

말미의 2구를 읊으며 "생황에 노랫소리는 뜰로 돌아가고, 등불은 누대를 내려간다笙歌歸院落, 燈火下樓臺"를 우습게 여기니, 어떤 냉담한 생활이 함부로 부귀를 말하는 문장이라 하는가? 이를 통해 시인의 마음과 필치를 알 수 있다.

吟此結聯, 笑"笙歌歸院落, 燈火下樓臺"[26]何物冷淡生活, 乃得濫稱富貴語? 卽此可驗心旌筆致.

【해설】

709년 2월 중종이 산속의 태평공주 저택을 행차한 모습을 그렸다. 안정된 구성 속에 화려한 행차를 묘사하고, 신선과 관련된 비유로 제왕과 공주의 고귀함을 드러낸 전형적인 응제시이다.

25　簫聲(소성) 구 : 소사(簫史)와 농옥(弄玉)의 고사를 말한다. 심전기의 동일 제목의 작품 참조.
26　백거이, 「연회가 파하고(宴散)」의 제3, 4구이다.

심전기 沈佺期 7수

人日重宴大明宮賜彩縷人勝應制[27]

인일에 대명궁에서 다시 잔치하며 '채색 인승을 하사하다'에 응제하다

拂旦鷄鳴仙衛陳,[28]	새벽닭이 울자 의장대가 벌려 서고
憑高龍首帝城春.[29]	용수산 높은 곳에 오르니 도성에 봄이 왔네.
千官黼帳杯前壽,[30]	천 명의 관원이 술잔 앞에 황제의 장수를 축복하고
百福香奩勝裏人.[31]	백 가지 복이 인승人勝 따라 향갑에서 나오네.
山鳥初來猶怯囀,	산 새는 막 날아온지라 겁이 나 우짖고
林花未發已偸新.	숲의 꽃은 아직 피지 않았으나 이미 새 기운을 품었다.
天文正應韶光轉,[32]	하늘의 운행이 마침 봄의 기운과 함께 돌고 있으니

---

27 人日(인일) : 정월 초이레.

彩縷(채루) : 금박이나 채색 종이를 오리다.

人勝(인승) : 사람 모양의 장식물. 앞의 이교(李嶠)가 지은 「인일에 대명궁에서 시연하며 '채색 인승을 하사하다'에 응제하다」 참조.

28 拂旦(불단) : 불효(拂曉). 새벽.

仙衛(선위) : 황제의 의장.

29 龍首(용수) : 용수산(龍首山). 대명궁은 원래 태극궁(太極宮)의 후원 동북의 야트막한 용수산 위에 위치했다.

30 黼帳(보장) : 어좌에 설치하는 도끼 문양이 수놓인 휘장.

31 勝(승) : 인승(人勝). 사람 형상의 장식물.

32 韶光(소광) : 아름다운 봄빛.

設報懸知用此辰.[33]　　　이 길한 날이 쓰일 것임을 미리 아셨어라.

【왕평】

'도성에 봄이 왔네帝城春'가 '용수산龍首'에 생경하게 이어졌는데, 본래 구조가 험하고 어려운 연결이지만 순조롭게 풀어냈다. 두보의 시풍이 여기서 비롯되었다고 할 수 있다.

'帝城春'生入'龍首', 險裝入順, 乃開杜陵一派.

【해설】

정월 초이레 인일에 궁중의 연회에서 '채색 인승을 하사하다'란 시에 화답하여 지은 응제시이다.

왕부지는 심전기가 복잡한 문구를 자연스럽게 흐르게 만든 고도의 언어 통제력을 보여주었다는 뜻에서 두보의 선구라고 칭찬하였다. 예시한 제2구 憑高龍首帝城春를 직역하면 "높은 용수산에 기대어 도성의 봄"이 되어 憑高龍首와 帝城春 사이에 望이나 看과 같은 술어가 없어 생경하게 이어져 있다. 그런데 심전기는 春을 '봄이 오다'라는 술어로 보게 하여 이 간격을 조금 좁혔다. 이처럼 왕부지는 두보의 시에 자주 보이는 비약이 심전기의 시에서 먼저 나온 사실을 지적하였다.

33　設報(설보) : 미리 알리다. 이 구는 인일 다음날이 입춘이었기 때문에 이렇게 말하였다.

獨不見[34]　　　　　독불견

盧家少婦鬱金香,[35]　　노씨 집안 젊은 아낙 울금향 거실에 사는데

海燕雙棲玳瑁梁.[36]　　거북껍질 들보에 제비 한 쌍 깃들었네.

九月寒砧催木葉,[37]　　음력 구월 다듬이 소리가 낙엽을 재촉하니

十年征戍憶遼陽.[38]　　십년 간 요양에서 수자리 지키는 이 생각하네.

白狼河北音書斷,[39]　　백랑하 북쪽에선 편지가 끊겼는데

丹鳳城南秋夜長.[40]　　장안성 남쪽엔 가을밤이 길고 기네.

誰爲含愁獨不見?[41]　　누구 때문에 홀로 만나지 못해 시름겨운가?

34　獨不見(독불견) : 악부 잡곡의 가사 이름이다. 주로 그리워하나 만날 수 없는 슬
　　픔을 그렸다.

35　盧家少婦(노가소부) : 노씨 집안의 젊은 아낙. 양 무제 소연(蕭衍, 464~549)이
　　「황하의 물 노래(河中之水歌)」에서 "열다섯에 시집가 노씨 집안 아낙 되어, 열여
　　섯에 아이 낳아 자(字)를 아후라 했네(十五嫁爲盧家婦, 十六生兒字阿侯)"라 노래
　　한 이후, 후인들은 노가(盧家) 또는 노가부(盧家婦)란 말로 젊은 아낙을 대칭하
　　곤 하였다.
　　鬱金香(울금향) : 생강과에 속하는 여러해살이 초본식물인 울금으로 만든 향료.
　　이를 벽에 스미게 하여 실내에 향기가 나게 한다.

36　海燕(해연) : 제비의 일종으로 광동성 바닷가에 살므로 월연(越燕)이라고도 한
　　다. 몸이 작고 가슴이 자주색이며 실내에 집을 짓는다.
　　玳瑁梁(대모량) : 바다거북 대모(玳瑁)의 껍질로 장식한 서까래.

37　砧(침) : 다듬잇돌. 여기서는 다듬이질을 할 때 나는 다듬이 소리.

38　遼陽(요양) : 지금의 요녕성 요하 동쪽 일대. 진대(秦代)에 요동군(遼東郡)을 설
　　치하였고, 당대에 요주(遼州)로 개편하여 치소를 요양에 두었다.

39　白狼河(백랑하) : 지금 요녕성 남부에 있는 대릉하(大凌河). 금주(錦州)를 지나
　　바다로 들어간다.

40　丹鳳城(단봉성) : 장안을 가리킨다. 진 목공(秦穆公)의 딸 농옥(弄玉)이 소(簫)
　　를 불자 봉황이 모여들었다는 전설에서 유래했다고 한다. 혹은 한 무제가 장안에
　　봉궐(鳳闕)을 지었으므로 장안을 봉성(鳳城)이라 부른다는 설도 있다.

41　獨不見(독불견) : 출정 간 남편을 보지 못함. 혹은 아무도 아낙의 시름을 알 수

更敎明月照流黃.[42]　　　　한사코 명월이 휘장을 비추기 때문.

【왕평】

　수련제1, 2구에서 함련제3, 4구으로 넘어가는 경계가 '영양이 뿔을 건 것과 같이 흔적이 없고[羚羊掛角]', 함련제3, 4구에서 경련제5, 6구으로 이어지는 것은 누에가 실을 뽑듯 끊이지 않고 유창하다. 제7구는 설산에서 사자가 포효하고 가을 물에서 용이 우는 듯하다. 이들이 어울려 아름답게 하늘거리며, 조화와 색채가 사람을 놀라게 한다. 고금의 사람들이 절창으로 추천하는 것은 응당 과장이 아니다. 이처럼 완벽할 수 있었던 까닭은, 마치 뛰어난 웅변가가 고금의 이치를 말할 때처럼, 미리 틀을 세우지 않았는데도 전체의 윤곽과 세부가 하나로 짜맞추어져 조화를 이루었기 때문이다. 사람들은 다만 그 문구가 옥과 구슬처럼 아름답다고 찬탄할 뿐이다.

　從起入頷, 羚羊掛角; 從頷入腹, 獨繭抽絲. 第七句獅吼雪山, 龍吟秋水; 合成旖旎, 韶釆驚人. 古今推爲絶唱, 當不誣. 其所以如大辨才人說古今事理, 未有豫立之機, 而鴻纖一致, 人但歆歆於其珠玉.

　없다고 풀이할 수도 있다.
42　流黃(유황) : 황갈색. 여기서는 여러 가지 색이 섞여 있는 명주로 만든 휘장. 한대 악부 「상봉의 노래(相逢行)」에서 "맏며느리는 비단을 짜고 있고, 둘째 며느리는 명주를 짜고 있네(大婦織羅綺, 中婦織流黃)"라는 구절이 있다.

【해설】

출정나간 남편을 기다리는 아낙의 그리움을 묘사하였다. 한 쌍의 제비에서 시상을 시작하여 가을밤의 다듬이 소리와 달빛으로 고독한 심정을 이어나갔다. 특히 중간의 4구는 공간과 시간을 넘나드는 드넓은 의경으로 격식에 묶이지 않고 있어 아낙의 시름이 깊이 있게 전개되었다. 말미의 두 구는 아낙의 내면의 독백으로, 보름 달빛이 비집고 들어와 노란 휘장을 환히 밝히니, 자신의 하소연할 길 없는 넘치는 애상을 달빛 탓으로 돌리고 있다.

왕부지는 작품을 논하면서 이 시의 뛰어남을 크게 칭찬하였다. '영양괘각羚羊掛角'은 '영양괘각, 무적가구羚羊掛角, 無迹可求'의 준말로, "영양이 뿔을 걸었으나, 그 흔적을 찾을 수 없다."는 뜻이다. 영양이 잠잘 적에는 뿔을 나뭇가지에 걸고 자기에 지면에 발자취가 없어 사냥꾼의 화를 피할 수 있다는 뜻이다. 송대 엄우嚴羽가 『창랑시화滄浪詩話』에서 말한 이래, 뛰어난 시에 조탁의 흔적이 보이지 않는다는 의미로 사용해 왔다. 왕부지는 첫구부터 제4구까지의 전개가 지극히 자연스럽다는 의미로 사용하였다. 제3, 4구에서 제5, 6구로 이어지는 것도 마치 누에고치가 실을 뽑듯 통일성을 이어나갔다고 하였다. 제7구는 아낙의 처지에서 왜 남편을 볼 수 없는지 묻는 구로, 왕부지는 사자가 포효하는 것과 같다고 하였다. 시인의 '하나의 뜻[一意]'를 유지하면서 파황천의 발상을 했다는 것이다. 시의 전편을 이렇게 전개한 것은 "미리 틀을 세우지 않았는데도 거대함과 세밀함이 일치未有豫立之機, 而鴻纖一致"했다고 하였다. 시작법의 틀에 매이지 않고 정과 사리에 따라 강물이 흐르듯 자연스럽게 전개했다는 뜻이다.

龍池篇[43]　　　　　　　　　용지편

龍池躍龍龍已飛,[44]　　　　용지에서 용이 뛰어 용이 벌써 나르시니

龍德先天天不違.[45]　　　　성인의 덕이 천시를 알아 하늘에 거스르지
　　　　　　　　　　　　　　않으셔라.

池開天漢分黃道,[46]　　　　연못에 은하수가 펼쳐지고 황도가 뚜렷하더니

龍向天門入紫微.[47]　　　　용이 하늘 문을 향하여 자미성으로 들어가
　　　　　　　　　　　　　　더라.

邸第樓臺多氣色,　　　　　　저택과 누대에 상서로운 기색 완연하고

43　龍池(용지) : 흥경지(興慶池). 현종이 동궁 때 지냈던 흥경궁 안의 연못. 현종이
　　즉위하기 전 융경방(隆慶坊)의 저택 동쪽에 오래된 우물이 있었는데 갑자기 물
　　이 솟아 연못이 되었다. 그 속에서 가끔 황룡이 나타나곤 하였다. 현종이 즉위한
　　후 흥경궁을 짓고 연못은 용지라 이름 붙였으며,「용지악(龍池樂)」을 지어 상서
　　로움을 노래했다. 『당서』「악지(樂志)」 참조.
44　龍已飛(용이비) : 용이 벌써 나르다. 현종이 즉위했음을 비유한다. 현종은 712년
　　에 즉위했다.
45　先天(선천) : 천시보다 앞서 행하다. 선견지명을 가지고 행하다. 이 구는『주
　　역』「건(乾)」괘에 나오는 "천시에 앞서 행하니 하늘에 사람이 거스르지 않고(先
　　天而天弗違)"란 말을 환기한다.
46　天漢(천한) : 은하수.
　　黃道(황도) : 태양이 지구 주위를 일 년 동안 운행하는 궤적. 나아가 황제가 지나
　　가는 길을 가리킨다.
47　紫微(자미) : 자미원(紫微垣), 자궁(紫宮), 중원(中垣) 등이라고도 한다. 15개의
　　별로 이루어진 별자리로, 북두칠성의 동북에 벌려 마치 호위하는 형상이다. 그것
　　이 하늘의 중심에 있는데 대응하여 지상의 중심에 있는 왕궁을 비유한다.

君王鳧雁有光輝.[48]　　　군왕과 신하들이 광휘를 발하였네.

爲報寰中百川水,[49]　　　이에 알리노라, 천하의 모든 강들이여

來朝此地莫東歸.　　　동으로 흘러가지 말고 이곳으로 오소서.

【왕평】

응집된 기운을 순차적으로 풀어내니, 신들린 듯 전편을 통합하였다.

최호의 「황학루」가 이 작품에서 비롯되었으니, 이 시는 본래부터 자연스러움에서 나왔다.

凝載推排, 入神合漠.

崔顥「黃鶴樓」詩本此, 乃此固自然.

【해설】

　홍경궁 용지에서 황룡이 나왔다는 상서로운 일을 통하여 하늘이 내린 군주의 권위를 확인하고 왕조의 번영을 찬양하였다. 714년 용지龍池에 제사를 지낼 때, 우습유 채부蔡孚가 왕공대신들이 지은 「용지시龍池詩」를 모으니 모두 130편이 되었다. 태상시에서 이중 음률에 맞는 10편을 추려 「용지편 악장」을 만들었다. 심전기의 위 시를 비롯하여 소

48　鳧雁(부안) : 들오리와 기러기. 그 행렬이 가지런한 데서 일반적으로 시종들을 가리킨다.

49　寰中(환중) : 우주. 천하.
　　百川(백천) : 모든 강과 호수. 『서경』「우공(禹貢)」에 나오는 "장강과 한수가 바다로 모여든다(江漢朝宗於海)"는 말이 있고, 전(傳)에 "모든 강과 호수가 바다를 마루로 삼는다(百川以海爲宗)"는 말이 있다.

정蘇頲, 이예李乂, 최일용崔日用 등의 작품이 뽑혔다. 728년개원16에는 흥경궁에 단을 세우고 중춘월에 제사를 지내 상서로움을 기렸는데, 12명이 부용관芙蓉冠을 쓰고 짚신을 신고 아악雅樂에 춤을 추었다. 특히 제1, 2구에 대해 일부 학자들은 용龍자와 천天자가 반복하여 사용되었어도 번잡한 느낌이 전혀 없다는 점에서 최호의 「황학루」가 이 시로부터 영향을 받았다고 보았다. 그밖에도 구성이 엄밀하고 의미가 순통하여 뛰어난 시로 꼽힌다.

奉和春日幸望春宮應制[50]

'봄날 망춘궁에 행차하다'에 삼가 화답하여 응제하다

芳郊綠樹散春晴,	교외의 푸른 나무에 맑은 봄 하늘 펼쳐지고
複道離宮煙霧生.[51]	이궁離宮의 복도에 연무가 자욱하다.
楊柳千條花欲綻,	버들가지 천 가닥에 꽃은 피려 하고
蒲萄百丈蔓初縈.	백 길의 포도 덩굴 엉키기 시작한다.
林香酒氣元相入,	숲 향기와 술 냄새가 서로 섞이고
鳥囀歌聲各自成.	새의 지저귐과 노랫소리 각각 뚜렷이 들린다.
定是風光牽宿醉,	분명 풍광이 지난밤의 취기를 일깨우기에
來晨復得幸昆明.[52]	내일 아침 다시 곤명지로 행차하겠네.

---

50 望春宮(망춘궁) : 장안의 금원(禁苑)의 동남에 소재했다.
51 複道(복도) : 건물과 건물 사이에 상하 이층으로 된 통로.
52 昆明(곤명) : 곤명지(昆明池). 장안의 서남에 소재했다.

【왕평】

전체가 가볍고 평안한 하나의 빛깔이다.

‘성成’자는 고금에 압운하는 경우가 적은데, 이른바 구를 생동감 있게 살리고 깔끔하게 통제하는 두 가지 효과를 동시에 갖고 있다

“교외의 푸른 나무에 맑은 봄 하늘 펼쳐지고芳郊綠樹散春晴”는 순서는 도치되어 있으나 경관은 순조롭다.

輕安一色.

只一‘成’字用韻古今少到, 所謂生殺雙收也.

“芳郊綠樹散春晴”句逆景順.

【해설】

710년 3월 중종이 망춘궁에 행차할 때 창화한 시이다. 시종한 신하들이 같은 제목으로 쓴 총 14수의 시가 현재 남아있다. 망춘궁은 당시 궁중의 주요 행락 장소의 하나로, 현존하는 시문과 기록에 의하면 709년 7월과 710년 정월에도 군신 창화가 있었다.

奉和立春遊苑迎春[53]

‘입춘일 정원에서 놀며 봄을 맞아’에 삼가 화답하다

東郊暫轉迎春仗,[54]　　　봄맞이 의장대가 동쪽 교외에서 돌아와

53　奉和(봉화) : 귀인의 시에 화답하여 지음.
　　立春(입춘) : 이십사절기 가운데 하나.

上苑初飛行慶杯.[55]　　상원에서 상 내리고 축배를 함께 하네.

風射蛟冰千片斷,　　바람은 교룡 같은 얼음을 천 조각으로 나누고

氣衝魚鑰九關開.[56]　　기운은 구중궁궐의 자물쇠를 풀리게 하네.

林中覓草才生蕙,　　숲속에 풀을 찾아보니 혜초 싹이 나고

殿裏爭花倂是梅.　　전각에서 꽃을 찾으니 여기저기 매화일세.

歌吹銜恩歸路晚,　　성은이 깃든 노래와 연주에 돌아가는 길 늦어

棲烏半下鳳城來.[57]　　깃든 까마귀들이 장안성에 내려오네.

【왕평】

제5, 6구는 포조鮑照의 아름다운 점을 잘 담고 있으며, 전체적으로 법식에 매이지 않아, 절로 성증聖證에 들어갔다.

【해설】

입춘 날 궁중의 행차를 그렸다. 710년 1월 8일 입춘일에 중종이 신하들과 정원에서 노닐다가 망춘궁望春宮에 이르러 비단으로 만든 꽃가

54　東郊(동교) : 동쪽 교외. 봄맞이하는 곳.
55　上苑(상원) : 금원(禁苑). 궁중의 정원. 망춘궁 옆에 상원이 있었다.
　　行慶(행경) : 행상(行賞). 상을 내림. 『예기』「월령(月令)」에 "입춘 날 천자가 삼
　　　공구경과 제후대부를 거느리고 동쪽 교외에서 봄맞이를 한다. 돌아와서는 조정
　　　에서 공경대부에게 상을 내린다"는 고대 의례를 기록하고 있다.
56　魚鑰(어약) : 물고기 모양의 자물쇠. 물고기처럼 밤에도 눈을 감지 않고 지킨다
　　는 뜻을 취하였다.
　　九關(구관) : 구중궁궐. 궁궐을 가리킨다.
57　鳳城(봉성) : 장안을 가리킨다. 위의 시 참조.

지를 하나씩 나누어주었다. 중종이 시를 짓고, 이에 화답하여 최일용, 염조은, 위원단, 이적, 노장용, 마회소, 심전기 등이 시를 지었다. 이 시는 그 중 한 편이다.

和上巳連寒食有懷京洛[58]
'입춘일 정원에서 놀며 봄을 맞아'에 삼가 화답하여 응제하다

天津御柳碧遙遙,[59]	천진교의 버들이 멀리 푸르스름한데
軒騎相從半下朝.	수레와 말이 뒤따르며 관원의 반이 나왔네.
行樂光輝寒食借,	행락은 이어지는 한식 때문에 더욱 빛나고
太平歌舞晚春饒.	태평 시대의 가무에 늦봄이 풍요로워라.
紅妝樓下東回輦,	붉은 화장 여인들은 누대 아래에서 동으로 가마를 돌리고
靑草洲邊南渡橋.	푸른 풀이 자란 모래섬에서 남으로 다리를 건너네.
坐見司空掃西第,[60]	장온張溫이 집을 쓸고 조요趙瑤의 승진을 기

---

58 上巳(상사) : 上巳(상사) : 상사절(上巳節). 원래 삼월의 첫 번째 사일(巳日)에 지냈으나 삼국시대 이후에는 삼월 삼일에 지냈다.
    寒食(한식) : 절기의 하나. 동지 후 105일째 되는 날로, 양력 4월 5일 전후가 된다.
59 天津(천진) : 천진교. 낙양에 소재한다.
60 司空掃西第(사공소서제) : 동한 때 조요(趙瑤)는 덕이 높은 것으로 유명해 공보(公輔)의 명망이 있었다. 그가 부풍태수에서 촉군태수로 전임되었을 때, 사공 장온(張溫)이 말하기를 "예전에 제오륜(第五倫)이 촉군에서 사공으로 전임되었으니, 내 집을 소제하고 귀하를 기다리겠습니다"라고 하였다. 『화양국지』 참조.

다리듯

看君侍從落花朝.　　　그대 보게나, 신하들이 꽃 떨어지는 아침에

시종하는 것을.

【왕평】

칠언시의 '본래 면모本色'와 풍광風光이다. 심전기가 이러한 시를 지었음은 자신의 길에서 완전히 벗어났다는 것이다.

本色風光. 雲卿詩得此, 脫去自家蹊徑盡矣.

【해설】

한식날 장안과 낙양을 그리워하였다. 상사일과 한식일이 이어져 있기에 봄날의 행락이 더욱 빛나고 태평 시대의 가무가 더욱 풍성하다는 뜻을 실었다. 나아가 말미에서 동한 때 장온의 전고를 가져와 재상으로의 승진을 암시하여 봄이 주는 충만감을 더욱 승화시켰다. 이 시는 『문원영화』와 『세시잡영』에 손적孫逖의 이름으로 실려 있기에 현대 학자들은 손적이 지은 것으로 본다.

遙同杜員外審言過嶺[61]

원외랑 두심언의 '대유령을 넘으며'에 멀리서 화답하며

天長地闊嶺頭分,　　　드넓은 하늘과 땅이 대유령에서 나뉘는데

61　同(동) : 다른 사람의 작품에 화답하여 짓다.

去國離家見白雲.[62]　　　장안을 떠나와서 흰 구름을 보는구나.

洛浦風光何所似?　　　낙수 가의 풍경을 어디에 견주랴3

崇山瘴癘不堪聞.[63]　　　높은 산의 장독瘴毒은 차마 듣기 괴로워라.

南浮漲海人何處?[64]　　　남으로 바다를 건너간 벗은 어디로 있는가?

北望衡陽雁幾群.　　　북으로 형양을 바라보니 기러기는 몇이런가?

兩地江山萬餘里,[65]　　　장안과 환주 사이 강산이 만여 리나 되는데

何時重謁聖明君?　　　어지신 군왕의 용안 언제 다시 뵈올까?

【왕평】

바다의 잔잔한 물결같이 미세한 파문도 없다.

제3, 4구는 하나로 이어져 흔적이 없다.

결말이 다소 투박하다.

如海平波, 定無縠縐.

三四蟬連無迹.

束近拙.

62　去國(거국) : 도성을 떠나다. 國(국)은 국도(國都).

63　崇山(숭산) : 환주(驩州) 남쪽에 있는 산.
　　瘴癘(장려) : 습기가 많고 더운 중국 남방 지방에서 유행하는 악성 열병.

64　漲海(장해) : 지금의 중국 남해.

65　兩地(양지) : 환주와 낙양.『구당서』「지리지」에 의하면 낙양에서 환주까지는 만
　　천오백리이다.

【해설】

　펌적되어 대유령을 넘을 때 같은 처지에 있는 두심언을 생각하며 지은 시이다. 705년 정월 장간지張柬之 등이 우림군을 이끌고 중종을 복위시킬 때 무측천의 비호를 받아 전횡하던 장역지張易之와 장창종張昌宗 형제가 종말을 고하면서 그들과 관련된 인물들이 좌천되었다. 2월 심전기는 환주驩州, 지금의 월남로 유배되어 대유령을 넘었고, 두심언은 선부원외랑膳部員外郎에서 봉주峰州, 지금의 월남로 유배되었다.

이여李乂 1수

侍宴安樂公主山莊應制[66]　　안락공주 산장에 시연하며 응제하다

　金輿玉輦背三條,[67]　　금수레 옥 가마가 도성의 대로를 등지고 와

　水閣山樓望九霄.　　수각水閣과 산루山樓에서 하늘을 바라보네.

66　安樂公主(안락공주) : 중종과 위후(韋后) 사이에 태어난 딸. 총명하고 용모도 뛰어났다. 그녀가 태어나 성장할 때는 무측천이 주(周)를 세워 통치하는 기간으로, 중종이 방주(房州, 호북성)에 연금되어 있을 때였다. 705년(22세) 중종이 복위하면서 공주도 별도의 관부(官府)를 열 수 있게 되자 크게 득세하였다. 그녀는 관직을 매매하고 조정의 정치에 간여하였으며, 재상 이하 고관들을 지원하여 정치세력을 확대하였다. 또 대규모 토목공사를 일으키고 백성의 전답과 가옥을 점유하였다. 중종이 죽은 후 위후가 칭제를 하였고 곧 임치왕 이융기가 일으킨 정변에 함께 희생되었다.
67　金輿玉輦(금여옥련) : 금과 옥으로 장식한 제왕의 가마.
　　三條(삼조) : 도성의 세 가닥 대로.

野外初迷七聖道,[68]　　들에서 처음에는 '일곱 성인'처럼 길을 잃었다가

河邊忽睹二靈橋.[69]　　강가에서 홀연히 오작교를 보았네.

懸冰滴滴依虯箭,[70]　　얼음 물방울은 물시계 바늘침 따라 떨어지고

清吹泠泠雜鳳簫.[71]　　맑은 바람 소리는 봉황울음 통소 소리와 뒤섞인다.

向晚平陽歌舞合,[71]　　저녁에는 평양공주 저택처럼 가무가 어우러지고

前溪更轉木蘭橈.[72]　　앞 시내에서 화려한 배가 다시 돌아간다.

【왕평】

지극히 세밀하다.

'칠성七聖'과 '이령二靈'과 같은 대구가 초당부터 있었으니, 만당의 피

68　野外(야외) 구 : 일곱 성인이 모두 길을 잃어 길을 물을 수 없다. 『장자』「서무귀(徐无鬼)」의 우언 참조. "황제가 대외를 만나려 구자산에 가매, 방명이 수레를 끌고, 창우가 함께 타고, 장약과 습붕이 앞에서 달리고, 곤혼과 골계가 수레의 뒤를 따랐다. 양성의 들에 이르러 일곱 성인이 모두 길을 잃었는데, 길을 물을 사람이 없었다.(黃帝將見大隗乎具茨之山, 方明爲御, 昌寓驂乘, 張若·諧朋前馬, 昆閽·滑稽後車. 至於襄城之野, 七聖皆迷, 無所問塗.)"
69　二靈(이령) : 견우와 직녀. 이령교는 오작교를 가리킨다.
70　虯箭(규전) : 규룡이 조각된 시계 바늘. 물시계의 바늘이 화살처럼 길고 그 끝에 규룡이 새겨져 있다.
71　平陽歌舞(평양가무) : 서한 때 위자부(衛子夫)가 평양공주 저택에서 노래하고 춤추어서, 한 무제의 환심을 받아 결국 황후가 되었다. 『한서』「외척전」 참조.
72　木蘭橈(목란요) : 목련나무로 만든 노.

일휴와 육구몽 이후를 찾을 필요가 없을 것이다.

別細.

‘七聖’‘二靈’初唐自有此, 不必皮, 陸以降也.

【해설】

안락공주 산장의 연회에 참가한 일을 기록했다. 도성에서의 출발부터 들과 강가에서 산장을 찾아가는 과정, 산장의 분위기, 음악과 가무를 차례로 묘사하였다.

왕부지는 ‘지극히 세밀하다’고 하였는데, 전형적인 사항들만 추렸는데도 구체적인 사실을 지적하였다. ‘칠성’과 ‘이령’은 숫자대數字對이면서 동일 유형의 대구를 쓰는 것은 만당 이후에 나오는데, 초당 때 이예가 이미 쓴 사실을 지적하였다.

이적李適 1수

帝幸興慶池戲競渡應制[73]

황제의 ‘흥경궁에 행차하여 경도 놀이하며’에 응제하다

拂露金輿丹斾轉,[74]　　　금수레와 붉은 깃발이 이슬을 스치며 돌아

73　興慶池(흥경지) : 용지(龍池). 흥경궁에 있는 연못. 흥경궁은 현종이 동궁 때 거주했던 곳이다.

	가니
凌晨黼帳碧池開.[75]	이른 새벽 화려한 장막이 푸른 연못에 펼쳐진다.
南山倒影從雲落,[76]	남산의 그림자가 구름을 따라 물에 비치고
北澗搖光寫浪迴.[77]	북쪽의 시내는 빛을 흔들며 쏟아져 돌아든다.
急槳爭標排荇度,[78]	빠른 배가 '금표'를 가로채 연꽃을 건너오고
輕帆截浦觸荷來.	가벼운 돛폭이 물가를 가로질러 연잎을 치고 오네.
橫汾宴鎬歡無極,[79]	연회를 베푸시고 시를 지으시니 즐거움이 끝없는데
歌舞年年聖壽杯.	해마다 노래와 춤으로 장수의 축배를 올린다.

---

74 丹斾(단패) : 술이 달린 붉은 깃발.

75 黼帳(보장) : 천자가 사용하는 도끼 문양이 수놓인 휘장.

76 南山(남산) : 종남산.

77 寫(사) : 瀉(사)와 같다. 쏟다.

78 標(표) : 금표(錦標). 배 경주에서 도달 지점에 꽂아둔 비단 표시. 이걸 가지고 오는 자가 이긴다.

　荇(행) : 노랑어리연꽃.

79 橫汾(횡분) : 분하(汾河)를 가로지르다. 한 무제가 하동(河東)에 가서 토지신인 후토(后土)에 제사지낸 후 분하(汾河)를 건너며 즐거이 군신들과 술을 마시고 「추풍사(秋風辭)」를 지은 일을 말한다. 노래에 "누선(樓船)을 띄우고서 분하를 건너가니, 강물을 가로지르며 흰 물결 일으키네(泛樓船兮濟汾河, 橫中流兮揚素波)"라는 대목이 있다. 후세에 횡분(橫汾)은 일반적으로 제왕이 지은 작품을 가리킨다.

　宴鎬(연호) : 호경에서 연회를 베풀다. 호경은 서주 초기 주 무왕이 천도한 곳으로, 지금의 서안시 서남에 소재했다. 『시경』「어조(魚藻)」에 "왕께서 호경에 계시니, 어찌 즐거이 술 마시지 않으리오(王在在鎬, 豈樂飮酒)"란 구절이 있다.

【왕평】

동작이 활발하며 빼어난 곳이 많다.

動運英多.

【해설】

황제의 흥경궁 뱃놀이를 시종하며 그 경과를 서술하였다. 정연한 구
성과 전아한 언어로 이동, 환경, 경주, 축원을 차례로 묘사하였다. 궁
중의 경도競渡가 어떠한 모습인지 선명하게 그려졌다.

정음鄭愔 1수

奉和春日幸望春宮　　　'봄날 망춘궁에 행차하다'에 삼가 화답하며
　晨蹕凌高轉翠旌,[80]　　새벽 어가가 높이 오르니 푸른 깃발이 돌아
　　　　　　　　　　가고
　春樓望遠背朱城.[81]　　멀리 보이는 봄 누각은 붉은 궁궐을 등졌네.
　忽排花上遊天苑,[82]　　갑자기 꽃길 헤치며 천자의 정원에서 노닐
　　　　　　　　　　더니

80　晨蹕(신필) : 황제의 새벽 출행.
　　翠旌(취정) : 비췻빛 깃발. 황제의 의장.
81　朱城(주성) : 자금(紫禁). 궁성을 가리킨다.
82　天苑(천원) : 황제의 정원.

却坐雲邊看帝京. 　　돌아와 구름 옆에 앉아 도성을 바라보네.

百草香心初胃蝶,[83] 　　온갖 꽃향기에 나비가 날아들기 시작하고

千林嫩葉始藏鶯. 　　수많은 나무의 여린 잎이 꾀꼬리를 숨길 만하네.

幸同葵藿傾陽早,[84] 　　나행히 해바라기와 함께 아침 해를 향하니

願比盤根應候榮.[85] 　　뿌리 깊은 나무처럼 절기에 맞춰 번성하기를.

【왕평】

탈속적이고 뛰어나며 율격에 맞으니, 칠언시의 본래 운율이다. '꽃 중의 왕'이라 할 만하거니와 또한 천상의 향기까지 가졌다.

超忽入律, 七言本調, 可稱國色, 亦有天香.

【해설】

초봄에 황제를 따라 망춘궁에 행차한 상황과 감회를 썼다.

83　胃(견) : 걸다. 얽다.

84　葵藿傾陽(규곽경양) : 해바라기와 곽향이 해를 향해 기울어지다. 조식(曹植)의 「구통친친표(求通親親表)」에 "해바라기와 곽향이 해를 향해 잎을 기울이는 것과 같아서, 비록 해가 빛을 돌려 비추지 않는다 해도, 끝내 해를 향하는 것은 정성입니다(若葵藿之傾葉太陽, 雖不爲之廻光, 然終向之者, 誠也)"라는 말이 있다. 곽향은 향일성이 꼭 있는 것은 아니지만 해바라기와 같은 종류이기에 연용하였다.

85　盤根(반근) : 뿌리가 굽이돌며 얽다.
　　應候(응후) : 절후에 순응하다.

곽진郭震 1수

<table>
<tr><td>

寄劉校書

俗吏三年何足論,[86]

每將榮辱在朝昏.

才微易向風塵老,

身賤難酬知己恩.[87]

御苑殘鶯啼落日,

黃山細雨濕歸軒.[88]

回首漢家丞相府,[89]

昨來誰得掃重門?

</td><td>

유 교서에게 부치다

속리俗吏 생활 삼 년에 말할 게 뭐가 있겠나

언제나 영욕은 하루아침에 갈린다네.

재주가 없는지라 먼지 속에 늙기 쉽고

신분이 낮은지라 지기의 은혜 갚기 어려워.

어원御苑의 꾀꼬리는 떨어지는 해에 울고

황록산의 가는 비는 돌아가는 수레를 적시리.

고개 돌려 한나라 승상부를 바라보니

요즘은 누가 위발처럼 문 앞을 청소할까?

</td></tr>
</table>

【왕평】

사람을 감동시키는 부분은 힘들게 묘사한 곳이 아니다.

유장경과 가깝다.

---

86 俗吏(속리) : 번잡하고 무료한 일에 얽매인 관리. 자신을 가리킨다.

87 酬(수) : 보답하다.

88 黃山(황산) : 황록산(黃麓山). 지금의 섬서성 흥평시(興平市) 북쪽에 소재.
   軒(헌) : 휘장을 걸치고 있으며, 지붕의 앞 부분이 높고 뒷 부분이 낮은 수레.

89 回首(회수) 2구 : 서한 초기 위발(魏勃)이 제왕(齊王)에 천거된 일을 가리킨다.
   위발이 젊었을 때 제상(齊相) 조참(曹參)을 만나고자 했으나 가난하여 할 수 없
   었다. 이에 매일 새벽 제상의 사인(舍人) 집 문밖을 쓸었다. 나중에 사인이 위발
   을 조참에게 추천하였고, 조참은 제왕(齊王)에게 추천하여 내사(內史)가 되었
   다. 『사기』「제도혜왕세가(齊悼惠王世家)」 참조.

感人處不以劌刻.

亦近劉長卿.

【해설】

궁중에 교서랑으로 있는 친구에게 편지 삼아 보낸 시이다. 제1, 2구를 보아서는 자신이 3년간의 관직을 하루아침에 그만둔 후에 썼음을 알 수 있다. 제5, 6구는 친구의 상황을 그렸다. 제7, 8구에선 최근 성공한 사람에 대한 뜻밖의 소식에 놀라는 마음과 함께 자신의 이루지 못한 성공을 아쉬워하는 심리가 들어있다. 게다가 자신도 그 사람처럼 한다면 하루아침에 성공할 수 있을지 자문하는 심리도 함께 엿볼 수 있다.

마회소馬懷素 1수

人日宴大明宮恩賜彩縷人勝[90]

인일에 대명궁에서 잔치하며 채색 인승을 하사하다

萬宇千門平旦開,   수많은 전각과 궁문이 새벽에 열리고

天容辰象列昭回.[91]   하늘에 늘어선 별들이 빛나며 돌아간다.

---

90   人日(인일) : 정월 초이레.
   彩縷(채루) : 금박이나 채색 종이를 오리다.
   人勝(인승) : 사람 모양의 장식물. 앞의 이교(李嶠)가 지은 「인일에 대명궁에서 시연하며 '채색 인승을 하사하다'에 응제하다」 참조.

三陽候節金爲勝,[92] 　　양기가 도는 때 금박으로 인승을 만들고

百福迎祥玉作杯. 　　옥으로 만든 술잔으로 온갖 복을 맞이한다.

就暖風光偏著柳, 　　따스함이 더해지며 풍광이 버들에 고루 퍼지고

辭寒雪影半藏梅. 　　추위가 물러나며 눈 속에 매화가 반쯤 숨었다.

何幸得參詞賦職,[93] 　　다행히 시를 짓는 임무에 참여했지만

自憐終乏馬卿才.[94] 　　스스로 사마상여의 재주가 없음을 안타까워하네.

【왕평】

사건의 묘사가 진부하지 않고, '경물 선택[取景]'이 세밀하다.

賦事不迂, 取景得細.

91　天容(천용) : 하늘의 모습. 황제의 얼굴이란 뜻도 중의적으로 사용하였다.
　　昭回(소회) : 별이 빛나며 하늘을 돌다. 『시경』「운한(雲漢)」에 "저 은하수는 크고도 높아, 하늘에서 밝게 돌고 있구나(倬彼雲漢, 昭回于天)"란 구절이 있다. 여기서 별들은 중의적인 의미로 신하를 뜻한다.
92　三陽(삼양) : 봄의 시작을 가리킨다. 고대에는 십일월 동지에 일양(一陽)이 생기고, 십이월에 이양(二陽)이 생기고, 정월에 삼양(三陽)이 생겨 평안하고 순조로워진다고 생각하였다.
　　金爲勝(금위승) : 금박으로 인승(人勝)을 만들다.
93　詞賦職(사부직) : 시문을 짓는 직책. 곧 수문관 학사(修文館學士)의 직책.
94　馬卿(마경) : 서한의 사마상여(司馬相如). 자가 장경(長卿)이다.

【해설】

궁중에서 인일人日을 맞이하여 봄의 도래와 상서로움을 노래했다. 전반 4구에서 황제가 나오고 신하들이 늘어선 가운데 인승人勝을 내오고 연회를 연 일을 노래했다. 후반 4구에서는 '취난就暖'과 '사한辭寒'의 절기에 스스로 겸손한 뜻을 나타내었다.

무평일武平一 1수

奉和立春內出彩花樹應制[95]

'입춘날 채색 꽃나무를 내오다'에 삼가 화답하며 응제하다

鑾輅靑旂下帝臺,[96]	난새 새겨진 가마와 푸른 깃발이 궁궐을 내려와
東郊上苑望春來.[97]	동쪽 교외의 금원으로 봄이 왔는지 보러 가네.
黃鶯未解林間囀,	노란 꾀꼬리는 아직 숲속에서 노래할 줄 모

95　彩花樹(채화수) : 입춘일에 봄을 맞이하는 뜻으로 채색 비단을 꽃 모양으로 만들어 장식한 나무. 당대에는 입춘일에 삼성(三省)의 관원에게 채화(彩花)를 하사하였다.

96　鑾輅(난로) : 난새가 조각된 가마. 천자나 왕후가 타는 가마.
　　靑旂(청기) : 푸른색 깃발. 봄에는 절기에 순응한다는 뜻으로 푸른색 깃발을 사용한다. 『예기』 「월령」에 "맹춘의 달에 천자는 푸른 깃발을 꽂은 수레를 타고, 푸른 옷을 입는다(孟春之月, 天子載靑旂, 衣靑衣)"는 말이 있다.
　　帝臺(제대) : 제궐(帝闕). 궁궐.

97　上苑(상원) : 금원(禁苑). 궁중의 정원. 망춘궁 옆에 상원이 있었다.

	르는데
紅蕊先從殿裏開.	붉은 꽃송이는 벌써 궁전 안에서 피어난다.
畫閣條風初變柳,[98]	화려한 누각에 불어오는 봄바람이 버들 색을 바꾸고
銀塘曲水半含苔.[99]	은빛 물결의 굽이진 연못은 이끼를 반쯤 품었네.
欣逢睿藻光韶律,[100]	임금의 아름다운 시가 봄의 절기를 빛내는데
更促霞觴畏景催.[101]	시간이 빨리 흐를까 두려워 술잔을 재촉한다.

【왕평】

'굽이진 연못은 이끼를 품고曲水含苔'는 물속의 이끼 그림자를 말하는데 사경이 절묘하다. 후세 시인들은 이러한 교묘한 말은 모방할 수는 있으나, 그 속에 담긴 운치를 재현하기는 어려우니, 어찌 경룡 연간 707~710의 시인을 높이지 않을 수 있겠는가?

'曲水含苔', 謂水中苔影也, 寫景入妙. 後人能爲此巧語, 都無巧心, 那得不推景龍作者?

98　條風(조풍) : 봄철의 동북풍. 고대에는 팔풍(八風) 가운데 하나로 쳤다.
99　銀塘(은당) : 은빛 물결이 있는 연못.
100　睿藻(예조) : 황제가 지은 시문.
　　韶律(소률) : 아름다운 절기. 입춘을 가리킨다.
101　霞觴(하상) : 술. 霞(하)는 신선이 마신다는 유하주(流霞酒).
　　景(경) : 해.

【해설】

입춘날 궁중의 채화를 통해 봄의 도래를 노래했다. 이 시에 대한 중종의 평이 『경룡문관기景龍文館紀』에 남아있다. "무평일이 비록 나이가 가장 젊지만 시문은 놀랍고 새롭다. 붉은 꽃송이가 먼저 피어남을 기뻐하고, 노란 꾀꼬리가 아직 울지 않은 것을 놀라워한다는 표현은, 글을 반복해서 음미할수록 즐거움과 감탄이 함께 일어난다. 지금 다시 꽃 한 가지를 하사하여 그 아름다움을 드러내고자 하노라.平一年雖最少, 文甚警新. 悅紅蕊之先開, 訝黃鶯之未囀, 循環吟咀, 賞歎兼懷. 今更賜花一枝, 以彰其美."

왕부지가 칭찬한 구절은 사실 남조 하손何遜의 시에 기원한다. "버들가지는 누렇지만 아직 잎이 나지 않았는데, 물은 파래져서 이끼를 반쯤 품고 있네柳黃未吐葉, 水綠半含苔." 무평일은 이 두 구를 관련시켜 더욱 생동적으로 묘사하였다.

유헌劉憲 2수

奉和立春日內出彩花樹應制

'입춘날 채색 꽃나무를 내오다'에 삼가 화답하며 응제하다

禁苑韶年此日歸,[102]　　금원禁苑의 아름다운 때가 이날 돌아오니

東郊道上轉靑旂.　　동쪽 교외의 길에 푸른 깃발이 돌아드네.

102　韶年(소년) : 아름다운 세월. 韶光(소광)과 같은 뜻이다.

柳色梅芳何處所,　　버들 색과 매화는 어디에 있나?

風前雪裏覓芳菲.　　바람 앞과 눈 속에 향기를 찾노라.

開冰池內魚新躍,　　얼음이 풀리니 연못에는 물고기가 새로 뛰
어오르고

剪彩花間燕始飛.　　채색 비단을 오려 만든 꽃 사이로 제비가 날
아든다.

欲識王遊布陽氣,　　제왕의 유람에 양기陽氣가 퍼진 것을 알려면

爲觀天藻競春暉.[103]　　황제의 시에 봄빛이 다투는 걸 보아야 하리.

【왕평】

시의 뜻이 자유롭게 흘러가며, 우아하고 아름답다.

條宕風華.

【해설】

앞의 시와 마찬가지로 입춘날 채색 꽃나무를 제재로 지은 응제시이
다. "바람 앞과 눈 속"에서 버들 색과 매화를 찾다가 채화수彩花樹를 만
난다는 발상이 새롭다. 더구나 봄의 양기가 제왕의 시문에서부터 왔으
니 더욱 뜻 깊지 아니한가.

103　天藻(천조) : 황제가 지은 시문.

奉和春日幸望春宮應制

'봄날 망춘궁에 행차하다'에 삼가 화답하여 응제하다

暮春春色最便妍,[104]　봄빛은 늦봄에 가장 아리따워

苑裏花開列御筵.　금원禁苑에 꽃이 피어 어연을 차렸다.

南山積翠臨城起,[105]　종남산의 초록빛은 성 앞에 우뚝 솟고

滻水浮光共幕連.[106]　산수滻水의 일렁이는 물빛은 휘장 색과 이어졌네.

鶯藏嫩葉歌相喚,　꾀꼬리는 연한 잎에 숨어 노래를 주고받고

蝶礙芳叢舞不前.　나비는 꽃들에 막혀 나오지 못하고 춤춘다.

歡娛節物今如此,[107]　오늘과 같은 계절의 풍광을 기뻐하고 즐기니

願奉宸遊億萬年.[108]　만세토록 임금의 행차를 받들고자 하나이다.

【왕평】

초당시는 음악에 실어낼 수 있지만, 이후의 시는 벼루의 먹물에 불과하다. 시와 음악은 둘이 아니니, 본디 추구해야 할 것은 풍운과 운미이다. 어찌 말을 쌓아 올려 높임을 받으려 하는가?

104　便妍(편연) : 아리땁다.
105　南山(남산) : 종남산. 또는 상산(商山)을 가리키기도 한다.
　　積翠(적취) : 초목이 무성하다. 일반적으로 푸른 산을 가리킨다.
106　滻水(산수) : 섬서성 남전현 서남 탕욕진(湯峪鎭)에서 발원하여 서북으로 흐르다가 서안시 장안구(長安區)와 파교구(灞橋區)를 거친 후 파수(灞水)에 합류하고, 곧 위하(渭河)로 들어간다. 망춘궁은 산수 강가에 위치했다.
107　節物(절물) : 절기에 상응하는 풍경.
108　宸遊(신유) : 제왕의 행락.

初唐詩乃可入弦管, 後來硯蓋下物耳. 詩樂不容異語, 固當求之風味, 詎以排撰相高?

【해설】

봄날 망춘궁의 행락을 노래하였다. 종남산이 바로 보이는 산수 강가의 어연이 한가하고 여유롭다.

왕부지는 초당의 칠언율시를 높이 평가하였는데, 그것은 칠언고시의 전통을 많이 계승하였기 때문이다. 칠언고시의 전통이란 곧 "음악에 실어낼 만한可入弦管" 음악의 정신이며, 이는 고시, 가행, 근체시가 하나의 미학 속에 통합해 있는 것이기도 했다. 이러한 통합성은 초당 때 비교적 온전했고, 성당 때 어그러지기 시작했고, 중당 때 파괴되었다. 그래서 왕적王績 「북산北山」의 평에서도 "고시, 가행, 근체시가 하나로 이어져 있음을 알고 있는 시인이 대력 이후 칠백여 년 동안 아득히 끊어졌다知古詩, 歌行, 近體之相爲一貫者, 大曆以還七百餘年, 其人邈絶"고 했다. 최고의 시와 음악은 '평미平美'하기에 기이한 말을 추구하지 않고, 시작법에 따른 인위적인 형식을 추구하지 않는다.

조언소趙彥昭 1수

奉和初春幸太平公主南莊應制

'초봄 태평공주 남장에 행차하다'에 삼가 화답하여 응제하다

主第巖扃駕鵲橋,[109]	바위 대문 공주의 저택은 오작교를 건너야 해
天門閶闔降鸞鑣.[110]	황궁의 정문에서 난거鸞車가 내려간다.
歷亂旌旗轉雲樹,	현란한 깃발들이 구름과 나무를 돌아들고
參差臺榭入煙霄.	삐죽삐죽 튀어나온 정자들이 하늘 위로 솟아있다.
林間花雜平陽舞,[111]	숲속의 꽃들은 평양 공주 저택의 춤과 같고
谷裏鶯和弄玉簫.[112]	계곡의 꾀꼬리는 농옥의 퉁소 소리와 섞인다.
已陪沁水追歡日,[113]	이미 공주를 모시고 즐거운 날을 보냈으니

---

109 主第(주제) : 공주의 저택.
　　巖扃(암경) : 바위로 만든 문. 산문(山門).
　　鵲橋(작교) : 오작교. 직녀가 천제의 딸이므로, 황제의 딸인 태평공주를 이에 비유하였다.
110 閶闔(창합) : 황궁의 정문.
　　鸞鑣(난표) : 난거(鸞車). 수레에 달린 방울이 난새의 울음과 비슷한 데서 지어진 말이다. 천자가 타는 수레.
111 平陽舞(평양무) : 평양공주 저택의 춤. 서한 때 위자부(衛子夫)가 한 무제의 딸 평양공주 저택에 무희로 있었는데, 마침 이곳을 방문한 한 무제가 그녀를 보고 결국 황후로 삼았다. 『한서』「외척전」 참조.
112 弄玉簫(농옥소) : 농옥이 연주하는 퉁소. 춘추시대 진 목공(秦穆公)의 딸 농옥이 소사(簫史)에게 퉁소를 배워 봉황의 울음을 내었다는 전설을 가리킨다.
113 沁水(심수) : 한 명제의 딸 심수공주가 가진 전원을 두헌(竇憲)에게 빼앗겼기에 이로부터 심원(沁園)은 공주의 원림을 의미하였다. 『후한서』「두헌전」 참조.

行奉茅山訪道朝.[114]　　　모산茅山으로 도사 찾아가는 날 모시고 가리라.

【왕평】

제3, 4구는 뜻과 형상이 아득하고 미묘한데, 직설적인 언어로 유사함을 취한 것이 아니다.

三四象意霏微, 不于名言取似.

【해설】

태평공주의 저택을 찾아가는 과정과 감회를 썼다. 709년 2월 11일 중종이 행차할 때 시종하며 응제하였다. 당시 이교, 소정, 송지문, 심전기, 이예, 위사립, 조언소, 송옹, 소승 등이 같은 제목으로 지은 시가 남아있다. 현대 학자들은 이 시를 위사립韋嗣立의 작품으로 본다.

위원단韋元旦 1수

奉和立春遊苑迎春
'입춘일 정원에서 놀며 봄을 맞아'에 삼가 화답하며
　　灞涘長安恒近日,[115]　　　파수 강가 장안에서 언제나 해를 가까이하

114　茅山(모산) : 강소성 구용현 동남에 위치한 산. 한대 모영(茅盈) 형제가 이곳에 은거한 후 도교의 명소로 유명하다.

더니

殷正臘月早迎新.[116]　　은나라 정월이자 하나라의 십이월에 신춘을 맞이하네.

池魚戱葉仍含凍,　　연못의 물고기가 잎을 건드리나 아직 얼음이 있는데

宮女裁花已作春.　　궁녀가 꽃을 오려내어 벌써 봄을 만들었구나.

向苑雲疑承翠幄,[117]　　정원을 향하는 구름은 비췻빛 휘장이 펼쳐진 듯하고

入林風若起靑蘋.[118]　　숲에 들어오는 바람은 푸른 네가래에서 일어난 듯하네.

年年斗柄東無限,[119]　　해마다 북두칠성 자루가 동쪽을 가리키면

願挹瓊觴壽北辰.[120]　　옥 술잔을 들어 북극성에 장수를 기원한다.

115　灞涘(파사) : 파수 강가.
　　日(일) : 제왕을 비유한다.
116　殷正(은정) : 은나라의 정삭(正朔). 은력(殷曆)은 계동지월(하력 십이월)을 정월로 하였다.
　　臘月(납월) : 하력 십이월
　　新(신) : 신춘.
117　疑(의) : 의사(疑似)하다. 비슷하다.
118　起靑蘋(기청빈) : 푸른 네가래에서 바람이 일어나다. 고대에는 바람이 네가래에서 일어난다고 생각하였다. 송옥 「풍부(風賦)」에 "바람은 땅에서 생기지만, 파란 네가래 끝에서 일어난다(夫風生於地, 起於靑萍之末)"란 말이 있다.
119　斗柄東(두병동) : 북두칠성 자루가 동으로 향하다. 일곱 별 가운데 자루에 해당하는 별은 옥형(玉衡), 개양(開陽), 요광(搖光) 세 별이다. 『할관자(鶡冠子)』「환류(環流)」에 "북두칠성 자루가 동을 가리키면 천하가 모두 봄이다(斗柄東指, 天下皆春)"란 말이 있다.

【왕평】

새로운 시구를 얻어 지으니, 응제시 가운데 점점 높은 경지에 이르렀다.

翻新得句, 應制中駸駸遠度.

【해설】

　입춘날 임금과 신하들이 정원에서 유람하는 장면을 그렸다. 710년 1월 8일 입춘일에 중종이 신하들과 정원에서 노닐다가 망춘궁望春宮에 이르러 비단으로 만든 꽃가지를 하나씩 하사하였다. 중종이 지은 시 「입춘일 정원에서 놀며 봄을 맞아立春日遊苑迎春」는 현재 전한다. 이에 화답하여 위원단을 비롯하여 최일용, 염조은, 이적, 노장용, 마회소, 심전기 등이 시를 지었다.

120　挹(읍) : 푸다. 퍼내다. 『시경』「대동(大東)」에 "북쪽에 자루가 있으나, 술을 뜰 수가 없네(維北有斗, 不可以挹酒漿)"란 구절이 있다.
　　瓊觴(경상) : 옥술잔.
　　壽(수) : 축수하다.
　　北辰(북신) : 북극성. 제왕을 가리킨다.

장열張說 1수

奉和春日出苑矚目應令[121]

'봄날 정원을 나가 둘러보다'에 삼가 화답하여 응령하다

禁林艶裔發青陽.[122]	금원禁苑의 꽃과 풀이 푸른 양기陽氣에 피어나니
春望逍遙出畫堂,	화당畫堂을 나와 거닐며 봄 풍광을 둘러본다.
雨洗亭皋千畝綠.[123]	비는 물가를 씻어내 천 이랑이 초록빛이고
風吹梅李一園香,	바람은 매화와 오얏꽃에 불어 온 정원이 향기롭다.
鶴飛不去隨青管.[124]	학이 피리 소리를 따라 날며 떠나지 않고
魚躍翻來入彩航,	물고기가 솟아 펄떡이며 배로 뛰어든다.
睿賞歡承天保定.[125]	태자의 유람에 하늘의 보우하심을 받들고

---

121 矚目(촉목) : 주의하여 보다. 주시하다.

    應令(응령) : 태자가 지은 시문에 화답한 작품.

122 禁林(금림) : 황제의 원림.

    艶裔(염예) : 선연한 꽃과 연한 싹.

    青陽(청양) : 봄.

123 亭皋(정고) : 물가의 평지.

124 青管(청관) : 퉁소나 피리 따위의 관악기.

125 睿賞(예상) : 황제의 유람. 여기서는 태자의 감상.

    天保(천보) : 『시경』의 편명. 신하가 임금을 축복하는 내용으로 제3장은 "하늘이 보호하여 당신을 안정시키시니, 흥하지 않음이 없어라. 산 같고 언덕 같고, 산등성이 같고 구릉 같아라. 강물이 흘러오는 것과 같이, 언제나 넘치나이다(天保定爾, 以莫不興. 如山如阜, 如岡如陵. 如川之方至, 以莫不增)"라 되어 있다.

遒文更覩日重光,[126]　　　웅건한 시문을 대하니 다시금 해를 보는 듯
　　　　　　　　　　　　해라.

【왕평】

　장열의 시는 대부분 인위적으로 조합한 흔적이 있으나, 이 시는 자신의 마음에서 자연스럽게 우러나왔다. 장열을 배워도 이 경지에 이르지 못한다면, 차라리 방간과 나은의 수준에도 미치지 못할 것이다.

　‘천보정天保定’과 ‘일중광日重光’은 지나치게 유치하다.

　燕公詩多湊泊, 此爲自出心目. 學燕公而不得此, 且爲方干羅隱有餘.

　‘天保定’, ‘日重光’未免兒嬉.

【해설】

　현종이 태자일 때 지은 「봄날 정원을 나가 둘러보다春日出苑矚目」에 화답하여 지었다.

126　日重光(일중광) : 해가 다시 빛나다. 곧 해와 같이 빛나는 황제의 덕을 이어받아 태자가 그 공덕을 계승한다는 뜻이다.『고금주(古今注)』「음악(音樂)」에 「일중광(日重光)」이란 곡이 있다.

소정蘇頲 5수

奉和春日幸望春宮應制

'봄날 망춘궁에 행차하다'에 삼가 화답하여 응제하다

東望望春春可憐,	동쪽으로 망춘궁을 바라보니 봄빛이 사랑스러워
更逢晴日柳含煙.	더구나 갠 날을 만났으니 버들 빛이 아롱지네.
宮中下見南山盡,[127]	궁 안에 있으면 종남산이 다 내려다보이고
城上平臨北斗懸.[128]	성 위에 오르면 북두성이 수평으로 걸려있다.
細草偏承廻輦處,	풀들은 돌아가는 가마를 맞이하고
飛花故落舞筵前.	꽃들은 춤추는 대자리로 일부러 떨어진다.
宸遊對此歡無極,[129]	제왕의 행락에 즐거움이 끝이 없어
鳥弄歌聲雜管絃.[130]	새들의 노랫소리 관현악에 뒤섞이네.

【왕평】

매번 좋은 시구로 시작하면 이어가기가 쉽지 않다. 그러나 이 시는 한 걸음씩 나아가며 생기를 더하니, 참으로 생기를 사로잡는 고수이다.

每得佳題, 極難承受. 步步拚出, 步步生色, 眞擒生手也.

---

127 南山(남산) : 종남산. 지금의 섬서성 서안시 남쪽에 있는 산.
128 北斗(북두) : 북두성. 천자가 거주하는 궁전을 가리킨다.
129 宸遊(신유) : 제왕의 행락. 여기서는 중종의 망춘궁 유람.
130 弄(농) : 哢(농)과 같다. 지저귀다.

【해설】

710년 3월 중종이 망춘궁에 행차할 때 창화한 시이다. 제3, 4구는 제2구의 '갠 날晴日'의 모습을 신선하게 노래했고, 제5, 6구는 제7구의 '제왕의 행락宸遊'에 응하여 풀과 꽃까지 제왕의 덕에 감화되었다는 비유를 담고 있다. 시종한 신하들이 같은 제목으로 쓴 총 14수의 시가 현재 남아있다. 망춘궁은 당시 궁중의 주요 행락 장소의 하나로, 현존하는 시문과 기록에 의하면 709년 7월과 710년 정월에도 군신 창화가 있었다.

龍池樂章[131]	용지 악장
西京鳳邸躍龍泉,[132]	서경의 봉저鳳邸에는 용이 뛰어오른 샘이 있어
佳氣休光鍾在天.[133]	좋은 기운과 아름다운 빛이 하늘에 모이네.
軒后霧圖今已得,[134]	헌원씨가 일으킨 안개처럼 지금 이곳 자욱하고
秦王水劍昔常傳.[135]	신령이 진왕秦王께 바친 검이 예전부터 전해

131 龍池(용지) : 흥경궁의 연못. 앞에 나온 심전기의 「용지편(龍池篇)」 참조.
132 鳳邸(봉저) : 제왕이 즉위하기 전에 사는 저택. 여기서는 현종이 흥경궁 터에 살 때의 저택.
133 佳氣(가기) : 왕자의 기운.
　　休光(휴광) : 상서로운 빛.
134 軒后(헌후) : 황제(黃帝) 헌원씨(軒轅氏). 이 구는 치우가 안개를 뿜으니 서왕모가 황제(黃帝)의 부적을 받아 이긴 일을 말한다.
135 秦王(진왕) 구 : 진 소왕(秦昭王)이 삼월 상사일 하곡(河曲)에서 술을 차리자 신령이 샘에서 나타나 물 가운데서 검을 받들고 말하기를 "그대가 서하를 다스리게

지지.

恩魚不入昆明釣,[136]	은혜 갚은 물고기가 있기에 낚시하지 않고
瑞鶴長如太液仙.[137]	상서로운 학은 태액지에서 신선처럼 난다.
願侍巡遊同舊里,	탄생지 순행에 시종하기 바랐으니
更聞簫鼓濟樓船.[138]	누선樓船 타고 부르는 노래 다시 듣는구나.

【왕평】

전고 사용이 출중하다.

用事俶儻.

【해설】

현종이 즉위한 후 2년 자신이 황자였을 때 살았던 흥경궁을 찾아 제사를 올리고 시를 짓자 이에 화답하여 지은 시이다. 제왕과 관련된 일들을 인용하여 상서로운 뜻을 보태었으며, 연못에 용이 나왔다는 전설을 윤색하였다.

하겠노라."고 하였다. 『신씨삼진기(辛氏三秦記)』 참조.

136 恩魚(은어) 구 : 한 무제가 곤명지에서 노닐 때 큰 물고기가 잡혔지만 풀어주었다. 사흘 후 연못가에서 구슬 한 쌍을 얻게 되자 무제가 말하기를 "어찌 물고기가 보답한 것이 아니겠는가?"라 말했다. 『삼진기(三秦記)』 참조.

137 瑞鶴(서학) 구 : 『한서』 「소제기(昭帝紀)」에 "황곡이 건장궁 태액지에 내려왔다(黃鵠下建章太液池中)"란 말이 있다.

138 更聞(갱문) 구 : 한 무제의 「추풍사(秋風辭)」 가사를 가리킨다. "누선(樓船)을 띄우고서 분하를 건너가니, (…중략…) 퉁소와 북을 울리고 뱃노래를 부르네.(泛樓船兮濟汾河, (…중략…) 簫鼓鳴兮發櫂歌.)"

興慶池侍宴應制　　　　　홍경지에서 시연하며 응제하다

降鶴池前廻步輦,[139]　　학이 내려앉는 못 앞에 보련이 빙 돌아가며

棲鸞樹杪出行宮.　　　난새가 깃든 가지 아래 행궁으로 나서네.

山光積翠遙疑逼,　　　먼 산빛은 초록이 쌓여 다가온 듯하고

水態含青近若空.[140]　가까운 물은 푸른 기운 품어 허공 같아라.

直視天河垂象外,[141]　은하수를 올려 보니 형상 밖으로 늘어섰고

俯窺京室畵圖中.　　　궁실을 내려다보니 그림 속에 펼쳐졌다.

皇歡未使恩波極,　　　제왕의 즐거움에 은택이 끝없는데

日暮樓船更起風.　　　저물녘 누선樓船에 다시 순풍이 부는구나.

【왕평】

정교하나 전아함을 해치지 않는다. '형상 밖[象外]'에 있고 '환중[圜中]'
에 있으니 응제시 가운데 오직 이 시만이 가장 뛰어나다.

巧不傷雅. 卽象外, 卽圜中, 應制中唯此擅場.[142]

【해설】

710년 4월 중종이 흥경지에 유람할 때 시종하며 지은 시이다.『문원

139　步輦(보련) : 황제나 황후가 타는 가마. 초당 시기 염립본(閻立本)이 그린「보련
　　　도(步輦圖)」에서 당시의 모습을 볼 수 있다.
140　水態(수태) : 물 위의 경치.
141　垂象(수상) : 일월성신 등 천상이 길흉화복의 징조를 드러내다.
142　사공도의『시품』중의 '웅혼'에 "물상의 밖을 초월하고, 그 '환중(圜中)'을 얻었
　　　다(超以象外, 得其圜中)"는 말이 있다.

영화文苑英華』의 주석을 보면, 원래 제3, 4구는 "산 빛이 섬에 다가와 땅이 없는 듯하고, 물 위로 배가 지나가 바람이 있는 듯해라山光逼嶼疑無地, 水態迎帆若有風"라 하여 이예李乂와 노종원盧從願의 칭찬을 받았으나 말구에 다시 風풍자로 압운하였기에, 반복을 피하기 위해 지금처럼 바꾸었다고 한다.

扈從鄠杜間, 奉呈刑部尙書舅崔黃門馬常侍[143]

호현과 두릉 사이에서 호종하며, 형부상서 숙부, 최일용, 마회소께 삼가 드림

翠輦紅旗出帝京,[144]	비취 보련과 붉은 깃발이 장안성을 나서니
長楊鄠杜昔知名.[145]	예전에 이름 높은 호현과 두릉 사이 장양궁이로다.
雲山一一看皆美,	구름과 산을 바라보니 하나하나 모두 아름다운데
竹樹蕭蕭畵不成.	대숲을 스치는 바람 소리는 그림 그릴 수도 없구나.

---

143 扈從(호종) : 군주의 행차에 따라나섬.
　　鄠杜(호두) : 호현(鄠縣)과 두릉(杜陵). 호현은 지금의 서안시 서남에 있는 호현(戶縣)이고, 두릉은 서안시 남쪽 장안구 일대.
　　崔黃門(최황문) : 최일용(崔日用).
　　馬常侍(마상시) : 마회소(馬懷素).
144 翠輦(취련) : 물총새 깃털로 장식한 황제가 타는 가마.
145 長楊(장양) : 장양궁. 진한(秦漢) 시기의 궁 이름. 지금의 섬서성 주지현 동남에 소재.

羽騎將過持袂拂,	우림의 기병이 지나가매 스치지 않으려 소매를 말아쥐고
香車欲度捲簾行.	향기로운 수레가 건너가매 밖을 보려고 주렴을 걷네.
漢家曾草巡遊賦,[146]	양웅이 한나라 성제의 행락에 '장양부'를 지었다지만
何似今來應聖明?[147]	어찌 지금의 밝은 군주께서 지은 시보다 나으랴?

【왕평】

눈으로 보게 하고 마음으로 깨닫게 하니, '경景 밖에 경을 두었다'.

寓目警心, 景外設景.

【해설】

중종의 장양궁 행차에 호종하며 지은 시이다. 비록 응제시는 아니지만 구성과 언어가 응제시의 형식을 채용하고 있어 전아하다.

경외설경景外設景은 '경 밖에 경을 둔다'는 뜻으로, 왕부지가 두보와 잠삼이 '경외취경景外取景'을 잘한다고 한 데서 보듯, 눈앞에 보이는 실

---

146 漢家(한가) 구 : 한 성제(漢成帝)가 장양궁에 행차하여 호인(胡人)에게 수렵을 하게 하였을 때, 양웅이 「장양부(長楊賦)」를 지어 올린 일을 가리킨다.
147 聖明(성명) : 천자의 뛰어난 덕. 여기에서 천자를 가리킨다.

경으로부터 연상되는 '경어景語'를 잘 만든다는 의미이다. 이 작품에서 '대숲을 스치는 바람 소리竹樹蕭蕭'라는 실경으로부터 '그림 그릴 수 없다畫不成'고 연상한 것이 이에 해당한다.

春晚紫微省直寄內[148]	봄날 저녁 자미성에서 숙직하며 아내에게 부침
直省淸華接建章,[149]	도성의 화사한 풍광이 건장궁까지 이어지고
向來無事日猶長.	원래부터 일이 없어 해가 더욱 길구나.
花間燕子棲鳷鵲,[150]	꽃 사이 제비는 지작궁에 깃들고
竹下鵷雛繞鳳皇.[151]	대숲 아래 원추는 봉황지를 맴도네.
內史通宵承紫誥,[152]	중서성에선 밤새도록 조서를 받들고
中人落晚愛紅妝.[153]	궁녀들은 저녁이면 붉은 화장 한다네.
別離不慣無窮憶,	떨어져 지내는 게 익숙지 않아 항상 생각하고 있으니

---

148 紫微省(자미성) : 중서성. 713년(개원 1) 중서성을 자미성으로 개명하였다.
149 淸華(청화) : 경물이 아름답다.
　　建章(건장) : 건장궁. 한대 궁전 이름. 장안 서쪽에 소재했다.
150 鳷鵲(지작) : 지작궁. 한대 궁관 이름. 감천궁에 있었다.
151 鵷雛(원추) : 봉황의 일종.
　　鳳皇(봉황) : 봉황지(鳳凰池). 중서성을 가리킨다. 당대에는 봉황지가 없었지만 위진 이래 중서감(中書監)과 중서령(中書令)이 조칙을 관장하였는데, 그 지위가 황제의 권력에 가까이 있으므로 이들이 일하는 관청을 봉황지라 하였다.
152 內史(내사) : 내사성(內史省). 수 문제가 중서성을 내사성으로 개명하였다. 무측천도 중서령을 내사로 개명하였다.
　　紫誥(자고) : 조서(詔書). 자니(紫泥)로 봉한다.
153 中人(중인) : 궁녀.

莫誤卿卿學太常.[154]　　그대는 태상의 아내가 되었다고 오해하지
마시오.

【왕평】

염시艷詩도 전아할 수 있으니, 진송의 남은 기풍을 이어받았기에 궁
체시의 속된 기운에 물들지 않았다.

艷詩能雅, 晉宋之餘, 不侵宮體.

【해설】

중서성에서 숙직하며 아내에게 편지 삼아 보낸 시이다. 봄이 온 화
사한 궁궐의 풍광과 사람들을 묘사하고 말미에서 아내에게 농담 같은
말을 하면서 깊은 정을 보였다. 소정과 아내의 관계가 어떠한지 말미
두 구에서 엿볼 수 있다.

154　卿卿(경경) : 부부간에 상대를 부르는 칭호.
　　學太常(학태상) : 부부가 같이 지내지 못하다. 동한의 태상경 주택(周澤)이 늙고
　　병들었어도 종묘의 일에 열중하여 재궁(齋宮)에 있으니, 그 아내가 걱정되어 찾
　　아와 묻자 주택이 재금(齋禁)을 범했다고 감옥에 보냈다. 당시 사람들이 이를 조
　　롱하여 "세상을 잘못 타고나, 태상의 아내가 되었으니, 일 년 삼백육십일에, 삼백
　　오십구일을 재계만 하는구나(生世不諧, 作太常妻. 一歲三百六十日, 三百五十九日
　　齋)"라고 하였다. 『후한서』「유림열전」 참조.

장악張諤 2수

延平門高齋亭子應岐王敎[155] 연평문 고재정자에서 기왕에 응교하다

花源藥嶼鳳城西,[156]　　　'도화원의 약초 섬'이 장안성 서쪽에 있으니

翠幕紗窓鶯亂蹄.[157]　　　비췻빛 휘장 같은 숲속에서 꾀꼬리가 우짖
　　　　　　　　　　　　는다.

昨夜蒲萄初上架,[158]　　　어젯밤에 포도가 막 시렁 위에 오르고

今朝楊柳半垂堤.　　　　오늘 아침엔 버들가지가 둑길에 반쯤 드리
　　　　　　　　　　　　웠네.

片片仙雲來渡水,　　　　조각구름은 하나하나 물 건너 다가오고

雙雙燕子共銜泥.　　　　쌍쌍의 제비는 함께 진흙을 물어오네.

請語東風催後騎,　　　　봄바람에 부탁하여 뒤따르는 기마를 재촉해

幷將歌舞向前溪.[159]　　　전계前溪의 노래와 춤을 펼쳐놓게 하리.

155　延平門(연평문) : 장안성 서남문.
　　岐王(기왕) : 예종의 넷째 아들이자 현종의 동생인 이범(李范). 처음에 정왕(鄭
　　王)으로 봉해졌으나, 예종이 즉위하면서 기왕으로 봉해졌다. 현종 때는 태자소
　　사, 태자소부를 역임했고 726년 죽었다. 원래 학문을 좋아하고 서예를 잘하면서
　　문인들을 좋아하였기에, 장악, 염조은, 유정기, 정요 등이 자주 연회에 참석하며
　　창화하였다.
156　花源(화원) : 도화원(桃花源). 도연명이 「도화원기」에서 묘사한 복사꽃이 아름
　　다운 이상향. 花源藥嶼(화원약서)는 도화원의 약초 나는 섬이란 뜻으로 고재정
　　자를 가리킨다.
　　鳳城(봉성) : 장안성.
157　翠幕紗窓(취막사창) : 비췻빛 장막에 청사가 걸린 창문. 녹음이 우거진 숲속을 비
　　유한다.
158　蒲萄(포도) : 포도.

【왕평】

기운이 절로 맑고 한적하다.

제5, 6구는 다소 경박하긴 하지만, 법도에 얽매이지 않았으니 칠언시의 종풍이 아직 사라지지 않았다. 이러한 기풍은 현종 시기 장열張說에 의해 거의 사라졌으나 장악張諤의 이 시 덕분에 보존되었다.

氣自淸適.

腹聯近佻, 要不爲法律所困. 七言之宗風未隕也. 此道在玄宗時爲張道濟抹盡, 賴此留之.

【해설】

장안성의 연평문 근처에 있는 기왕岐王의 고재정자에서의 유람을 노래하였다. 기왕은 두보가 그의 집에서 이구년李龜年을 만난 일과 왕유를 과거에 합격시킨 일로 잘 알려진 현종의 동생 이범李范이다. 또 궁중에 백제악百濟樂을 설치하자고 주청한 사람이기도 하다. 당시 문인과 예인들이 자주 모였던 기왕의 고재정자의 분위기를 잘 말해준다.

---

159 前溪(전계) : 지금의 절강성 덕청(德淸). 남조 때 강남의 음악과 무용이 이곳에서 많이 나왔고, 당대에도 수백 집에서 악무를 잘하는 사람이 있었다.

九日¹⁶⁰　　　　　　　중양절

秋天林下不知春,　　　가을의 숲속이라 봄꽃은 보이지 않은데

一種佳遊事也均.¹⁶¹　　이번의 좋은 유람 봄나들이와 다르지 않아라.

絳葉從朝飛著夜,　　　아침부터 밤까지 붉은 잎 떨어지고

黃花開日未成旬.¹⁶²　　노란 국화 피어난 지 열흘이 안 되었네.

將曛陌樹頻驚馬,¹⁶³　　날 저물어 길가 나무에 말이 자주 놀라고

半醉歸途數問人.　　　반쯤 취해 돌아가며 자주 사람들에게 묻네.

城遠登高併九日,　　　"구월 구일 성에서 멀리 나와 등고했으니

茱萸凡作幾年新.¹⁶⁴　　수유는 몇 해나 거듭 붉어 이리 새롭소?"

---

160 九日(구일) : 구월 구일 중양절. 월과 일이 양수 가운데 가장 높은 수인 '아홉'이
　　겹치므로 '중양(重陽)'이라 하였다. 남북조 이래 산에 올라 빨간 수유 열매의 가
　　지를 머리에 꽂고 국화주를 마시는 풍습이 있었다.
161 一種(이종) : 같다.
162 黃花(황화) : 국화.
163 曛(훈) : 날이 저물다.
164 茱萸(수유) : 붉은 수유 열매. 중양절에 산에 올라 수유가지를 머리에 꽂는 풍속
　　의 기원에 대해서는 양(梁) 오균(吳均)의 『속제해기(續齊諧記)』에서 찾을 수 있
　　다. 여남의 환경(桓景)이 비장방(費長房)을 따라 공부하였는데, 하루는 비장방
　　이 자네 집안에 재액이 있으니 급히 가서 수유를 따서 붉은 주머니에 넣고 산에
　　올라 국화주를 마시라고 하였다. 환경이 그의 말에 따라 가족들을 이끌고 산에
　　올랐다가 저녁에 돌아오니 집안의 닭과 개, 소와 양이 모두 죽어 있었다. 나중에
　　비장방에게 물으니 재액은 다른 것으로 대신할 수 있다고 하였다.
　　凡(범) : 모두.
　　新(신) : 새로 붉은 수유 열매를 가리킨다.

【왕평】

이 시를 읊으니 막 개인 봄날에 부드러운 바람이 소매에 들어온 듯
하다.

吟此如春日初晴, 韶風裝袂.

【해설】

중양절의 감흥을 쓴 시이다. 새롭고 특이한 발상은 없으나 한 구 한
구 안정되어 있고 생활을 잘 반영하여 지극히 자연스럽다. 장악의 시
는 「기왕의 자리에서 미인을 노래함岐王席上咏美人」과 같이 양진梁陳 궁체
시와 같이 향염香艶한 시편들이 있는데, 이 시는 앞의 시와 함께 그러한
지분기가 없이 청신하다.

유광선分光先 1수

奉和劉采訪縉雲南嶺作[165]

유 채방사의 '진운산 남령'에 삼가 화답하여 지음

百越城池枕海圻,[166]　　　백월百越 땅의 성곽은 바다 옆에 누웠고

165　劉采訪(유채방) : 채방사 유씨. 이름은 불명.
　　　縉雲(진운) : 절강성 진운현에 소재한 산. 선도산(仙都山)이라고도 한다. 산 위에
　　　호수가 있다. 황제(黃帝) 때 하관(夏官) 진운씨(縉雲氏)가 봉지로 받은 곳이다.
166　百越(백월) : 진한 이래 중국 동남 연해 일대의 고월족(古越族)이 거주하는 곳.

永嘉山水復相依.　　　　영가永嘉의 산과 강은 서로 이어져 있네.

懸蘿弱筱垂淸淺,　　　　늘어진 여라와 여린 조릿대가 맑은 시내에

　　　　　　　　　　　비치고

宿雨朝暾和翠微.　　　　밤비와 아침 햇빛이 푸른 산에 어우러졌네.

鳥訝山經傳不盡,[167]　　새는 끝없이 이어신 산줄기에 놀라고

花隨月令數仍稀.[168]　　꽃은 월령에 따라 피어나지만 여전히 드무네.

幸陪謝客題詩句,[169]　　다행히 사령운을 모시고 시를 짓나니

誰與王孫此地歸.　　　　누가 왕손과 함께 이곳으로 돌아가려나.

【왕평】

앞 여섯 구는 순조롭게 내려갔다.

제3, 4구는 깊고 넓은 풍경을 전개했다가, 제5, 6구는 솜씨있게 평
범함에서 벗어났다.

前六句順下.

동월왕 무저(無諸)는 민월(閩越)이라 칭했고, 동해왕 요(搖)는 영가(永嘉)에 도
읍을 정하고 구월(甌越)이라 하였으며, 상수(湘水)와 이수(漓水) 이남은 서월
(西越)이라 하였고, 장가(牂牁) 서쪽은 낙월(駱越)이라 하였는데, 합하여 백월이
라 하였다.

海圻(해기) : 해안.

167　山經(산경) : 산맥과 지리를 기록한 책. 여기서는 산줄기를 가리킨다.

168　月令(월령) : 월별로 일어나는 자연의 물후(物候)와 이에 대응한 사람의 활동.
　　『예기』에 「월령」편이 있고, 한대 최식(崔寔)의 『사민월령(四民月令)』 등이 있다.

169　謝客(사객) : 사령원(謝靈運). 아명이 객아(客兒)였다. 사령운은 산수 유람을 좋
　　아한 것으로 유명하다. 여기서는 유 채방사를 가리킨다.

三四得景深曠, 五六巧脫.

【해설】

진운산의 아름다운 풍광을 노래했다. 주로 영가永嘉의 산수를 중심으로 주위의 맑고 아름다운 자연을 그렸으며, 말미에서 은거의 마음을 나타내며 마무리 지었다.

이징李憕 1수

奉和聖制從蓬萊向興慶閣道中留春雨中春望之作應制[170]

임금이 지으신 '봉래궁에서 흥경궁으로 향하는 복도에서 봄비 속 봄날을 조망하다'에 삼가 화답하여 응제하다

別館春還淑氣催,[171]　　　행궁에 봄이 와 온화한 기운 가득한데

170　聖制(성제) : 임금이 지은 시문. 여기서는 현종이 지은 시를 가리킨다.
　　蓬萊(봉래) : 봉래궁. 궁 뒤에 봉래지(蓬萊池)가 있어 이름 붙여졌다. 원래 대명궁이었으나 662년 봉래궁이라 개명하였고, 701년에 다시 원래의 대명궁으로 복원하였다.
　　興慶(흥경) : 흥경궁. 장안성의 동남편에 소재.
　　閣道(각도) : 건물과 건물 사이를 연결한 회랑. 이층으로 되어 있어 복도(複道)라고도 한다. 당대에는 대명궁에서 곡강(曲江)까지 각도가 이어져 있었다.
　　留春(유춘) : 봄을 붙잡다. 봄이 좋아 떠나지 못하게 잡고 싶을 정도로 봄을 아끼고 사랑하다.
171　淑氣(숙기) : 봄날의 온화한 기운.

三宮路轉鳳皇臺.[172]　　세 궁전 연결된 길 굽어드니 봉황대에 이르네.

雲飛北闕輕陰散,[173]　　북궐 위의 구름에 가벼운 그늘 흩어지고

雨歇南山積翠來.[174]　　비 그친 종남산에 비췻빛이 짙어진다.

御柳遙隨天仗發,[175]　　버들은 멀리 의장대를 따라가며 흔들리고

林花不待曉風開.　　숲속의 꽃은 새벽바람이 불기도 전에 피어나는구나.

已知聖澤深無限,　　임금의 은택이 무한히 깊은 줄 이미 알고 있지만

更喜年芳入睿才.[176]　　아름다운 봄빛이 뛰어난 재능으로 나타나니 더욱 기뻐라.

【왕평】

비 그친 풍경에서 비 내리는 정경을 그려냈으니, 마치 가을 달빛에 만물이 드러나는 것과 같다. 이는 등잔불이 그 빛만 보게 하는 것과 다르다.

---

172 三宮(삼궁) : 장안성의 대명궁, 태극궁, 홍경궁을 가리킨다.
　　鳳皇臺(봉황대) : 진 목공(秦穆公)이 딸 농옥(弄玉)을 위해 지어준 누대. 여기서는 장안성의 궁궐을 비유한다.
173 北闕(북궐) : 장안성 북면에 있는 문루. 일반적으로 대신 등이 조견을 기다리거나 상서를 올리기 위해 기다리는 곳이다.
174 南山(남산) : 종남산. 서안시 남쪽에 소재.
175 天仗(천장) : 천자의 의장. 천자를 가리킨다.
176 年芳(년방) : 아름다운 봄의 풍광.
　　睿才(예재) : 지혜롭고 뛰어난 재능.

“아름다운 봄빛이 뛰어난 재능으로 나타나다”는 평범한 송덕시에서
는 좀처럼 볼 수 없는 좋은 구이다.

從雨外入雨景, 似秋月影物, 不同燈燭, 使人但見其光麗.

“年芳入睿才”, 尋常贊頌中得此佳句.

【해설】

742년 봄날 현종이 봉래궁에서 흥경궁을 가는 도중에 지은 시에 화
답하였다. 궁중에서 맞이하는 봄의 도래를 전아한 언어와 이미지로 형
상화하고 군왕의 시작詩作을 칭송하였다. 당시 이징 이외에 묘진경苗晉
卿과 왕유王維도 화답하여 시를 지었다.

저광희儲光羲 1수

田家卽事	농가에서 눈에 보이는 대로
桑柘悠悠水蘸堤,[177]	뽕 가지 늘어지고 둑에 물은 차올라
晚風晴景不妨犁.	저녁 바람 갠 풍경에 쟁기질하기 좋구나.
高機猶織臥蠶子,[178]	베틀에선 베를 짜고 누에는 잠자는데
下阪欣逢飼饁妻.[179]	비탈길 아래에서 들밥 내온 아내 반가이 맞

---

177 蘸(잠) : 찍다. 스며들다.
178 高機(고기) : 키가 높은 물레 또는 베틀.

이하네.

杏色滿林羊酪熟,　　　숲에 살구꽃 가득하고 양락이 익을 때

麥涼浮蘴雉媒低.[180]　보리 물결 넘실대고 후림꿩은 몸 낮춘다.

生時樂死皆由命,　　　살아서 즐거움과 죽음은 모두 천명에서 오고

事在旻天迥不迷.　　　세상사는 하늘에 달렸으니 마음에 흔들림

　　　　　　　　　　　없어라.

【왕평】

　질박하지만 막히지 않고, 성기지만 차갑지 않다. 송대 시인들이 이를 배우려다 오히려 삿된 길로 빠졌으니, 이 시에 허물이 있는 것은 아니다.

朴而不塞, 疏而不寒, 宋人斆此, 速入惡道, 非此有咎也.

【해설】

　봄이 온 농촌을 배경으로 농가의 소박하고 한가한 일상을 그렸다. 말미에서 안빈낙도하는 정서가 작품 전체에 가득 깔려 있다. 『문원영화』 권319에는 양발楊發의 「남쪽 들에서 소작농을 만나南野逢田客」란 제

179　餉饁(향엽) : 논밭에서 일하는 사람들에게 보내는 들밥. 『시경』「칠월」에 "나의 아내와 아이들을 데리고, 저 남쪽 밭으로 들밥(새참)을 나르네(同我婦子, 饁彼南畝)"란 구가 있다.

180　麥涼(맥량) : 麥浪(맥랑)을 잘못 쓴 것으로 보인다. 보리가 바람 따라 물결처럼 흔들리는 모양.
　　雉媒(치매) : 후림꿩. 꿩을 유도하여 잡기 위해 훈련한 꿩.

목으로 실려 있다. 말미의 두 구는 "살아있을 때 절로 즐겁고 죽음도 운명이니, 만사가 하늘에 달렸으니 상관하지 않는다네生時自樂死由命, 萬事在天管不迷"라 되어 있는 판본도 있다.

가지賈至 1수

早朝大明宮呈兩省僚友[181]

대명궁 아침 조회 ―중서성과 문하성의 동료들에게 드림

銀燭朝天紫陌長,[182]	조회 때의 은촉 불빛 도성 한길 비추는데
禁城春色曉蒼蒼.[183]	봄이 온 궁궐에 새벽이 검푸르다.
千條弱柳垂靑瑣,[184]	천 가닥 여린 버들 청쇄문에 드리우고
百囀流鶯繞建章.[185]	수없이 지저귀는 꾀꼬리 건장궁을 휘돈다.
劍佩聲隨玉墀步,[186]	옥 계단을 따라가며 패옥 소리 울리고

---

181 大明宮(대명궁) : 황제가 거주하는 궁. 634년(정관 8) 영안궁이란 이름으로 건립하였으나 다음해 대명궁이라 개명하였다. 동내(東內)라고도 한다.
  兩省(양성) : 중서성과 문하성. 대명궁 선정전의 좌우에 있었다.
182 紫陌(자맥) : 궁성의 큰 길. 자(紫)자는 천상의 중심인 자미성(紫微星)에서 나온 것으로, 황제나 궁성과 관련될 때 쓰인다.
183 禁城(금성) : 궁성. 금(禁)자는 일반인이 들어가지 못한다는 뜻이다.
184 靑瑣(청쇄) : 궁전의 문창에 연속무늬로 투각하고 청색을 칠한 장식 부위. 화려한 건축이나 궁전을 가리킨다.
185 建章(건장) : 건장궁. 한대 궁전 이름으로, 여기서는 대명궁을 가리킨다.
186 玉墀(옥지) : 옥석으로 만든 계단.

衣冠身惹御爐香.　　　향로에서 나는 향이 옷과 관에 엉겨든다.

共沐恩波鳳池上,[187]　함께 황은을 입어 봉황지에 섰으니

朝朝染翰侍君王.[188]　아침마다 붓을 들고 군왕을 받든다.

【왕평】

힘찬 어조 속에 생동감이 적지 않다.

'수隨'자는 "걸을 때는 「체제」 음악에 따른다"는 뜻의 '행중채제'行中采齊의 '중中'자보다 더욱 적절하다.

의도적으로 마무리하지 않고, 직설적으로 마무리 지으면서 무한한 여운을 담았다.

勁調中不乏生色.

'隨'字較行中采齊中字更妥.[189]

更不作意收, 直收而可該無限.

【해설】

황궁에서 백관이 조회하는 장면을 서술하였다. 전반부에서 황궁의

---

187 鳳池(봉지) : 대명궁 안에 있는 봉황지(鳳凰池). 중서성 또는 중서령을 가리킨다.

188 染翰(염한) : 붓에 먹을 적시다. 글을 쓰다. 여기서는 조칙을 작성한다는 뜻으로, 중서사인의 직책을 가리킨다.

189 行中采齊(행중채제) : 걸을 때는 「채제」 음악에 따른다. 『주례』「악사(樂師)」에 "천자가 걸을 때는 「사하」 악곡에 발을 맞추고, 종종걸음칠 때는 「채제」 악곡에 발을 맞춘다(行以肆夏, 趨以采齊)"는 말에서 나왔다. 「사하」와 「채제」는 악곡 이름이다.

장대한 모습을 제시하고, 후반부에서 조회하러 가는 백관의 엄숙한 모습을 그렸다. 말미에서 황제에 대한 충성을 나타내었다. 비록 이 시의 내재적인 본질은 정치색이 농후한 응제시에 있지만, 봄날 새벽의 환경 속에 자연스레 놓아두어 선명한 색채와 생동하는 기운이 적지 않다. 758년 가지가 중서사인이었을 때 지은 것으로, 당시 왕유, 잠삼, 두보 등의 화답시도 남아있어, 역대로 이들 네 사람의 작품을 서로 비교하는 경우가 많다.

왕유王維 4수

奉和聖制從蓬萊向興慶閣道中留春雨中春望之作應制[190]

임금이 지으신 '봉래궁에서 흥경궁으로 향하는 복도에서 봄비 속 봄날을 조망하다'에 삼가 화답하여 응제하다

渭水自縈秦塞曲,[191]	위수는 진秦 땅을 굽이돌아 흐르고
黃山舊繞漢宮斜.[192]	황록산은 황산궁을 비스듬히 에워쌓네.

---

190 이징(李憕)의 같은 제목의 시 참조.

191 渭水(위수) : 감숙성 위원현(渭源縣) 조서산(鳥鼠山)에서 발원하여 동으로 서안시 남쪽을 지나 동관(潼關) 부근에서 황하로 흘러든다. 오늘날에는 위하(渭河)라고 부르며, 황하의 최대 지류로 길이 818킬로미터이다.
   秦塞(진새) : 진나라 때 세워진 관새. 여기서는 진 나라 강역으로, 지금의 서안을 중심으로 한 섬서성 지역.

192 黃山(황산) : 황록산(黃麓山)이라고도 한다. 섬서성 흥평시(興平市) 북쪽에 소

鑾輿迥出千門柳,[193] 　난여가 멀리 버들 늘어선 겹겹의 궁문을 나오더니

閣道廻看上苑花.[194] 　복도를 지나가며 상림원의 꽃을 돌아보시네.

雲裏帝城雙鳳闕,[195] 　구름 속 솟아난 도성의 쌍봉궐

雨中春樹萬人家. 　빗속의 봄나무 사이 만백성 집.

爲乘陽氣行時令,[196] 　이 행차는 봄기운에 따라 순시를 나선 것이지

不是宸遊玩物華.[197] 　경치를 감상하는 유람이 아니라네.

【왕평】

모든 기교를 절묘하게 부렸기에, 천만 명의 시인이 더 있다고 해도 이 작품을 버리지 못한다. "구중 궁궐의 궁문을 열어제치자, 만국의 사신들이 면류관 쓴 황제를 배알한다九天閶闔開宮殿, 萬國衣冠拜冕旒"와 같은 구

　　재. 한대에는 황산궁(黃山宮)이 있었다.
193 鑾輿(난여) : 황제가 타는 가마.
　　千門(천문) : 겹겹의 궁문.
194 上苑(상원) : 금원(禁苑). 궁중의 정원.
195 雙鳳闕(쌍봉궐) : 궁중의 문 양쪽에 서있는 망루를 궐(闕)이라 하며, 일반적으로 한 쌍으로 되어 있기에 쌍궐이라 한다. 한대(漢代) 건장궁(建章宮)의 궐 지붕에 청동 봉황이 장식되었으므로 이런 이름이 붙여졌으며, 당대 대명궁에도 서봉궐 (棲鳳闕)과 상란궐(翔鸞闕)이 있었다.
196 陽氣(양기) : 온화한 봄기운.
　　時令(시령) : 월령(月令)과 비슷한 뜻이다. 계절에 따라 제정한 농사에 관한 정령 (政令).
197 宸遊(신유) : 제왕의 행락.
　　物華(물화) : 자연 풍광.

절은 다만 짜맞춘 말일 뿐이다!

人工備絶, 更千萬人不可廢. 若"九天閶闔""萬國衣冠"[198], 直差排語耳!

【해설】

봄날 현종이 봉래궁에서 흥경궁을 가는 도중에 지은 시에 화답한 시이다. 앞에 나온 이징李徵의 같은 제목의 시와 마찬가지로 742년에 지었다. 말 2구는 당시 좌보궐로 있던 왕유의 직책에 어울리게 권계의 뜻을 완곡하게 드러냈다.

和太常韋主簿五郎溫湯寓目之作[199]

태상주부 위오랑의 '온천에서 바라보며'에 화답하며

漢主離宮接露臺,[200]　　　한나라 황제의 이궁이 영대靈臺까지 이어져

198　왕유, 「가지 사인의 '대명궁 아침 조회'에 화답하며(和賈至舍人早朝大明宮之作)」
　　　제3, 4구를 가리킨다.
199　太常主簿(태상주부) : 태상시(太常寺)의 속관. 품계는 종7품상. 인장과 장부를
　　　관리한다.
　　　韋五郎(위오랑) : 미상.
　　　溫泉(온천) : 여산(驪山) 온천을 가리킨다. 지금의 섬서성 서안시 임동현 소재.
　　　644년에 처음 지었고, 671년 온천궁이라 하였다가 747년 화청궁(華淸宮)이라
　　　개명하였다. 현종은 737년부터 매년 10월 또는 11월에 온천궁에 행차하였다가
　　　연말에 장안성으로 돌아갔다.
　　　寓目(우목) : 바라보다.
200　漢主離宮(한주이궁) : 한나라 군주의 행궁. 화청궁을 가리킨다. 당대 시인들은
　　　한나라로 당나라를 가리켰다.
　　　露臺(노대) : 영대(靈臺). 천문을 관찰하는 곳이다. 『한서』「문제기(文帝紀)」에
　　　문제가 장인들을 불러 여산(驪山)의 꼭대기에 노대를 지었다고 기록하였다.

秦川一牛夕陽開.[201]　석양 아래 펼쳐진 진秦 땅의 반이나 차지하네.

靑山盡是朱旗繞,　푸른 산은 모두 주홍 깃발 둘러 있고

碧澗翻從玉殿來.　푸른 시내는 오히려 궁전에서 흘러온다.

新豐樹裏行人度,[202]　신풍新豐의 나무 사이로 행인이 다니고

小苑城邊獵騎回.　성 옆의 작은 정원으로 사냥 나간 말이 돌아온다.

聞道甘泉能獻賦,[203]　듣자하니 감천궁에선 부賦를 바칠 수 있다는데

懸知獨有子雲才.[204]　오로지 그대만이 양웅의 재주임을 알겠구나.

【왕평】

제목의 '온천에서 바라보며'는 원래 풍간이 있으며, 전편이 이 뜻을

---

201 秦川(진천) : 지금의 진령(秦嶺) 이북의 섬서성과 감숙성의 평원지대. 전국시대 진나라의 강역에 속하므로 이런 이름이 붙여졌다. 川(천)은 평원이란 뜻. 여기서는 장안 일대의 평원지역.

202 新豐(신풍) : 장안의 동쪽에 있던 위성 도시로, 지금의 섬서성 서안시 임동구 동쪽 지역. 신풍은 한 고조 유방이 부친을 위해 고향 풍읍(豐邑)의 가옥과 시설을 그대로 옮겨왔기에 출세한 귀족의 유흥지라는 의미와 함께, 신풍주라는 술로 유명하기에 호방한 풍류 생활을 환기하는 전고로도 많이 쓰였다. 여기서는 호화롭고 사치스런 온천궁의 생활을 가리킨다.

203 聞道(문도) 구 : 양웅이 「감천부(甘泉賦)」를 바친 일을 가리킨다. 서한 성제(成帝) 때 어떤 사람이 양웅의 작품이 사마상여와 비슷하다고 말하자, 성제가 불러 승명전(承明殿)에 대조(待詔)하게 하였다. 양웅이 성제를 따라 감천궁에 다녀와선 「감천부」를 써서 바치자 성제가 크게 상찬하였다. 후대에는 일반적으로 군주에게 진상하여 크게 칭찬 받는 문장을 가리킨다.

204 懸知(현지) : 예상하다. 미리 알다.

품고 있다. 그러므로 첫머리에서 '한주漢主' 두 글자로 은미하게 숨겨 식견이 낮은 사람은 모르게 하였다.

題云"溫湯寓目"固有規諷, 通篇皆含此旨, 故首以'漢主'二字隱之, 乃使淺人不測.

【해설】

화청궁을 둘러보고 지은 작품이다. 시작부터 온천궁의 위세를 원경으로 그리고 있지만, 사실은 지나친 호화를 경계하는 뜻이 있다. 이어지는 신풍의 나무 사이로 보이는 사람도 유람 나간 사람들이거나 장안성과 온천궁 사이를 오가는 사신들이고, 말을 타고 사냥 나갔다 돌아오는 사람도 황제나 그 시종들이어서 모두 풍자의 의미가 깃들어 있다. 말 2구에서 상대의 작품을 높이 그리고 있지만 역시 풍간의 뜻이 있다. 제1, 2구는 역대로 시평가들의 호평을 받았다.

敕賜百官櫻桃[205]	백관에게 앵두를 하사하시다
芙蓉闕下會千官,[206]	부용 모양 궐문 아래 백관들이 모이니
紫禁朱櫻出上蘭.[207]	황궁의 붉은 앵두 상란궁에서 나오네.

---

205 敕(칙) : 황제의 명령.
206 芙蓉闕(부용궐) : 연꽃 같은 궐루. 궁문 양옆의 궐루를 멀리서 보면 연꽃 같은 형상이라 하여 이를 형용한 말.
207 紫禁(자금) : 황궁. 하늘의 중심에 있는 별자리인 자미원(紫微垣)으로 지상의 중심인 황궁을 비유하고, 일반인의 출입을 금한다는 뜻을 모아 만든 어휘이다.
　　上蘭(상란) : 상란궁. 한대 상림원에 있었던 궁전.

才是寢園春薦後,[208]　　침원寢園의 봄 제사에 드린 후의 것이지

非關御苑鳥銜殘.[209]　　어원의 새들이 먹다 남은 게 아니라네.

歸鞍競帶靑絲籠,[210]　　돌아가는 말마다 푸른 끈 바구니 매고

中使頻傾赤玉盤.[211]　　환관이 붉은 옥반을 자주 기울어 담아주네.

飽食不須愁內熱,[212]　　실컷 먹어도 열이 날까 석성할 필요 없으니

大官還有蔗漿寒.[213]　　태관이 또 사탕수수즙으로 열기를 식혀줄

터이니.

208　寢園(침원) : 선대 임금의 무덤. 원(園)은 임금의 무덤이란 뜻이며, 임금의 무덤
　　에는 침전(寢殿)이 있으므로 침원이라 했다.
　　春薦(춘천) : 봄철의 종묘 제사. 천(薦)은 제사 때 제물을 바치는 일. 당대 이작
　　(李綽)의 『세시기(歲時記)』에 "4월 1일에 내원에서 앵두를 올리니, 침원에 먼저
　　바친 뒤에, 모든 관리들에게 차등을 두어 하사하였다(四月一日, 內園進櫻桃, 寢園
　　薦訖, 頒賜百官各有差)"는 기록이 있다.

209　鳥銜(조함) : 새가 먹다. 『여씨춘추』「중하기(仲夏記)」에 "함도를 바치다(羞以含
　　桃)"는 말이 있고, 이에 대해 고유(高誘)는 "함도를 올리다. 앵두는 꾀꼬리가 부
　　리에 머금고 먹는 것이기에 '함도'라 부른다(進含桃. 櫻桃, 鶯鳥所含食, 故言含
　　桃)"고 주석하였다.

210　靑絲籠(청사롱) : 청색 끈 걸이의 바구니. 한대 악부 「길가의 뽕(陌上桑)」에 "푸
　　른 실로 만든 바구니 끈에, 계수나무 가지로 만든 바구니 고리(靑絲爲籠系, 桂枝
　　爲籠鉤)"란 말에서 유래한 바구니의 미칭이다.

211　中使(중사) : 궁중에서 파견한 사신. 일반적으로 환관을 가리킨다.
　　赤玉盤(적옥반) : 붉은 옥으로 만든 소반. 이 구는 『습유록』에 "한 명제가 달밤의
　　연회에서 군신들에게 앵두를 하사하시며 붉은 옥 소반에 담게 하였다. 군신들이
　　달빛 아래 보고서는 빈 소반으로 여기니 명제가 웃었다(漢明帝於月夜宴賜群臣櫻
　　桃, 盛以赤瑛盤, 群臣視之月下, 以爲空盤, 帝笑之)"는 고사를 환기한다.

212　內熱(내열) : 신체의 열기. 앵두는 열을 나게 하고 기를 보하여 많이 먹어도 해가
　　없다고 한다. 그러나 아이들이 많이 먹으면 열이 난다고 한다.

213　大官(대관) : 태관(太官)이라고도 한다. 광록시(光祿寺) 소속의 관리로, 황제와
　　백관의 음식 및 궁중의 잔치를 담당한다.
　　蔗漿(자장) : 사탕수수즙.

【왕평】

작은 제재로 뜻을 세워 하나의 격을 열었는데, 사실은 새로운 창신이다.

제5, 6구는 자연스럽게 뜻을 펼치고, 제7, 8구는 더욱 뜻을 확장하여, 첫머리의 전개를 마무리 짓지 않았다. 한 번 열고 한 번 닫는 일개일합一開一合의 형식은 나쁜 시의 비결이다.

浮出一格爲小詩布意, 亦變體也.

腹聯宕開, 結聯益宕開, 開則不復合矣. 一開一合, 惡詩之訣.

【해설】

753년 현종이 백관들에게 앵두를 나누어 준 일을 그렸다. 비록 궁중의 사소한 일을 제재로 하였으나, 이를 원만하고 생동감 있게 묘사하여 흥취 높은 시로 만들었다. 왕유의 비범한 솜씨가 발휘된 작품이다.

왕부지는 상투적인 구성을 비판하였다. 일반적으로 말하는 '기-승-전-결'의 구성을 여기서는 '한 번 열고 한 번 닫는一開一合' 구성이라 하였다. 즉 '기'에서 시작된 주제를 '결'에서 마무리 하는 것이다. 위 시를 보면, 첫머리에서 황궁에서 백관들에게 앵두를 하사했는데, 일반적인 구성이라면, 말미에서 황제의 은덕을 칭송하여 마무리하였을 것이다. '한 번 열고 한 번 닫는一開一合' 정해진 공식과 같은 시작법은 흥회興會로 촉발된 감정을 하나의 틀에 가두는 것으로 시의 활기를 죽이게 된다. 그러나 왕유는 그렇게 하지 않고 다른 방향으로 전환하여 열어나갔다. 그 결과 훨씬 자유로운 발상을 전개할 수 있고, 시의 생명력도 살릴 수 있게 되었다.

出塞作　　　　　　　변경을 나가며 지음

居延城外獵天驕,[214]　　거연성 밖에선 흉노들이 사냥하니

白草連天野火燒.[215]　　하늘까지 잇닿은 백초에 들불이 번지네.

暮雲空磧時驅馬,[216]　　저녁 구름 깔린 빈 사막에 때로 말 달리고

秋日平原好射雕.[217]　　가을이라 평원에선 수리 쏘기 좋구나.

護羌校尉朝乘障,[218]　　호강교위는 아침에 보루에 오르고

破虜將軍夜度遼.[219]　　파로장군은 밤에 요하를 건너네.

玉靶角弓珠勒馬,[220]　　보검과 각궁과 진주 굴레의 말

214　居延(거연) : 서북 지역의 군사 중진(重鎭). 지금의 감숙성 장액 일대.
　　天驕(천교) : 흉노족이 자신을 부르는 말. 일반적으로 서북의 민족 또는 그 왕을 가리킨다. '獵天驕'는 '天驕獵'의 도치.
215　白草(백초) : 들풀의 일종. 속칭으로 낭미초(狼尾草)라고 한다. 건조한 지역의 산 비탈이나 길가에 자란다.
216　磧(적) : 사막. 원래 자갈밭이란 뜻이다.
217　射雕(사조) : 수리를 쏘다. 수리는 날쌔기 때문에 웬만한 명궁이 아니면 쏘아 맞히지 못한다.
218　護羌校尉(호강교위) : 한 무제 때 설치한 무관직으로 서강(西羌)과 관련된 업무를 관장한다. 진 혜제(晉惠帝) 때 양주자사로 개명하였다.
　　乘障(승장) : 성이나 보루에 올라 적을 막다.
219　破虜將軍(파로장군) : 삼국시대 장군 명호 가운데 하나. 손견(孫堅)이 파로장군에 임명된 적이 있다.
　　度遼(도료) : 요수(遼水)를 건너다. 한 소제(漢昭帝) 때 요동의 오환(烏桓)이 반기를 들자 범명우(范明友)를 도료장군(度遼將軍)으로 임명하여 출병시켰다.
220　玉靶(옥파) : 옥을 상감해 새겨 넣은 칼자루. 보검.

漢家將賜霍嫖姚.[221]　　　　한나라에서는 장차 곽거병에게 하사하리.

【왕평】

　자연스럽고 진밀繡密한 작품으로 함의가 무궁하니, 확실히 『시경』에서 나왔으며, 「고시십구수」의 정신을 잃지 않았다. 구 끝에 '마馬'자를 두 번 썼다고 흠을 잡아서는 안 된다.

　뜻은 변방의 긴박한 상황을 썼지만, 읊어보면 그렇다고 느껴지지 않는다.

　自然繡密之作, 含意無盡, 端自『三百篇』來, 次亦不失「十九首」. 不可以兩押"馬"字, 病之.

　意寫張皇邊事, 吟之不覺.

【해설】

　변경에 나가 군대의 형세를 둘러보고 지은 변새시이다. 왕유가 737년 가을 감찰어사로 양주涼州에 갔을 때 지었다. 전반부는 이민족의 기세를, 후반부는 당군의 용맹을 나누어 묘사했는데, 쌍방을 비교하는 수법으로 강적을 두려워하지 않는 당군의 기개와 투지를 표현하였다. 특히 전반부는 원경을 잘 잡아내는 왕유의 특기가 발휘되었다.

　角弓(각궁) : 짐승의 뿔로 장식한 활.
　珠勒(주륵) : 주옥으로 장식한 굴레.
221　霍嫖姚(곽표요) : 서한의 명장 표요교위(嫖姚校尉) 곽거병(霍去病). 한 무제 때 표요교위가 되어 대장군 위청(衛靑)을 따라 출정하여 흉노를 격파하였다.

시 짓기에서 같은 글자를 두 번 이상 쓰지 않는다. 뜻이 반복해서 나타나 시인의 문자 운용 능력이 떨어지는 사실을 나타내기 때문이다. 여기서는 '마馬'자가 두 번 나왔지만, 그것은 내적인 자연스러움에서 나왔기 때문에 왕부지는 흠이 되지 않는다고 하였다.

맹호연孟浩然 2수

登安陽城樓[222]　　　안양성루에 올라

縣城南面漢江流,　　현성은 남으로 한수를 마주하니

江嶂開成南雍州.[223]　강과 산봉우리를 열어 '남옹주' 이루었다.

才子乘春來騁望,[224]　문인들은 봄을 맞아 사방을 둘러보러 나오고

群公暇日坐銷憂.[225]　어른들은 한가한 날에 잠시 근심을 내려놓

222　安陽(안양) : 양주(襄州) 안양현(安陽縣). 지금의 호북성 운현(鄖縣) 동쪽 50리 소재. 성루는 당대 중후기에 홍수에 파괴되었고, 한수 남쪽으로 마주 보던 안강현 성루도 송대 초기 홍수로 파괴되었다.

223　南雍州(남옹주) : 안강현(安康縣). 당대 초기 한수를 중심으로 북안에 안양현이 있었고, 남안에 안강현이 있었다. 지금의 호북성 십언시(十堰市). 옹주는 원래 구주(九州)의 하나로 섬서성을 가리켰는데, 섬서성 봉상현에 있는 옹산(雍山)과 옹수(雍水)에서 이름이 유래하였다. 그러나 서진 영가의 난(311년) 전후 흉노 등 북방 비한족들이 대거 중원을 침입하자 서진의 왕실과 귀족들이 남하하였고, 이에 양양에 남옹주를 설치하였다. 안양과 안강은 당시 양양의 속현이었다.

224　騁望(빙망) : 멀리 바라봄. 『구가』「상부인(湘夫人)」에 "번초(蘋草) 우거진 언덕에 올라 멀리 바라보며, 가인(佳人)과의 약속을 위해 저녁에 휘장을 치네(登白蘋兮騁望, 與佳期兮夕張)"라는 말이 있다.

225　坐(좌) : 잠시.

는다.

樓臺晩映靑山郭,	누대는 푸른 산 옆에서 저녁놀에 돋보이고
羅綺晴驕綠水洲.	비단옷은 녹색 강 모래톱에서 환하게 눈부시네.
向夕波搖明月動,	저녁 되어 물결에 밝은 달이 흔들리면
更疑神女弄珠遊.[226]	선녀가 노닐며 구슬로 노는 듯하여라.

【왕평】

경쾌하고 준수하되, 다행히 차갑거나 빈약하지 않다.

輕俊幸不涼儉.

【해설】

봄날 안양성에 올라 바라본 조망을 그렸다. 남쪽으로 한수와 안강이 멀리 보이고 가까이 모래톱에서는 귀인들이 노닐고 있다. 역사를 회고하거나 교훈을 환기하기보다는 한가한 풍광 속에 일말의 시름이 깃든

銷憂(소우) : 근심을 해소하다. 왕찬 「등루부」에 "이 누대에 올라 사방을 들러보나니, 잠시 한가한 날에 근심을 해소한다(登玆樓以四望兮, 聊暇日以銷憂)"는 말이 있다.

226 神女弄珠(신녀농주) : 정교보(鄭交甫)가 한고산에서 두 선녀를 만난 전설. 정교보가 한고대(漢皐臺) 아래에서 노닐 때 우연히 두 선녀를 만났는데, 그녀들이 계란처럼 큰 보옥을 두 개 차고 있었다. 정교보가 보옥이 좋다고 하자 두 선녀가 명주를 풀어 주었다. 정교보가 품에 안고 기뻐하며 열 걸음 걸어가다 다시 보니 보옥이 사라졌다. 뒤돌아보니 두 선녀도 보이지 않았다.

현실을 그렸다는 점에서 맹호연의 독자적인 시선을 알 수 있다.

春情　　　　　　　　　춘정

靑樓曉日珠簾映,[227]　　아침 해가 청루의 주렴을 비추면

紅粉春妝寶鏡催.[228]　　연지와 백분에 봄 화상하느라 거울 보기 바쁘네.

已厭交歡憐枕席,　　　　침석에서 나누는 즐거움도 이미 싫증이 나

相將遊戲繞池臺.[229]　　함께 연못과 누대를 돌며 논다네.

坐時衣帶縈纖草,　　　　앉을 때는 옷끈에 풀이 감기고

行卽裙裾掃落梅.　　　　걸을 때는 떨어진 매화가 치마에 쓸리네.

更道明朝不當作,[230]　　또 말하길 "내일은 이렇게 놀지 말아요

相期共鬥管弦來.[231]　　악기를 가져와 연주를 겨루어요."

【왕평】

말미에서 악부의 말이 들어가 절로 잘 되었다.

末入樂府語, 自佳.

227　靑樓(청루) : 미인이 사는 집.
228　紅粉(홍분) : 연지와 백분.
229　相將(상장) : 함께 따르다.
230　不當作(부당작) : 해선 안 된다고 미리 말하다.
231　相期(상기) : 약속하다.

【해설】

봄날 규중 여인의 정회를 서술했다. 아침부터 저녁까지 시간순으로 화장하고 놀고, 앉거나 걷는 정경을 그렸다. 말미에선 여인이 봄날에 이렇게 나가 더 노는 것은 과분하다며 다음에는 집안에서 악기를 연주하자며 마무리 짓는다. 제3구를 보면 여인의 신분이나 나이가 애매하지만 전편에 약동하는 봄날을 만끽하는 천진난만한 여인들이 그려졌다. 김성탄金聖嘆은 "여인이 지극히 어리석으면서 스스로 어리석다고 생각하지 않는 것이 묘필妙筆"이라며, 그렇기 때문에 제3구도 저속하게 여겨지지 않는다고 하였다. 산수 전원 시인으로 알려진 맹호연의 시풍 중에 특색있는 시라 할 수 있다.

고적高適 1수

同陳留崔司戶早春宴蓬池[232]

진류 최 사호의 '이른 봄 봉지의 연회'에 화답하며

同官載酒出郊圻,[233]　　　동료와 술을 싣고 교외에 나가

232　陳留(진류) : 개봉현(開封縣). 지금의 하남성 개봉시. 개봉현은 당시 변주(汴州) 진류군(陳留郡)에 속했다.
　　蓬池(봉지) : 춘추시대 송나라의 봉택(逢澤)으로, 『원화군현지』에는 개봉현의 동북 십사 리에 소재한다고 기록했다.
233　同官(동관) : 같이 근무하는 사람. 고적은 최 사호와 함께 진류군에서 근무했다.
　　郊圻(교기) : 읍의 경계.

晴日東馳雁北飛.　　　맑은 날 동으로 달리니 기러기는 북으로 날
　　　　　　　　　　　아간다.
隔岸春雲邀翰墨,　　　언덕 너머 봄 구름은 시흥을 일으키고
傍檐垂柳報芳菲.　　　처마 옆 수양버들은 향기를 보내온다.
池邊轉覺虛無盡,　　　연못가에 있으니 문득 세속의 마음 사라지고
臺上偏宜酩酊歸.　　　누대 위는 그저 술에 취하기 좋구나.
州縣徒勞那可度,[234]　　주현의 업무란 헛수고라 견딜 수 없는데
後時連騎莫相違.　　　후일에 함께 말 타고 나갈 때 어기지 말게나.

【왕평】

첫구와 말구가 촉박하지 않으니 악부에 들 수 있다. 고적의 칠언 근
체시는 형식에 맞추기 위해 억지로 조합했기에 정情과 경景이 분리되나
오직 이 시만이 약간 고르다. 그러나 '한묵翰墨'과 '명정酩酊'은 화살이
오뉘를 떠나지 않은 듯 여전히 인위적이다. 고적은 본디 잠삼과 나란
히 말을 달릴 수 없으며, 이기李頎보다 약간 나을 뿐이다.

성당 시기에 이기가 있는 것은, 팔고문에 원황袁黃이 있고 고문사에

234　州縣(주현) : 구 : 동한의 양송(梁竦)이 한 말을 사용하였다. 양송이 일찍이 높이
　　올라 멀리 바라보며 탄식하였다. "대장부가 세상에 살면서 살아서는 마땅히 제후
　　에 봉해져야 하고, 죽어서는 마땅히 사당에 배향되어 제사를 받아야 할 것이다.
　　그렇지 못할 바에는 한가로이 거처하며 뜻을 기르고 경전으로 스스로 즐기기에
　　족하니, 주(州)나 군(郡)의 말단 관리 노릇은 헛되어 사람을 고달프게 할 뿐이
　　다.(大丈夫居世, 生當封侯, 死當廟食. 不然, 則閑居足以養志, 詩書足以自娛, 州郡之
　　職, 徒勞人耳.)"『후한서』「양송전」(梁竦傳) 참조.

이구李覯가 있는 것과 같아, 썩은 나무와 찢어진 북처럼 자질구레하게 죽은 규칙으로 사람을 묶는다.

起結不局促, 可侵樂府. 達夫七言近體湊泊以合體式, 情景分叛, 唯此首稍勻. 然'翰墨''酩酊'終如箭之不離于筈. 達夫固不可與嘉州分轡, 差賢于李頎耳.

盛唐之有李頎, 猶制藝之有袁黃, 古文詞之有李覯, 朽木敗鼓, 區區以死律縛人.

【해설】

봉지에서 최 사호와 술을 마시며 회포를 서술한, 일종의 '정치서정시政治抒情詩'이다. 마음속의 번민을 대자연의 문장으로 해소하려 하고, 하급 관료의 처지를 나중의 도약으로 위안삼으려 했다. 750년천보9 봄에 지었다.

왕부지가 고적의 시를 평하면서 이기를 언급한 것은, 고적이 이기의 작법을 배웠기 때문이다. 무엇보다도 명대 전후칠자가 "시는 반드시 성당을 배워야 한다詩必盛唐"는 기치 아래 이기와 고적을 추종했기에, 왕부지는 바로 이러한 명대 복고주의적 경향을 비판하기 위해 그들을 거론한 것이다. 따라서 왕부지의 이기와 고적, 그리고 허혼許渾에 대한 비판은 『명시평선明詩評選』에서 한층 더 격렬하게 나타난다.

최호崔顥 2수

黃鶴樓[235]　　　　　　황학루

昔人已乘黃鶴去,[236]　　신선이 황학 타고 오래전에 날아간 뒤

此地空餘黃鶴樓.　　　이곳은 부질없이 황학루만 남았구나.

黃鶴一去不復返,　　　한 번 떠난 황학은 다시 돌아오지 않고

白雲千載空悠悠.　　　흰 구름만 유유히 천년을 흘러갔네.

晴川歷歷漢陽樹,　　　한양의 나무들은 맑은 강에 비치고

芳草萋萋鸚鵡洲.[237]　앵무주엔 무성히 봄풀이 우거졌네.

235　黃鶴樓(황학루) : 호북성 무한시(武漢市) 무창 지구에 있는 누각. 장강 강가에 있어 장강과 한수를 부감할 수 있다. 삼국시대 223년(오나라 황무2) 창건했다고 하며, 처음에는 황학기(黃鶴磯)에 세워졌으나 여러 차례 흥폐하였다. 육조(六朝) 이래의 기록과 송대 이래의 그림, 청말의 사진을 보면 황학루는 이중 처마가 날개를 펴듯 웅장하고 아름다워 '신선의 궁전(仙宮)' 같았다고 한다. 전설에 의하면 신선 왕자안(王子安)이 여기서 황학을 타고 지나갔다고 해서 이름 붙여졌다. 예전에는 사산(蛇山)의 기슭에 세워졌으나, 1884년 불탄 이래 1985년에 증축할 때는 사산의 정상에 세웠다. 원래는 3층 31.4미터 높이였는데 새로 지어진 누각은 5층 51.4미터가 되었다.

236　昔人(석인) : 학을 타고 떠나간 신선. '황학루 전설'에 대해서는 신씨(辛氏) 이야기, 신선 비위(費褘) 설화, 자안(子安) 등선(登仙) 설화,『술이기(述異記)』설화 등이 있다. 가장 잘 알려진 이야기는 신씨(辛氏) 이야기이다. 신씨라는 사람이 원래 이곳에서 주막을 열고 술을 팔았는데 한 번은 도사에게 돈을 받지 않자, 그 도사가 귤껍질로 학을 그려놓고 떠나면서 박수를 치면 학이 내려와 춤춘다고 했다. 그 후 신씨는 도사의 방법을 따라 하니 손님이 많아져 많은 돈을 벌었다. 십 년이 지난 어느 날 도사가 다시 찾아와 피리 불어 황학을 불러내곤 이를 타고 날아가버렸다 한다. 신씨는 여기에 황학루를 세웠다. 그러나 이 이야기는 송대 이후에 나왔고, 불경의 요소가 강해 후대에 지어진 것으로 보인다. 송대 이전에는 일반적으로 왕자안의 이야기와 연결지어 보았다.

日暮鄕關何處是?　　　해 저무는 노을 속 고향은 어디인가

煙波江上使人愁.　　　강 위의 물안개에 시름만 깊어가네.

【왕평】

붕새가 날고 코끼리가 걷듯 그 원대함에 사람을 놀라게 한다.

회고에서 시작했으니 누대에 쓴 제루시題樓詩이지 등루시登樓詩가 아

니다.

결말이 이백의 「금릉 봉황대에 올라登金陵鳳凰臺」보다 못하니, 뜻이 많

아 기운을 방해하기 때문이다.

鵬飛象行, 驚人以遠大.

竟從懷古起, 是題樓詩非登樓.

一結自不如「鳳凰臺」, 以意多礙氣也.

【해설】

황학루에서 바라본 광경과 감회를 그렸다. '백운'과 '황학'의 어휘를

반복하고 있으며, 과거와 현재를 오가며 넓은 시공간을 넘나들고 있다.

성당 초기에 민가풍의 가락이 율시의 형식으로 대체되면서 아직 노래의

생동성을 잃지 않았기 때문에 반복되는 느낌이 없이 유창하다. 송대 엄

237　鸚鵡洲(앵무주) : 당대에는 한양(漢陽) 서남의 장강 가운데 있었으나 나중에는
　　없어졌다. 동한 말기에 「앵무부(鸚鵡賦)」를 쓴 예형(禰衡)이 이곳에서 황조(黃
　　祖)에게 살해되었기에 이름 붙여졌다.

우嚴羽는 『창랑시화滄浪詩話』에서 "당대 칠언율시 가운데 마땅히 최호의 「황학루」가 가장 뛰어나다唐人七言律詩, 當以崔顥「黃鶴樓」爲第一"고 상찬하였다.

行經華陰[238]　　　　　　　화음을 지나며

　岧嶢太華俯咸京,[239]　　드높은 화산이 도성을 굽어보니

　天外三峰削不成.[240]　　하늘 밖 세 봉우리는 깎아서도 만들 수 없어라.

　武帝祠前雲欲散,[241]　　무제사武帝祠 사당 앞 구름은 흩어지려 하고

　仙人掌上雨初晴.[242]　　거령신 손바닥 위 빗줄기는 이제 막 그쳤구나.

　河山北枕秦關險,[243]　　황하와 산맥 북쪽에는 험한 관문이 버티고

238　華陰(화음) : 화산의 북면. 또는 화음현(華陰縣). 지금의 섬서성 화음시.
239　岧嶢(초요) : 높고 험준한 모습.
　　太華(태화) : 화산. 진령산맥의 동단에 있는 산으로 해발 약 2천 미터.
　　咸京(함경) : 진나라 수도 함양으로, 장안의 북쪽에 있다. 여기서는 장안을 가리
　　킨다.
240　三峰(삼봉) : 화산의 세 봉우리로 부용봉(芙蓉峰), 명성봉(明星峰), 옥녀봉(玉女
　　峰)을 말한다.
241　武帝祠(무제사) : 한 무제가 세웠다는 사당. 『화산지(華山志)』에 다음과 같은 기
　　록이 있다. "거령은 현원의 도를 얻어 원기와 함께 생겨났으며, 혼돈의 스승이요
　　구원의 조상이다. 한 무제가 현내에 거령신의 손바닥 자국이 있는 것을 보고 특
　　별히 거령신의 사당을 세웠다.(巨靈得玄元之道, 與元氣一時而生, 混沌之師九元祖
　　也. 漢武帝觀仙掌於縣內, 特立巨靈神祠焉.)"
242　仙人掌(선인장) : 신선의 손바닥. 화산 동봉(東峰)의 석벽에 있다. 많이 알려진
　　전설에 따르면, 거령신은 황하의 신이다. 원래 화산과 수양산이 붙어 있었는데,
　　거령신이 손으로 화산을 밀고 발로 수양산을 차 황하가 바다로 흘러가게 했다고
　　한다. 이때 거령신의 손바닥 자국이 석벽에 남았다고 한다. '화산선장(華山仙
　　掌)'은 관중팔경(關中八景) 가운데 하나였다.
243　秦關(진관) : 진 지방의 관산(關山). 진(秦)나라는 지금의 섬서성 지역으로 사방
　　이 험한 관산으로 둘러싸여 있다.

驛路西連漢畤下.[244]　　역참과 길은 서쪽으로 제사 터와 이어졌네.

借問路傍名利客,　　문노니 명리를 구하러 길가는 나그네여

無如此處學長生?[245]　　차라리 이곳에서 장생술을 배우는 게 어떠

　　　　　　　　　한가?

【왕평】

'깎아서도 만들 수 없다削不成'는 깎지 않았어도 이루어진 것을 말한다. 시인에겐 본디 산을 감추고 달을 옮기는 뜻이 있으니, 일반 사람이 쉽게 알 수 있는 바가 아니다.

'削不成'言削不成而成也, 詩家自有藏山移月之旨, 非一往人所知.

【해설】

화음을 지나며 바라본 경물과 유적을 묘사하고 오늘의 풍토를 권계하였다. 앞 6구에서 풍광과 고적을 묘사하고 말 2구에서 갑자기 질문하는 방식을 채용하여, 율시에서 일반적으로 이루어지는 '기-승-전-결' 구성을 따르지 않고 있어 독특한 격식을 보인다. 시풍이 웅혼하고 광활하며 비유가 깊다.

---

244 漢畤(한치) : 한대의 제왕이 천지(天地)와 오제(五帝)에 제사하는 장소. 치(畤)는 신령이 머무는 곳으로, 일반적으로 장안 교외에 높은 누대를 세워 제사하였다. 한대에 북치(北畤)가 있었고, 그밖에 진대부터 사용되었던 옹오치(雍五畤), 서치(西畤), 휴치(畦畤) 등도 한대에 계속 남아 사용되었다. 이들은 모두 장안 부근 화산의 서쪽에 있었다.

245 無如(무여) : 불여(不如)와 같다. ~만 못하다.

잠삼岑參 5수

和賈至舍人早朝大明宮之作

가지 사인의 '대명궁 아침 조회'에 화답하며

鷄鳴紫陌曙光寒,[246]	닭 우는 도성 교외에 새벽빛 차가운데
鶯囀皇州春色闌.[247]	꾀꼬리 지저귀는 장안성에 봄빛이 깊어라.
金闕曉鐘開萬戶,[248]	궁궐의 새벽 종소리에 온갖 궁문 열리고
玉階仙仗擁千官.[249]	옥 계단의 의장대가 백관을 호위한다.
花迎劍佩星初落,[250]	별들이 막 스러지자 꽃들이 검과 패옥을 맞이하고
柳拂旌旗露未乾.	깃발이 스쳐 가는 버들잎에 이슬이 영롱해라.
獨有鳳凰池上客,[251]	더구나 봉황지 연못가의 어르신
陽春一曲和皆難.[252]	지으신 '양춘' 곡은 화답하기 어려워라.

---

246 紫陌(자맥) : 도성 교외의 길.

247 皇州(황주) : 황도(皇都). 장안.
　　闌(란) : 늦다. 다하다.

248 金闕(금궐) : 금으로 장식한 궁궐. 장안성을 가리킨다.
　　萬戶(만호) : 만 개의 궁실.

249 仙仗(선장) : 황제의 의장. 궁중의 길을 선로(仙路)라 하고, 궁중의 못 물을 선액(仙液)이라 하는 등, 황제 또는 궁궐과 관련된 사물에 선(仙)자를 붙이는 경우가 많다.

250 劍佩(검패) : 검을 차고 패옥을 두르다. 5품 이상만이 패옥을 찼다. 고관의 차림을 말한다.

251 鳳凰池(봉황지) : 중서성을 가리킨다.
　　客(객) : 가지(賈至)를 가리킨다.

252 陽春(양춘) : 악곡 이름. 일반적으로 「백설」과 함께 뛰어나고 고상한 음악을 가리

묘사를 지극히 미묘한 경지까지 하였으니 마치 두 개의 거울이 형상을 받아 서로를 비추는 것과 같다.

『시경』에서 "정원의 횃불이 밝아庭燎有輝" "그 깃발을 바라본다言觀其旂"로 밤이 새벽으로 변하는 광경을 그렸으니 '경 밖의 경'이 특히 뛰어나다. 천년 후에 "별들이 막 스러지자 꽃들이 검과 패옥을 맞이하고花迎劍佩"와 "깃발이 스쳐 가는 버들잎에 이슬이 영롱해라柳拂旌旗"로, 별이 지니 꽃이 검패를 맞이하고 깃발이 버들잎을 스친다는 걸 알게 되었다. 『시경』이후에 당대 율시가 없어서는 안되는 것은 바로 이러한 시 때문이다.

刻寫入冥, 如兩鏡之取影.

毛詩'庭燎有輝''言觀其旂'以狀夜向晨之象, 景外獨絶. 千載後乃得'花迎劍佩'一聯, 星落乃知花之相迎, 旌之拂柳也. 『三百篇』後不可無唐律者以此.

【해설】

대명궁에서 조회를 받는 모습을 그렸다. 조회하는 장면 자체보다는

킨다. 송옥(宋玉)의 「대초왕문(對楚王問)」에 나온다. "어떤 나그네가 초나라 수도 영(郢)에서 노래를 부르는데, 처음에 「하리」와「파인」을 부르자 수도에서 따라 부르는 자가 수천 명이었습니다. 그가 「양아」와 「해로」를 부르자 수도에서 따라 부르는 자가 수백 명이 되었고, 그가 「양춘」과 「백설」을 부르자 수도에서 따라 부르는 자가 수십 명에 불과했습니다. (…중략…) 곡조가 높고 고상할수록 화답하는 사람은 더욱 적어졌습니다.(客有歌於郢中者, 其始曰'下里''巴人', 國中屬而和者數千人. 其爲'陽阿''薤露', 國中屬而和者數百人, 其爲'陽春''白雪', 國中屬而和者數十人. (…중략…) 其曲彌高, 其和彌寡.)" 여기서는 가지가 지은 시를 가리킨다.

궁궐 안팎의 봄날의 아침 광경을 그리는데 집중했으며, 이로써 생기 넘치고 장엄한 조회 장면을 드러내려고 하였다. 특히 제5, 6구가 뛰어나다. 758년 늦봄, 가지가 먼저 시를 지었고, 당시 우보궐로 재직하던 잠삼 등이 시를 지어 화답하였다.

'양경취영兩鏡取影'은 왕부지 시론의 중요한 개념 가운데 하나로 이백의 「봄의 그리움春思」을 평할 때 사용한 '양경상입'兩鏡相入과 비슷하다. 이는 송대 정원화상淨源和尙이 『금사자장운간류해金師子章雲間類解』에서 말한 "마치 두 개의 거울이 서로를 비추니, 광휘를 전하며 서로 받는 것과 같다若兩鏡互照, 傳耀相寫"는 말에서 계발을 받은 것으로 보인다. '두 개의 거울'兩鏡은 하늘의 거울과 인간의 거울을 가리키며, '빛을 얻는다取影'는 것은 주체와 객체 사이에 서로 의지하며 서로를 드러냄을 말한다. 때문에 시에서 양경취영이 잘 되었다는 것은 사람의 정감과 정신을 대자연의 무한한 모습을 빌려 곡진하게 드러냈다는 뜻이 된다. 잠삼의 이 시에서 제5, 6구는 마치 두 개의 거울과 같이 각기 그 형상을 담아내면서 동시에 서로 섞이며 이른 아침의 형상을 만들어낸다. 화엄의 가장 높은 경계인 '사사원융事事圓融'의 경계를 시학에 응용하여 정情으로 만물의 경景을 모으는 현상을 표현하였다.

使君席夜送嚴河南赴長水[253]

장수현으로 가는 하남윤 엄무를 괵주자사의 연회에서 밤에 보내며

嬌歌急管雜靑絲,	빠른 음악에 실려 아리따운 노래가 흐르고
銀燭金杯映翠眉.	은 촛대와 황금 술잔 속 미인이 돋보인다.
使君地主能相送,[254]	자사께선 모임의 주인으로 송별의 자릴 열었으니
河尹天明坐莫辭.[255]	하남윤께선 하늘이 밝을 때까지 사양하지 마소서.
春城月出人皆醉,	봄 성에 달이 뜨고 모든 사람 취했는데
野戍花深馬去遲.[256]	들의 병영엔 꽃이 우거지고 말 더디 떠나네.
寄聲報爾山翁道,[257]	산간山簡과 같은 하남윤의 말을 전하노니
今日河南勝昔時.[258]	지금 황하 남쪽의 괵주는 예전보다 낫다오.

---

253 使君(사군) : 괵주자사(虢州刺史)를 가리킨다.
嚴河南(엄하윤) : 하남윤 엄무(嚴武)를 가리킨다. 엄무는 761년(상원 2)에 하남윤이 되었다.
長水(장수) : 하남부(河南府)의 속현. 지금의 하남성 낙녕현(洛寧縣) 서남 45리에 소재했다. 당시 하남부의 치소를 장수에 잠시 두었다.

254 地主(지주) : 모임의 주인.

255 河尹(하윤) : 하남윤. 엄무를 가리킨다.
坐(좌) : 잠시.

256 戍(수) : 병영. 당시 사사명이 낙양을 점령하고 있었기에 섬주와 괵주 일대는 조정의 병사들이 주둔하고 있었다.

257 山翁(산옹) : 산간(山簡). 술꾼으로 유명하다. 여기서는 취중의 엄무를 가리킨다.

258 河南(하남) : 황하의 남쪽. 괵주를 가리킨다. 괵주는 하남도(河南道)의 속주로 황하의 남쪽에 소재했다.

절묘함은 한적함에 있다.

또 하나의 울림이 있다.

妙在閑適.

別響.

【해설】

곡주자사가 베푼 연회에서 하남윤 엄무를 보내며 지은 송별시이다.
761년인 이때는 사사명이 낙양을 점령하고 있었기에 하남윤의 치소를
장수현에 잠시 두었고, 엄무는 곡주를 거쳐 부임하게 되었다. 제5, 6구
를 명구로 친다.

赴嘉州過城固縣尋永安超禪師房[259]

가주로 부임하는 길에 성고현을 지나며 영안사 초 선사 방을 찾아

滿寺枇杷冬著花,	절 안 가득 비파나무 겨울에도 꽃을 피워
老僧相見具袈裟.	노승은 가사를 걸치고 나를 맞이한다.
漢王城北雪初霽,[260]	한왕성漢王城의 북쪽은 눈이 막 개었는데

---

259 嘉州(가주) : 치소는 지금의 사천성 낙산시(樂山市).
　　城固縣(성고현) : 양주(梁州)의 속주. 지금의 한중시 동북에 소재.
　　永安(영안) : 절 이름. 위치는 미상.
260 漢王城(한왕성) : 유방(劉邦)이 세운 성이란 뜻으로 남정(南鄭)을 가리킨다. 기
　　원전 206년 항우가 유방을 한왕에 봉하면서, 파, 촉, 한중을 다스리고 남정(南鄭)
　　에 도읍을 두게 하였다. 남정은 양주의 치소로, 지금의 섬서성 한중시이다. 『사

韓信臺西日欲斜.[261]

門外不須催五馬,

林中且聽演三車.[262]

豈料巴川多勝事,[263]

爲君書此報京華.

한신대韓信臺의 서쪽은 해가 지려 하는구나.

문밖에서 다섯 말을 재촉할 필요 없으니

숲속에서 강연하는 불법을 들어야 하리라.

어찌 알았으랴, 파 땅에 좋은 일 많은 걸

그대 위해 이를 써서 도성에 알리리라.

【왕평】

잠삼의 시는 지극히 정교하게 다듬지만, 위 두 수는 소탈하고 스스로 만족하는 기운이 있다. 그러나 바로 이러한 자연스러움이 있기에 비로소 정교한 조탁이 생기를 가질 수 있는 것이다.

嘉州詩極組刻, 此二首乃蕭蕭自喜, 然必有此乃施之雕鏤.

【해설】

765년영태1 11월 가주자사가 되어 촉 땅으로 가는 도중에 지었다. 안사의 난이 종결된 직후여서 상대적으로 안정된 분위기가 두드러진다. 유방과 한신과 같은 영웅이라 해도 겨울의 석양처럼 사라질 수밖

기』「고조본기」 참조.

261 韓信臺(한신대) : 기원전 206년 유방이 남정에서 한신을 대장으로 임명했던 단(壇). 『사기』「회음후열전」 참조.

262 三車(삼거) : 불법을 강연하다. 삼거는 불교에서 말하는 우거(牛車), 녹거(鹿車), 양거(羊車)로, 불교의 대승(大乘), 중승(中乘), 소승(小乘)을 비유한다.

263 巴川(파천) : 파(巴) 땅. 파령산맥이 진령산맥에서 남으로 갈라져나와 동남으로 구불구불 가다가 남정, 서향(西鄕), 진파(鎭巴) 등 섬서성과 사천성의 경계로 이어지는데, 이 일대를 가리킨다.

에 없으니, 차라리 진경眞境에 머물며 불법을 닦는 초 선사가 낫다는 의미를 은연중에 환기한다.

首春渭西郊行, 呈藍田張二主簿[264]

초봄에 위수 서쪽 교외를 거닐며 – 남전 장이 주부에게 드림

回風度雨渭城西,[265]	돌개바람에 비가 지나간 위성의 서쪽
細草新花踏作泥.	잔풀과 꽃이 사람 발길에 진흙이 되었다.
秦女峰頭雪未盡,[266]	진녀봉秦女峰 위에는 눈이 아직 남았는데
胡公陂上日初低.[267]	호공피胡公陂 언덕에 해가 막 떠오르네.
愁窺白髮羞微祿,	백발을 근심스레 보니 박봉이 부끄럽고
悔別靑山憶舊溪.	청산 떠난 걸 후회하니 고향 개울 그리워.
聞道輞川多勝事,[268]	듣자니 망천에는 좋은 풍광 많다 하니
玉壺春酒正堪携.	옥 항아리에 봄 술 들고 찾아갈 만하리.

---

264 首春(수춘) : 맹춘(孟春)과 같다. 음력 정월.
　　渭西(위서) : 위성(渭城, 지금의 함양시)의 서편. 장안을 가리킨다.
　　張二主簿(장이주부) : 미상. 주부는 현의 문서를 담당한다.
265 回風(회풍) : 돌개바람.
　　度雨(탁우) : 비를 뿌리다.
266 秦女峰(진녀봉) : 태백산을 가리키는 듯. 진녀는 진 목공의 딸 농옥. 섬서성 위남시(渭南市) 용미피(龍尾陂) 서쪽에도 진녀봉이란 곳이 있다.
267 胡公陂(호공피) : 미상. 위서 지역의 지명. 일반적으로 호현(鄠縣)의 미피(渼陂)로 보기도 한다.
268 輞川(망천) : 지금의 서안시 남전현(藍田縣) 동남에 소재한 작은 강. 종남산(終南山)의 망곡(輞谷)에서 발원하여 파수(灞水)로 흘러든다.
　　勝事(승사) : 마음에 드는 좋은 일.

【왕평】

시작과 끝이 절묘한 경지에 들었다.

'경景' 속에서 '정情'이 나오고, '정' 속에 '경'을 품고 있다. 그러므로 '경'은 '정'의 '경'이요, '정'은 '경'의 '정'이다. 고적은 그러하지 않은데, 마치 산골의 시골 잔치에 고기 한 접시와 채소 한 접시가 있는 것과 같다. '규窺'자 중에 '경鏡'자가 숨어있다고 해도 좋다.

起束入化.

景中生情, 情中含景. 故曰: 景者情之景, 情者景之情也. 高達夫則不然, 如山家村筵席, 一葷一素. '窺'字中隱一鏡字亦可·

【해설】

봄이 온 장안 교외를 묘사하였다. 새봄의 도래에 신선한 감수성이 돋보이며, 후반부에 나이를 먹어가는 감회 속에도 한가한 여유를 잃지 않았다.

왕부지는 시가 시다운 점은 '심미적 의상意象'이 있기 때문이고, '심미적 의상'은 '정情'과 '경景'이 결합되어 이루어졌다고 보았다. 또 모든 '정'은 '경'의 요소를 가지고, 모든 '경'은 '정'의 요소를 가지므로 위와 같이 "'경景' 속에서 '정情'이 나오고, '정' 속에 '경'을 품고 있다"고 하였다. 『강재시화』에서도 이백의 "장안의 한 조각 달長安一片月"이 '경 속의 정景中情'이고, 두보의 "그림자는 수많은 관리들 사이에서 고요하고 影靜千官裏"처럼 '정 속의 경情中景'이어서, 뛰어난 시는 그 결합이 흔적이 없다고 하였다. 이처럼 '정'과 '경'의 결합은 내재적 통합이지 어떤 정해진 방식에 따른 기계적인 외재적 결합이 아니라고 하였다. 이러한 관점은 동아시아의 자연환경이 인간에 밀접하고도 우호적인 문화적 배경에서 이루어졌기에 양성된 개념일 것이다. 그리하여 『시경』의 뛰어난 시들이 '경'에 촉발되어 '정'을 말하거나, '정'을 말하며 '경'과 연결 짓는 전통이 이루어졌다. 잠삼의 이 시에는 이러한 정경교융이 잘 이루어지고 있지만 고적의 시에는 '정어'와 '경어'가 섞이지 않은 것이 마치 '고기 한 접시와 채소 한 접시'가 놓여 있는 것과 같다고 비유하여 말하였다.

暮春虢州東亭送李司馬歸扶風別廬[269]

늦봄에 곽주 동정에서 부풍 별장으로 돌아가는 이 사마를 보내며

柳嚲鶯嬌花復殷,[270]	버들 늘어지고 꾀꼬리 울고 꽃이 다시 붉은데
紅亭綠酒送君還.	붉은 정자에서 녹주綠酒로 돌아가는 그대 보내네.
到來函谷愁中月,[271]	함곡관에 왔을 때는 근심으로 달을 보았는데

---

269 虢州(곽주) : 치소는 지금의 하남성 영보시(靈寶市) 곽략진(虢略鎭).
  李司馬(이사마) : 미상. 곽주의 사마.
  扶風(부풍) : 기주(岐州) 부풍군. 나중에 봉상부(鳳翔府)로 개명하였다.
  別廬(별려) : 별장.
270 嚲(타) : 늘어지다.
  鶯嬌(앵교) : 꾀꼬리의 아름다운 지저귐 소리.
  殷(은) : 붉다.

歸去磻溪夢裏山.[272]　　　반계로 돌아가는 지금은 그대 꿈속의 산이

리라.

簾前春色應須惜,　　　주렴 앞의 봄빛을 응당 아껴야 하니

世上浮名好是閑.[273]　　　세상의 뜬 이름은 진실로 사소하더라.

西望鄕關腸欲斷,　　　서쪽으로 고향 바라보니 애간장이 끊어져

對君衫袖淚痕斑.　　　그대 마주하니 소매가 눈물로 얼룩지누나.

【왕평】

이 작품은 두심언과 비슷한데, 개원 천보 연간에 이런 작품은 지극히 적다.

아직 보내는 자리에서 '꿈속의 산夢裏山'이라 하여, 벗이 오랫동안 고향에 돌아가고 싶어 했음을 드러냈다. 개괄과 언어 구성이 절묘하다.

此乃在似杜審言, 開天間所絶少.

方送未歸故曰'夢裏山', 亦以見其欲歸之久也, 隰括成語妙.

271　函谷(함곡) : 함곡관. 지금의 하남성 영보시 동북에 세워진 관문으로, 동쪽의 효산(崤山)과 서쪽의 동관(潼關) 사이에 위치했다.

272　磻溪(반계) : 섬서성 보계시(寶鷄市) 동남에 소재한 계곡. 진령에서 발원하여 위하로 흘러든다. 중간에 자천(玆泉)이 있는데 곧 서주 초기 강태공이 낚시했던 곳이다. 반계는 부풍 근처에 있으므로 이로써 이 사마의 은거지를 가리킨다.

273　好是(호시) : 정말.

閑(한) : 예사롭다. 보통이다.

【해설】

고향으로 돌아가는 이 사마를 보내며 쓴 송별시이다. 이 사마는 마침 서쪽으로 장안을 지나 부풍으로 가게 되므로, 자신이 고향처럼 생각했던 장안을 거쳐 가는 셈이다. 시인은 여전히 나그네이기 때문에 '객중송객客中送客'의 감회를 나타내었다.

원결元結 1수

橘井[274]

靈橘無根井有泉,
世間如夢又千年.[275]

굴정

영험한 굴나무와 우물물로 역병을 고쳤으니
세간은 꿈속같이 다시 천년이 흘렀어라.

274　橘井(굴정) : 소탐(蘇耽)의 우물. 갈홍(葛洪)의 『신선전』에 나오는 「소선공(蘇仙公)」과 관련 있다. 소선공(소탐)은 한 문제 때 계양(桂陽, 호남 郴州) 사람으로 어려서 효성이 지극하였는데 어느 날 산에 올라가 신선이 되었다. 몇 년 후 수십 마리 학이 소선공의 집 문으로 날아오더니 소년으로 변하였고 소선공이 고별 인사를 하였다. 이에 어머니가 울면서 네가 떠나면 나는 어떻게 사느냐고 말하였다. 소선공이 말하길 마당의 우물과 처마 옆의 굴나무가 어머니를 대신 봉양할 것이라고 했다. 다음 해 역병이 돌 때 우물물 한 되와 굴잎 하나를 따서 먹으면 한 사람의 병이 낫는다고 하였다. 또 궤짝 하나를 주면서 필요한 것이 있으면 두드리되 대신 열어보지는 마라고 하였다. 다음 해 과연 역병이 돌았고 어머니는 우물물과 굴잎으로 사람들을 낫게 하였다. 여기에서 뜻이 유래하여 굴정은 일반적으로 의원이나 좋은 약을 가리킨다.

275　千年(천년) : 한 문제부터 원결이 이 시를 쓸 때까지 약 팔백여 년으로 개략적인 수를 말했다.

鄕園不見重歸鶴,[276]　　　고향 동산엔 학이 다시 돌아오지 않는데

姓字今爲第幾仙?　　　그의 이름은 지금 신선 중에 몇 째이런가?

風冷露壇人悄悄,[277]　　　바람 싸늘한 제단에는 사람들 근심스럽고

地閑荒徑草芊芊.[278]　　　한가한 터 황량한 길에는 풀만이 우거졌네.

如何躡得蘇君跡,[279]　　　어찌하면 소선공蘇仙公의 자취를 쫓아

白日霓旌擁上天?[280]　　　대낮에 무지개 깃발을 앞세우고 하늘에 오를까?

【왕평】

풍류와 운치가 손상되지 않았다.

風致不損.

---

276 鄕園(향원) : 소선공의 고향인 계양을 가리킨다.
　　重歸鶴(중귀학) : 다시 돌아온 학. 정령위(丁令威) 고사를 가리킨다. 요동 사람 정령위는 영허산(靈虛山)에서 도를 닦고 나중에 학이 되었다. 요동으로 돌아가 화표(華表) 위에 앉아 노래하였다. "새야 새야 정령위야, 집 떠난 지 천년 만에 이제야 돌아왔네. 성곽은 의구한데 사람은 바뀌었네, 어이해 신선술 아니 배워 무덤만 총총한고!(有鳥有鳥丁令威, 去家千年今來歸. 城郭如古人民非, 何不學仙塚累累.)" 『수신후기』 참조.
277 悄悄(초초) : 근심하는 모습. 『시경』「백주(柏舟)」에 "근심스런 마음 초초한데(憂心悄悄)"라는 말이 있다.
278 芊芊(천천) : 초목이 무성한 모양.
279 躡(섭) : 밟다. 따르다.
　　蘇君(소군) : 소선공을 가리킨다.
280 霓旌(예정) : 제왕이 출행 때 쓰는 의장용 깃발 가운데 하나. 여기서는 무지개로 만든 신선의 깃발.

【해설】

　소선공蘇仙公의 행적을 찬양하고 그와 같이 신선이 되고 싶은 바람을 적었다. 명대『원차산집元次山集』에는 이 시가 없고, 다만 권말의 '습유拾遺' 부분에 실려 있다. 왕국유도『원차산집』을 교감하면서 이 시는 원결의 시가 결코 아니라고 말하였다. 정치 현실에 관심이 깊고 사실주의 시풍이 강한 원결이 선도仙道를 찬양하는 시를 썼을 리 없다고 보기 때문이다. 현대의 학자들도 대부분 이에 동의한다.

장위張謂 1수

別韋郎中	위 낭중과 헤어지며
星軺計日赴岷峨,[281]	사신의 수레가 조만간 민산과 아미산에 이르면
雲樹連天阻笑歌.	하늘에 맞닿은 나무들에 웃음과 노래가 막히리.
南入洞庭隨雁去,	남으로 동정호에 들어가면 기러기 따라가다가
西過巫峽聽猿多.	서쪽으로 무협을 지나면 원숭이 울음 자주 듣겠지.

281　星軺(성초) : 사신이 타는 수레. 사신을 가리킨다.
　　岷峨(민아) : 민산과 아미산. 촉 지방을 가리킨다.

崢嶸洲上飛黃蝶,[282]　　쟁영주崢嶸洲 위에서는 노란 나비가 날고

灩澦堆邊起白波.[283]　　염여퇴灩澦堆 옆에서는 흰 포말이 일어나리.

不醉郞中桑落酒,[284]　　낭중이 따라주는 상락주桑落酒에 취하지 않는다면

教人無奈別離何!　　헤어지는 아쉬움을 어찌 달랠 수 있으리오!

【왕평】

흔들흔들 느릿느릿, 절로 악부의 여운이 있다.

搖搖緩緩, 自爲樂府餘音.

【해설】

멀리 촉 땅으로 파견되는 친구를 보내며 쓴 시이다. 중간의 네 구에서 도중의 특징적인 풍광과 험로를 그림으로써 시름을 달래고 주의를 당부하는 마음을 새겨넣었다.

282　崢嶸洲(쟁영주) : 득승주(得勝洲)라고도 한다. 동진 유의(劉毅)가 환현(桓玄)을 쳐 이긴 곳으로, 지금의 호북성 황강(黃岡)에 있다.

283　灩澦堆(염여퇴) : 삼협 중 중경시 봉절현 구당협(瞿塘峽) 초입에 있는 암초. 겨울에는 물이 얕아 모습이 드러나 보이지만 오월이 되면 물이 불어 잠기므로 행인들의 배가 자주 부딪쳐 좌초되곤 하였다. 강의 통행을 위해 1958년에 폭파하여 지금은 없다.

284　桑落酒(상락주) : 술 이름. 하동(河東, 산서 永濟) 출산의 명주.

이백李白 2수

登金陵鳳凰臺[285]	금릉 봉황대에 올라
鳳凰臺上鳳凰遊,	봉황대 위에서 봉황이 노닐더니
鳳去臺空江自流.	봉황 떠난 빈 누대에 강물만 흘렀어라.
吳宮花草埋幽徑,[286]	오나라 궁궐의 꽃과 풀은 오솔길에 묻혔고
晉代衣冠成古丘.[287]	동진의 명문세족 무덤은 언덕이 되었네.
三山半落靑天外,[288]	삼산三山은 하늘 멀리 반쯤 보이고
二水中分白鷺洲.[289]	진회하秦淮河는 백로주白鷺洲에 두 갈래로 나뉘었네.
總爲浮雲能蔽日,[290]	구름은 언제나 해를 가릴 수 있기에

---

285 金陵(금릉) : 지금의 강소성 남경시.
　　鳳凰臺(봉황대) : 남경시 봉황산에 소재했던 누대.
286 吳宮(오궁) : 삼국시대 오나라가 금릉에 도읍을 정하였다.
287 晉代(진대) 구 : 동진도 금릉에 도읍을 정하였다.
　　衣冠(의관) : 관복과 예관(禮冠). 여기서는 고관과 귀족을 가리킨다.
288 三山(삼산) : 남경시 서남의 장강 강변에 있는 산. 봉우리 3개가 남북으로 나란히 있어 이름 붙여졌다.
　　半落(반락) : 삼산의 반이 구름에 가리어져 있음을 말한다.
289 白鷺洲(백로주) : 장강 속에 있던 사주(沙洲). 백로가 많이 모여들기에 이름 붙여졌다. 남경시 동남쪽 수서문(水西門) 밖에 소재했으나, 지금은 육지와 연결되고 백로주 공원이 들어서 있다. 이 구는 진회하(秦淮河)가 장강으로 들어가기 전에 백로주가 가운데 있어 강을 둘로 나눈다는 뜻이다.
290 浮雲(부운) : 간신을 비유한다. 육가(陸賈)의 『신어(新語)』 「신미편(愼微篇)」에 "간사한 신하가 현능한 사람을 가리는 것은 구름이 해와 달을 가리는 것과 같다(邪臣之蔽賢, 猶浮雲之障日月也)"는 말이 있다.

長安不見使人愁!　　　　장안이 보이지 않으니 어찌 근심스럽지 않
　　　　　　　　　　　　　으랴!

【왕평】

　'구름이 해를 가리고浮雲蔽日', '장안이 보이지 않다長安不見'는 진 명제
晉明帝의 말을 빌려온 것으로, 구름은 간신들이 권력을 잡은 현실을 비
유하며, 강동에 중원을 구할 인재가 없고 중원이 함락된 일을 슬퍼한
것이다. '사인수使人愁' 세 글자로 '오솔길幽徑'과 '언덕古丘'에서 느껴지
는 역사의 무상감을 종합하였으니, 이는 최호의 「황학루」 말미 "강 위
의 물안개에 시름만 깊어가네煙波江上使人愁"와 표면적으로 말은 같지만
내포된 의미는 다르다. 송대 사람들은 이 차이를 이해하지 못하고, 이
백의 시가 최호의 작품에 미치지 못한다고 함부로 비판하였다. 마치
얼굴을 마주하고도 진가를 알지 못하여 억지로 우열을 가리는 격이니
어찌 어리석지 않은가? 이백의 시는 전편이 혼연일체를 이루었지만,
최호의 시는 다듬고 잘라내어 마무리했다. 이백의 시는 「고시십구수」
에서 나왔지만, 최호의 시는 순전히 당음唐音이다.

　'浮雲蔽日''長安不見'借晉明帝語, 影出浮雲以悲江左無人, 中原淪陷. '使
人愁'三字總結'幽徑''古丘'之感, 與崔顥「黃鶴樓」落句語同意別. 宋人不解
此, 乃以疵其不及顥作. 覿面不識而强加長短何有哉? 太白詩是通首混收, 顥
詩是扣尾掉收; 太白詩自「十九首」來, 顥詩則純爲唐音矣.

【해설】

금릉지금의남경의 봉황대에 올라 역사를 회고하고 현실을 생각하였다. 첫 2구는 봉황대의 전설을 변함없이 흐르는 강의 영원성과 대비시켰다. 제3, 4구는 육조의 번화한 모습은 봉황처럼 한 번 가서는 다시 돌아오지 않는다고 회고하였다. 제5, 6구는 대자연의 장관을 그렸고, 말 2구는 나라에 대한 근심을 토로하였다. 『초계어은총화』나 『당시기사』를 보면 이백은 최호의 「황학루」를 무척 높이 평가하였고, 이와 겨뤄보기 위해 위 시를 지었다고 하였다. 최호의 작품과 비교할 때 이백은 제3, 4구에서 역사를 끌어들여 현실의 문제를 더욱 심각하게 드러낸 점이 두드러진다. 이백의 많지 않은 율시 가운데 한 편으로, 인구에 회자하는 걸작이다.

왕부지는 시의 말미를 동진 초기 중원 회복에 강렬한 뜻을 가진 진명제晉明帝와 결부시켜 해석하였다. 왕부지는 '장안불견長安不見'이 『세설신어』에 나오는 명제의 말과 연결하였다. 명제가 어렸을 때 부친인 원제가 장안과 해 중에서 어느 것이 더 머냐고 묻자, 명제가 답하길 장안에선 오는 사람이 있지만 해에서 오는 사람은 없기 때문에 해가 더 멀다고 하였다. 다음날 조정에서 원제가 신하들 앞에서 다시 이 일을 말하자, 명제는 이번에는 해가 더 가깝다고 하면서 "눈을 들어보면 해는 보이지만, 장안은 보이지 않기擧目見日, 不見長安" 때문이라고 답하였다. 명제가 '장안이 멀다'고 말한 것은 신하들이 무능하고 겁이 많아 일신의 이익만 꾀할 뿐 중원 수복의 뜻을 펼치려 하지 않은데 대한 비판으로 볼 수도 있다. 실제 명제의 재위 기간은 3년에 지나지 않았고 27살의 젊은 나이에 병으로 죽게 되지만, 회제懷帝와 민제愍帝가 포로로 끌려간 수치를 갚고 중원을 회복하려는 뜻은 강하였다. 왕부지는『독통감론讀通鑑論』에서도 "명제가 젊어서 죽지 않았다면 중원은 아마 수복되었을 것이다明帝不夭, 中原其復乎!"고 한 데서도 그의 일관된 이해를 볼 수 있다. 이런 시각에서 이 시를 다시 읽는다면, 이 시는 국세를 다시 회복하여 봉황처럼 날고자 하는 뜻을 나타낸 영사시로 볼 수도 있어, 그 의의가 단순한 회고시를 넘어선다고 할 수 있다.

鸚鵡洲[291]	앵무주
鸚鵡來過吳江水,[292]	앵무가 일찍이 동오의 강가에 날아와
江上洲傳鸚鵡名.	강 가운데 섬에 앵무주란 이름이 붙여졌지.
鸚鵡西飛隴山去,[293]	앵무새는 서쪽으로 농산으로 돌아가고
芳洲之樹何靑靑?[294]	향초 많은 사주에는 초목만 푸르러라.

291 鸚鵡洲(앵무주) : 지금의 호북성 무한시 한양 서남의 장강 가운데 있었던 삼각주. 동한 말기 강하태수(江夏太守) 황조(黃祖)의 큰 아들 황사(黃射)가 빈객들을 모아 놓고 모임을 가질 때 누군가 앵무를 헌상하는 자가 있어 예형(禰衡)이 즉석에서 「앵무부(鸚鵡賦)」를 지어 올렸기에 이름 붙여졌다. 명대에 수몰되어 지금은 볼 수 없다.
292 吳江水(오강수) : 동오 지역의 장강. 앵무주가 있는 무한 일대의 장강을 가리킨다.
293 隴山(농산) : 지금의 섬서성 농현(隴縣)과 감숙성 평량(平涼) 사이에 있는 높고 험준한 산. 섬서성과 감숙성의 경계를 이룬다. 앵무새는 농산에서 나왔다고 알려졌다. 예형의 「앵무부」에 "서역의 신령한 새로다(惟西域之靈鳥兮)"는 말이 있고, 『문선주』에서 "서역은 농산을 말하는데, 이 새가 거기서 나온다(西域謂隴坻, 出此鳥也)"고 주석하였다.

煙開蘭葉香風起,	안개 걷히면 난잎에 향기로운 바람 일고
岸夾桃花錦浪生.	물가의 복사꽃에 비단 물결 일렁여라.
遷客此時徒極目,[295]	좌천된 나그네 부질없이 멀리 둘러보니
長洲孤月向誰明?	긴 모래섬 위의 달은 누굴 위해 저리 밝은가?

【왕평】

이 시는 「황학루」의 뜻과 대략 같다. 최호의 시가 호랑이의 위세가 있다면 이백의 시는 봉황의 위엄이 있어, 그 덕목이 절로 다르다.

此則與「黃鶴樓」詩宗旨略同, 乃顯詩如虎之威, 此如鳳之威, 其德自別.

【해설】

앵무주 주위의 아름다운 풍광을 그리고 유배된 자신의 고독한 심경을 나타냈다. 구성과 내용에서 이 시 역시 최호의 「황학루」와 유사하여, 역대 시평가들이 비교하는 경우가 많았다. 고시의 필치로 율시를 지은 작품이다.

---

294 芳洲(방주) : 향초가 가득 자란 사주.
295 遷客(천객) : 폄적되어 가는 사람. 시인 자신을 가리킨다.
    極目(극목) : 눈길이 닿는 데까지 바라봄.

두보杜甫 37수

<table>
<tr><td>題張氏隱居</td><td>장씨 은거처에 적다</td></tr>
<tr><td>春山無伴獨相求,</td><td>봄 산에 벗이 없어 홀로 그대 찾아가니</td></tr>
<tr><td>伐木丁丁山更幽.[296]</td><td>쩡쩡 나무 찍는 소리에 산이 더욱 고요해라.</td></tr>
<tr><td>澗道餘寒歷冰雪,</td><td>계곡 길 남은 추위에 얼음과 눈 쌓였고</td></tr>
<tr><td>石門斜日到林丘.</td><td>석문에 비치는 석양이 숲 언덕에 닿는다.</td></tr>
<tr><td>不貪夜識金銀氣,[297]</td><td>탐심이 없으니 밤에 금과 은의 기운을 알아채고</td></tr>
<tr><td>遠害朝看麋鹿遊.</td><td>해칠 생각 없으니 아침에 사슴이 와서 노는 것 본다네.</td></tr>
<tr><td>乘興杳然迷出處,[298]</td><td>흥이 일어 찾아와 아득히 돌아갈 길 모르는데</td></tr>
<tr><td>對君疑是泛虛舟.[299]</td><td>그대를 마주하니 빈 배를 타고 있는 듯하네.</td></tr>
</table>

---

296 丁丁(정정): 의성어. 나무를 치는 소리. 『시경』「벌목」에 "나무 찍는 소리 쩡쩡 울리는데(伐木丁丁)"란 말에서 나왔다.

297 金銀氣(금은기): 금과 은의 기운. 금이나 옥, 보검 등이 땅에 묻혀 있으면 그 기운이 땅 위로 올라와 새벽이나 밤에 볼 수 있다고 한다. 『지경도(地鏡圖)』 참조.

298 杳然(묘연): 아득하다. 깊고 그윽하다.
出處(출처): 벼슬살이와 은거. 진퇴. 『주역』「계사(繫辭)」에 "군자의 도란 상황에 따라 나아가기도 하고 물러나기도 하며, 말하기도 하고 침묵하기도 하는 것이다(君子之道, 或出或處, 或黙或語)"는 말이 있다.

299 虛舟(허주): 사람이 없이 비어 있으면서 묶여있지 않는 배. 『장자』「산목」에 "배를 타고 강을 건널 때 빈 배가 다가와서 내 배에 부딪히면, 비록 속 좁은 사람이라도 화를 내지 않는다(方舟而濟於河, 有虛船來觸舟, 雖有惼心之人不怒)"는 말이 있다.

【왕평】

두보는 매번 천시天時와 지세地勢에서 뛰어난 경어景語를 찾아내니, "석문에 비치는 석양이 숲 언덕에 닿는다"가 그러하다. 제5구는 기발하고 창의적이다.

杜每于天時地勢妙得景語, "石門斜日到林丘"是也. '不貪'句奇創.

【해설】

장씨의 은거지를 찾아가는 도정을 묘사하고 그의 넓은 성품을 찬미하였다. 전반부는 경치를, 후반부는 정감을 나타낸 구성이다. 청대 구조오仇兆鰲는 736년 두보가 산동 지역을 유력할 때 지은 것으로 보았다. 원래 2수로, 오언율시도 한 수 더 있다.

鄭駙馬宴洞中[300]　　정 부마의 연화동 연회

主家陰洞細煙霧,　　공주의 깊은 동굴은 안개가 서려

留客夏簟靑瑯玕.[301]　　여름날 푸른 옥 대자리가 손님을 붙드네.

春酒杯濃琥珀薄,　　얇은 호박 술잔에 봄 술이 짙고

冰漿碗碧瑪瑙寒.　　비췻빛 마노 주발에 얼음이 차갑다.

誤疑茅堂過江底,　　서늘한 초당은 강바닥을 찾아온 듯한데

300　鄭駙馬(정부마) : 정잠요(鄭潛曜)를 가리킨다. 두보의 친구 정건(鄭虔)의 조카로, 사는 곳이 연화동(蓮花洞)이었다.
301　夏簟(하점) : 여름 대자리.
　　瑯玕(낭간) : 산호와 같은 옥.

已入風磴霾雲端.[302]　　돌계단을 오르니 벌써 구름 속에 파묻히네.

自是秦樓壓鄭谷,[303]　　공주의 누각이 정자진의 곡구 위에 있기에

時聞雜佩聲珊珊.　　때때로 패옥 소리가 쟁강쟁강 들려온다.

【왕평】

각 구마다 중첩된 생각이 들어있어, 이 시인의 머리카락이 일찍 세었음을 알겠다.

每句作兩層思路, 知此公之頭早白.

【해설】

임진공주臨晉公主와 정잠요鄭潛曜 부마가 사는 산속의 연화동을 방문하여 받은 환대와 주위의 환경을 묘사하였다. 동굴에서의 연회라는 특이한 설정에 여름의 시원한 청량감이 잘 표현되었다.

302　風磴(풍등) : 노천의 돌계단.
　　霾(매) : 埋(매)와 같다. 묻다.
303　秦樓(진루) : 공주를 가리킨다. 진 목공의 딸 농옥(弄玉)이 소사(簫史)에게 시집을 간 후 누대에서 퉁소를 배워 봉황 울음을 낼 수 있었다. 나중에 봉황이 날아와 농옥과 소사가 타고 날아갔다. 『열선전』 참조.
　　鄭谷(정곡) : 서한 말기 정자진(鄭子眞)이 은거하던 곡구(谷口). 정자진은 좌풍익 곡구에서 바위 아래 농사지으며 은거했는데, 황제의 매형인 대장군 왕봉(王鳳)이 예를 갖추어 불러도 나가지 않았다. 『한서』「정자진전」 참조.

城西陂泛舟[304]　　　　　장안성 서쪽 호수에 배를 띄우고

　青蛾皓齒在樓船,[305]　　푸른 눈썹과 하얀 이의 미인들 누선에 앉아

　橫笛短簫悲遠天.　　　횡적과 통소를 부니 먼 하늘까지 퍼지네.

　春風自信牙檣動,[306]　봄바람에 상아 돛대가 절로 한들거리고

　遲日徐看錦纜牽.[307]　봄날에 천천히 끌리는 비단 닻줄을 바라보네.

　魚吹細浪搖歌扇,[308]　물고기가 뿜는 물결에 얼비친 부채가 흔들

　　　　　　　　　　　리고

　燕蹴飛花落舞筵.　　　제비가 차는 꽃잎이 춤추는 자리에 떨어지네.

　不有小舟能蕩槳,　　　만일에 작은 배가 노를 저어 오가지 않는다면

　百壺那送酒如泉?　　　백 항아리 술이 어찌 샘물처럼 전해졌으랴?

【왕평】

기주 이후의 시는 절로 사람으로 하여금 아름답고 화려함에 이르게
하니, 생각에 여유가 있으면 운치도 유유히 날아오른다. 그러나 반드

304　西陂(서피) : 장안성 서쪽에 있는 미피호(渼陂湖)를 가리킨다. 장안 경조부 호현
　　(鄠縣) 서쪽 5리에 소재한 유람 명승지이다.
305　青蛾(청아) : 청색 눈썹.
　　皓齒(호치) : 하얀 이. 여기서는 아름다운 가기(歌妓)를 가리킨다.
　　樓船(누선) : 누대가 있는 배.
306　自信(자신) : 저절로 움직이도록 내버려두다.
　　牙檣(아장) : 상아로 장식한 돛대.
307　遲日(지일) : 봄날.
　　錦纜(금람) : 비단으로 만든 닻줄.
308　魚吹(어취) 구 :『열자』「탕문(湯問)」에 나오는 "호파가 거문고를 뜯자 새가 춤추
　　고 물고기가 뛰어올랐다(瓠巴鼓琴而鳥舞魚躍)"는 표현을 환기한다.

시 젊은 시기의 작품이 으뜸이라고 추천한다.

夔州以後詩自可引人嫚斕, 思有閑則韻得廻翔, 必推早歲絶倫.

【해설】

봄날의 뱃놀이를 묘사하였다. 제3, 4구는 제1구의 누선을 받아 전개하고, 제5, 6구는 제1구의 가기歌妓를 받아 전개하였다. 칠언율시의 형식이 아직 엄격하지 않지만, 헐겁고 자유로운 만큼 기상도 웅장하고 미려하다.

贈田九判官梁丘[309]	전 량구 판관께
崆峒使節上靑霄,[310]	공동산의 사절이 서쪽 하늘에 오르시니
河隴降王款聖朝.[311]	하서와 농우의 군왕이 성조聖朝에 항복하였네.
宛馬總肥春苜蓿,[312]	대완마는 봄의 개자리를 먹어 항상 튼실하고
將軍只數漢嫖姚.[313]	장군은 한나라 표요장군을 으뜸으로 친다네.

---

309 田九(전구) : 전량구(田梁丘). 경조 무릉 사람으로, 당시 하서절도사 가서한(哥舒翰)의 판관으로 있었다.

310 崆峒使節(공동사절) : 가서한을 가리킨다. 가서한은 753년(천보 12) 하서절도사가 되어 티베트를 격파하고 구곡 부락을 합병하였다. 공동산(崆峒山)은 지금의 감숙성 평량현 서쪽에 소재한 산으로 가서한의 관할 구역 안에 있었다.

311 河隴(하롱) : 하서(河西)와 농우(隴右), 지금의 감숙성 일대를 가리킨다.
降王(항왕) : 항복한 왕. 754년(천보 13) 변경에 와 화친을 청한 토욕혼 소비왕(蘇毗王)을 가리킨다. 현종이 가서한에게 마환천(磨環川)에서 응접하라 명하였다.

312 宛馬(완마) : 대완국(우즈베키스탄 페르가나에 소재했던 고대 국가)에서 나는 명마.
苜蓿(목숙) : 개자리. 말이 잘 먹는 풀.

陳留阮瑀誰爭長?[314]	진류의 완우 같은 고적^{高適}은 맞설 자 없는데
京兆田郎早見招.[315]	경조의 전봉 같은 그대가 일찍이 발탁하였지.
麾下賴君才幷入,	막부에는 그대 덕에 인재가 들어찼으니
獨能無意向漁樵.	오로지 시골 촌부같은 나에겐 관심이 없으
	신지요.

【왕평】

말미에서 제목의 뜻을 내었으니, 절도가 있으면서 지나치지 않다.

章末出題, 節以不凌.

【해설】

전량구의 인사 발탁 능력을 높이 평가하면서 자신을 발탁해달라는
뜻을 나타내었다. 전량구가 가서한 막부 아래 판관으로 있기에, 먼저
가서한의 전공을 칭송하였다. 말미의 표현은 직접적이고 노골적인 면
이 있으나, 제3구에서 대완마도 중원의 풀을 먹어 건장해지듯, 자신도

---

313 漢嫖姚(한표요) : 서한의 표요교위 곽거병. 여기서는 가서한을 비유한다.
314 阮瑀(완우) : 동한 말기 건안칠자 가운데 한 사람. 조조 아래에서 군모좨주를 지
    냈다. 여기서는 전량구가 가서한에게 추천하여 임용된 고적(高適)을 비유한다.
315 京兆田郎(경조전랑) : 전봉(田鳳). 동한 말기 경조 사람으로 상서랑을 지냈다. 용
    모와 자태가 준수하였다. 매번 상주하고 돌아갈 때 영제(靈帝)가 목송(目送)한
    일로 유명하며, 그를 기려 전각의 기둥에 "자장(子張)처럼 당당한 자는 경조의
    전봉이로다."는 뜻의 '당당호장, 경조전랑'(堂堂乎張, 京兆田郎)이라 썼다. 『삼보
    결록(三輔決錄)』 참조. 여기서는 전량구를 가리킨다.

서역에서 공을 세울 수 있음을 은연중에 표현하였다. 제5구 중의 완우를 고적에 비유하였다는 설은 구조오가 처음 낸 의견으로 여기서는 이를 채용하여 번역하였다.

送鄭十八虔貶台州司戶, 傷其臨老陷賊之故, 闕爲面別, 情見於詩[316]
태주사호로 폄적 가는 정건을 보내며 — 그가 늘그막에 적에 잡혀 벼슬한 사실을 마음 아파하며, 직접 송별할 수 없어 시로써 정을 보이다

　　鄭公樗散鬢成絲,[317]　　　　선생은 저산樗散 같아 머리칼만 세었는데

316　鄭十八虔(정십팔건) : 정건(685~764). 성당 시기에 활동한 저명한 문인이자 화가이다. 저작랑으로 있던 중 안사의 난으로 장안이 함락되자 수부랑중 직위를 받았다. 일찍이 현종으로부터 '정건 삼절(鄭虔三絶)'이라 칭호를 들었으며, 현종이 국자감 안에 광문관(廣文館)을 설치하고 박사로 임명하였기에 '정광문(鄭廣文)'이라 불렀다. 두보와는 장안 시기에 절친한 사이였다.
　　台州(태주) : 치소는 지금의 절강성 임해시(臨海市). 621년 해주로 명명하였으나 경내에 천태산이 있어 다음 해에 태주로 개명하였다. 742년 임해군(臨海郡)으로 바꿨다가 758년 다시 태주로 복원하였다.
　　司戶(사호) : 사호참군(司戶參軍). 민호(民戶)를 관리하는 관원이다.
　　闕(궐) : 缺(결)과 같다. 하지 못하다.
　　面別(면별) : 얼굴을 보고 헤어짐.
317　樗散(저산) : 가죽나무와 산목(散木). 쓸모없는 나무로 아무짝에도 쓸모없는 사람을 비유한다. 도가적 입장에서 보면 본성을 보전한 큰 인물을 가리킨다. 저목은『장자』「소요유」에 나온다. 혜자가 장자에게 말하였다. "나에게 큰 나무가 있는데 사람들이 가죽나무라 부르네. 큰 줄기는 울퉁불퉁하여 먹줄에 맞지 않고, 작은 가지는 뒤틀려 걸음쇠와 직각자에 맞지 않네. 길가에 서 있어도 목수가 거들떠보지도 않는다네(吾有大樹, 人謂之樗, 其大本擁腫而不中繩墨, 其小枝卷曲而不中規矩. 立之塗, 匠者不顧.)" 또 산목은『장자』「인간세」에 나온다. "장석이 제나라로 가다가 곡원에 이르렀는데 사당의 상수리나무를 보고 말했다. '이것은 산목이다. 이것으로 배를 만들면 가라앉고, 관을 만들면 빨리 썩으며, 그릇을 만들면 금방 깨지고, 문을 만들면 진액이 흘러나오고, 기둥을 만들면 벌레가 먹을 것이

酒後常稱老畵師.　　　　술을 마시면 곧잘 자신을 '늙은 화가'라 불렀지.

萬里傷心嚴譴日,[318]　　엄한 견책에 만리 멀리 떠남이 가슴 아파

百年垂死中興時.　　　　인생 백년에 나라가 중흥할 때 죽음에 들어서네.

蒼皇已就長途往,[319]　　그대 황망히 이미 먼 길에 올랐는데

邂逅無端出餞遲.[320]　　내 갑자기 일이 생겨 전별하지 못했다네.

便與先生應永訣,　　　　설령 선생과 내가 다시 못 만난다 해도

九重泉路盡交期![321]　　구중 황천에서 영원한 우정을 나누리라.

【왕평】

'저산'이라 말하고, '술'이라 말하고, '늙은이'라 말하고, '화가'라 말했으니, 이는 선생의 성품에 대한 '완곡한 암시의 말[微詞]'이다. '중흥시中興時' 세 글자는 조정의 조치에 대한 비판의 뜻이 내포되어 있으니,

---

다. 이것은 재목이 될 수 없는 나무다. 아무짝에도 쓸모가 없기에, 이처럼 오래 산 것이다'(匠石之齊, 至於曲轅, 見櫟社樹 (…중략…) 曰: '散木也, 以爲舟則沉, 以爲棺槨則速腐, 以爲器則速毀, 以爲門戶則液樠, 以爲柱則蠹. 是不材之木也, 無所可用, 故能若是之壽.')"

318 嚴譴(엄견) : 엄하게 견책하다. 크게 징계하다.
319 蒼黃(창황) : 蒼惶, 倉皇, 蒼遑 등으로도 쓴다. 바쁘고 경황없는 모습.
320 邂逅(해후) : 우연히. 갑자기.
　　出餞(출전) : 전별하다.
321 九重泉路(구중천로) : 구천(九泉). 죽은 후 넋이 돌아가는 곳.
　　交期(교기) : 우의.

시에서 귀히 여기는 바가 여기에 있다.

후반부는 슬픔이 극에 이르도록 붓을 달렸는데, 두보의 "검각의 남쪽에서 홀연히 하북을 수복했단 소식이 전해져劍外忽傳收冀北" 같은 시들이 대략 이와 같은 기법이다. 소리와 모습을 흡사히 하여 그 지나친 슬픔이나 기쁨으로 아첨할 뿐이니, 이는 대아大雅의 쇠락이다.

云'樗散', 云'酒', 云'老', 云'畵師', 乃先生之微詞, '中興時'三字有代之悔意, 所以貴有詩者以此.

後半走筆以極悲態. 杜有"劍外忽傳收冀北"[322]諸篇大要此一法門. 聲容酷肖, 哀樂取佞口耳, 大雅之衰也.

【해설】

정건과의 헤어짐을 아쉬워한 작품이다. 정건은 일대의 명사이자 뛰어난 학자로 두보와 절친한 사이였다. 『자치통감』 권220에 보면, 757년 12월 장안이 함락되었을 때 반군 아래에서 관직을 했던 사람들은 6등급으로 나누어 치죄하였다. 정건은 3등급으로 폄적에 처해졌다. 당시 정건은 73세였고 두보는 46세였다. 두 사람은 다시 만나지 못했고 정건은 7년 후 폄적지에서 죽었다.

왕부지는 이 시의 전반부는 칭찬하는 어조이지만 후반부는 비판하는 어조를 사용하였다. 그가 말한 '완곡한 말[微詞]'이란 두보가 정건 선

---

322 두보의 「관군이 하남과 하북을 수복했다는 소식을 듣고(聞官軍收河南河北)」의
    첫 구이다.

생 개인을 비판했다는 뜻이 아니라, 조정이 정건에게 내린 부당한 조치에 대해 두보가 완곡하게 불만을 표한 것으로 이해해야 할 것이다. '시에서 귀히 여기는 바'는 곧 달리 말하면 '정情'이니 두보의 정건 선생을 생각하는 간절한 마음이 드러난 점이 뛰어나다고 보았다. 왕부지는 후반부 네 구에 대해 비판을 가했다. 두보가 "구중 황천에서 영원한 우정을 나누리라九重泉路盡交期"고 한 것은 '슬픔이 극에 이른[極悲態]' 표현이라 보고, 여기에서 더하여 「관군이 하남과 하북을 수복했다는 소식을 듣고聞官軍收河南河北」의 "책과 종이 제멋대로 말며 미칠 듯 기뻐하네漫卷詩書喜欲狂"라고 지극한 기쁨을 직접 드러낸 점을 연상하여, 이들이 모두 '대아의 쇠락[大雅之衰]'이라고 하였다. 왕부지는 『시경』의 가르침인 시교詩敎가 '온유돈후'인 점에 입각하여, 감정을 강렬하고 직접적으로 드러낸 두보의 '방식[一法門]'을 비판하고 있다. 또 이들 감정은 남에게 보이기 위해 과장했다는 혐의를 주기도 했다. 사실 두보가 정건이 유배가는 일에 지극히 비통해한 점은 두보의 깊은 우정을 나타낸 것으로 볼 수 있다. 또 관군이 하북을 수복한 일을 기뻐하는 일도 가식 없는 진실일 수 있다. 그러나 왕부지는 감정과 정서를 실컷 토로하는 두보에 대해 시교의 잣대로 재단하였으니, 선진 시기의 미학적 기준을 모든 시대에 적용한 셈이고, 미래의 모든 예술적 표현도 고대의 기준에 부합되어야 한다는 논리가 된다. 이는 왕부지 시학의 특징 가운데 하나로 토론이 필요한 지점이라 할 수 있다.

和賈至舍人早朝大明宮

가지 사인의 '대명궁 아침 조회'에 화답하며

五夜漏聲催曉箭,[323]　　오경의 물시계 소리가 새벽을 재촉하니

九重春色醉仙桃.　　구중궁궐의 봄빛에 복숭아가 취해 붉었구나.

旌旗日暖龍蛇動,　　다사로운 햇살 아래 깃발에 그려진 용이 꿈틀거리고

宮殿風微燕雀高.　　미풍 속에 궁전 위로 제비가 높이 맴도는구나.

朝罷香煙携滿袖,　　조회가 끝나면 소매 속에 향 연기가 가득하고

詩成珠玉在揮毫.　　시를 쓰면 붓끝에서 옥구슬이 줄줄이 나오네.

欲知世掌絲綸美,[324]　　대대로 조서를 관장한 아름다운 일 알려거든

池上于今有鳳毛.[325]　　지금 봉황지 옆에 훌륭한 인재가 있다네.

【왕평】

평이하게 시작하여 순조롭게 전환하였다.

"소매 속에 향 연기가 가득하고香煙携滿袖"는 근거 없는 말이 아니라 실제의 모습이다. "붓끝에서 옥구슬이 줄줄이 나오네珠玉在揮豪"는 재능을 형용한 말인데 아주 시원스럽다!

323　箭(전) : 시계 바늘.
324　世掌(세장) : 세대를 이어 담당하다. 가지의 부친 가증(賈曾)도 중서사인을 지냈다.
　　　絲綸(사륜) : 황제의 조서. 『예기』「치의(緇衣)」에 "왕의 말은 가는 실과 같지만, 그것이 세상에 퍼지면 굵은 밧줄과 같다(王言如絲, 其出如綸)"는 말에서 나왔다.
325　池(지) : 봉황지를 가리키며, 중서성을 비유한다.
　　　鳳毛(봉모) : 봉황의 깃털. 진귀한 사물이나 시문의 아름다움을 비유한다.

　제7, 8구는 제6구를 이었는데, 마치 봄비가 새싹을 재촉해 피우는 듯하다.

　平起順轉.

　"香煙携滿袖"非浪語, 實有景在. "珠玉在揮豪"形容才子語, 快甚!

　束聯單頂第六句, 如春雨催綠芽.

【해설】

　대명궁의 아침 조회를 그렸다. 조회의 과정을 시간순으로 전개하면서 대명궁의 분위기와 황제의 위엄을 간접적으로 그리고, 말미에서 가지賈至의 뛰어남을 칭송하였다. 중서성의 최고 지위인 중서사인에 있는 가지가 「대명궁 아침 조회 —중서성과 문하성의 막료들에게 드림早朝大明宮呈兩省僚友」을 짓자 이에 화답한 시로, 758년건원1 봄 두보가 좌습유로 있을 때 지었다.

宣政殿退朝晚出左掖[326]	선정전에서 퇴조하고 저녁에 문하성을 나오며
天門日射黃金榜,[327]	궁문의 황금 편액에 아침 해가 비치더니
春殿晴曛赤羽旗.	봄 궁전의 적우기赤羽旗에 햇빛이 쏟아지네.

326　宣政殿(선정전) : 대명궁의 중심 건물로 동쪽에 문하성이 있고 서쪽에 중서성이 있다.
　　左掖(좌액) : 문하성. 앞의 「봄에 문하성에서 숙직하며(春宿左省)」 참조.
327　天門(천문) : 천자의 문이란 뜻으로 궁문을 가리킨다.
　　榜(방) : 편액.

宮草霏霏承委佩,　　더부룩이 자란 풀은 늘어진 패옥을 받들고

爐煙細細駐遊絲.　　향로의 가는 연기는 실처럼 퍼진다.

雲近蓬萊常五色,[328]　봉래궁에 머무는 오색 구름

雪殘鳷鵲亦多時.[329]　지작관에 쌓인 여러 날의 눈.

侍臣緩步歸青瑣,[330]　신하들 느린 걸음 청쇄문으로 돌아가는데

退食從容出每遲.　　저녁 먹으러 퇴청하는 길은 매번 늦는다.

【왕평】

사물의 형용이 자연스럽고 결말이 순정하다. 첫머리 두 구는 평범한 사고로 이를 수 없는 것으로, 눈을 들어 바라보이는 대로 바로 썼다.

體物自然, 結歸純淨. 首二句亦尋常思路所不到, 舉目得之.

【해설】

봄이 온 선정전의 모습과 퇴청하는 신하들의 모습을 그렸다. 이 시 역시 758년 봄 두보가 좌습유로 있을 때 지었다.

결말이 순정하다는 것은 구성에 있어 시의 결말이 앞부분과 잘 융합하여 그 맥락이 흐트러지지 않고 통합되었다는 뜻이다.

328　蓬萊(봉래) : 대명궁을 가리킨다.
329　鳷鵲(지작) : 지작관(鳷鵲觀).
330　青瑣(청쇄) : 투각하여 청색을 칠한 문. 여기서는 문하성의 문을 가리킨다.

紫宸殿退朝口號[331]　　자신전에서 퇴조하며 즉흥적으로 짓다

戶外昭容紫袖垂,[332]　　궁문 밖에는 소용昭容이 자줏빛 소매를 늘어
　　　　　　　　　　뜨리고

雙瞻御座引朝儀.[333]　　두 줄로 들어선 신하들은 어좌를 바라보며
　　　　　　　　　　늘어서네.

香飄合殿春風轉,[334]　　전각 안에는 온통 봄바람의 향기가 휘돌아

花覆千官淑景移.[335]　　관리들 머리 위 꽃들이 맑은 풍광 옮겨온다.

晝漏稀聞高閣報,[336]　　높은 누각의 물시계 소리 희미하게 들리는데

天顔有喜近臣知.　　천자 얼굴의 기쁜 기색은 근신들이 알아본다.

宮中每出歸東省,[337]　　궁에서 매번 퇴조하여 문하성에 돌아갈 때면

會送夔龍集鳳池.[338]　　기룡夔龍 같은 재상을 봉황지로 전송하네.

331　紫宸殿(자신전) : 당대 대명궁의 3대전 가운데 하나. 선정전이 정전이라면 자신
　　전은 편전이다.

332　昭容(소용) : 당 후궁 구빈(九嬪)의 하나로 품계는 정2품이다. 당의 제도에서 3
　　품 이상은 자주색 옷을 입는다.

333　雙瞻御座(쌍첨어좌) : 신하들이 두 줄로 서서 어좌를 바라봄.
　　朝儀(조의) : 조정의 의례. 여기서는 백관.

334　合(합) : 전부.

335　淑景(숙경) : 아름다운 풍광이나 시간. 여기서는 봄의 풍광.

336　晝漏(주루) : 낮의 물시계.『장안지』에 의하면 자신전의 남에는 선정전(宣政殿)
　　이 있고, 선정전의 남에는 함원전(含元殿)이 있었다. 함원전 동남의 상란각(翔鸞
　　閣)과 서남의 서봉각(棲鳳閣)에 물시계가 설치되어 있었다. 자신전에서는 두 누
　　각에서 보고하는 시각을 알 수 있다.

337　東省(동성) : 문하성. 좌습유는 문하성 소속이다.

338　夔龍(기룡) : 기와 용. 순 임금의 현능한 두 신하로, 기는 악관(樂官)이고 용은 간
　　관(諫官)이다. 여기서는 재상을 가리킨다.
　　鳳池(봉지) : 봉황지(鳳凰池). 중서성을 가리킨다.

장엄한 장면 속에서도 '경물 선택[取景]'이 지극히 깊고 섬세하다.

은밀하게 다가가 깊이 탐구한 묘사는 마치 귀신의 솜씨 같다. 굳이 "그늘진 방에는 인광이 푸르고, 무너진 길에는 여울물이 울며 지나가네"와 같은 표현을 쓰지 않아도 신묘함이 드러난다.

于揚搉中取景, 極其幽細.

潛貼冥探, 以爲鬼斧, 不必"陰房鬼火靑, 壞道哀湍瀉"[339]也.

자신전에서 조회를 파하고 물러나올 때 입에 나오는 대로 읊은 시이다. 조회의 모습을 응제시의 시풍으로 썼다. 758년 봄 장안에서 좌습유로 있을 때 지었다.

題省中院壁[340]	문하성 벽에 적다
掖垣竹埤梧十尋,[341]	궁궐 담장 대숲 울타리에 열 길 넘는 오동나무
洞門對霤常陰陰.[342]	낙수받이 마주한 문은 언제나 어둑하다.

---

339 두보, 「옥화궁(玉華宮)」의 제5, 6구이다.
340 省(성) : 두보가 근무하던 문하성을 가리킨다.
341 掖垣(액원) : 궁중의 벽담.
　　埤(비) : 낮다.
　　尋(심) : 길이 단위로 8척이다. 약 2미터.
342 霤(류) : 낙수물. 낙수받이.

落花遊絲白日靜,
鳴鳩乳燕靑春深.

꽃 지고 벌레 줄 날리는 한낮이 고요하기만 해
비둘기가 울고 제비가 먹이를 물어오는 봄
날이 깊다.

腐儒衰晚謬通籍,[343]
退食遲回違寸心.
袞職曾無一字補,[344]
許身愧比雙南金.[345]

고루한 선비가 나이 들어 벼슬길에 올랐으니
늦게 퇴조할 때면 언제나 마음이 미진해라.
천자를 위한 일에 글자 하나 보탠 것 없어
일찍이 자신을 '쌍남금'에 비유한 일이 부
끄러워라.

【왕평】

이 시 또한 사조로부터 왔다.

亦自謝朓來.

【해설】

문하성에서 근무하는 심정을 피력했다. 전반부는 문하성 주위의 봄
풍광을 그렸고, 후반부는 충성을 다하지 못하는 듯 미진한 자신의 심
정을 나타냈다. 두보는 숙종 황제에게 직언하는 좌습유의 직책에 있었

---

343 通籍(통적) : 궁문에서 명부와 대조하여 궁정 출입을 허락하다. 관리가 되다.
344 袞職(곤직) : 천자의 직무. 여기서는 천자를 위한 업무. 袞(곤)은 천자의 복장.
345 南金(남금) : 남방에서 나는 동(銅). 쌍(雙)을 써서 남금 중에서 두 배의 값이 나
　　 가는 것을 강조하였다. 귀중한 물건을 의미한다. 장재(張載)의 「네 가지 시름'을
　　 모의하여(擬四愁詩)」에 "미인이 나에게 녹기금을 주셨으니, 쌍남금이 아니라면
　　 무엇으로 보답할까(美人贈我綠綺琴, 何以報之雙南金)"란 구절이 있다.

지만 조정 내의 중심 세력이 현종의 세력을 배제하고 있어 자신의 의견이 채납되지 않는 상황이었다. 이 시는 이러한 상황에서의 두보의 심경이 잘 나타나있다.

曲江陪鄭八丈南史飮[346]

곡강에서 남사와 같은 정팔장을 모시고 마시며

雀啄江頭黃柳花,	참새는 강가에서 누런 버들꽃을 쪼고
鵁鶄鸂鶒滿晴沙.[347]	백로와 비오리는 맑은 하늘 아래 모래톱에 가득하다.
自知白髮非春事,	백발이 봄날과 어울리지 않음을 알고 있기에
且盡芳尊戀物華.	잠시 향기로운 술잔을 다 비우며 풍광을 아낀다.
近侍卽今難浪迹,	황제를 모시는 지금 유랑하기도 어렵지만
此身那得更無家?	이 몸이 어찌 객지에서 집 없이 떠돌기만 하랴?
丈人才力猶强健,	어르신의 재주와 능력은 아직도 왕성하시니
豈傍靑門學種瓜?[348]	어찌 청문 옆에서 참외만 팔고 있으랴!

---

346 鄭八丈(정팔장) : 미상. 조정의 사관(史官)으로 보인다.
　　南史(남사) : 춘추시대 제나라의 사관으로 강권에 맞서 사실을 직서한 사람으로 알려졌다. 여기서는 정팔장에 대한 존경에서 붙였다. 또는 남사를 정씨의 이름으로 보는 해석도 있지만 취하지 않는다.
347 鵁鶄(교청) : 백로과에 속한 철새.
　　鸂鶒(계칙) : 비오리.
348 豈傍(기방) 구 : 진나라의 동릉후(東陵侯) 소평(召平)이 나라가 망하고 한나라가

곡강에 대한 오언율시는 흥취가 무르익었으니, 이런 작품이 아니었다면 두보에게 천부적 재능이 있다고 할 수 없을 것이다!

曲江五律興致醋適, 非此則杜無天分矣!

봄날 곡강에서 정팔장과 술을 마시며 그를 위로하고 칭송하였다. 봄날이 만년에 이른 자신에게 속하지 않지만 그래도 이를 아끼고 미련을 둔다는 말은, 자신이 조정을 떠나야 하지만 그래도 자신의 이상을 실현하는 길은 여기밖에 없다는 비유로 읽을 수 있다. 두보는 방관房琯을 변호하다 신임을 잃은 상태에서 더 이상 중용되지 않게 되었고 조정에서도 배제되는 상황이지만 좌습유의 신분을 유지하려고 하였다. 그러기에 말미에서 정팔장을 위로하는 것은 곧 자신을 위로하는 것처럼 보인다.

曲江 二首	곡강 2수
제1수	
一片花飛減却春,	꽃잎 한 조각이 날려도 봄이 줄어드는데
風飄萬點正愁人.	바람에 만 조각이 날리니 어찌 시름겹지 않

들어서자 장안성 밖에서 참외를 심어 판 일을 환기한다. 사람의 부귀와 빈천이 바뀔 수 있음을 비유한다.

으랴.

且看欲盡花經眼,	모두 다 질 꽃을 눈앞에서 바라보며
莫厭傷多酒入唇.	시름 많다고 탓하지 말고 술로 마음 달랜다.
江上小堂巢翡翠,	강가의 작은 집에 물총새가 둥지 틀고
苑邊高塚臥麒麟.[349]	부용원 옆 높은 무덤에 돌기린이 누웠다.
細推物理須行樂,	만물의 이치를 살피면 좋은 시절 즐겨야 하니
何用浮名絆此身.[350]	헛된 명성으로 이 몸 묶어 무엇하리!

【왕평】

"꽃잎 한 조각이 날려도 봄이 줄어든다一片花飛減却春"는 고금을 막론하고 이 한 구 앞에서, 시를 말하는 사람들이라면 어찌 차마 말로 분석하며 훼손하겠는가!

"一片飛花減却春", 古今同此一句, 言詩者何忍推殘.

【해설】

곡강에서 늦봄의 풍광을 둘러보며 만물의 변화를 생각하고 자신의 앞날을 사색하였다. 궁중에서의 처세가 어려워진 상황에서 궁을 떠나기로 결정한 심경을 엿볼 수 있다. 제1, 2구는 만고의 절창이다.

왕부지는 이 시의 제1구에 각별한 주의를 기울였다. 이 구는 '꽃잎

---

349 苑(원) : 부용원(芙蓉苑). 곡강지의 서남에 소재했다.
350 浮名(부명) : 허명. 간관(諫官)으로 있지만 의견이 채납되지 않는 상황을 가리킨다.

한 조각'이라는 지극히 미세한 형상을 통해, 봄의 소멸이라는 거대한 현상을 증언하며 '많은 시름'이 왜 생겨나는지를 보여준다. '시를 말하는 사람들'은 종종 혼연일체로 이루어진 시를 분석하면서, 막 피어난 꽃을 손으로 뜯어내듯 무모하게 다루곤 한다. 왕부지는 이 구를 그런 기계적 해석의 대상이 되는 것을 거부하면서, 동시에 천성적으로 이루어진 아름다움이 지닌 취약성에 대해 깊은 경외심을 나타냈다.

제2수

朝回日日典春衣,[351]	조회에서 돌아올 때마다 봄옷을 전당 잡히고
每日江頭盡醉歸.	매일 강가에서 실컷 취해 돌아온다.
酒債尋常行處有,	술빚이 잦다보니 도처에 널렸는데
人生七十古來稀.	인생은 예부터 일흔까지 사는 일 드물다네.
穿花蛺蝶深深見,[352]	꽃 사이를 지나는 나비는 언듯언듯 보이고
點水蜻蜓款款飛.[353]	수면을 스치는 잠자리는 느릿느릿 난다.
傳語風光共流轉,[354]	시간과 함께 흘러가는 봄빛에게 전하노니
暫時相賞莫相違.	잠시나마 너를 감상할 터이니 떠나지 말게나.

---

351 典春衣(전춘의) : 봄날 입는 옷을 전당 잡히다.
352 深深(심심) : 꽃밭의 깊은 곳.
353 款款(관관) : 느릿느릿. 천천히 움직이는 모양을 나타낸 의태어.
354 風光(풍광) : 봄빛.
　　共流轉(공류전) : 함께 배회하다.

제2구와 제4구는 본래 시대를 초월한 절세의 말로, '고아함雅'과 '속됨俗'이라는 기존의 식견으로는 판별할 수 없는 경지이다.

二四自是絶世語, 爲雅爲俗, 不可以前識辨之.

【해설】

곡강에서 술로 시름을 달래고 늦봄을 아쉬워하였다. 시인이 이렇게 하는 이유는 시 속에 직접 나타나 있지 않지만, 앞의 시에서 "헛된 명성으로 이 몸 묶어 무엇하리何用浮名絆此身!"라고 하면서도 이 시에서 "인생은 예부터 일흔까지 사는 일 드무니人生七十古來稀" 실컷 술을 마시고 봄을 만끽하자는 모순된 말을 하는 것으로 보아, 사실은 가슴 속에 고민과 울분이 가득함을 알 수 있다. 또 두 달 후인 758년 6월 화주 사공 참군으로 좌천된 것을 보면 이 늦봄의 시기는 조정에서의 정치적 실의와 자신의 처세 사이에서 모순이 극심했던 것으로 보인다. 때문에 이 시는 언외의 뜻을 헤아려야 하는 작품이라 할 수 있다.

시평에서 사용하는 용어는 일정한 인식 방식과 관점을 반영한다. 따라서 기존의 용어에 의존한다는 것은 곧 그 용어가 전제하고 있는 관점에 동의하고, 그 틀 안에서 자신의 의견을 제시하는 일에 다름 아니다. 이로 인해 비평자는 결과적으로 기존 담론의 일부로 포섭되기 쉽다. 왕부지는 이러한 기존 비평어의 한계를 자각하면서 그에 의지하는 것을 경계하였고, 그에 안주하지 않기 위해 부단히 자신만의 비평 언어를 찾아내고자 하였다.

| 曲江對酒 | 곡강에서 술을 마주하고 |

苑外江頭坐不歸, 　　부용원 밖 강가에 오래도록 앉아있으니

水精宮殿轉霏微.[355]　수정궁전에 점점 안개가 자욱해진다.

桃花細逐楊花落, 　　복사꽃은 가벼이 버들개지 따라 떨어지고

黃鳥時兼白鳥飛. 　　꾀꼬리는 때때로 해오라기와 함께 날아간다.

縱飮久判人共棄,[356]　술에 절어 지내기에 사람들에 내쳐져도 달게 여기고

懶朝眞與世相違. 　　조회에도 게을러 진실로 세상과 어긋나 있네.

吏情更覺滄洲遠,[357]　관직에 매여있어 은거하기 더욱 어려운데

老大悲傷未拂衣.[358]　몸이 늙어 벼슬을 떠나지 못하니 슬프기만 하여라.

【왕평】

첫 구가 곧 말구로 다만 '하나의 뜻'으로 이루어졌다. 마치 봄날의 구름이 둘려져 있어도 사람들은 그 끝과 시작을 모르는 것과 같다.

355　水精宮殿(수정궁전) : 곡강 가에 있는 궁전. 물 가까이 있다는 뜻에서 이름을 취하였다.
　　霏微(비미) : 자욱하다. 안개가 가득한 모양.
356　判(판) : 바라다.
357　滄洲(창주) : 물가. 일반적으로 은사가 지내는 곳을 가리킨다.
358　拂衣(불의) : 일어서기 위해 옷을 털다. 여기서는 은거하다.

首句卽末句, 只是一意, 如春雲縈回, 人漫疑其首尾.

【해설】

곡강에서 술을 마시며 관직에 대한 염증으로 은거의 뜻을 토로하였다. 앞의 곡강과 관련된 일련의 시와 마찬가지고 좌습유로 있으나 유명무실의 좌절에서 오는 심경을 읊었다.

曲江値雨	곡강에서 비를 만나
城上春雲覆苑牆,[359]	성 위의 봄 구름이 부용원을 덮고
江亭晚色靜年芳.[360]	강가 정자의 저녁 빛에 봄날이 고요해라.
林花著雨燕脂濕,[361]	비를 맞은 숲속의 꽃은 젖은 연지 같고
水荇牽風翠帶長.[362]	물속의 노랑어리연은 바람에 끌리는 푸른 띠 같아
龍武新軍深駐輦,[363]	용무군은 임금이 나오시지 않아 가마와 함

---

359 苑(원) : 부용원. 황제의 행락지.
360 年芳(년방) : 아름다운 봄빛.
361 著雨(착우) : 빗방울이 붙다.
　　燕脂(연지) : 胭脂(연지)라고도 쓴다. 화장하거나 그림 그릴 때 쓰는 선홍색의 안료.
362 荇(행) : 노랑어리연꽃. 수생 식물로 잎이 수면에 붙고 여름에 담황색 꽃이 피며 부드러운 잎은 식용한다.
363 龍武新軍(용무신군) : 궁정의 수비대인 좌우 우림군을 당 현종이 개편한 군대. 여기서는 현종의 가마가 있는 곳.
　　深駐輦(심주련) : 깊이 들어가 가마를 멈추고 움직이지 않다. 성도에서 돌아온 이후 현종은 남궁에서 나오지 않았음을 말한다.

께 머물고

芙蓉別殿漫焚香.[364]　　부용원 별전에선 향기만 부질없이 임금을 기다리는구나.

何時詔此金錢會?[365]　　언제 다시 금전회金錢會 같은 은사를 내리시어

暫醉佳人錦瑟傍.[366]　　내 잠시 가인들의 금슬 연주에 취해볼 수 있을까?

【왕평】

시의 뜻은 본래 스스로 고요하고 담담한데, 시의 본뜻을 보지 못하는 자들이 억지로 여러 의미를 덧붙였다.

托意自靜, 故盲人多所傅會.

【해설】

곡강의 비 내리는 모습을 보고 성대했던 현종의 전성기를 회상하였다. 일반적으로 제목이 「곡강에서 비를 마주하고曲江對雨」로 알려졌다.

364　芙蓉別殿(부용별전) : 곡강 서남에 있는 부용원의 궁전. 별전은 편전.
　　漫(만) : 부질없이. 공연히.
365　金錢會(금전회) : 현종이 713년(개원 1)에 승천문(承天門)에서 군신에게 잔치를 베풀 때, 누각 아래에 금전을 뿌리고 중서성과 문하성 5품 이상과 기타 관서 3품 이상의 관리들에게 줍게 하였다.
366　佳人錦瑟(가인금슬) : 개원 연간에 상사절(上巳節, 3월 3일)이면 군신들에게 잔치를 베풀고 곡강 산정(山亭)에서 현종이 교방(敎坊)의 음악과 춤을 하사한 일을 가리킨다.

성도로 도망갔던 현종은 장안에 돌아온 후 서내흥경궁에 머물며 나오지 않았다. 전란 중에 즉위한 숙종이 현종의 세력을 모두 제거한 뒤였다. 두보는 시국도 혼란스럽고 전란도 아직 끝나지 않은 상황에서 이전의 성대했던 국운을 그리워하였다. 758년 봄 장안에서 지었다.

중국 전통시의 비흥比興은 시적 표현의 영역을 넓히는 데 크게 기여했지만, 한편으로는 경물이 불러일으키는 비유의 확장이 지나친 견강부회를 낳기도 했다. 두보의 시 또한 정치적 은유로 해석되어, 당대의 시대 상황과 억지로 결부시키는 경우가 많았다. 예컨대 명대 말기의 왕사석王嗣奭은 『두억杜臆』에서 '구름이 부용원을 덮다'를 전란이 아직 끝나지 않은 상황으로, '봄날이 고요하다'를 재능이 발탁되지 못함으로, '비를 맞은 숲'을 군자의 쇠락으로, '노랑어리연의 바람에 끌린다'를 소인의 득세를 각각 해석하였다. 그러나 왕부지는 이러한 해석 방식의 근본적인 문제를 날카롭게 지적하였다.

九日藍田宴崔氏莊[367]	중양절에 남전의 최씨 별장에서 잔치하며
老去悲秋强自寬,	늙어가노라니 가을이 슬퍼 일부러 넓은 마음 먹는데
興來今日盡君歡.	흥이 일어나는 오늘은 그대들과 실컷 즐기는구나.

---

367 崔氏(최씨) : 미상. 최계중(崔季重)으로 보는 현대 학자도 있다. 왕유의 내형(외삼촌의 아들)으로, 왕유의 망천장에 동서로 이웃하고 살았다.

羞將短髮還吹帽,[368]　　숱이 적어진 머리라 맹가孟嘉처럼 모자 날릴

까 부끄러워

笑倩傍人爲正冠.[369]　　웃으며 옆 사람에게 바로 씌워 달라 청하네.

藍水遠從千澗落,[370]　　남수藍水는 먼 골짜기에서 천 갈래로 떨어져

흘러오고

玉山高竝兩峰寒.[371]　　옥산玉山은 높이 서서 화산의 두 봉우리와

함께 차갑구나.

明年此會知誰健?　　내년의 이 모임에 누가 건재할 것인가?

醉把茱萸子細看.　　취하여 수유 열매 들고 자세히 바라보노라.

368　短髮(단발) : 숱이 적어진 머리카락. 단(短)이 길이가 아닌 양적인 측면에서 '적
다'는 뜻으로 쓰인 것은 두보의 「봄의 조망(春望)」 제7구 "흰머리 긁다보니 더욱
드물어져(白頭搔更短)"에서도 보인다.

吹帽(취모) : 바람에 모자가 날림. 『진서』「맹가전(孟嘉傳)」에 나오는 전고이다.
진(晉)의 환온(桓溫)이 중양절에 연룡산(燕龍山)에 오를 때, 참모들이 모두 군복
을 입고 함께 올랐다. 이때 바람이 불어와 맹가(孟嘉)의 모자가 날아갔지만 맹가
는 깨닫지 못했다. 환온이 사람들에게 알려주지 못하게 하여 맹가가 어떻게 하는
지 보려고 하였다. 한참 후 맹가가 측간에 가니 환온이 모자를 가져오게 하여 손
성(孫盛)에게 희롱하는 글을 써서 맹가의 자리에 놓게 했다. 맹가가 돌아와 그
글을 보고 바로 뛰어난 답글을 지으니 주위 사람들이 모두 감탄하였다. 중양절과
관련된 미담으로 알려졌다.

369　倩(천) : 청하다.

370　藍水(남수) : 남계(藍溪)라고도 한다. 섬서성 상락시(商洛市) 서북의 진령에서
발원하여 서북으로 남전현을 지나 파수(灞水)로 흘러든다.

371　玉山(옥산) : 남전산. 옥이 많이 나와 이름 붙여졌다.

兩峰(양봉) : 화산 동북의 운대산(雲臺山)의 높은 두 봉우리를 가리킨다. 남전에
서 화산은 멀지 않다.

【왕평】

넓은 가슴으로 뜻을 세운 뒤에야 한 척의 화폭에 만리의 풍광을 담을 수 있다.

누가 이 시를 읊고 슬퍼하지 않으랴? 그러므로 시는 "원망할 수 있다可以怨"고 한 것이다.

寬于用意, 則尺幅萬里矣!

誰能吟此而不悲? 故曰'可以怨'.

【해설】

중양절을 맞은 감개를 썼다. 술로써 근심을 풀고 자신의 노년을 아쉬워하였다. 중간의 제5, 6구에서 갑자기 강건하고 생동적인 이미지를 내세워 전개에 파란을 일으켰으며, 말 2구에서 이러한 강건한 산세에 비하여 성쇠가 무상한 인간사를 대비시켰다. 758년 화주 사공참군으로 있을 때 남전에 가서 지은 것으로 보인다.

왕부지가 보기에, 시는 시인이 직접 경물을 마주하면서 일어난 순간적인 감흥의 산물로, 비교나 추측 등 지적 사유를 배제해야 한다고 하였다. 때문에 순간적으로 얻어진 심미적 의상意象은 함의가 한정되고 정해진 것이 아니라 다의성을 갖게 된다. 그가 말한 "뜻의 사용이 넓다寬于用意"는 것은 이 점을 가리킨다. 그는 다른 평어에서도 "뜻을 일부러 짓지 않았다不作意"고 하거나 "뜻을 의식과 무의식 사이에 기탁했다寄意在有無之間"고 했는데 모두 유사한 뜻이다.

野老　　　　　　　　시골 늙은이

野老籬前江岸廻,　　　시골 늙은이 울타리 앞 강기슭이 휘돌았으니

柴門不正逐江開.　　　사립문이 비스듬히 강 따라 열려 있다.

漁人網集澄潭下,[372]　　어부는 그물을 맑은 못에 부리고

估客船隨返照來.[373]　　장사치의 배는 석양 따라 돌아오누나.

長路關心悲劍閣,[374]　　중원까지 먼 길 가려면 검각이 제일 꺼려지
　　　　　　　　　　는데

片雲何意傍琴臺?[375]　　조각 구름은 무슨 일로 금대琴臺에 와있는가?

王師未報收東郡,[376]　　관군이 낙양 일대를 수복했단 소식 없으니

城闕秋生畵角哀.[377]　　성궐의 호각 소리 가을바람 속에 구슬퍼라.

372　澄潭(징담) : 맑은 못. 백화담(百花潭)을 가리킨다.
　　下(하) : 그물을 치다.
373　估客(고객) : 상인.
　　返照(반조) : 석양.
374　長路(장로) : 여정이 긴 길. 중원과 촉 사이의 노정.
　　關心(관심) : 마음이 쓰이다. 거리끼다.
　　劍閣(검각) : 검문. 관중에서 촉 지방으로 가는 요도.
375　琴臺(금대) : 서한 사마상여가 거문고를 연주했던 곳. 성도 완화계 북면 소재. 두
　　보는 「금대」라는 시도 썼다.
376　東郡(동군) : 도성 동쪽의 여러 주군(州郡). 759년 9월에 낙양, 제주, 여주, 정주,
　　활주 등이 사사명에 의해 함락된 후, 760년 6월 정주는 수복되었어도 다른 주군
　　은 여전히 반군이 장악하고 있었다.
377　城闕(성궐) : 성도를 가리킨다. 757년 성도를 남경(南京)으로 승격하였기에 '성
　　궐'이라 하였다.
　　畵角(화각) : 그림이 그려진 뿔 나팔. 군중에서 시간을 알리거나 신호를 보내는
　　데 쓰이는 악기.

【왕평】

경물 표현이 함축적이고, 시의 흐름이 잔잔하면서도 멀리 뻗어 있다.

境語蘊藉, 波勢平遠.

【해설】

강가에 살면서 일어나는 고향 생각과 시국에 대한 근심을 읊었다. 전반부가 한가한 데 비해 후반부는 비량하다. 두보가 성도에 임시로 지내려 했던 점은 제5, 6구에서 명확하다. 다만 아직 전란이 끝나지 않아 관중으로 가기 어렵거니와 시국에 대한 걱정도 깊어간다. 760년 가을 성도 두보 초당에서 지었다.

野望	들을 바라보며
金華山北涪水西,[378]	금화산의 북쪽에 부수涪水의 서쪽
仲冬風日始凄凄.	한겨울에 바람과 햇살마저 쓸쓸해지기 시작한다.
山連越巂盤三蜀,[379]	산은 월준군에 이어져 촉 땅을 구불거리고
水散巴渝下五溪.[380]	물은 파수와 유수에 흩어져 오계로 내려간다.

378　金華山(금화산) : 재주(梓州) 사홍현(射洪縣) 북쪽에 소재한 산.
　　涪水(부수) : 부강(涪江). 처현(郪縣)에서 흘러와 사홍현 현성 동으로 흐른다.
379　越巂(월준) : 월준군(越巂郡). 검남도에 속한다. 지금의 사천성 월서현(越西縣).
　　三蜀(삼촉) : 지금의 사천 지역은 한대에 촉군(蜀郡), 광한군(廣漢郡), 건위군(犍爲郡) 등 세 군으로 나누었기에 삼촉이라 불렀다.
380　巴渝(파유) : 파현(巴縣)과 유주(渝州).

獨鶴不知何事舞?　　외로운 학이 무슨 일로 춤추는지 모르겠는데

飢烏似欲向人啼.　　주린 까마귀는 사람을 향해 우짖는 듯하구나.

射洪春酒寒仍綠,　　사홍射洪의 봄 술은 차가워 아직 녹색인데

目極傷神誰爲携?　　끝없이 바라보며 가슴 아픈 때 누가 날 위해

　　　　　　　　　가져오랴?

【왕평】

기골이 절로 높으니 "백설 덮인 서산이 세 성을 지키고西山白雪三城戌"
와 비교하면 가슴은 슬프나 정신은 드넓다.

氣骨自高, 以較"西山白雪"[381] 一首府悲神曠.

【해설】

천애의 겨울 땅에서 사방을 둘러보고 혈혈단신의 침통한 심정을 읊
었다. 비록 직접 언급하고 있진 않지만 시종 국내의 전란을 염려하며
아무것도 할 수 없는 상심과 슬픔을 토해냈다고 할 수 있다. 외로운 학
과 주린 까마귀는 작자의 분신이라 할 수 있다. 762년보응1 11월 재주梓
州 동남쪽의 사홍현에 있을 때 지었다.

五溪(오계) : 웅계(雄溪), 만계(樠溪), 유계(酉溪), 무계(潕溪), 신계(辰溪). 지금
의 호남성 서부와 귀주성 동부 일대.

381 두보가 761년(상원 2) 성도 초당에서 지은 같은 제목의 시「들을 바라보며(野
望)」를 가리킨다.

將赴成都草堂, 途中有作, 先寄嚴鄭公[382]

성도 초당에 가면서, 도중에 시를 지어 먼저 엄 정공께 부침

竹寒沙碧浣花溪,[383]	대숲이 서늘하고 모래가 비췻빛인 완화계
橘刺藤梢咫尺迷.	귤나무 가시에 등나무 가지 얽혀 지척에서 길을 잃으리.
過客徑須愁出入,	손님은 출구와 입구를 찾지 못해 당황하고
居人不自解東西.	주인은 동서가 어디인지 방향을 모르리라.
書簽藥裹封蛛網,[384]	책갈피와 약낭이 거미줄에 덮여 있으니
野店山橋送馬蹄.	객점과 다리는 말굽 소리 전송하고 있으리.
肯藉荒庭春草色,	그래도 황폐해진 정원에서 풀 깔고 앉아도 좋다면
先拚一飮醉如泥.[385]	먼저 술잔을 기울여 코가 비뚤어지도록 마셔보세나.

【왕평】

중복된 구가 번거롭지 않다.

---

382 嚴鄭公(엄정공) : 엄무(嚴武). 763년 정국공(鄭國公)에 봉해졌다.

383 浣花溪(완화계) : 성도 서쪽 교외의 시내. 두보 초당이 있던 곳.

384 藥裹(약과) : 약낭. 약을 담는 주머니.

385 醉如泥(취여니) : 고주망태가 되다. 이 표현은 당대 시가에 상용되는데 그 해석은 남송 오증(吳曾)의 수필집『능개재만록(能改齋漫錄)』에 패관소설을 인용하며 처음 제시하였다. "남해에 벌레가 있는데 뼈가 없으며, 이름을 니'(泥)'라고 한다. 물속에 있으면 활발하게 움직이지만, 물이 없으면 취한 듯 흐느적거린다(南海有蟲, 無骨, 名曰泥. 在水中則活, 失水則醉.)"

重句不累.

【해설】

엄무가 764년광덕2 2월 성도윤 겸 검남절도사로 성도에 부임한 후 낭주에 있던 두보에게 여러 번 편지를 써서 불렀고, 두보는 성도로 돌아가는 도중에 이 연작시를 써서 감격과 감사의 뜻을 전하였다. 전체 5수 연작시 가운데 제3수인 여기에서 초당으로 돌아가는 기쁨과 황량한 정원에서의 대작을 기대하였다. 시의 정조가 밝고 활발하며 낙천적이다.

| 十二月一日 三首選二 | 십이월 일일 - 3수에서 2수 뽑음 |

제1수

今朝臘月春意動,	오늘부터 납월이라 봄기운이 일어나니
雲安縣前江可憐.[386]	운안 현성 앞 강물이 사랑스럽기도 하구나.
一聲何處送書雁?	어디선가 들려오는 편지 문 기러기 울음소리
百丈誰家上瀨船?[387]	어느 집 배인지 백척 밧줄에 끌려 여울을 오르네.
未將梅蕊驚愁眼,	매화가 아직 피지 않아 나의 눈이 놀라지 않았거니와

---

386 雲安縣(운안현) : 파군(巴郡)의 속현. 지금의 중경시 운양현(雲陽縣).
387 百丈(백장) : 배를 끄는 밧줄.
　　瀨(뢰) : 여울.

更取椒花媚遠天.[388]　　　더구나 초화주로 먼 타향의 처지를 위로하네.

明光起草人所羨,[389]　　　명광전에서 문장을 기초하는 일은 사람들이
　　　　　　　　　　　　선망하는 일

肺病幾時朝日邊?[390]　　　폐병을 앓는 나는 언제 도성에 갈 수 있을까?

【왕평】

두 수는 비록 기세가 이미 한껏 풀려 있지만, 그 풀림 속에 반드시 절제가 있다. 이는 서예에서 '풀기[放]'를 했으면 반드시 '머물기[留]'를 해야 하는 장봉藏鋒과 같다.

二首已放, 而放者必有所留, 書家之藏鋒法以此.

【해설】

765년영태1 4월 엄무가 죽자 두보는 막부를 떠나 삼협을 나갈 결심을 하였다. 5월에 성도를 떠났으나 길이 순조롭지 않아 가을에 운안에 도착하였다. 이 시는 12월 1일에 쓴 것으로, 운안雲安에서 봄의 기운을 감지하며 삼협을 나가 수도에 돌아가 입조하기를 갈망하였다. 기러기

388　椒花(초화) : 정월 초하루에 초백주(椒柏酒)로 조상에게 제사올리고 가장에게 바쳐 축수하였는데 이를 '송초(頌椒)'라고 하였다. 서진 때 유진(劉臻)의 처 진씨(陳氏)가 정월 초하루에 「초화송(椒花頌)」을 지은 일이 있다. 『진서』「열녀전」 참조.
389　明光(명광) : 명광전(明光殿). 한대 궁전 이름.
　　起草(기초) : 초안을 잡다. 한대에 상서랑이 문장의 기초를 잡는 일을 담당했다. 두보는 이때 검교공부원외랑이기에 이렇게 말하였다.
390　日邊(일변) : 태양 주위. 도성을 가리킨다.

울음소리는 고향 소식이 간절하다는 뜻이고, 여울을 거슬러오르는 배는 절박한 심정을 비유한 것으로 볼 수 있다.

왕부지는 시 비평에 서예의 용어도 사용하였다. 여기에서 말한 '장봉藏鋒'은 '노봉露鋒'과 상대되는 말로, 획을 왼쪽에서 오른쪽으로 그을 때 붓끝을 먼저 반대 방향인 왼쪽으로 살짝 그었다가 오른쪽으로 약간 돌리면서 누르면 붓끝의 흔적이 숨겨지게 되고, 글씨도 혼융하고 원만하며 힘있게 나타난다. 그렇다면 평어에서 말한 '방放'과 '유留'도 일종의 대응되는 필획의 동작으로, '방放'은 획을 뻗어 쓰는 것을 말하고, '유留'는 붓을 멈추어 기세를 함축시키는 걸 가리킨다고 할 수 있다. 여기의 「십이월 일일」 두 수는 이러한 '풀기[放]'와 '머물기[留]'가 잘 되어 있다는 뜻이고, 이중에서도 특히 '머물기[留]'를 강조하는 걸 알 수 있다. 두보의 「가을의 감흥 8수秋興八首」의 제7수 평어에서도 "제7, 8구는 서예의 장봉과 같이 지극히 치밀한 가운데 신력神力이 있어 사람이 측량하기 어렵다尾聯藏鋒, 極密中有神力, 人不可測"고 하였다. 결국 왕부지는 시 짓기에서도 서예 필법의 '장봉藏鋒'과 '머물기[留]'와 같은 함축과 완급이 있어야 한다고 주장한 셈이다.

제2수

寒輕市上山煙碧,	찬 기운이 저자에 떠오르자 산은 비췻빛을 띠고
日滿樓前江霧黃.	햇빛이 누대 앞에 가득하자 강 안개가 누렇다.

負鹽出井此溪女,[391]　염정에서 소금 지고 나오는 여인은 이곳 계곡의 여인인데

打鼓發船何郡郎?[392]　북을 두드리며 배를 모는 사람은 어느 군현의 사내인가?

新亭舉目風景切,[393]　나는 신정新亭의 주의周顗처럼 풍경을 둘러보며 탄식하고

茂陵著書消渴長.[394]　무릉의 사마상여처럼 오랜 소갈병에도 책을 쓴다네.

春花不愁不爛漫,　봄꽃이 만발하지 않을까 걱정할 필요 없이

楚客唯聽棹相將.[395]　나그네인 나에겐 다만 노 젓는 소리만 들린다.

【왕평】

"햇빛이 누대 앞에 가득 하자 강 안개가 누렇다日滿樓前江霧黃"와 같은 말은 겨울 '경어'로 다시 없는데, 이런 말을 쓰지 못한다면 이런 형식

391　負鹽(부염) 구 : 운안 사람들은 집집마다 염정(鹽井)이 있어 여인들이 소금을 팔아 자급하였다.

392　打鼓(타고) 구 : 운안현은 삼협은 물론 계곡 안이 굴곡이 심하고 강에는 암초가 있고 배들이 서로 부딪칠 수 있기에 북을 두드려 서로 경계하였다.

393　新亭(신정) 구 : 서진 말기 중원이 함락되자 남도한 관리들이 남경의 신정에 모여 풍경이 낙양과 비슷함으로 보고 주의(周顗)가 탄식하여 말하기를 '풍경은 다르지 않건만, 산하가 다르구나.'라고 하자 모두 서로 바라보며 눈물을 흘렸다. 여기서는 중원이 아직 평정되지 않은 데 대한 감개를 나타냈다.

394　茂陵(무릉) 구 : 서한 때 사마상여가 소갈병이 들었는데 무릉의 집에서 책을 쓴 일을 가리킨다.

395　相將(상장) : 서로 돕다.

을 함부로 모방해서는 안 된다.

如 "日滿樓前江霧黃", 冬景獨絶, 不得此語, 勿效此制.

【해설】

운안의 겨울 풍광과 감회를 썼다.

夜 | 밤

露下天高秋氣淸,　하늘 높고 이슬 내려 가을 기운 맑은데

空山獨夜旅魂驚.　빈산에 홀로 새는 밤 떠도는 혼백이 놀라라.

疎燈自照孤帆宿,　가물거리는 등불에 쪽배에서 잠자고

新月猶懸雙杵鳴.[396]　초승달 걸린 하늘 아래 다듬이 소리 듣는다.

南菊再逢人臥病,[397]　성도 떠나 두 번째 맞는 국화에 몸은 병들어

北書不至雁無情.　북방 고향의 편지 없어 기러기가 무정하구나.

步簷倚杖看牛斗,[398]　지팡이 짚고 처마 아래 두성과 우성을 보니

銀漢遙應接鳳城.[399]　은하수 있는 저 먼 곳이 분명 장안성이리라.

396　雙杵(쌍저) : 다듬이질을 할 때는 다듬잇돌을 가운데 두고 여인 둘이서 마주 앉아 두드린다. 고대에 그린 「도의도(搗衣圖)」에서 볼 수 있다.

397　南菊再逢(남국재봉) : 성도를 떠나 운안(雲安)에서 가을을 맞이하였고, 다시 기주에서 가을을 맞이하므로 이렇게 표현하였다.

398　步簷(보첨) : 처마 아래 이어진 길. 회랑.

399　鳳城(봉성) : 장안성.

【왕평】

한밤 내내 눈으로 보고 마음으로 놀란 것을 손에 잡히는 대로 거두었는데, 재주가 높으니 가능하지 그렇지 않으면 분명 잡다해질 터이다. 이 역시 변체이다.

각구의 음률이 쟁쟁히 울리니 칠언시의 종풍을 잃지 않았다.

盡一夜所適目驚心者, 隨拈隨合, 才高自可, 不爾必雜, 要亦變體也.

每句鏘然, 猶不失七言宗風.

【해설】

가을 밤 고향을 생각하며 지은 시이다. 제목의 '밤'을 중심으로 각구가 모두 여기에서 벗어나지 않으면서도 주제를 집중하였다. 766년 가을 기주虁州에서 지었다.

왕부지는 이 시가 손에 닿는 대로 거둬들인 '자연스러움'에 높은 평가를 하면서도, 칠언율시가 오언시에 비해 순수하지 않다는 점에서 '변체'라는 말로 그 뜻을 나타냈다.

秋興八首　　　　　가을의 감흥 8수

제1수

玉露凋傷楓樹林,　　　이슬에 단풍잎 시들어 떨어지는

巫山巫峽氣蕭森.　　　무산과 무협은 소슬하고 음산해라.

江間波浪兼天湧,[400]　강의 파도는 하늘에 닿도록 솟구쳐 오르고

塞上風雲接地陰.[401]	변방의 바람과 구름은 땅을 덮어 어둡다.
叢菊兩開他日淚,[402]	두 해째 피어나는 국화꽃엔 지난날의 눈물이 흐르고
孤舟一繫故園心.[403]	강가에 메어있는 쪽배는 고향을 그리는 마음이로다.
寒衣處處催刀尺,	겨울옷 마름하느라 도처에서 칼과 자 분주한데
白帝城高急暮砧.	백제성 높은 곳엔 저녁을 재촉하는 다듬이 소리.

【왕평】

여덟 수는 마치 정조와 변조가 모여 칠음七音을 이루고 궁조를 만드는 것과 같이, 자체로 완전한 악장을 이루었다. 만약 이를 잘라서 따로 읽는다면 그 정신과 육체가 모두 흩어질 것이니, 시를 골라 싣는 자의 죄과가 적지 않을 것이다.

이 연작시는 만물을 포괄하고, 모든 정경을 아우른다. '두 해째 피어

---

400 江間(강간) : 무협을 가리킨다.

　　兼天(겸천) : 연천(連天)과 같다. 하늘과 잇닿아 있다.

401 塞(새) : 험준한 요새. 여기서는 무산을 가리킨다.

402 兩開(양개) : 두 번 피다. 성도를 떠나 두 번째 가을을 맞다.

　　他日(타일) : 전일(前日). 예전.

403 故園心(고원심) : 고향을 그리는 마음. 두보는 장안 남쪽 교외의 번천(樊川)에서 살았으며, 장안을 제2의 고향으로 생각했다.

나는 국화꽃叢菊兩開' 구는 앞의 경어景語를 이어받아 자연스레 정情과 일
[事]을 도출하고 있으니, 감상할 때엔 꿰어진 구슬이 연이어진 것과 같
이 박판과 시구가 단순한 시종 관계가 아님을 보여준다. 만약 경직되
게 범식에 따라 단락을 나누어 구를 만든다면 시골 무당의 나가儺歌와
다를 바 없으니, 이러한 수준은 오직 지음만이 이해할 수 있다.

八首如正變七音,[404] 旋相爲宮, 而自成一章. 或爲割裂, 則神體盡失矣, 選
詩者之賊不小.

籠蓋包擧, 一切皆在. '叢菊兩開'句聯上景語, 就中帶出情事, 樂之如貫珠
者, 拍板與句不爲終始也. 捱句截然以句範意, 則村巫儺歌一例, 以俟知音者.

【해설】

766년대력1 두보가 기주夔州에 있을 때 지은 연작시이다. 이 연작시는
각각이 독립되어 있으면서 동시에 연결성을 잃지 않는 뛰어난 작품군
이다. 두보는 765년 5월 성도를 떠나 원래는 삼협을 지나 형주로 가려
했으나 일단 운안과 기주에서 체류하기로 하였다. 당시 안사의 난은 끝
났지만 정국은 여전히 불안해서 하북은 안사의 잔당이 점거하고 있었
고, 하서와 농우는 티베트와 위구르의 공격에 장안이 위협받고 있었다.
삼협의 웅혼하고 쓸쓸한 가을 경관에서 장안의 번화함을 회상하고 고

---

404 正變七音(정변칠음) : 일곱 가지 음계. 궁(宮), 상(商), 각(角), 치(徵), 우(羽), 변
　　궁(變宮), 변치(變徵)이다. 이중 오음에 해당하는 궁, 상, 각, 치, 우는 정음(正音)
　　이고, 변궁과 변치는 변음(變音)이다.

금의 흥망성쇠를 돌이켜보았다. 비장한 격조에 깊고 넓은 의경을 전개한 역작들이다. 제1수는 가을에 일어나는 시흥을 써서 연작시의 서막으로 삼았다. 제2, 3수는 기주의 아침과 저녁 풍광에서 자신의 신세를 돌아보았다. 제4수는 장안의 현재 상황을 서술하였다. 제5수부터 제8수까지는 봉래궁, 곡강, 곤명지, 미피호의 풍광을 제재로 하여 이전의 번화를 회상하며 지금의 상황과 대비시켰다. 이렇게 함으로써 번성에서 쇠락으로 접어든 장안과 당 왕조의 역사적 면모를 선명하게 각화하였다. 시인 자신의 불우와 연로에서 오는 탄식과 아쉬움은 언제나 군주와 국가와 궁궐에 대한 한없는 지향과 그리움에서 온다는 전통 시대의 한계를 가지고 있다. 두보 후기 율시의 대표작 가운데 하나이다.

왕부지는 여덟 수를 하나의 엄밀하게 통합된 연작시로 보고 이를 나누어 고르는 것은 적절하지 않다고 하였다. 이는 명대 평론가들을 염두에 두고 한 말이다. 예컨대 이반룡李攀龍은 『당시선唐詩選』과 『고금시산古今詩刪』에 일부만 뽑았고, 종성鍾惺과 담원춘譚元春은 『당시귀唐詩歸』에 제7수만 실었고, 왕세정王世貞 자신은 제1수와 제7수를 혹애한다고 하면서도 제1수는 '무게가 부족하고斤兩不足' 제7수는 "대부분 평이한 음조로 금석의 소리가 약간 어그러진 점이 아쉽다惜多平調, 金石之聲微乖"고 평하였다. 그리고 왕부지가 말한 "단락을 나누어 구를 붙이는 방식을 범식으로 삼는 것捱句截然以句範意"은 송대와 명대에 흔히 사용되는 '전경후정前景後情' 등의 원칙을 '기-승-전-결'의 틀에 배치하는 일을 가리킨다. 이러한 범식을 따라 쓴다면 제5구에선 '정어'를 써야한다. 그런데 왕부지는 후학들이 모델로 삼는 두보 자신이 정작 그렇게 기계적인 구성으로 시를 쓰지 않은 사실을 강조하였다. 제5구가 앞의 '경어'와 연관되면서도 '정어'를 이끌고 있어, 일반적인 율시의 구성에 파격을 보이고 있는 것이다. 왕부지는 제1수가 근체시이면서 근체시의 형식을 부수고 고시의 경험과 미학을 사용하는 점을 높이 평가한 셈이다.

제2수

夔府孤城落日斜,[405]	기주의 외딴 성에 저녁 해가 떨어지면
每依北斗望京華.	매번 북두성에 의지하여 장안 쪽 바라보네.
聽猿實下三聲淚,[406]	원숭이 울음소리에 진실로 눈물이 떨어지고
奉使虛隨八月槎.[407]	사신 따라 팔월에 뗏목 탔으나 은하수에 가지 못했지.

---

405 夔府(기부) : 기주. 640년 기주에 도독부를 설치하였으므로 기주를 기부라고도 부른다.

406 三聲淚(삼성루) : 애절한 원숭이 울음소리를 듣고 흘리는 눈물. 삼협의 강변에는 원숭이가 많고 그들의 울음소리가 객수를 자아내기로 유명하다. 『수경주』「강수(江水)」에 나오는 "파동의 삼협 가운데 무협이 가장 긴데, 원숭이 울음소리 세 마디에 눈물이 옷깃을 적신다(巴東三峽巫峽長, 猿鳴三聲淚沾裳.)"에서 유래하였다. 이 구는 聽猿三聲實下淚의 도치이다.

407 八月槎(팔월사) : 팔월의 뗏목. 이 구는 사신과 관련된 2가지 전고를 융합하여 말하고 있다. 하나는 장화(張華)의 『박물지(博物志)』에 나오는 바닷가 사람이 매년 팔월이면 뗏목을 타고 은하수를 방문한 이야기이며, 다른 하나는『형초세시기(荊楚歲時記)』에 나오는 장건(張騫)이 조정의 명을 받고 황하의 근원을 찾으러 뗏목을 타고 갔다는 전설이다. 이 구는 두보가 업무를 따라 조정에 봉직하러 갈 가능성이 있었는데, 그의 죽음으로 이룰 수 없음을 말한다.

畵省香爐違伏枕,[408]　　　상서성의 향로는 내 병으로 멀어졌는데

山樓粉堞隱悲笳.[409]　　　산성山城의 성가퀴에 슬픈 호가 소리 은은해라.

請看石上藤蘿月,　　　　저기 보게나, 바위 위 등나무 넝쿨에 걸린
　　　　　　　　　　　　달이

已映洲前蘆荻花.　　　　섬 앞에 핀 갈대꽃을 환하게 비추는 것을.

【왕평】

시의 전환이 능숙하고 교묘하다.

제7, 8구는 일부러 활구活句를 사용하여 무한한 여운을 남겼다.

斡旋善巧.

尾聯故用活句, 以留不盡.

제3수

千家山郭靜朝暉,　　　　산마을 집들이 아침 햇살에 고요한데

日日江樓坐翠微.[410]　　　날마다 강가 누각에 나가 비췻빛 속에 앉는다.

408　畵省(화성) : 상서성. 한대 상서성에 호분으로 칠하고 자주색으로 경계를 두어
　　　고대 열사들의 모습을 그렸기에 '화성'(畵省)이라 하였다. 또는 분성(粉省)이나
　　　분서(粉署)라고도 했다. 두보가 임명된 검교공부원외랑은 상서성의 속관이다.
　　　香爐(향로) : 향로는 주로 숙직할 때 사용하였다.
　　　伏枕(복침) : 베개에 엎드리다. 병으로 눕다. 두보는 765년 3월 병으로 검교공부
　　　원외랑을 사직하였다.
409　山樓(산루) : 산의 누각. 여기서는 백제성의 성루.
　　　粉堞(분첩) : 성벽 위에 흰색으로 칠한 여장(女墻).
410　翠微(취미) : 산기슭의 깊은 곳에 낀 파르스름한 기운.

信宿漁人還泛泛,[411]　밤을 샌 어옹은 다시 배를 띄우고

淸秋燕子故飛飛.　맑은 가을에 제비는 여전히 날고 있구나.

匡衡抗疏功名薄,[412]　광형처럼 상소를 하였어도 공명은 얻지 못했고

劉向傳經心事違.[413]　유향처럼 경전을 전했어도 뜻은 이루지 못했다.

同學少年多不賤,　함께 공부한 동창들은 대부분 고관이 되어

五陵衣馬自輕肥.[414]　장안의 오릉에 살면서 비단옷에 준마 타고 다니리.

---

411 信宿(신숙) : 연이틀 밤을 지내다.

412 匡衡(광형) : 서한 경학가. 원제(元帝) 초기 장안 일대에 일식과 지진 등의 재해가 발생하자, 상소를 올려 궁실의 규모를 감하고, 사치스런 장식을 줄이고, 충성스럽고 바른 사람을 가까이하고, 간사하고 아첨하는 무리를 멀리하기를 권하였다. 그런 연후에 백성들이 도덕과 교화를 넓히고 양보와 인화의 풍기가 퍼지도록 해야 한다고 하였다. 광형의 상소는 원제의 칭찬을 받았으며, 이로 해서 벼슬이 광록대부, 태자소부까지 올랐다. 좌습유에 있던 두보는 상소로 방관(房琯)을 구하려 했기에 자신을 광형에 비유하였다.
　抗疏(항소) : 군주에게 직언하는 글을 올림.
　功名薄(공명박) : 공명이 없다. 두보의 상소가 오히려 조정의 배척을 받은 일을 가리킨다.

413 劉向(유향) : 서한 경학가. 선제(漢宣帝)가 유향에게 석거각에서 오경을 강론하라고 하였고, 성제는 궁정에 비장된 오경을 교정하라고 하였다. 두보는 자신을 유향에 비하였다.

414 五陵(오릉) : 한대 다섯 군주의 능묘. 모두 장안 근처 위수(渭水)의 북안에 소재한다.
　輕肥(경비) : 가벼운 가죽 옷과 살찐 말. 일반적으로 '비마경구(肥馬輕裘)'라고 하며, 호사스런 생활을 가리킨다.

【왕평】

이 작품과 아래 작품은 모두 시인의 '본래의 면모[本色]'와 풍신風神을 드러냈으니, 인간 세상의 물건이 아니다.

此與下作, 皆以脫露顯本色風神, 自非世間物.

제4수

聞道長安似弈棋,[415]	듣자 하니 장안의 시국은 바둑판처럼 변화무쌍해
百年世事不勝悲.	백 년간의 세상일이 슬프기 그지없네.
王侯第宅皆新主,	왕후의 저택에는 주인이 바뀌었고
文武衣冠異昔時.	조정의 문무 관원도 지난날과 다르겠지.
直北關山金鼓震,	북으로 관산에선 징과 북이 진동하고
征西車馬羽書馳.[416]	서쪽의 군대에선 우서羽書가 빗발치네.
魚龍寂寞秋江冷,	차가운 가을 강에 물고기와 용이 적막하니
故國平居有所思.[417]	장안의 한가한 시절 다시금 그리워라.

【왕평】

마지막 한 구가 다음 네 수의 시를 아우르는 개요 역할을 하니, 연작

---

415 似弈棋(사혁기) : 장안의 정국이 바둑판의 형세처럼 변화무쌍하다는 뜻.
416 羽書(우서) : 군사용 긴급 문서. 문서 위에 새의 깃털을 꽂아 긴급을 표시하였다.
417 平居(평거) : 평소의 생활.

시의 전체 구조가 기이하고 절묘하다.

末句連下四首. 爲作提綱, 章法奇絶.

제5수

蓬萊宮闕對南山,[418]　　봉래산 높은 궁궐 종남산과 마주하고

承露金莖霄漢間.[419]　　승로반 구리 기둥 은하수 위로 솟았어라.

西望瑤池降王母,[420]　　서쪽을 바라보면 요지에서 서왕모가 내려

오고

東來紫氣滿函關.[421]　　동쪽에서 오는 자색 기운은 함곡관에 가득

했다.

雲移雉尾開宮扇,[422]　　구름이 움직이듯 꿩 꼬리 부채가 열리며

418　蓬萊宮(봉래궁) : 장안성의 정궁인 대명궁.
　　南山(남산) : 종남산.
419　承露金莖(승로금경) : 승로반(承露盤)을 떠받치는 구리 기둥. 한 무제가 건장궁
　　에 세운 청동 신선의 형상으로, 손으로 승로반을 들고 천상의 감로(甘露)를 받는
　　모습이다.
420　瑤池(요지) : 전설에서 서왕모(西王母)가 사는 곳.
　　王母(왕모) : 서왕모. 신화 속에 나오는 여신으로, 신선들의 여왕에 해당하며, 장
　　생불사의 약을 가진 것으로 알려졌다.『산해경(山海經)』에는 사람 얼굴, 호랑이
　　이빨, 표범 꼬리를 한 괴이한 형상으로 나오며,『목천자전(穆天子傳)』에는 주 목
　　왕(周穆王)을 불러 주연을 즐기는 이야기로 알려졌다. 또『한 무제 이야기(漢武
　　故事)』에서는 한 무제(漢武帝)를 찾아가 장생불사할 수 있는 복숭아인 반도(蟠
　　桃)를 준다.
421　東來紫氣(동래자기) : 동쪽에서 오는 보라색 기운.『예문유취』 권78에서 인용한
　　『관령내전(關令內傳)』을 보면, 함곡관을 지키는 관령 윤희(尹喜)가 누대에 올라
　　사방을 둘러보니 동쪽 끝에서 보라색 기운이 오고 있어 "분명 성인이 지나가리
　　라"고 말했다. 조금 후 과연 노자가 청우가 끄는 수레를 타고 함곡관을 지나갔다.

日繞龍鱗識聖顔.[423]　　햇빛에 용포가 반짝일 때 용안을 뵈었다.

一臥滄江驚歲晚,　　강가에 한 번 누웠더니 벌써 노년임에 놀라
　　　　　　　　　　는데

幾回靑瑣點朝班.[424]　　몇 번인가 청쇄문에서 조회 점호를 받았었지.

【왕평】

시작도 없고 전환도 없으며, 전개도 없고 마무리도 없다. 평이하게
썼는데도 생동적이니, 팔방의 바람이 율律을 따르면서도 서로 침범하
지 않는 것과 같다. 진실로 고시의 정신으로 율시를 지었다. 후인이 이
체제를 살피지 않은 연유의 절반은 늙은 중 교연 때문이다.

無起無轉, 無敍無收, 平點生色, 八風自從律而不姦, 眞以古詩作律. 後人
審此制, 半爲皎然老髡所誤.

【해설】

장안 봉래궁의 풍광을 제재로 하여 이전의 번화를 회상하며 지금의
상황과 대비시켰다.

여기에서 왕부지는 「가을의 감흥」 8수를 높이 평가하는 이유를 말

422　雉尾(치미) : 꿩의 깃털로 만든 부채.
　　　開宮扇(개궁선) : 부채를 좌우로 열다. 조회 때 황제가 어좌에 오를 때 좌우에서
　　　부채를 펴서 붙이고, 앉은 후에는 부채를 좌우로 여는 것을 말한다.
423　龍鱗(용린) : 용의 비늘. 황제의 옷에 수놓인 용 문양을 말한다.
424　靑瑣(청쇄) : 궁전의 문창에 연속무늬로 투각하고 청색을 칠한 장식 부위. 화려
　　　한 건축이나 궁전을 가리킨다.

하였다. 그것은 "고시를 율시로 만들었기以古詩作律" 때문이다. 다시 말해 고시의 작법과 미학을 율시 제작에 사용하였다는 점이다. 이는 "시작도 없고 전환도 없으며, 전개도 없고 마무리도 없다."는 말에 잘 나타나 있다. '기-승-전-결' 등 일정한 작법 속에 가두지 않고 정감의 흐름에 따라 변화해갔다는 뜻이다. 이는 제1수의 평어에서도 "범식에 따라 단락을 나누어 구를 만든다면 시골 무당의 나가儺歌와 다를 바 없다"란 말에서도 알 수 있다. 율시를 하나의 틀에 넣으려는 교연을 질타한 것도 이 때문이다. 왕부지는 근체시조차도 고풍古風의 미학을 가진 작품을 최고로 보았다.

왕부지는 칠언율시의 내원에 대해, 초당 시인들은 주로 칠언가행에 격률상의 처리를 하였다고 했지만, 두보는 오언고시의 전통을 계승하였다고 하였다. 특히 사령운의 오언고시를 계승했다고 했는데, 낭사원의 「풍익 서루馮翊西樓」에 대한 평에서 "칠언시가 사령운으로부터 나온 자는 오직 두보가 있을 뿐이다七言之從謝出者唯杜陵耳"고 한 데서 알 수 있다. 다만 왕부지는 두보의 초기시에 대해 긍정하였지만 촉 땅에 들어간 이후의 시는 비판하였다. 두보가 "노년에 점차 시율이 세밀해지는데晚節漸於詩律細"425에 대해 "세밀이 병폐가 되는 줄 모르니, 자주 번쇄하고 각박함을 보이는 것은 모두 이 때문이다不知細之爲病, 累垂尖酸, 皆從此得."고 하였다.

---

425 두보, 「답답함을 풀며 -노 조장(路曹長)께 장난삼아 드리다(遣悶戲呈路十九曹長)」.

제6수

瞿唐峽口曲江頭,[426]　　　구당협 어구와 곡강의 연못가

萬里風煙接素秋.　　　만리에 걸친 안개 바람이 두 가을을 잇는구나.

花萼夾城通御氣,[427]　　　화악루에서 복도 따라 임금이 행차할 때

芙蓉小苑入邊愁.[428]　　　부용원 작은 정원에 변방의 근심이 들어왔지.

珠簾繡柱圍黃鵠,　　　주렴에 수놓인 기둥 주위를 황학이 모여들고

錦纜牙檣起白鷗.[429]　　　비단 닻줄에 상아 돛대 위로 갈매기 날아다녔지.

廻首可憐歌舞地,　　　애달파라, 돌아보면 곡강은 춤과 노래의 경승지

秦中自古帝王州.　　　그래도 장안은 예부터 제왕의 땅인 것을.

---

426 瞿唐峽(구당협) : 瞿塘峽(구당협)이라고도 쓴다. 삼협 가운데 가장 서쪽에 위치한 협곡이다. 중경시 봉절현 동쪽에 소재.
　　曲江(곡강) : 장안 서남 교외에 소재했던 유람지. 한 무제 때 만든 것으로 강이 굽이져 흘러서 이름 붙여졌다. 강물은 오래 전에 고갈되어 없어진 것을 최근에 복원하였다.
427 花萼(화악) : 화악루. 본명은 화악상휘지루(花萼相暉之樓). 장안성 흥경궁 안에 있었다.
　　夾城(협성) : 732년 대명궁에서 흥경궁을 거쳐 곡강 부용원까지 연이어 만든 복도를 말한다.
　　御氣(어기) : 천자의 기운.
428 芙蓉小苑(부용소원) : 곡강 가에 있는 황가 정원.
　　邊愁(변수) : 안록산의 난이 일으킨 시름.
429 錦纜牙檣(금람아장) : 비단 닻줄에 상아 장식의 돛대. 호화로운 배.

【왕평】

비벼서 부수고 어지러이 점찍다가, 꼬리를 휘저으며 홀로 가며 시를 드러내는 것이, 마치 온갖 꽃잎이 바람을 타고, 휘돌다가 한데 모이는 것과 같다.

'접소추接素秋'의 절묘함은 '소추素秋' 두 글자에 있으니, 이 이외에는 "차마 옛일을 회상하기 어렵다".

揉碎亂點, 掉尾孤行以顯之, 如萬紫乘風, 回飆一合.

'接素秋'妙在'素秋'二字, 止此之外, 不堪回首.

【해설】

'소추素秋'는 '청춘靑春'과 상대되는 말로, 가을과 관련된 오방색이 흰색[素]이므로 가을을 '소추'라고 하였다. 물론 '청춘'이 봄날이면서 젊은 시절을 동시에 의미하듯이, '소추'도 가을이면서 사람의 노년과 쇠락을 비유한다. 때문에 '두 가을을 잇는다[接素秋]'는 장안의 가을과 기주의 가을이 하나로 이어진다는 뜻도 되지만, 세상의 가을과 자신의 노년이 한가지라는 뜻도 중의적으로 표현하였다. 왕부지가 말한 "차마 옛일을 회상하기 어렵다不堪回首"는 인생이나 사회의 격변 이후 예전을 돌아보기 고통스럽다는 감개를 나타내는 관용구이다. 이욱李煜의 "고국을 달빛 속에 회상하기 차마 어려워라故國不堪回首月明中"는 말이 유명하다.

왕부지는 시의 구조적 특징에 대해 주목하였다. "비벼서 부수고 어지러이 점찍다가"란 말은 시공간의 질서를 깨뜨리며 구당협과 곡강, 제왕의 기상과 변방의 시름을 동시에 나열한 것을 가리킨다. "꼬리를 휘저으며 홀로 간다"란 말은 말미에서 갑자기 분방한 이미지를 수습하고 고금을 관통하여 전편을 통제하는 것을 가리킨다. 이는 마치 찬란한 이미지가 낙화처럼 분분히 흩어지다가 결국 역사적 비극 속에서 응집하는 것이다. '소추素秋'는 번화한 계절을 지나온 가을, 전란을 겪은 역사, 노쇠하여 담담해진 자신을 하나로 결합한 이미지로, 이로써 격렬한 회상과 대응시키고 있다. 그러기에 번화하고 찬란했던 기억을 차마 회상하기 어렵다.

제7수

昆明池水漢時功,[430]	곤명지 호수는 한나라 때 공적인데
武帝旌旗在眼中.[431]	한 무제의 깃발이 눈앞에 펄럭인다.
織女機絲虛夜月,[432]	직녀 석상의 베틀 실은 부질없이 달을 마주하고

---

430 昆明池(곤명지) : 지금의 서안시 서남 두문진(斗門鎭) 동남에 소재하였다. 한 무제가 곤명을 정벌하기 위해 주위 사십 리 크기의 호수를 만들었으며, 깃발을 꽂은 누선으로 수전(水戰)을 연습하게 하였다.
431 武帝(무제) : 한 무제. 여기서는 현종을 비유하였다. 현종도 남조(南詔)를 정벌하기 위하여 곤명지에서 수전을 연습하였다.
432 織女(직녀) : 곤명지에 있는 직녀 석상. 동진 조비(曹毗)『지괴(志怪)』에 "곤명지에 석인을 둘 만들어 견우와 직녀를 본떠 동서에 두고 서로 마주 보게 하였다"는 기록이 있다.
　　虛夜月(허야월) : 부질없이 달을 마주하다. 베를 짜지 않는다는 뜻.

石鯨鱗甲動秋風.[433]	석조 고래의 비늘은 가을바람에 움직인다.
波漂菰米沈雲黑,[434]	물결에 흔들리는 줄풀쌀은 검은 구름처럼 잠기고
露冷蓮房墜粉紅.[435]	이슬 젖은 연밥에 분홍 꽃잎 떨어진다.
關塞極天惟鳥道,[436]	하늘 끝 관문에 오직 새만이 넘나드는데
江湖滿地一漁翁.	드넓은 강호에 홀로 선 어옹이로다.

【왕평】

'정기旌旗' 두 글자가 유별나게 선명하다.

제7, 8구는 서예의 장봉藏鋒과 같이 지극히 압축된 가운데 신비한 힘이 서려 있어, 사람이 그 묘미를 다 헤아릴 수 없다.

'旌旗'字入得分外光鮮.

尾聯藏鋒, 極密中有神力, 人不可測.

---

433 石鯨(석경) 구 :『서경잡기』권1에 "곤명지에 옥석을 깎아 고래를 만들었는데 매번 번개가 치고 비가 올 때면 우는 소리가 났고 지느러미와 꼬리가 모두 움직였다"는 기록이 있다.

434 菰米(고미) : 줄풀쌀. 육곡의 하나. 수생 식물로 가을에 쌀알 같은 열매가 맺히는데 이를 가리킨다.

435 蓮房(연방) : 연밥집. 연밥이 들어있는 송이.
　　墜粉紅(추분홍) : 가을이 되어 떨어진 연꽃.

436 關塞(관새) : 기주를 가리킨다.
　　極天(극천) : 하늘에 닿음. 지극히 높음을 비유한다.

장안의 곤명지가 지녔던 옛 영화를 전란 이후의 폐허와 대비시켜, 시인이 장안으로 돌아갈 수 없는 비통한 심정을 표현하였다. 한나라를 빌려 당나라를 비유한 것은 당나라 시인의 일반적인 시법으로, 강대한 제국을 일군 한 무제로 당나라 전성기를 이룬 당 현종을 비유한다. 직녀 석상과 석조 고래는 역사의 흥망을 지켜본 증인으로 형상화되었고, 줄풀쌀과 연꽃의 조락은 쇠락해 가는 당 왕조의 운명과 유랑하는 시인 자신의 처지를 연결 짓는 매개로 사용되었다.

장봉은 서예에서 필획의 시작과 끝을 노봉露鋒하지 않고 감추어, 내재된 힘과 절제된 우아함을 드러내는 기법이다. 두보가 「십이월 일일」 제1수의 평어에서 말했듯, '풀기[放]' 전에 '머물기[留]'를 하거나, '풀기' 뒤에 '머물기'를 함으로써 필의를 조절하는 것이다. 이 시에서도 두보는 역사적 비극과 개인의 운명을 응축하여 감정을 직접적으로 토로하지 않고 함축적 이미지로 표현하였다. 그는 시대적 비애를 '하늘 끝 관문'이라는 공간적 이미지로 응축시켰고, 개인의 유랑을 '어옹'의 형상으로 은유하였다. 또한 '오직惟'에 배제적 어조 속에 격정을 숨기고, '홀로─'라는 말로 응고된 고독을 드러냈다. 이러한 응축과 절제의 미학을 통해 두보는 개인의 운명을 역사와 공간 속에 융합시키며, 정서의 깊이를 극대화하였다.

제8수

昆吾御宿自逶迤,[437]　　곤오에서 어숙에 이르는 길 굽이굽이 이어
지고

紫閣峰陰入渼陂.[438]　　자각봉의 산 그림자 미피호에 잠겼었지.

香稻啄餘鸚鵡粒,[439]　　앵무새가 쪼아 먹고도 넉넉한 들판의 나락

碧梧棲老鳳凰枝.[440]　　봉황이 늙도록 깃드는 벽오동 가지.

佳人拾翠春相問,[441]　　미인들은 봄날 물총새 깃털 주워 서로 주고
받고

仙侶同舟晚更移.[442]　　신선 같은 친구들은 배를 타고 늦도록 다녔

437　昆吾(곤오) : 지명. 남전에 소재했다.
　　御宿(어숙) : 시내 이름. 한 무제가 이곳에서 묵었기에 지어진 지명이다. 번천(樊
　　川)에 소재했다.
　　逶迤(위이) : 구불구불. 굽이굽이. 굽이지면서 먼 모양.
438　紫閣峰(자각봉) : 종남산의 봉우리 가운데 하나. 자각봉, 백각봉, 황각봉 등 세 봉
　　이 서로 모여 있으며 모두 규봉(圭峰)의 동쪽에 위치한다.
　　渼陂(미피) : 미피호.
439　香稻(향도) 구 : 鸚鵡啄餘香稻粒의 도치이다.
440　碧梧(벽오) 구 : 鳳凰棲老碧梧枝의 도치이다.
441　拾翠(습취) : 물총새 깃털의 머리 장식을 줍다. 일반적으로 미녀의 봄나들이를
　　가리킨다. 삼국시대 조식(曹植)의 「낙신부」(洛神賦)에 "때로 구슬을 찾고 때로
　　물총새 깃털 장식을 줍는다(或采明珠, 或拾翠羽)"는 말이 있다.
　　相問(상문) : 서로 예물을 주다.
442　仙侶同舟(선려동주) : 두 신선이 한 배를 타다. 동한 때 곽태(郭泰)가 낙양에 놀
　　러갔을 때 하남윤 이응(李膺)이 그를 높이 평가하며 친하게 되었다. 곽태가 고향
　　으로 돌아가려 하자 명사들과 선비들이 황하 강가로 전송을 나갔는데 수레가 수
　　천 량이나 되었다. 곽태와 이응이 배를 타고 강을 건넜는데, 사람들이 멀리서 바
　　라보니 신선과 같았다. 친한 친구라는 뜻으로 쓰이는 '이곽동주(李郭同舟)'의 성
　　어는 여기서 유래했다. 여기서는 두보가 잠삼 형제와 미피호에서 유람한 일을

었지.

彩筆昔曾干氣象,[443]　　빛나는 문필은 일찍이 기상이 하늘을 뚫었
　　　　　　　　　　　　건만

白頭吟望苦低垂.　　　　백발 들어 읊조리다 괴로이 다시 고개 떨군다.

【왕평】

시 전체가 한 줄기 물결로 흘러내렸다.

여덟 수 가운데 이 작품이 가장 빼어난 경지이니 그 조상을 욕되게
하지 않았다. 세속의 평론은 그렇지 않다.

一直蕩下.

八首中此作最佳境, 爲不忝乃祖, 俗論不謂然.

【해설】

장안의 미피호 풍광을 제재로 삼아, 과거의 번화로웠던 시절을 회상
하고 지금의 쓸쓸한 현실을 대비시켰다. 전반 네 구는 미피호 일대의
산수를 그린 것으로, 고요한 자연 속에 웅대한 기운을 그려냈다. 호수

　　가리킨다.
443　彩筆(채필) : 오색 붓. 남조 양(梁)의 강엄(江淹)은 젊어서 꿈에 오색필을 받았는
　　데 이후 시문 짓는 솜씨가 크게 나아졌다. 만년에 다시 꿈에 스스로 곽박(郭璞)이
　　라고 하는 사람이 나타나 빌려준 붓을 가져가겠다고 하였다. 강엄은 품속에서
　　오색필(五色筆)을 꺼내 주었다. 이후 강엄은 뛰어난 글을 쓰지 못하였다. 『남사
　　(南史)』「강엄전(江淹傳)」 참조. 이 구는 두보가 754년 조정에 부(賦)를 지어 올
　　린 일을 가리킨다.

에 비친 산그림자는 자연의 조화를 보여주며, 앵무새와 봉황은 화려한 궁정을 떠올리게 하지만, 들판으로 나온 모습은 쇠락한 제국을 암시한다. 제5, 6구는 봄날의 미인과 배를 타는 친구의 모습이 정감 어린 환상의 장면으로 펼쳐지고, 마지막 두 구에서는 과거의 영광과 현재의 쇠락이 강렬하게 대비된다.

왕부지는 「가을의 감흥」 8수 가운데 이 시를 최고로 쳤다. 여덟 구의 시선이 산수에서 산물로, 산물에서 인물로, 인물에서 자아로 자연스럽게 전환되는 것이, 마치 한 줄기 물결처럼 유려하게 흘러간다고 보았다. 시 속에 앵무와 봉황이라는 신화적 상징 중간에 등장하고, 자각봉, 벽오동, 물총새, 채색 붓 등으로 다채로운 색감이 더해진다. 공간의 측면에서 보면, 곤오와 어숙이라는 지리적 공간은 산과 호수, 들판의 산수 공간으로 이어지고, 이어서 태평성대의 장안이라는 역사적 공간으로 확장된다. 이 공간 속에서 시인은 자신의 문필 활동을 펼쳐 보이다가 순식간에 현실의 유랑을 겹쳐놓아, 역사와 개인의 기억이 교차하는 서정의 세계를 이룬다. 평어에서 "조상을 욕되게 하지 않았다"는 평은 두보의 조부 두심언杜審言을 가리키며, 시적 전통을 훌륭히 계승했음을 뜻한다. "세속의 평론은 그렇지 않다"는 말은, 이 작품이 지닌 높은 예술성과 함축미를 세속의 평론가들이 제대로 알아보지 못했음을 지적한 것이다.

詠懷古迹 五首選二　　영회 고적 — 5수에서 2수 뽑음

제1수

支離東北風塵際,[444]	장안 주위 동북에서 전란으로 어지러울 때
漂泊西南天地間.[445]	성도 일대 서남에서 천지 사이 떠돌았네.
三峽樓臺淹日月,[446]	삼협의 누대에서 오래 머물며
五溪衣服共雲山.[447]	오계五溪의 이민족과 구름 낀 산에서 함께 살았네.
羯胡事主終無賴,[448]	갈호羯胡가 군자를 섬기나 끝내 믿을 수 없고
詞客哀時且未還.	문인은 시대를 슬퍼하며 돌아가지 못했네.
庾信平生最蕭瑟,[449]	유신庾信의 일생은 누구보다 쓸쓸했지만

444　支離(지리) : 찢어지고 흩어지다. 여기서는 떠돌다. 이 구는 안사의 난 때 겪었던 일들을 요약하였다. 두보는 장안이 함락되자 부주로 달아났고, 행재소로 가다가 포로로 잡혀 장안으로 압송되었으며, 다시 봉상으로 달아나 좌습유가 되었고, 방관을 변호하다가 배척된 후 부주로 가족을 만나러 갔고, 이후 화주로 좌천되었다. 얼마 후 벼슬을 그만두고 진주(秦州)로 갔으며, 동곡(同谷)에서 지내다가 촉 지방으로 들어갔다.

445　漂泊(표박) 구 : 이 구는 촉 지방에서의 행적을 요약하였다. 성도에서 살다가 반란이 일어나자 재주, 낭주 등지로 피난 가 살았으며, 엄무가 재부임하자 다시 성도로 갔으며, 엄무가 죽자 성도를 떠나 운안과 기주로 옮겨 갔다.

446　三峽(삼협) : 기주를 가리킨다.

　　樓臺(누대) : 두보가 살았던 서각(西閣)을 가리킨다.

　　淹日月(엄일월) : 세월이 오래되다.

447　五溪(오계) : 지명. 지금의 호남성 서부와 귀주성 동부 일대. 오계는 웅계(雄溪), 만계(構溪), 유계(酉溪), 무계(潕溪), 신계(辰溪) 등이다. 이 지역은 기주와 함께 서남의 편벽 지역에 속한다. 여기서는 삼협 일대를 가리킨다.

448　羯胡(갈호) : 흉노의 일족. 상당(上黨), 무향(武鄕), 갈실(羯室) 등지에 살았기에 갈호라고 하였다. 여기서는 유신 때의 북방 민족과 당대의 안록산을 중의적으로 가리킨다.

暮年詩賦動江關.[450]　　　만년의 시詩와 부賦는 세상을 진동시켰네.

【왕평】

본래 유신을 노래한 시이지만, 단지 곁들여 언급했을 뿐이며, 그 '상
象'을 취하는데 뛰어나다.

本以詠庾信, 只似帶出, 妙于取象.

【해설】

유신으로 자신의 처지를 비유하였다. 「영회 고적」은 두보가 기주에
있으면서 삼협 일대의 고적을 둘러보고 지은 연작시로 각각 유신, 송
옥 고택, 소군촌, 영안궁, 무후사를 제재로 하였다. 이 시는 제1수로 남
조의 시인이면서 북조에 억류되었던 유신을 가져와 자신의 감회를 썼
다. 766년 가을 기주에서 지었다.

앞의 여섯 구는 주로 자신의 유랑과 시대의 혼란을 묘사하고, 마지
막 두 구에서 비로소 유신을 언급하며 주제를 드러내기 때문에, 유신
은 곁들여 언급된 인물처럼 보인다. 유신은 남조 양나라에서 벼슬하다

449　庾信(유신) : 남조 양(梁)나라 문인. 생졸년은 513~581년. 554년 서위(西魏)에
　　　사신으로 간 사이 나라가 망해 서위에 그대로 머물렀다. 서위가 망하고 북주(北
　　　周)가 들어서자 표기대장군(驃騎大將軍), 개부의동삼사(開府儀同三司)를 역임
　　　하였다.
450　暮年詩賦(모년시부) : 만년에 지은 시와 부. 유신이 북주에서 지은 「애강남부(哀
　　　江南賦)」 등을 가리킨다.
　　　動江關(동강관) : 중국을 놀라게 하다.

가 서위西魏에 사신으로 갔다가 억류되어 귀국하지 못하고 그곳에서 생을 마쳤으며, 만년에는 시풍이 더욱 강건하고 청신해졌다. 두보는 평소 유신을 높이 존경하였고, 자신의 운명을 유신의 처지와 동일시하였다. 일반적으로 영사시는 역사적 장면을 묘사하고 논평하는 데 그쳤다면, 두보는 자신을 역사 속으로 끌어들이는 새로운 시각을 보여주었다. 왕부지는 이 시의 묘미를 "유신의 '상象'을 취하는데 절묘하다"고 평했는데, 이는 두보가 유신을 직접 찬탄하거나 애도하기보다, 유신의 삶에서 적절한 이미지를 취하였기 때문이다. 즉, 앞의 여섯 구에서 그려진 유랑과 고독의 이미지는 두보 자신의 형상이지만, 시의 끝에 이르러 다시 읽어보면 유신의 모습이기도 하다. 이렇게 두보는 역사 속에서 반복되는 지식인의 비극적 운명을 노래하면서, 개인의 삶과 감정을 역사적 차원으로 승화시켰다.

제2수

群山萬壑赴荊門,[451]	모든 산과 골짜기가 형문으로 달려가는데
生長明妃尙有村.[452]	왕소군이 나고 자란 마을 아직도 있구나.
一去紫臺連朔漠,[453]	궁궐을 한번 떠나니 북방의 사막이 끝없는데

---

451 荊門(형문) : 삼협에서 장강을 따라 동쪽으로 빠져 나가면 나오는 강가의 산. 지금의 호북성 의도현(宜都縣) 서북에 소재.

452 明妃(명비) : 왕소군(王昭君). 서한 원제(元帝) 때 궁녀. 지금의 호북성 자귀(秭歸) 사람. 『방여승람(方輿勝覽)』 권58에 소군촌(昭君村)은 기주 동북 40리에 있다고 하였다.

453 紫臺(자대) : 자궁(紫宮). 제왕이 거주하는 곳. 자(紫)는 신선이나 제왕과 관련된

獨留靑塚向黃昏.[454]	외로이 '청총'만이 황혼 속에 저물었으리.
畵圖省識春風面,[455]	그림만으로 봄바람 같은 얼굴을 알 수 없었으니
環珮空歸月夜魂.[456]	달밤에 넋은 패옥 소리 울리며 부질없이 돌아갔다.
千載琵琶作胡語,	천 년이 지나도 비파는 오랑캐 음악을 연주하니
分明怨恨曲中論.[457]	곡에 남은 정한이 아직도 뚜렷하여라.

사물에 붙일 때가 많다.

朔漠(삭막) : 북방의 사막 지대. 흉노를 가리킨다. 기원전 33년 흉노의 왕 호한야(呼韓邪)가 한나라에 구혼하러 와서는 왕소군을 데려갔다.

454 靑塚(청총) : 왕소군의 무덤. 왕소군은 흉노 지역에서 죽어 묻혔는데, 겨울이 되어도 무덤의 풀이 시들지 않아 그 무덤을 '청총(靑塚)'이라 하였다. 지금의 내몽골 후허하오터 소재.

455 畵圖(화도) 구 : 원제는 후궁에 미인이 많아 화공들이 그린 미인도를 보고 행차하였다고 한다. 이에 궁녀들이 화공들에게 뇌물을 주며 잘 그려달라고 하였는데, 왕소군은 뇌물을 주지 않자 추하게 그려져 황제를 만날 수 없었다. 흉노가 입조하여 미인을 구하자, 원제는 그림을 보고 왕소군을 낙점하였다. 왕소군이 떠나면서 알현할 때에야 후궁에서 가장 뛰어났음을 알게 되었다. 원제가 후회했으나 흉노에 이미 약속한 바여서 사람을 바꿀 수 없었다. 원제는 화공 모연수 등을 죽였다. 갈홍(葛洪)의 『서경잡기(西京雜記)』 권2 참조.

省識(성식) : 살펴 알다. 판별하다. 성(省)은 찰(察)의 뜻으로 푼다. 심덕잠은 성(省)을 략(略)으로 새겼다. 이 구는 한 원제가 그림을 가지고 궁녀의 용모를 판별했음을 풍자하였다.

456 環珮(환패) : 여인들이 차는 옥.

457 曲中論(곡중론) : 음악으로 호소하다.

다만 기존의 '왕소군의 원망[昭君怨]'이라는 주제이지만, 시인이 필묵의 묘사에 새로운 감흥을 불어넣었기에 생동감이 넘친다. 마치 공수반이 나무를 깎아 만든 연鳶이 하늘로 날아가는 것과 같다

첫 구는 지극히 좋은 구이지만, 다만 여기에 '왕소군이 나고 자란 마을生長明妃'을 붙이니 부처 얼굴에 관을 씌운 것처럼 불필요한 장식을 덧댄 느낌이다. 그러므로 훌륭한 구라 할지라도 자리를 잃으면 흠이 된다.

결말은 논평을 붙이지 않고 대신 담백하게 마무리 지었기에, 비로소 시가 지녀야 할 문체적 특징을 갖추었다.

只是現成意思, 往往點染飛動, 如公輸刻木爲鳶凌空而去.

首句是極大好句, 但施之于生長明妃之上則佛頭加冠矣. 故雖有佳句, 失所則爲疵纇.

平收不作論贊, 方成詩體.

왕소군의 고향인 소군촌昭君村을 보고 왕소군을 회상하며 자신의 회포를 노래하였다. 빼어난 재덕을 갖추었지만 한나라 궁중에서 인정을 받지 못해 흉노에 시집가고, 고국이 그리워 비파를 뜯는 이야기는 곧 자신의 처지와 유사하다. 5수 중 제3수이다.

왕부지는 '묘사가 약동한다點染飛動'는 말로 비동하고 표일한 아름다

움이 있다고 평하였다. 또 제1구는 뛰어나지만 제2구가 '부처 얼굴에
관을 씌운 것'처럼 사족이라고 하였다.

卽事　　　　　　　　　　　보이는 대로

暮春三月巫峽長,　　　　삼월이라 늦봄에 무협이 길고 긴데

晶晶行雲浮日光.[458]　구름은 환하게 떠가고 해는 빛난다.

雷聲忽送千峰雨,　　　　문득 천 개의 봉우리 위로 천둥에 비가 내
　　　　　　　　　　　　리고

花氣渾如百和香.[459]　꽃향기는 온통 백화향처럼 짙어라.

黃鶯過水翻回去,　　　　강 건너던 꾀꼬리는 몸을 돌려 돌아오고

燕子銜泥濕不妨.　　　　진흙 문 제비는 몸 젖는 걸 무릅쓴다.

飛閣卷簾圖畵裏,　　　　누각에서 주렴을 걷으니 이 모든 게 그림 속
　　　　　　　　　　　　인데

虛無只少對瀟湘.[460]　다만 드넓은 소상瀟湘이 아니어서 아쉬워라.

【왕평】

순정하다.

리듬이 좋다.

458　晶晶(효효) : 밝고 깨끗한 모양.
459　百和香(백화향) : 향 이름.
460　虛無(허무) : 텅 비고 드넓다.

純淨.

好節奏.

늦봄의 기주 일대를 그리고 소상瀟湘에 갈 수 없는 아쉬움을 토로하였다. 그가 「늦봄暮春」이란 시에서도 "병들어 누웠느라 협곡 속에 갇혔으니, 소상과 동정호는 부질없이 하늘만 비추리臥病擁塞在峽中, 瀟湘洞庭虛映空"라 한 것을 보면 몸이 불편해 호남으로 가려고 해도 갈 수 없는 상황을 알 수 있다. 767년대력2 늦봄에 지었다.

왕부지가 쓰는 '순정純淨하다'는 평어는 시의 내용이 아니라 구성에 관한 것으로, 인위적인 조탁이 없이 전편이 하나의 통합된 구조로 잘 짜여있는 데서 오는 순수하고 깨끗한 미감을 가리킨다. 이는 그가 사용하는 또 다른 평어인 '혼성渾成'이나 '원윤圓潤' 또는 '협흡浹洽' 등과 비슷한 의미이다. 장구령의 「감우」의 평어에서 "시가 순정할 수 있어야 절묘한 경지에 들어간다詩惟能淨, 斯以入化"고 한 것도 이러한 맥락이다.

見螢火	반딧불을 보고
巫山秋夜螢火飛,	무산의 가을밤에 반딧불이 날아
簾疎巧入坐人衣.	성긴 발 사이로 들어와 옷 위에 앉는구나.
忽驚屋裏琴書冷,	집안의 책과 거문고가 차가워 놀란 듯하더니
復亂檐邊星宿稀.	다시 처마 옆 드문 별들을 어지럽히네.

却繞井闌添個個,　　　　우물 난간을 돌 때는 하나씩 더해지다가

偶經花蕊弄輝輝.[461]　　어쩌다 꽃술을 지날 때는 빛을 희롱하네.

滄江白髮愁看汝,　　　　푸른 강가 백발노인이 너를 시름겨이 보노니

來歲如今歸未歸.　　　　내년의 이맘때는 고향에 돌아가 있을까.

【왕평】

결말이 고시에 가깝다.

一結近古.

【해설】

가을밤 반딧불을 보고 고향에 돌아가고픈 마음을 읊었다. 전편에 걸쳐 반딧불의 모습을 각화하는데 주력하였으며, 말미에서 귀향을 뜻을 무심코 펼쳤다. 반딧불은 가을의 시절감을 일으키기에 한 해가 또 다 지나간다는 뜻을 무언중에 받았기 때문일 것이다.

461　弄(농) : 희롱하다. 여기서는 반딧불이 밝아졌다 어두어졌다를 반복하는 모습을 형용하였다.
　　輝輝(휘휘) : 빛나는 모양. 명멸하는 모양.

登高[462]　　　　　　　　등고

風急天高猿嘯哀,　　　바람 세고 하늘 높고 원숭이 울음 애달픈데

渚淸沙白鳥飛廻.　　　맑은 물가 흰 모래 위 새들이 날아돌아오네.

無邊落木蕭蕭下,[463]　무수한 나뭇잎은 우수수 떨어지고

不盡長江滾滾來.[464]　끝없는 장강은 출렁출렁 흘러온다.

萬里悲秋常作客,[465]　만리 밖 타향 서글픈 가을에 언제나 나그네

　　　　　　　　　　되어

百年多病獨登臺.　　　일평생 병 많은 몸으로 홀로 누대에 올라라.

艱難苦恨繁霜鬢,[466]　고생과 고통에 귀밑머리 세어져 탄식하나니

潦倒新停濁酒杯.[467]　늙고 쇠약하여 탁주 잔마저 들기 어려워라.

462　登高(등고) : 높은 곳에 오름. 이때 높은 곳은 꼭 산이 아니라 자신이 사는 곳 주위
　　의 언덕이나 동산 혹은 누대 등일 수도 있다. 등고는 세시 풍속의 하나로, 음력
　　9월 9일 중양절에 높은 곳에 올라 국화주를 마시고 수유 열매를 꽂으며 액을 막
　　고 건강을 기원하는 일을 가리킨다.

463　無邊(무변) : 끝이 없음. 여기저기.
　　落木(낙목) : 낙엽(落葉)과 같다. 떨어지는 잎.
　　蕭蕭(소소) : 우수수. 잎이 떨어지는 소리.

464　不盡(부진) : 밤낮을 쉬지 않다. 앞 구의 무변(無邊)이 무한한 공간을 표시한 것
　　이라면 여기의 부진(不盡)은 무한한 시간을 나타낸다.
　　滾滾(곤곤) : 출렁출렁. 넘실넘실. 물이 가득 차서 흐르는 모양.

465　萬里(만리) : 만리 멀리. 고향에서 만리 멀리 떨어져 있다는 뜻. 대구의 구조를
　　보면 다음 구의 '百年의 多病'과 마찬가지로 '萬里의 悲秋'로 풀이할 수도 있다.

466　苦恨(고한) : 심하게 한탄하다. 크게 탄식하다.
　　繁霜鬢(번상빈) : 번상(繁霜)의 빈(鬢). 된서리가 내린 살쩍. 백발을 말함. '상빈
　　(霜鬢)이 번(繁)하다'고 새기면 부적절하다.

467　潦倒(요도) : 낭패를 당하다. 낙백부진(落魄不振)한 모양. 노쇠한 모양. 풍지(馮
　　至)의 『두보전(杜甫傳)』에 의하면 당시 두보는 학질, 폐병, 신경통, 당뇨병 등에
　　걸려 있었다. 그럼에도 이 시기의 2년 동안 430여 편의 시를 썼다.

【왕평】

고금에 걸쳐 결코 폐기해선 안 될 작품이다.

제7, 8구는 생경하나 나쁘지 않으니, 중요한 것은 역시 형식을 깨고 파격적으로 끊어냄으로써, 경직되고 죽은 말을 쓰지 않은 점이다.

盡古來今, 必不可廢.

結句生僵不惡, 要亦破體特斷, 不作死板語.

【해설】

객지에서 중양절을 맞이하는 감회를 그렸다. 767년대력2 기주夔州에서 지었다. 삼협을 배경으로 끝없이 펼쳐지는 가을 풍광과 쉼 없이 흘러오는 장강을 바라보며 한 생애를 통찰하고 늙고 병든 데서 우러나오는 아쉬움과 회한을 토로하였다. 절실한 감정이 광대한 풍광과 어우러져 깊은 울림을 일으킨다. 여덟 구가 모두 대구를 이루었지만 단조로운 느낌이 전혀 없으며, 특히 제3, 4구의 대구는 탁월하다. 두보 특유의 비장하고 창량한 풍격이 잘 드러난 명시이다.

卽事	보이는 대로
天畔群山孤草亭,[468]	하늘가 산들 사이 외딴 초가 정자

新停(신정) : 최근에 그만두다. 이후에도 술을 마시는 경우가 있었으므로 술을 아예 끊었다는 뜻이 아니다. 중양절에는 국화주를 마시는 풍습이 있는데 그조차 못 하게 되었다는 뜻.

468 草亭(초정) : 초당. 두보가 봉절에서 살 때 거주하던 양서(瀼西) 초당을 가리킨다.

江中風浪雨冥冥.	강물엔 풍랑 일고 빗줄기는 어두워라.
一雙白魚不受釣,[469]	흰 물고기 한 쌍도 낚시를 물지 않고
三寸黃甘猶自青.	세 치 황감도 아직 파랗네.
多病馬卿無日起,[470]	병 많은 사마상여처럼 오래도록 누워있고
窮途阮籍幾時醒.[471]	막다른 길에서 울었던 완석저럼 항상 취해 있네.
未聞細柳散金甲,[472]	장안 일대는 아직 군영이 주둔하고
腸斷秦川流濁涇.[473]	진천秦川의 탁한 경수가 내 창자를 끊어 놓네.

【왕평】

제3, 4구는 시 속의 그림인데, 제5, 6구는 무엇으로 인하여 이렇게 되었는가? 이는 자연스러운 시선의 이동이 심리적 변화를 일으켰기 때문이다.

二句詩中畫, 三句何因及此? 自然目動心移.

---

469 白魚(백어) : 살치. 백조(白鰷). 몸이 길고 비늘이 가늘며 빛깔이 옥처럼 하얗다. 춘분 전에 나왔다가 추분 후에 들어가므로, 여기서 낚이지 않는다고 하였다.
470 馬卿(마경) : 사마장경(司馬長卿). 곧 서한의 문학가 사마상여(司馬相如)를 가리킨다.
471 阮籍(완적) : 삼국시대 위나라 명사(名士). 사마씨가 권력을 잡고 명사들을 위협할 시기에 말을 제멋대로 달리게 하여 막다른 곳에 이르면 통곡하고 돌아왔다.
472 細柳(세류) : 세류영(細柳營). 지금의 함양시 남쪽 위수(渭水)의 북안에 한대의 명장 주아부(周亞夫)가 둔병하던 곳. 여기서는 장안 일대를 가리킨다.
473 濁涇(탁경) : 탁한 경수(涇水). 경수는 황토고원에서 발원하여 동으로 흘러가다가 장안 동북의 소응현(昭應縣, 지금의 섬서성 서안시 임동구)에서 위수와 합류한다. 여기서는 티베트를 비유한다.

【해설】

　삼협의 가을 풍광 속에 자신의 처지를 읊고 아직 난리가 끝나지 않은 장안을 걱정하였다. 767년대력2 가을 기주 봉절에서 지었다.

　왕부지는 제5, 6구가 어떻게 갑자기 사마상여와 완적의 전고가 전후 관련도 없이 나타났는가 질문하였다. 사실 '흰 물고기는 낚시를 물지 않는다'와 '황감이 아직 파랗다'에서 역사적 인물로 도약하는 것은 다소 갑작스럽다. 그러나 '낚시를 물지 않는다'는 말은 벼슬하지 않겠다는 결심을, '아직 파랗다'는 표현은 뜻을 이루지 못한 심정을 연상시킬 수 있다. 따라서 왕부지는 시인이 전고를 의도적으로 삽입한 것이 아니라, 눈앞의 흰 물고기와 황감을 보고 마음이 움직이면서 자연스럽게 역사 인물이 연상된 것이라고 보았다.

小寒食舟中作[474]	소한식날 배에서 지음
佳辰强飮食猶寒,[475]	좋은 날이라 억지로 술 마시고 찬밥 먹으며
隱几蕭條帶鶡冠.[476]	갈관鶡冠 쓰고 안석에 기대어도 쓸쓸하구나.
春水船如天上坐,[477]	봄 강물에 뜬 배라 하늘 위에 앉은 듯하고

474　小寒食(소한식) : 한식 다음날.

475　佳辰(가신) : 좋은 날. 길일.

476　鶡冠(갈관) : 은자가 쓰는 모자. 전국시대 초나라 갈관자(鶡冠子)가 깊은 산에 은거하면서 할단새의 깃털로 관을 만들어 쓴 데서 유래했다. 일반적으로 褐冠(갈관)이라 쓰기도 한다.

477　春水(춘수) 구 : 비슷한 이미지로, 심전기 「조간편(釣竿篇)」에 "사람은 하늘 위에 앉은 듯하고, 물고기는 거울 속에 떠 있는 듯하다(人疑天上坐, 魚似鏡中懸)"는 시구가 있다.

老年花似霧中看.　　　　늙은 눈에 꽃은 안개 속에서 보는 듯해라.

娟娟戲蝶過閑幔,[478]　　하늘거리는 나비는 배의 천막을 넘나들고

片片輕鷗下急湍.　　　　너울거리는 갈매기는 급한 여울을 내려간다.

雲白山淸萬餘里,　　　　만리 멀리까지 구름이 희고 산이 맑은데

愁看直北是長安!　　　　시름 찬 눈으로 바라보는 북쪽은 분명 장안

　　　　　　　　　　　　이리라!

【왕평】

'뜻'과 '흥'이 서로 맞물려, 정경이 하나로 어우러졌다.

意興交到.

【해설】

한식 다음날을 배 위에서 보내며 감회를 적었다. 770년대력5 담주潭州, 호남장사시에서 지었다. 두보는 담주에서는 주로 배 위에서 생활하였다. 자신의 감흥과 표박을 나비와 갈매기로 각각 비유했다. 제3, 4구는 역대로 전송傳誦되는 명구이다.

시인의 '뜻'은 내면의 자연스러운 지향으로, 시에서는 제1, 2구의 한식날 느껴지는 쓸쓸함과 제8구의 장안을 바라보는 시름에서 뚜렷이 드러난다. 노년에 객지에서 맞는 한식의 고독과 체념은 개인적인 '뜻'

478　娟娟(연연) : 하늘하늘. 부드럽게 움직이는 모양.
　　　閑幔(한만) : 배에 쳐 놓은 휘장.

이지만, 북쪽 장안을 향한 시선에는 신하로서의 충정과 왕조에 대한 연민이 담겨있어 정치적이고 사회적인 '뜻'이라 할 수 있다. 한편 "흥' 은 경물이나 사물과의 교감에서 자연스레 우러나오는 감흥으로, 시에 서는 제3구의 봄 강물 위에 떠 있는 배에서 느끼는 초월적 평안함과 제5, 6구의 나비와 갈매기의 이미지에서 그 감흥이 형상화된다. 나비 는 배의 천막 곁으로 날아와 머무르고, 갈매기는 급류 위를 스치며 날 아가는데, 이 둘의 상반된 움직임은 시인의 내면에서 교차하는 정서를 상징한다. 결국 이 시는 '뜻'에서 출발하여 '흥'으로 이어지고, 다시 현 실의 시름으로 되돌아오며 '뜻'과 '흥'이 하나로 융합하는 구조를 이룬 다. 이는 도가적 자연 체험과 유가적 책임 의식이라는 상반된 정신이 조화롭게 결합된 경지라 할 수 있다.

燕子來舟中作	제비가 배에 날아오기에 지음
湖南爲客動經春,[479]	호남에서 나그네 되어 무심코 봄을 보내니
燕子銜泥兩度新.[480]	진흙 문 제비를 두 번째 보는구나.
舊入故園嘗識主,	예전에 고향 뜰에서 주인인 나를 알아봤는데
如今社日遠看人.[481]	지금은 춘사春社일에 멀찍이서 나를 보는구나.

479 湖南(호남) : 동정호의 남쪽. 여기서는 담주(潭州, 지금의 장사)를 가리킨다.
    動(동) : 걸핏하면. 모르는 사이.
480 兩度新(양도신) : 두 번이나 새롭다. 두보는 769년(대력 4) 봄에 담주에 왔는데,
    지금 다음 해가 되었으니 두 번째 제비를 본다는 뜻이다.
481 社日(사일) : 토지신을 제사하는 날. 보통 입춘 이후 다섯 번째 무일(戊日)로, 춘
    분 경에 해당한다.

可憐處處巢君室,

何異飄飄託此身?

暫語船檣還起去,

穿花落水盆沾巾.

가련하구나 도처에 둥지를 짓는 너는

떠돌며 객지에 몸을 맡긴 나와 어찌 다르랴?

돛대에 앉아 잠시 지저귀다 다시 날아가

꽃을 뚫고 물방울을 튀기니 내 옷깃이 더욱

젖는구나.

【왕평】

위 두 편은 호남에서 지은 것으로 왕창령과 이기의 풍격이 조금도 없다. 두보를 배우는 사람은 응당 이런 작품에서 길을 물어야 하지 않겠는가?

右二首乃湖南作, 無半點王昌齡李頎氣習矣! 學杜者不當問津于此邪?

【해설】

봄날 배 안으로 날아든 제비를 보고 떠도는 자신의 처지를 읊었다. 제비를 노래한 영물시로 보이나, 사실은 제비를 빌려 자신의 쓸쓸하고 호소할 길 없는 만년의 신세를 표현하였다. 일반적인 영물시와 달리, 제비의 형상과 습성에 대해 일부러 묘사하려는 의도 없이, 제비의 눈으로 자신을 바라보고 자신의 눈으로 제비를 바라보면서도, 무심한 제비에 대비하여 시립고 초췌한 자신의 노년의 모습이 진지하고 깊이있게 부각되었다.

遠看人(원간인) : 멀리서 나를 보다.

유방평劉方平 2수

秋夜寄皇甫冉鄭豐[482]

가을밤 – 황보염과 정풍에게 부침

洛陽淸夜白雲歸,

낙양의 맑은 밤 흰 구름 걷히고

城裏長河列宿稀.[483]

성 안의 은하수엔 별자리도 성글다.

秋後見飛千里雁,

가을의 막바지라 천리 가는 기러기 보이고

月中聞搗萬家衣.

달빛 아래 수많은 집 다듬이소리 들린다.

長憐西雍靑門道[484]

늘 그리워한 장안의 청문靑門 가는 길

久別東吳黃鵠磯.[485]

오래 전에 떠나온 동오의 황학산 기슭.

借問客書何所寄?

묻노니 나의 편지는 어디로 부쳐야 하는가?

用心不啻兩鄕違.[486]

서로의 마음이 두 곳에서 만나지 못할까 염려되네.

---

482 皇甫冉(황보염) : 중당 시인.
　　鄭豐(정풍) : 미상.
483 長河(장하) : 은하수.
　　列宿(열수) : 늘어선 별자리.
484 西雍(서옹) : 서쪽에 있는 옹주(雍州)라는 뜻. 옹주는 구주(九州)의 하나이며 섬서성 일대를 말한다. 여기서는 장안을 가리킨다.
　　靑門(청문) : 한 장안성 동남문. 원래 패성문(霸城門)이었는데 문의 색이 청색이어서 청성문(靑城門) 또는 청문(靑門)이라 하였다. 이 문은 이별하는 장소로 유명하였다.
485 黃鵠磯(황곡기) : 황학기(黃鶴磯). 호북성 무한시 장강 남안 사산(蛇山) 서북에 있는 물가. 남조 포조(鮑照)가 쓴 「황학기에 올라(登黃鶴磯)」가 유명하다.
486 不啻(부시) : 다르지 않다. 말구는 만약 나의 편지가 닿지 않는다면, 서로의 마음이 두 곳에서 만나지 못하는 것과 다르지 않다는 뜻.

【왕평】

밝고 원대하다.

光明遠大.

【해설】

늦가을 낙양에서 객지에 나간 두 친구가 빨리 돌아오기를 바라며 쓴
시이다. 친구 두 사람은 장안을 떠나 아마도 동오로 간 듯한데, 오래
지난 뒤라 지금은 어디에 있는지도 모르게 되었다. 그래서 어디로 편
지를 부쳐야 할지도 모르게 되었고, 마음이 걸리는 것은 연고가 있는
두 곳을 떠났다는 사실만이 아니라, 안부 자체이다. 정연하고 넉넉한
구성에 가을밤의 그리움을 잘 펼쳐놓았다.

寄嚴八判官,[487]	엄팔 판관께 부침
洛陽新月動秋砧,[488]	낙양엔 초승달에 가을 다듬이소리 울리는데
瀚海沙場天半陰.[489]	사막의 전장에선 하늘 반이 어두우리.
出塞能全仲叔策,[490]	변경을 나서면 공문자의 계책을 이루고
安親更切老萊心.[491]	부모를 모시면 노래자의 마음이 되었지.

---

487 嚴八(엄팔) : 엄무(嚴武). 엄무는 747년(천보 6) 농우절도사 가서한의 판관으로
    들어갔다.
488 砧(침) : 다듬잇돌.
489 瀚海(한해) : 고비 사막.
490 仲叔(중숙) : 중숙어(仲叔圉). 즉 공문자(孔文子). 춘추시대 위나라 대부로 공자
    의 칭찬을 여러 차례 들었다. 『논어』의 「공야장」과 「헌문」 참조.

漢家宮裏風雲曉,	한나라 궁전에선 풍운 속에 새벽이 밝아오는데
羌笛聲中雨雪深.	오랑캐 피리 속엔 비와 눈이 깊으리.
懷袖未傳三歲字,[492]	가슴에 품은 편지 삼 년째 전하지 못했는데
相思空作隴頭吟.[493]	그리움에 부질없이 「농두음」을 지으리라.

【왕평】

평선平善하다.

平善.

【해설】

사막의 전장에 나간 엄무에게 보낸 시이다. 낙양과 변경을 번갈아가며 묘사하면서 떨어져 있는 자신과 엄무의 상황과 처지를 대조시켰다. 말미에서 빨리 중원에 돌아오기를 기원하였다.

평선平善은 이 작품 외에도 위응물의 「약초를 심으며種藥」, 왕발의 「봄날 교외에 돌아와春日還郊」, 기무잠의 「산꼭대기에 있는 영은사 선원

---

491 老萊(노래) : 노래자(老萊子). 춘추시대 초나라의 노래자는 부모께 효도를 다하였는데, 나이 일흔이 되었어도 항상 오색 색동옷을 입고 어린아이 짓을 하여 부모를 기쁘게 했다. 『열녀전』과 『고사전』 참조.
492 懷袖(회수) : 「고시십구수」 제17수에 "편지를 품속에 넣어 두었더니, 삼 년이 지나도 글자가 지워지지 않았네(置書懷袖中, 三歲字不滅)"란 말이 있다.
493 隴頭吟(농두음) : 악부 「횡취곡」의 하나로, 수자리에 나간 남자가 고향을 그리는 내용이 많다.

의 벽에 적다題靈隱寺山頂禪院」에서도 사용한 평어이다. 왕부지의 미학적 지향은 '평平'자로 요약할 수 있거니와, 평선平善 이외에도 '평평平平', '평직平直', '평아平雅', '평대平大', '평윤平潤', '평정平淨', '평호平好', '평담平淡', '평적平適', '평밀平密' 등의 말을 사용하였다. 이들 개괄성이 강한 평어들은 모두 결점이 없는 비단처럼 자연스러운 이치와 기세에 따라 전편이 고르게 빛난다는 뜻을 내포한다. 특별히 빼어난 경구警句도 없지만 어느 하나 경구警句가 아닌 구도 없는 작품을 가리킨다.

곽수郭受 1수

寄杜員外[494]	두 원외에 부침
新詩海內流傳久,	시詩는 나라 안에 널리 전해진 지 오래이고
舊德朝中屬望勞.	덕망은 조정에서 기대하는 사람 많았지.
郡邑地卑饒霧雨,	이곳은 땅이 편벽하여 안개와 비가 많고
江湖天闊足風濤.	강호의 하늘이 광활하고 바람과 파도도 많다네.
松花酒熟傍看醉,[495]	송화주가 익으면 취하는 걸 옆에서 보고
蓮葉舟輕自學操.	연잎 같은 가벼운 배는 스스로 저어본다네.

---

494 杜員外(두원외) : 두보.
495 松花酒(송화주) : 송화를 넣어 만든 술.

春興不知凡幾首,　　봄의 흥취에 쓴 시가 얼마나 많은가

衡陽紙价頓能高.[496]　　형양의 종이 값이 갑자기 오르리라.

【왕평】

첫머리와 마무리가 어디가 시작이고 어디가 끝인지 모르니, 마치 옥팔찌가 통으로 옥인 것과 같다.

首尾無端, 如環皆玉.

【해설】

두보와의 유람을 즐거워하며 보낸 시이다. 769년대력4 두보에게 부친 시이다. 이 해 봄 곽수는 두보가 형주衡州에서 유랑할 때 함께 유람하였다. 당시 곽수는 호남관찰사 판관이 막 되었으므로 두보는 「판관이 된 곽십오에 부침酬郭十五受判官」이란 시를 남겼다.

왕부지는 시작한지도 모르게 시작하였다가 끝난지도 모르게 끝나있는, 구성의 통합성과 전개의 자연스러움을 강조하였다. 여기서는 이러한 구성의 특징을 옥팔찌에 비유하였다.

496　衡陽(형양) : 형주(衡州)의 치소. 지금 호남성 형주시.

장지화張志和 1수

漁夫	어부

八月九月蘆花飛,　팔구월은 가을이라 갈대꽃 날리는데

南溪老人垂釣歸.[497]　남계南溪의 노인이 낚시하고 돌아가네.

秋山入簾翠滴滴,　주렴에 걸친 가을 산엔 비췻빛 물이 뚝뚝 떨어지고

野艇倚檻雲依依.　거룻배 난간에 기댄 구름은 머뭇거리며 흐르네.

却把漁竿尋小徑,　다만 낚싯대를 들고 오솔길을 찾고

閑梳鶴髮對斜暉.　비낀 노을 마주하여 한가히 백발을 빗는다.

翻嫌四皓曾多事,[498]　도리어 싫어하는 건, 상산사호가 일을 만들어

出爲儲皇定是非.[499]　태자를 위해 나와서 시비를 가린 거라네.

【왕평】

　종성鍾惺은 "이 시를 칠언율시로 감상해야 비로소 그 묘미를 알 수 있다"고 평하였다. 그러나 이 시는 본래부터 율시이니, 굳이 "율시로 보

497　南溪(남계): 오흥(吳興) 성남의 초계(苕溪). 남계의 노인은 자신을 가리킨다.

498　四皓(사호): 상산사호. 진대 말기와 서한 초기 상산에 은거하던 네 노인. 한 고조 유방의 후계자 문제로 여태후와 척부인이 대립하게 되었을 때, 여태후가 장량의 계책을 써서 상산사호를 태자 유영(劉盈, 나중의 惠帝)의 빈객으로 불러 보좌하게 하였다.

499　儲皇(저황): 태자. 한 혜제(漢惠帝).

아야 묘미를 알 수 있다"고 말할 필요가 없다.

鍾伯敬評："作七言律看方妙." 自然是律詩, 不必云"作律看方妙."

【해설】

은일의 한적하고 고상한 정취를 노래했다. 이 시와 별도로 유사한
주제와 정취를 지닌 장지화의 「어부사」 5수는 초기 문인사文人詞의 명
작으로 알려졌으며, 그중 '서새산 앞에 백로가 날고西塞山前白鷺飛'는 특
히 유명하다. 이때의 서새산은 장강 강가에 있는 삼국시대 전장이 아
니라 호주湖州에 있는 산으로 육우 등이 은거했던 곳이다. 시에 나오는
남계도 이 지역으로 보인다. 장지화는 숙종이 태자였을 때 그를 위해
책문을 내어 인정을 받았던 적이 있다. 말 2구에서 갑자기 궁중의 일
을 언급한 것은 당시를 연상했기 때문인 듯하다.

이 시는 대구와 격률이 비교적 자유로워 고시의 특징을 많이 지닌
다. 대구 측면에서 보면, 翠滴滴와 雲依依, 却把와 閑梳는 엄격한 공대工
對가 아니라 비교적 느슨한 관대寬對에 속한다. 성률 측면에서 보면, 평
수운平水韻의 '5微' 부에 속하여 규범에 부합하지만, 평측은 고시의 자
유로운 운용을 보여준다. 예를 들어 제1구 八月九月蘆花飛仄仄仄仄平平平
는 측성 넷에 삼평미三平尾를 이루고, 제3구 翠滴滴仄仄仄은 삼측미三仄尾,
제4구 雲依依平平平은 삼평미를 이룬다. 또한 제1구부터 제4구까지는
모두 율시에서 금기시되는 제2, 4자의 동일 평측 현상이 나타난다. 요
컨대, 전반 네 구는 평측이 자유로워 고시적 성격이 보이지만, 후반 네

구는 비교적 율시의 격식에 가깝다. 만약 종성의 말처럼 이 작품을 율시로 본다면, 전반부의 자유로운 운용은 요구拗救의 효과로 해석할 수 있으며, 중간 두 연의 대구 또한 변칙적이어서, 전체적으로 다소 파격적인 율시로 볼 수 있다. 이러한 해석은 종성의 유심고초幽深孤峭한 풍격을 지향하는 그의 시론과도 맞닿아 있다. 반면, 왕부지는 율시에 있어서 대우와 평측의 엄격한 규범보다는 고시의 정신을 계승하는 자연스러움을 중시하였기에, 그런 시각에서 보자면 이 작품은 충분히 율시로 볼 수 있다.

유장경劉長卿 3수

獻淮寧軍節度使李相公	회녕군절도사 이 상공께 바침
建牙吹角不聞喧,[500]	대장기를 세우고 호각을 불면 군기가 잡혔으니
三十登壇衆所尊.[501]	서른 살에 장수 되어 모두의 존경을 받았네.
家散萬金酬士死,[502]	만금의 가산을 털어 죽기로 맹세한 병사들

---

500 建牙(건아) : 아기(牙旗, 장군의 깃발)를 세우다. 장수의 출사를 가리킨다.
　　吹角(취각) : 호각을 불다.
501 登壇(등단) : 단에 올라 장수를 임명하다. 고대에는 제사, 회맹(會盟), 즉위, 장수 임명 등의 의식에 단을 만들어 거행하였다. 특히 유방(劉邦)이 한왕(漢王)일 때 특별히 단을 쌓아 한신(韓信)을 대장군에 임명한 일에서 유래하여, 무장을 대우하여 임명한다는 뜻으로 쓰인다.

에 나눠주고

身留一劍答君恩.[503] 몸에는 검 한 자루 남겨 임금의 은혜 갚고자
한다.

漁陽老將多回席,[504] 어양의 노장들이 윗자리를 내어주고

魯國諸生半在門. 노 지방의 유생 중 반은 문하에 있구나.

白馬翩翩春草綠,[505] 봄풀이 파랄 때 백마 타고 달리며

邵陵西去獵平原.[506] 소릉의 서쪽에 나가 들에서 사냥한다.

【왕평】

말미는 시인의 '본래의 면모'를 가지고 있을 뿐인데, 절로 안개 낀
수면과 같은 정취를 이룬다.

帶結但用本色, 自爾煙波.

502　家散萬金(가산만금) : 전국시대 조나라 공자 평원군(平原君)이 가산을 모두 털
　　어 죽을 각오로 싸울 사람을 3천 명 얻었다.『사기』「평원군전」참조.
503　一劍(일검) : 전국시대 제나라 사람 풍환(馮驩, 풍원(馮諼)이라고도 함)이 맹상
　　군의 문객이 되었는데 가난하여 있는 것이라곤 검 한 자루밖에 없는 일을 가리킨
　　다. 그것도 자루를 새끼줄로 감싼 것이어서 사람들로부터 무시를 당하였다.『사
　　기』「맹상군전」참조.
504　漁陽(어양) : 군(郡) 이름. 계주(薊州). 어양군은 범양절도사의 관할지로, 안록산
　　의 근거지이다. 안사의 난이 평정된 후 조정에서는 항복한 반군의 장수들을 다시
　　하북의 여러 중진의 절도사로 임명하였다. 어양노장(漁陽老將)은 이를 가리킨다.
　　回席(회석) : 자리를 피하다.
505　翩翩(편편) : 가볍게 날거나 빠르게 달리는 모습.
506　邵陵(소릉) : 춘추시대 제 환공이 제후의 군사를 이끌고 회맹을 맺은 곳. 채주(蔡
　　州) 언성현(郾城縣) 동쪽에 소재했다.

나라를 보위하는 장수의 형상을 묘사하였다. 제1, 2구는 이 상공의 통솔력을 서술했고, 제3, 4구는 이 상공의 의기와 충성을 그렸고, 제5, 6구는 이 상공의 위엄을 문무 두 방면에 걸쳐 묘사했고, 말 2구에서 군사훈련을 묘사했다. 어느 정도 이상화되고 과장된 형상이란 점이 아쉽다. 제3, 4구는 명구로 친다. 782년 경에 지었다.

왕부지가 자주 쓰는 '본래의 면모[本色]'는 시인이 본래 갖추고 있는 기상과 풍도로, 다른 시인과 구별되는 자신만의 고유한 특징을 가리킨다. 이는 흉내 내거나 꾸민 것이 아니라 본래의 풍격에서 우러난 것이어서 왕부지가 중시하는 요소이다.

題靈祐和尙故居[507]	영우 화상의 고택에 적다
歎逝翻悲有此身,	서거를 탄식하니 오히려 내 살아있음이 슬퍼
禪房寂寞見流塵.	선방은 적막히 먼지만 떠돌아라.
六時行徑空秋草,[508]	하루종일 다니던 길엔 부질없는 가을 풀
幾日浮生哭故人.[509]	며칠의 덧없는 삶이 고인을 위해 곡한다.
風竹自吟遙入磬,	바람에 서걱이는 대숲 소리 멀리 경쇠 소리

---

507 靈祐(영우) : 양주에서 활동한 승려. 유장경이 전운사판관으로 회남에 있을 때 교유하였다.
508 六時(육시) : 하루종일. 불교에서는 하루를 아침, 일중, 일몰, 초야, 중야, 후야 등 여섯 단락으로 나누는데 이를 6시라 한다.
509 浮生(부생) : 덧없는 인생. 『장자』「각의(刻意)」에 "사람의 삶은 물에 뜬 것과 같고, 사람의 죽음은 쉬는 것과 같다(其生若浮, 其死若休)"는 말에서 유래했다.

에 섞이고

雨花隨淚共沾巾.[510] 　비에 꽃이 지니 눈물과 함께 수건을 적신다.

殘經窓下依然在, 　읽다 만 불경은 창 아래 그대로 있는데

憶得山中問許詢.[511] 　산중에 허순 같은 그대 찾은 일 다시금 생각 나는구나.

【왕평】

"며칠의 덧없는 삶이 고인을 위해 곡한다幾日浮生哭故人"는 무한한 여운이 있다.

"幾日浮生哭故人", 一句無限.

【해설】

　영우 화상은 유장경이 770년 경 악악전운사 판관으로 양주에 갔을 때 방문했던 적이 있다. 약 15년이 지난 후 유장경이 다시 그곳을 방문

510　雨花(우화) : 꽃이 비 오듯 떨어지다. 『능엄경(楞嚴經)』에 "이때 하늘에서 보련화가 떨어졌는데, 청, 황, 적, 백색이 서로 어지러이 섞여있었다"는 말이 있다. 또 강녕현 현성 남쪽에 우화대(雨花臺)가 있는데, 전설에 의하면 남조 양 무제(梁武帝) 때 운광 법사가 여기서 불경을 강론하니 하늘이 감응하여 꽃이 비 오듯 떨어졌다고 한다.

511　許詢(허순) : 동진의 문학가. 자는 현도(玄度)이며 고양(高陽, 하북 蠡县) 사람이다. 당시 왕희지, 손작, 지돈 등과 함께 명사로 꼽혔다. 평생 벼슬을 하지 않고 산수를 좋아해 찾아다녔으며, 일찍이 난정의 모임에 참가했으며, 사안(謝安) 등과 유람하며 음영하였다. 현리(玄理)를 잘 분석하여 청담가의 좌장 가운데 하나로 활동하였다.

하였을 때 영우 화상은 이미 작고한 뒤였기에 위 시를 지었다. 제1구
와 제4구에서는 불교적 깨달음이 엿보인다.

賦得	경치를 보고
鶯啼燕語報新年,	꾀꼬리와 제비가 지저귀며 새봄을 알리는데
馬邑龍堆路幾千?[512]	마읍과 백룡퇴는 몇 천리 길이런가?
家住層城鄰漢苑,[513]	비록 궁궐 옆 높은 누대에 살아도
心隨明月到胡天.	마음은 밝은 달을 따라 오랑캐 땅으로 간다.
機中錦字論長恨,[514]	베틀 위 비단에 짠 글자는 깊은 정한 나타내 는데

---

512 馬邑(마읍) : 삭주(朔州) 마읍군(馬邑郡). 치소는 지금의 산서 삭주시. 『상
서』「우공(禹貢)」에서 말하는 기주(冀州)의 성. 춘추시대는 북적(北狄)의 관할
지역이었고, 진대에는 안문군(雁門郡), 한대에는 안문의 마읍현이었다.
龍堆(용퇴) : 백룡퇴(白龍堆). 지금의 신강 위구르자치구와 감숙성 등지에 남아
있는 흙 담. 『한서』「흉노전」에 양웅의 간언이 실려 있다. "어찌 강거와 오손이
백룡퇴를 넘어 서쪽 변경을 노략할 수 있도록 하겠습니까!(豈爲康居, 烏孫能蹂白
龍堆而寇西邊哉!) 삼국시대 맹강(孟康)이 다음과 같이 주석하였다. "용퇴의 모양
은 흙으로 만든 용의 몸통 같아서, 머리는 없고 꼬리는 있다. 높고 큰 것은 두세
장이요, 낮은 담은 한 장 남짓으로, 모두 동북쪽을 향하고 있어 서로 비슷하다.
서역 땅에 있다.(龍堆形如土龍身, 無頭有尾, 高大者二三丈, 埤者丈餘, 皆東北向, 相
似也, 在西域中.)"
513 層城(층성) : 높은 성. 때로 왕궁을 가리킨다.
514 機中錦字(기중금자) : 베틀 중의 비단 글자. 북조의 전진(前秦)에서 진주자사(秦
州刺史) 두도(竇滔)가 유사(流沙)로 옮겨졌을 때 그의 처 소혜(蘇蕙)가 비단으로
짜 만들어 보낸 회문시(廻文詩)를 말한다. 모두 840자로 돌려가며 읽을 수 있는
데 표현이 지극히 처연하고 완곡하였다. 『진서』「열녀전」 참조.
論(논) : 표현하다.

樓上花枝笑獨眠.	누대 밖 꽃가지는 혼자 잠자는 나를 비웃는구나.
爲問元戎竇車騎,[515]	묻노니 거기장군 두헌이시여
何時反旆勒燕然?[516]	언제 연연산에 공을 새기고 개선하시나요?

【왕평】

세 수가 모두 고르고 좋다. 유장경 시의 진수는 위 세 수에 모두 들어있다.

三首勻好, 文房之詩盡此矣.

【해설】

봄날에 아낙이 출정나간 남편을 그리는 시이다. 규원시閨怨詩 계열의 시로, 궁원시宮怨詩 또는 춘원시春怨詩라 부르기도 한다. 섬세한 언어와 정감 넘치는 시구를 정교한 구성 속에 짜 넣는 전통적인 소장르이다. 짧은 편폭 속에 규중과 변방을 세 번이나 왕복함으로써 절실하고 처연한 마음이 애절하게 드러났다.

---

515 爲問(위문) 구 : 동한 초기 거기장군 두헌(竇憲)이 군사를 이끌고 흉노를 공격하여, 왕과 삼천 명을 죽이고, 이십만여 명의 항복을 받은 후, 연연산(燕然山)에 올라 바위에 공적을 새기고 돌아온 일을 가리킨다. 연연산은 지금의 몽골인민공화국 경내에 있는 항아이산(杭愛山).
元戎(원융) : 통수(統帥). 장군.
516 反旆(반패) : 대장기를 들고 돌아오다. 개선하다.

전기錢起 3수

闕下贈裴舍人[517]	도성의 배 사인에게
二月黃鸝飛上林,	이월이라 꾀꼬리 상림원에 나는데
春城紫禁曉陰陰.	봄이 온 황성에 새벽이 희미해라.
長樂鐘聲花外盡,[518]	장락궁 종소리는 꽃길 너머 사라지고
龍池柳色雨中深.[519]	용지의 버들 빛은 빗속에 짙푸르다.
陽和不散窮塗恨,[520]	따뜻한 기운도 길 막힌 서러움 풀어주지 못하니
霄漢常懸捧日心.[521]	하늘에 항상 걸린 해를 두 손으로 받드네.
獻賦十年猶未遇,[522]	십 년 동안 부賦를 지어 올렸건만 아직 인정받지 못해
羞將白髮對華簪.[523]	부끄럽게도 화잠 꽂은 관을 백발로 마주한다.

---

517 闕下(궐하) : 궁궐 아래. 도성을 말한다.
　　舍人(사인) : 중서사인. 황제의 조서를 기초하므로 문학적 소양이 있어야 하며, 품계는 정5품상으로 고관에 속한다.
518 長樂(장락) : 장락궁. 한대의 궁전. 여기서는 당대 궁을 가리킨다.
519 龍池(용지) : 장안궁 안의 흥경궁에 있는 연못. 심전기 「용지편」 참조.
520 陽和(양화) : 봄날의 온화한 기운.
521 捧日(봉일) : 충심으로 제왕을 보좌하다. 삼국시대 "정욱(程昱)은 젊었을 때, 태산에 올라 두 손으로 해를 떠받치는 꿈을 자주 꾸었다.(昱少時常夢上泰山, 兩手捧日.)" 『삼국지』 중의 『위서』 「정욱전」 참조.
522 獻賦(헌부) : 한 성제 때 양웅이 「우렵부」와 「장양부」 등을 바쳤는데 급사황문랑(給事黃門郞)이란 낮은 직위에 머물렀다. 성제, 애제, 평제를 거치면서도 관직이 오르지 못하였다. 여기서는 여러 차례 과거에 응시했음을 말한다.
523 華簪(화잠) : 화려한 비녀. 배 사인을 가리킨다.

'꽃길 너머 사라지고花外盡'는 멀리 뻗은 꽃길을 그린 것으로, '종소리鐘'를 빌려 가대假對를 만들었기에, 그 구가 신령스러울 정도로 뛰어나다.

'花外盡'乃以寫花蹊之遠, 借'鐘'作假對, 句以靈絶.

【해설】

자신을 발탁해 달라는 뜻을 실은 일종의 투증시投贈詩 또는 간알시干謁詩이다. 다만 상대를 칭찬하거나 자신을 지나치게 저자세로 낮추지 않고, 경물과 감정의 묘사를 통해 자신의 뜻을 드러냈다는 점에서 일반적인 간알시의 틀에서 벗어난 점이 돋보인다. 사실 전반부의 경물은 비록 장안의 봄을 노래했지만 모두 배 사인이 날마다 다니는 장소로 결국 배 사인에 대한 칭송과 다름 아니다. 그것이 전혀 흔적을 보이지 않는다는 점이 속되지도 않고 지극히 완곡하다. 전편에 걸쳐 특별히 조탁한 곳이 없으면서 화사하고 아름다운 이미지가 만들어졌고 언어와 표현이 적절하고 구성도 정교하다.

가대假對는 형식상으로는 대구를 이루지만, 실질적으로는 이질적인 개념을 결합하는 대구 기법이다. 일반적으로 글자의 뜻이나 음을 빌려 대구의 효과를 낸다. 그러나 왕부지는 가대의 의미를 한층 확장하여, 제3구의 '종소리鐘聲'와 제4구의 '버들 빛柳色'이 감각의 범주에서 청각과 시각으로 대응이 어긋나 있다고 본 것으로 여겨진다. 하지만 제3구의 '종소리'는 청각적 요소이지만, '꽃길 너머 사라지고'란 표현을 통해 독자 마음속에 멀리까지 뻗어있는 꽃길의 공간적 깊이를 시각적으로 형상화한다고 보았다. 결국 제3구의 '종소리'는 청각을 묘사한 것이지만, 청각을 빌려 시각적 효과를 실현한 셈이다. 이렇게 형성된 공간 감각은 제4구의 '빗속의 버들 빛'이라는 시각 이미지와 나란히 서서 정대正對의 효과를 내게 된다. 이는 가대가 단어의 뜻이나 소리 차원의 차용을 넘어, 의경 차원에서의 감각적 융합으로까지 발전할 수 있음을 보여준다. 그러므로 제3, 4구의 대구는 표면적으로는 가대로 보이지만 내면적으로는 정대의 효과를 발휘하면서, 그 효과는 더욱 미묘하면서 새롭다.

和王員外雪晴早朝	왕 원외의 '눈 그친 아침의 조회'에 화답하며
紫微晴雪帶恩光,[524]	자미성에 눈 걷히니 은혜로운 빛이 눈부신데
繞仗偏隨鴛鷺行.[525]	둘러싼 의장대가 신하의 행렬을 따르네.
長信月留寧避曉,[526]	장신궁에 머문 달빛은 새벽이 지나도 떠나지 않고
宜春花滿不飛香.[527]	의춘원에 가득 핀 꽃은 향기를 날리지 않더라.
獨看積素凝清禁,[528]	쌓인 눈이 황궁에 엉겨있음이 유독 잘 보이

524 紫微(자미) : 자미궁. 북두칠성 근처의 별자리로, 지상의 황궁을 나타낸다.
525 鴛鷺(원로) : 원앙과 백로. 이동할 때의 모습이 질서정연하여 품계에 따라 늘어선 군신들을 비유한다.
526 長信(장신) : 장신궁. 서한의 궁으로 주로 태후가 거주하였다. 여기서는 당 궁성을 가리킨다.
527 宜春(의춘) : 의춘원(宜春苑). 한대의 황가 정원. 여기서는 어원을 가리킨다.

는데

已覺輕寒讓太陽.　　가벼운 한기가 태양 빛에 물러남을 이제는
　　　　　　　　　　알겠구나.

題柱盛名兼絶唱,[529]　　황제가 기둥에 새길 만큼 신임하고 또 시문
　　　　　　　　　　도 절창이니

風流誰繼漢田郎?[530]　　그대 말고 그 누가 한나라 전봉의 풍류를 이
　　　　　　　　　　어가리오?

【왕평】

제3, 4구는 비록 화장하듯 수식을 동원했으나 진정한 정취를 해치
지 않았고, 결말은 평범한 말을 썼지만 절로 특별한 여운을 남겼다.

三四亦資粉澤而眞致不損, 結用尋常語自別.

【해설】

눈이 그친 장안성의 초봄 모습을 그리고 왕 원외의 재능을 칭송하였
다. 전아한 어휘와 부려한 이미지를 운용한 응제시의 일종이나, 음조가

528　積素(적소) : 적설. 쌓인 눈.
　　清禁(청금) : 황궁. 궁중은 깨끗하고 엄숙하다는 뜻에서 만들어진 어휘이다.
529　題柱(제주) : 기둥에 글씨를 쓰다. 한 영제(漢靈帝) 때 상서랑 전봉(田鳳)은 용모
　　가 단정하고 행동이 방정했다. 상주하고 갈 때는 영제가 눈으로 전송하며 기둥에
　　“자장(子張)처럼 당당한 사람은, 경조의 전랑이로다(堂堂乎張, 京兆田郎)”라고
　　썼다. 조기(趙岐)의 『삼보결록(三輔決錄)』 참조.
530　漢田郎(한전랑) : 동한의 상서랑 전봉(田鳳). 여기서는 원외랑 왕씨를 비유한다.

밝고 뜻이 시원스러워 시인의 시풍이 잘 드러난 시이다. 제3구는 눈 내린 후의 하늘이 맑아 마치 새벽달이 머문 듯하고, 제4구는 눈이 내려 어원이 갑자기 눈꽃을 피운 모습을 착시의 수법으로 강조하고 있다.

題郎士元半日吳村別業兼呈李長官[531]

낭사원의 반일오촌 별장에 적고 이 장관께 드림

半日吳村帶晚霞,	반일오촌에 저녁노을이 감기니
閑門高柳亂飛鴉.	문 옆 높은 버드나무에 까마귀들이 어지럽다.
橫雲嶺外千重樹,	구름 늘어선 고개 너머 천 겹의 나무
流水聲中一兩家.	흐르는 물소리 속 집이 한두 채.
愁人昨夜相思苦,	시름 깊은 사람은 어젯밤 그리움이 깊었는데
閏月今年春意賖.	올해는 윤달이 있어 봄빛이 가득하다.
自歎梅生頭似雪,[532]	나는 매복처럼 머리가 하얘져 탄식하면서
却憐潘令縣如花.[533]	오히려 그대는 반악같이 꽃을 좋아한다고 부러워한다.

---

531 半日吳村(반일오촌) : 지명으로 반일촌(半日村)이라고도 한다. 화주(華州) 위남현(渭南縣)에 속한다. 산이 높아 해가 마을의 일부만 비추기에 이런 이름이 붙여졌다. 『태평환우기』 권29 참조.
　　李長官(이장관) : 미상.
532 梅生(매생) : 한대 남창위(南昌尉) 매복(梅福)을 가리킨다. 자신을 비유하였다.
533 潘令(반령) : 서진의 반악(潘岳). 하양현령(河陽縣令)이었을 때 현 가득 도리화를 심었기에 사람들이 "하양은 온통 꽃밭(河陽一縣花)"라고 칭송하였다. 여기서는 낭사원을 비유하였다.

【왕평】

대우 가운데 당당한 기백이 있으니, 율격에 구속받지 않는다.

對仗中有睥睨之致, 不爲律苦.

【해설】

낭사원의 별장 벽에 적은 시로, 별장이 소재한 반일오촌의 모습과 낭사원의 우정을 그렸다. 이 시를 쓴 763년보응2엔 전기는 남전위藍田尉에 있었고, 낭사원은 위남현위渭南縣尉에 있었기에 서로 가까운 거리에 있어 내왕하며 창화하였다.

칠언율시가 초당에 만들어지고 성당에 성숙되면서 중간의 함련제3,4구과 경련제5,6구 두 연에서 대우가 집중되었다. 실대實對와 허대虛對는 물론 유수대流水對와 호응대呼應對 등 다양한 대우를 구사하면서 시인들은 고심하여 새로운 미감을 구사하였다. 특히 두보와 유장경 등이 전개한 다양한 대우 이후 시인들은 새로운 출로를 모색하였다. 이 과정에서 전기錢起는 이전에 없는 새로운 방법을 시도하였다. 함련을 보면, 일반적으로 橫雲嶺外에서 멈추었다가 千重樹에서 전환하고, 流水聲中에서 멈추었다가 一兩家에서 전환한다. 그러나 여기서는 橫雲嶺外와 流水聲中가 위치를 말할 뿐이어서 다음 말을 부르고 있으므로 '멈춤'이 일어나지 않고 바로 千重樹와 一兩家로 각각 미끄러진다. 대우가 이루어진 橫雲嶺外와 流水聲中은 초성당 시에서 잘 볼 수 없는 예이고, 또 千重樹와 一兩家는 거대한 숲과 왜소한 집 한두 채의 대비는 이전에 없던 대비감을 자아낸다. 경련을 보면, 만약에 함련에서 사용한 대우의 방법을 사용했다면 단조롭고 눈에 띄지 않을 뿐더러 작품의 질도 떨어질 것이다. 전기는 전혀 다른 방법을 찾았다. 즉 愁人과 閏月, 昨夜과 今年, 相思苦와 春意賒로 이루어진 각각의 대우는 함련처럼 유창하진 않아 확실히 생경한 편이고, 특히 愁人과 閏月은 대응이 잘 되지 않은 듯 보인다. 전기가 이를 의도적으로 했다면, 그것은 그동안 익숙하고 유창한 대우에서 탈피하여 새로운 풍미의 생경한 미감을 시도한 것이라 볼 수 있다. 즉 시의 주제도 손상시키지 않고, 일부러 조탁할 필요도 없고, 시인의 영감에 의지해 자연스럽게 나오도록 해서 원숙한 가운데 생경함이 섞이도록 하였다. 왕부지가 말한 '대우 가운데 당당한 기백對仗中有睥睨之致'이란 곧 시인이 독자에게 아부하지 않으며, 그래서 다소 '율격에 구속받지 않는不爲律苦' 자기 쓰고 싶은 대로 쓰는 그러한 흥취를 가리키는 것으로 보인다. 이는 만당 때 왕건王建 등이 시도하였고 송대에 일반화되었지만 훨씬 이전에 전기의 시도가 있었다.

포하包何 1수

和程員外春日東郊卽事

정 원외의 '봄날 동쪽 교외에서 보이는 대로'에 화답하며

　郎官休浣憐遲日,[534]　　　낭관은 휴일이라 봄날을 사랑하고

野老歡娛爲有年.[535]	늙은이는 풍년이 들 거라며 기뻐한다.
幾處折花驚蝶夢,[536]	여기저기 꽃을 꺾자니 꿈꾸는 나비를 놀라게 하고
數家留葉待蠶眠.	몇몇 농가는 뽕잎을 남겨 누에잠을 기다린다.
藤垂宛地縈珠履,	늘어진 등나무는 땅에 땋아 구슬 신발에 감기고
泉迸侵階浸綠錢.[537]	솟구친 샘물은 섬돌을 지나 파란 이끼를 적신다.
直到閉關朝謁去,	곧바로 문을 닫고 조정에 나가면
鶯聲不散柳含煙.	꾀꼬리 소리 모여든 곳 버들 빛 가득하리.

【왕평】

세밀하고 윤택하며 우아하고 적절하니, 중당 시기에 이런 작품이 있어, 침체되고 메마른 색채를 떨쳐냈다.

細潤雅稱, 中唐有此, 一振喑癯之色.

---

534 休浣(휴완) : 관리의 정기 휴가.
　　遲日(지일) : 봄날.
535 有年(유년) : 풍년.
536 蝶夢(접몽) : 장자의 '나비 꿈'을 가리킨다. 장자가 꿈에 나비가 되어 훨훨 날았는데, 꿈에 깨어난 후 자신이 나비 꿈을 꾼 것인지 나비가 장자를 꿈꾼 것인지 의아해했다. 『장자』「제물론(齊物論)」 참조.
537 綠錢(녹전) : 이끼를 가리킨다. 그 모양이 동전과 비슷하여 태전(苔錢)이라 부르기도 한다.

포방鮑防 1수

人日陪宣州范中丞傳正與范侍御傳眞宴東峰亭⁵³⁸

인일에 선주 범정전 중승과 범전진 시어를 모시고 동봉정에서 잔치하며

人日春風綻早梅,⁵³⁹	인일에 봄바람이 이른 매화를 피워내니
謝家兄弟看花來.⁵⁴⁰	사씨 형제가 꽃을 보러 왔구나.
吳姬對酒歌千曲,	오 땅의 미녀가 술상 앞에서 천 곡을 노래하고
秦女留人酒百杯.	진 땅의 여인이 손님을 붙들고 백 잔을 권하네.
絲柳向空輕婉轉,	하늘로 향하는 버들가지 가볍게 하늘거리고
玉山看日漸裵回.⁵⁴¹	서산에 기울던 해는 점점 머뭇거리네.
流光易去歡難得,⁵⁴²	흐르는 세월은 쉽게 가 붙잡기 어려우니
莫厭頻頻上此臺.	이 누대에 자주 오는 것을 싫어하지 마소서.

---

538 人日(인일) : 음력 정월 초이레.
　　宣州(선주) : 지금의 안휘성 선성시(宣城市).
　　范中丞傳正(범중승전정) : 범정전은 812년(원화 7)부터 816년(원화 11)까지 선흡관찰사(宣歙觀察使) 겸 어사중승으로 선주에 있었다. 포방(722~790)은 이미 죽은 뒤이므로 이 작품은 포용(鮑溶)이 지은 것으로 본다.
　　范侍御傳眞(범시어전진) : 범전정의 형.
539 綻(탄) : 터지다. 꽃이 피다.
540 謝家兄弟(사가형제) : 남조 유송의 사령운과 족제 사혜련을 가리킨다. 둘 다 시문과 서화에 능해 '대소사(大小謝)'로 알려졌다. 여기서는 범전정, 범전진 형제를 가리킨다.
541 玉山(옥산) : 서왕모가 사는 곳. 해가 지는 서산을 비유한다.
542 流光(유광) : 광음(光陰). 세월.

【왕평】

밝고 화려함으로 초당의 성벽을 두드리니 대력 연간 이후의 으뜸가
는 칠언율시이다.

明艷叩初唐之壘, 大曆後第一首七言律.

이가우李嘉祐 1수

題遊仙閣白公廟[543]	유선각의 백공묘에 적다
仙冠輕擧竟何之,	신선께선 가볍게 날아올라 어디로 가셨나?
薜荔緣階竹映祠.	벽려가 계단 따라 늘어선 대숲 속 사당이로다.
甲子不知風馭日,[544]	바람 몰고 다니신 때가 언제였는지 모르겠는데
朝昏唯見雨來時.	아침저녁으로 보이는 건 비 올 때뿐이로다.
霓旌翠蓋終難遇,[545]	노을 깃발에 비취색 차개車蓋는 결국 만날 수 없어
流水靑山空所思.	청산에 강물만 흘러 부질없이 그리워하노라.
逐客自憐雙鬢改,[546]	방축된 나그네는 두 살쩍이 희어져 슬퍼하

---

543 白公廟(백공묘) : 지금의 하남성 급현(汲縣) 동쪽에 소재한 사당.
544 風馭(풍어) : 신선이 바람을 몰고 가다.
545 霓旌翠蓋(예정취개) : 노을을 깃발로 삼고 물총새 깃털로 차개를 하다. 신선의 의
　　장을 형용하였다.

나니

梵香多負白雲期.[547]

향을 피우지만 신선과의 약속을 저버린 지
오래구나.

【왕평】

평온하다.

平.

한굉韓翃 1수

送丹陽劉太眞[548]

단양에서 유태진을 보내며

長干道上落花朝,[549]

장간 가는 길은 꽃잎 떨어지는 아침

羨爾當年賞事饒.

한창때라 즐거운 일 많은 그대가 부러워라.

下筯已憐鵝炙美,[550]

젓가락을 집으면 맛있는 거위구이를 사랑하고

---

546 逐客(축객) : 방축된 사람. 시인 자신을 가리킨다.
547 白雲期(백운기) : 신선 세계에 가기로 기약하다. 『장자』「천지(天地)」에 "저 흰
    구름을 타고, 신선의 세계에 가리라(乘彼白雲, 至於帝鄉)"란 말에서, 나중에 백운
    은 신선 세계를 가리킨다.
548 劉太眞(유태진) : 젊어서 소영사(蕭穎士)에게 배우고, 진사에 급제한 후 회남절
    도사 진소유(陳少游)의 장서기가 되었다. 대력 연간에 기거랑, 중서사인, 공부시
    랑, 형부시랑 등을 역임하고 나중에 신주자사로 좌천되었다.
549 長干(장간) : 건강(建康)의 골목 이름. 지금의 남경시 남부에 소재했다.
550 鵝炙(아적) : 거위구이. 동진의 유의(劉毅)가 가난하였을 때, 사도(司徒) 우장사

開籠不奈鴨媒嬌.[551]　　　조롱을 열면 후림꿩이 기세등등하리.

春衣晚入靑楊巷,[552]　　　봄옷 입은 그대는 저녁에 청양항에 들어가

細馬初過皂莢橋.[553]　　　타고 있는 준마가 조협교를 막 지나가리.

相訪不辭千里遠,[554]　　　만나려고 한다면 천리가 멀다 해도 사양하

　　　　　　　　　　　　지 않으리니

西風好借木蘭橈.[555]　　　서풍은 목련나무 배를 잘 밀어주리라.

【왕평】

56자가 하나의 기운인데, 누가 구성에 작법이 있다고 말하는가?

한굉은 결국 염시艶詩에 능한 시인인데, 다른 작품은 거칠어 좋지 않다.

五十六字一氣, 誰云有法?

君平終是艶詩手, 他率不佳.

(右長史)인 유열(庾悅)에게 먹다 남은 거위구이를 청했으나 냉대를 받은 일이
있었다. 나중에 유의가 형주자사가 되어 보복하자 유열이 분을 못 이겨 죽었다.
영웅이나 귀인이 아직 출세하기 전의 일을 가리킨다. 『남사』「유열전」참조.
551　鴨媒(압매) : 雉媒(치매)의 잘못으로 보인다. 후림꿩.
552　靑楊巷(청양항) : 지금의 호북성 강릉시 동남의 사시(沙市)에 소재했던 동네. 북
　　주(北周) 시기에 재주 많은 소신(蕭愼)이 청양항에 살았고 하타(何妥)가 백양두
　　(白楊頭)에 살았기에 "세상에 두 준재가 있으니, 백양은 하타요 청양은 소신이라
　　네(世有兩雋, 白楊何妥, 靑楊蕭愼)"란 말이 있었다. 『북사』「하타전」참조.
553　皂莢橋(조협교) : 양주(揚州)에 있는 다리.
554　相訪(상방) 구 : 삼국시대 위나라의 여안(呂安)이 혜강(嵇康)을 좋아하여 생각
　　나면 천리나 멀어도 찾아간 일을 말한다. 『진서』「혜강전」참조.
555　木蘭橈(목란요) : 목련 나무로 만든 노. 배를 가리킨다.

유태진을 보내며 지은 송별시이다. 전편의 구성이 송별시의 일반적
인 구성을 취하고 있다고 하더라도 언어와 이미지가 새롭고 전고의 사
용이 특별하여 전혀 다른 면모를 보인다.

왕부지는 이 시가 자연스럽게 이루어져 상법의 흔석이 보이지 않기
에 뛰어나다고 하였다. 물론 칠언율시의 형식으로 '기-승-전-결'의
구성이 엄격히 적용된 것을 볼 수도 있지만, 왕부지가 보기에는 전편
이 하나의 기운으로 혼융한 미감 속에 있어 그러한 인위적인 구성은
느껴지지 않는다는 것이다. 왕부지는 염정시가 온유돈후의 시교와 흥
관군원의 기능에 부합하지 않기 때문에 낮게 평가하였고, 염정시에 능
한 한굉도 높이 평가하지 않지만, 그러한 규정에 관련 없이 작품 자체
의 가치를 두고 이 시를 평가하였다.

위응물韋應物 3수

燕李錄事[556]	이 녹사와 술자리에서
與君十五侍皇闈,[557]	그대와 함께 열다섯부터 황궁을 숙위했으니
曉拂爐煙上赤墀.[558]	새벽 향로 연기 속 붉은 계단을 올랐지.

---

556 李錄事(이녹사) : 미상. 녹사는 9품의 하급 관리.
557 皇闈(황위) : 궁중의 작은 문.

花開漢苑經過處,[559]　　　꽃 핀 한나라 정원에서도 함께 시종했고

雪下驪山沐浴時.[560]　　　눈 내리던 여산에서 황제가 목욕하던 때도
　　　　　　　　　　　　함께였지.

近臣零落今猶在,　　　　신하들은 흩어지고 지금 몇몇만 남았는데

仙駕飄搖不可期.[561]　　신선의 수레는 아득하여 다시 만날 수 없어라.

此日相逢思舊日,　　　　오늘 만나니 예전이 생각나

一杯成喜又成悲.　　　　술 한 잔에 기뻐하고 또 슬퍼하네.

【왕평】

이 작품과 이기(李頎)의 「노오의 옛집에 적다題盧五舊居」, 왕유의 「배적과 술을 마시며酌酒與裴迪」 등 여러 작품과 우열을 가릴 줄 아는 자라야, 비로소 시를 논할 자격이 있다. 칠언시는 연원이 있어야 하며, 속된 시인들의 틀에 박힌 격식과 자극적인 취향에 빠져서는 안 된다. 시를 논할 때 어찌 '마르다癯'와 '살찌다肥' 또는 '정격整'과 '파격亂'으로만 평가할 수 있겠는가? 설령 '마르다'고 할지라도 '윤기潤'가 있다면 탁월하다.

558　赤墀(적지) : 궁중의 붉은 계단.

559　漢苑(한원) : 한나라의 의춘원(宜春苑)을 가리킨다. 장안의 서남쪽에 있는 유람 명승지인 곡강지(曲江池)를 비유한다.

560　驪山(여산) : 장안의 동쪽에 있는 산으로 온천궁이 소재했던 곳. 현종은 매년 봄에는 곡강에서 유람하고 겨울에는 여산 온천궁에서 목욕하며 피한하였다.

561　仙駕(선가) : 신선의 수레. 이 구는 현종의 죽음을 완곡하게 비유한다.
　　　不可期(불가기) : 만날 수 없다.

能知此與'物在人亡''酌酒與君'諸篇優劣者, 方可語詩. 七言須有淵源, 不可醃入醋大格眼冊中, 詎得以肥癯整亂論也.[562] 即以癯言, 癯而能潤者勝.

【해설】

예전에 함께 삼위三衛로 궁중을 숙위하였던 녹사를 만난 감개를 썼다. 전반부는 현종을 시위하던 시절의 위용을 썼고, 후반부는 지금의 쇠락한 형세를 써서 고금의 대비가 선명한 가운데 옛 친구를 다시 만난 감격을 서술했다. 위응물은 750년천보9 삼위가 된 후, 현종이 762년보응1 죽었으므로 이 시는 대략 769년대력4 경에 지은 것으로 보인다.

寓居灃上精舍寄于張二舍人[563]

풍수 강가에서 우거하며 우 사인과 장 사인에게 부침

萬木叢雲出香閣,[564]	절의 누각 위로 나무와 뭉게구름이 솟고
西連碧澗竹林園.	서쪽으로 이어진 푸른 계곡엔 죽림원이 있다.

---

562 소동파가 "맹교는 차고 가도는 말랐다(郊寒島瘦)"는 평을 가리키는 것으로 보인다.

563 灃上精舍(풍상정사) : 위응물은 779년(대력 14) 6월 경조윤 여간(黎幹)이 폄적될 때 함께 관련되어 호현령(鄠縣令)에서 역양령(櫟陽令)으로 좌천되었는데, 위응물은 부임한 후 바로 용퇴하고 풍수 강가의 선복정사(善福精舍)에 은거하였다. 풍수(灃水)는 豐水(풍수)라고도 쓰며, 지금의 서안시 서남의 풍하(灃河)를 말한다. 섬서성 영섬현(寧陝縣)의 종남산에서 발원하여 서북으로 흘러 위하(渭河)로 들어든다.

于張二舍人(우장이사인) : 우 사인은 우소(于邵). 장 사인은 장기(張薊).

564 香閣(향각) : 절의 높은 누각.

高齋猶宿遠山曙,	높은 서재엔 아직도 먼 산의 새벽빛이 머무는데
微霰下庭寒雀喧.	싸락눈이 내린 마당엔 참새들이 소란스럽다.
道心淡泊對流水,	담박한 도심道心으로 흐르는 물을 마주하고
生事蕭疎空掩門.	세상일에 성글어 하릴없이 문을 닫는다.
時憶故交那得見,	때로 친구를 생각하나 어찌 만날 수 있으랴
曉排閶闔奉明恩.[565]	새벽에 궁문을 열고 밝은 은전을 받드리.

【왕평】

붓의 극치이고 뜻의 극치이다. 「이담에게 부침寄李儋元錫」과 함께 도연명의 오언시로 칠언율시를 지었다. 피상적으로 아는 사람들은 율시와 고시를 구분하지 않아도 된다는 사실을 모르니, 생과 사가 마치 초한전처럼 분명히 나뉘는 것도 아닌데 누가 홍구를 만들어 그 경계를 나누는가?

筆至意至, 與「寄李儋元錫」作俱以陶五言爲七言律. 皮相人不知別以律. 原不別以詩, 誰爲鴻溝, 生分楚漢?[566]

---

565 閶闔(창합) : 궁전의 정문.
　　明恩(명은) : 황제의 은전.
566 초한전 때 유방과 항우가 형양에서 장기간 교착 상태에 빠졌을 때 이곳의 거대한 계곡인 홍구를 경계로 휴전을 조인하였다. 여기서는 장르 사이의 자잘한 경계를 나눌 필요가 없다는 뜻으로 홍구의 비유를 들어 말하였다.

【해설】

　풍수 강가에서 은거하는 한적한 마음을 읊고 친구를 그리는 마음을
나타내었다. 위응물이 779년 가을 이후 호현鄠縣 풍수灃水 강가의 선복
정사善福精舍에 은거할 때 지었다.

寄李儋元錫[567]　　　　　이담에게 부침

　去年花裏逢君別,　　　작년에 꽃 속에서 그대와 만나 헤어졌는데

　今日花開又一年.　　　오늘 꽃 피니 다시 일 년이 되었구료.

　世事茫茫難自料,　　　세상일은 아득하여 헤아리기 어려워

　春愁黯黯獨成眠.[568]　봄 시름에 쓸쓸히 홀로 잠을 자네.

　身多疾病思田里,[569]　병 많은 몸이라 전원을 그리워하고

　邑有流亡愧俸錢.[570]　고을에 유민이 생겨 봉급 받기 부끄러워.

　聞道欲來相問訊,[571]　그대가 안부를 물으러 온다는 말 들었는데

567　李儋元錫(이담원석) : 위응물의 친구인 이담. 자는 원석. 무위(武威, 감숙) 사람
　　으로 박사(博士)와 어사(御史)를 역임하였고, 전중시어사까지 이르렀다. 위응물
　　의 시집에는 그와 수창한 작품이 많다.
568　黯黯(암암) : 어둡고 암담하다.
569　思田里(사전리) : 전원과 향리를 그리워하다. 은거를 생각하다.
570　邑(읍) : 소주(蘇州).
　　流亡(유망) : 밖으로 도망간 사람. 전쟁이나 기근 또는 세금 부담 등의 이유로 고
　　향을 버리고 도망쳐, 호적(戶籍)에서 지워진 사람.
　　愧俸錢(괴봉전) : 지방관의 책임을 다 하지 못해 봉록 받기가 부끄럽다. 안사의
　　난 이후에 당의 균전법은 완전히 파괴되어 많은 사람들이 부역을 감당하지 못해
　　외지로 도망갔다.
571　問訊(문신) : 방문하다.

西樓望月幾廻圓?[572]　　　그동안 서루에 보름달이 몇 번이나 둥글었나?

【왕평】

순수하다.

純.

【해설】

계절과 시사를 돌아보고 친구를 그리워하였다. 783년 저주자사로 부임하고, 그 다음 해에 지었다. 당시 장안에서는 783년 주차朱泚의 난이 일어나 덕종이 봉선으로 피난가고 소식도 두절되어 사태가 어떻게 전개되는지 모를 때였다. 제3, 4구는 이러한 복잡한 상황을 말하는 듯하다. 이 시가 널리 알려진 것은 제6구로, 나라가 어지럽고 백성들이 이산될 때 지방관으로서의 진퇴양난의 고충을 진솔하게 토로한 시구 때문이다. 이 구에 대해 북송 범중엄范仲淹은 "인자의 말仁者之言"이라 하였고, 주희朱熹는 "어질다賢矣!"라고 칭찬하였다. 높은 이상과 깊은 인식이 있어야 이런 말을 할 수 있을 것이다.

'순수하다[純]'는 왕부지가 자주 쓰는 평어 가운데 하나로 '순정純淨하다'와 비슷하다. 내용의 의미를 가리키는 것이 아니라 구성이 인위적인 조작없이 자연스러운 데서 오는 미감을 가리킨다.

572　西樓(서루) : 관풍루(觀風樓)라고도 한다. 당대 시인 가운데 백거이도 소주 서루에 대해 언급한 적이 있다. 이 시는 소주자사로 있을 때 지은 작품으로 보인다.

낭사원郎士元 3수

春宴王補闕城東別業[573]　　봄날 왕 보궐의 성 동쪽 별장의 연회에서
　柳陌乍隨州勢轉,[574]　　버드나무 길이 지세 따라 굽이돌더니
　花源忽傍竹陰開.[575]　　도화원이 갑자기 대숲 옆에서 나타난다.
　能將瀑水淸人境,　　폭포의 물이 사람의 마음을 깨끗하게 하고
　直取流鶯送酒杯.　　꾀꼬리의 노래가 술잔을 전해 준다.
　山下古松當綺席,　　산 아래의 고송은 자리를 마주하고
　檐前片雨滴春苔.　　처마 앞의 잔비는 봄 이끼에 떨어진다.
　地主同聲復同舍,[576]　　집주인은 같은 기질에 또 같이 근무하니
　留歡不畏夕陽催.　　석양이 지는 것도 꺼리지 않고 손님을 붙드네.

【왕평】

격식을 깬 발군의 작품으로, 가슴을 드러내고 진정을 보이니, 잠삼岑參의 법석法席을 이을 만하다.

破格逸群, 披胸見膽, 待嗣嘉州法席.

573　王補闕(왕보궐) : 미상. 보궐은 간관(諫官). 제목이 「봄날 왕기의 성 동쪽 별장의 연회」(春日宴王起城東別業)라 된 판본도 있다.
574　州勢(주세) : 주와 성의 지형.
575　花源(화원) : 도화원. 왕 보궐의 별장을 비유한다.
576　地主(지주) : 별장의 주인. 곧 왕 보궐을 가리킨다.
　　同聲(동성) : 기질이나 뜻이 같다. 『주역』「건괘」에 "소리가 같으면 서로 응하고, 기운이 같으면 서로 찾는다(同聲相應, 同氣相求)"란 말이 있다.
　　同舍(동사) : 동료. 왕 보궐을 말한다. 낭사원도 보궐을 지냈기에 이리 말하였다.

酬王季友題半日村別業兼呈李明府[577]

왕계우의 '반일촌 별장에 적다'에 답하며 겸하여 이 명부께 드림

村映寒原日已斜,	차가운 들판 속 마을에 해는 이미 기울어
煙生密竹早歸鴉.	안개 낀 빽빽한 대숲에 까마귀 일찍 날아든다.
長溪南路當群岫,	긴 시내 남쪽 길은 봉우리들 마주하고
半景東鄰照數家.[578]	반으로 잘린 햇빛이 동쪽 이웃 몇 집을 비춘다.
門通小徑連芳草,	문 앞의 좁은 길은 향초와 이어지고
馬飲春泉踏淺沙.	말은 봄 샘물을 마시고 얕은 모래를 밟는다.
欲待主人林上月,	주인은 숲 위에 뜬 달을 기다리며
還思潘岳縣中花.[579]	반악潘岳의 하양현의 꽃을 생각한다.

【왕평】

'경물 선택[取景]'이 세밀하고 시의 음조와 정취가 절로 높다. 말미에서 제목을 언급하되 흐트러짐이 없다.

---

577 王季友(이계우) : 중당 시기 활동한 시인으로, 현재 시 11수가 전한다.
    半日村(반일촌) : 화주(華州) 위남현(渭南縣)에 있는 마을. 산이 높아 해가 마을의 일부만 비추기에 이런 이름이 붙여졌다.
    李明府(이명부) : 성씨가 이씨인 위남현령(渭南縣令).
578 景(경) : 햇빛.
579 潘岳縣中花(반악현중화) : 서진의 반악(潘岳)이 하양현령(河陽縣令)이었을 때 현 가득 도리화를 심었기에 사람들이 "하양은 온통 꽃밭(河陽一縣花)"라고 칭송하였다.

取景細而聲情自亢, 末點入題, 不靡.

【해설】

763년보응2 낭사원이 위남현위渭南縣尉로 있을 때 지었다. 당시 낭사원의 반일촌 별상에 시인들이 자주 찾아가 놀며 시문을 주고받았다. 이 시는 왕계우가 먼저 지은 것에 대해 낭사원이 전기와 함께 화답하여 지은 것으로 보인다. 전반부는 높은 산에 햇빛이 가려 반일촌의 반이 그늘에 드는 특징적인 현상을 묘사한 후 말미에서 제목에서 말한 이 명부, 즉 현령을 반악에 비겨 칭송하였다.

馮翊西樓[580]	풍익 서루
城上西樓倚暮天,	성벽 위 서루는 저녁 하늘에 기대있어
樓中歸望正凄然.	누각 안에서 고향 쪽 바라보니 참으로 처연하다.
近郭亂山橫古渡,	성곽 가까이 산들 첩첩하고 나루터 가로 놓여 있고
野莊喬木帶新煙.	들녘의 집과 높은 나무엔 안개가 둘러 있네.
北風吹雁聲能苦,[581]	북풍에 불려가는 기러기 울음소리 이처럼 애처로운데

---

580 馮翊(풍익) : 현 이름. 지금의 섬서성 대려현(大荔縣).
581 能苦(능고) : 이처럼 애처롭다.

遠客辭家月再圓.　　집을 떠나 멀리 온 나그네 달이 다시 둥글어
　　　　　　　　　　졌구나.
陶令好文常對酒,[582]　도연명 같은 현령은 시문과 술을 항상 좋아
　　　　　　　　　　하시어
相招一和白雲篇.　　나를 불러 「백운편」을 화답하게 하시는구나.

【왕평】

처음과 끝이 고르고 조화로우며, 기세가 당당하여 절로 이루어졌다. 고중무가 "낭사원은 사령운에 가깝다"고 했는데, 사령운을 모르는 데다 낭사원도 모르는 말이다. 낭사원의 시는 반악과 육기에서 나왔는데, 칠언시로 변하여도 풍격과 뜻은 여전히 남아있다. 칠언시가 사령운으로부터 나온 자는 오직 두보가 있을 뿐이다. 한 번 붓을 들면 세 번 머물다가 세 번 꺾어지는데 다른 사람은 그렇게 할 수도 없고 하지도 않았다.

'능고能苦' 두 글자는 이 시의 약점이나, 지금 사람들은 칭찬한다.

首尾勻浹, 亢擧自遂. 高仲武云 : '郎公近于康樂.' 旣不知謝, 亦不知郎. 郎詩自從潘陸來, 變爲七言, 風旨固在. 七言之從謝出者唯杜陵耳. 一出筆有三留三折, 他人不能爾, 亦不爾也.

'能苦'二字是此詩一大敗筆, 今人所賞.

582　陶令(도령) : 도연명. 팽택령을 지냈다. 여기서는 풍익현령을 비유한다.

【해설】

　저녁 무렵 풍익 서루에 올라 사방을 둘러보고 고향 생각을 나타냈다. 높은 누대에 올라 인생과 고향을 생각하는 '등루登樓' 제재로, 마침 겨울 석양이라 고향에 대한 생각이 더욱 절실하다.

　왕부지는 낭사원의 칠언율시가 반악과 육기의 오언고시에서 유래했고, 또 두보의 칠언율시는 사령운의 오언고시에서 유래했다고 했다. 시체詩體, 시형식는 다르지만 그 미학을 계승했다는 뜻이다. 왕부지의 시각은 초당 시인들의 칠언율시는 칠언가행에서 나왔지만, 두보 등 일부 시인의 칠언율시는 오언고시의 전통을 계승하였다고 본 것이다.

고황顧況 1수

宿湖邊山寺	호숫가 산사에서 묵으며
群峰過雨澗淙淙,[583]	뭇 봉우리에 비가 지나가자 계곡물이 흐르고
松下扉扃白鶴雙.	소나무 아래 문에는 한 쌍 백학이 있구나.
香透經窓籠檜柏,[584]	장경각 창으로 새어나온 향기는 측백나무를 둘러싸고
雲生梵宇濕幡幢.[585]	절에서 일어난 구름은 깃발을 적신다.

583　淙淙(종종) : 졸졸. 흐르는 물에서 나는 소리를 형용한 의성어.
584　經窓(경창) : 절의 경전을 보관하는 장경각의 창.

蒲團僧定風過席,[586]　　　포단蒲團의 스님은 선정에 들었는데 바람은
　　　　　　　　　　　　자리를 지나가고

葦岸漁歌月墮江.　　　　　갈대 강기슭에 뱃노래 들리는데 달은 강에
　　　　　　　　　　　　떨어진다.

誰悟此生同寂滅?[587]　　　이 생이 적멸과 같음을 누가 깨달으리오?
老禪慧力得心降.[588]　　　노승의 지혜만이 진정한 마음의 복종을 얻
　　　　　　　　　　　　으리.

【왕평】

현묘한 사유가 귀굴鬼窟에 빠지지 않았으니, 이는 마땅히 시의 논조
가 면밀하고 밝아 빼어난 경지에 이르렀기 때문이다.

　　玄討, 不入鬼窟, 當由密朗居勝.

585　梵宇(범우) : 절.
　　幡幢(번당) : 당간지주 또는 죽간 등에 걸린 깃발.
586　定(정) : 입정(入定). 선정(禪定).
587　寂滅(적멸) : 열반. 일체를 초탈하여 불생불멸의 문에 들어가다.
588　老禪(노선) : 노승.
　　慧力(혜력) : 사물을 식별하고 시비선악을 판별하는 능력. 불교에서 말하는 다섯
　　가지 힘 가운데 하나.
　　心降(심항) : 심복(心服). 진심으로 감복하다.

노륜盧綸 1수

長安疾後首秋夜卽事

장안에서 병이 나은 후 초가을 밤 눈에 보이는 대로

九重深鎖禁城秋,	깊이 잠긴 구중궁궐에 가을이 와
月過南宮漸映樓.[589]	달빛이 상서성을 지나며 점차 누각을 비춘다.
紫陌夜深槐露滴,[590]	밤 깊은 도성 길, 회화나무에 이슬이 떨어지고
碧空雲盡火星流.[591]	구름 걷힌 푸른 하늘에 대화성大火星이 내려 간다.
淸風刻漏傳三殿,	맑은 바람은 물시계 소리를 인덕전에 전해 주고
甲第歌鐘樂五侯.[592]	호화로운 저택에선 노래와 음악으로 귀족들 이 노닌다.
楚客病來鄕思苦,	초 땅의 나그네는 병이 들어 고향 생각 깊은데
寂寥燈下不勝愁.	적막한 등불 아래 시름을 이기지 못하겠구나.

---

589 南宮(남궁) : 상서성(尙書省)을 가리킨다.
590 紫陌(자맥) : 도성의 거리.
591 火星(화성) : 『시경』 「칠월(七月)」에 "칠월엔 대화성(大火星)이 내려오고(七月流
火)"란 말이 있다. 여기서는 음력 칠월을 가리킨다.
592 甲第(갑제) : 권세가들이 사는 호화로운 주택.
　　五侯(오후) : 권세가들. 한대에 다섯 명의 외척과 환관을 각각 같은 날 제후로 봉
한 적이 있다.

【왕평】

노륜의 칠언 근체시는 지극히 많은데, 모두 시골 사람의 작품이다. 세상 사람들이 칭찬하는 ‘동풍취우東風吹雨’로 시작하는「장안의 봄 조망長安春望」도 노둔하고 천박하다. 오직 이 작품만이 겨우 조리가 있을 뿐이다. 나쁜 시는 세인의 눈을 크게 망치는데 대력십재자에 종종 이런 작품이 있다.

綸七言近體極富, 乃全入儈父. 世所艶稱如‘東風吹雨’者亦蹇薄.[593] 唯此作差爲條達耳. 惡詩極壞世人手眼, 大曆十才子往往而有.

【해설】

초가을 병이 들어 깊어진 고향 생각을 토로했다. 제3, 4구에서는 계절감을 나타냈고, 제5, 6구는 장안의 태평한 경상이면서 동시에 자신의 외로운 처지를 반대로 돋보이는 역할을 한다.

附 ： 長安春望	부록 ： 장안의 봄 조망
東風吹雨過靑山,	동풍이 비 뿌리며 푸른 산 지나가매
却望千門草色閑.[594]	돌아보니 천문만호가 풀빛 속에 한가롭다.
家在夢中何日到,	고향 집은 꿈속에서 어느 날에 이르나?

---

593 東風吹雨(동풍취우) : 노륜의 「장안의 봄 조망(長安春望)」을 가리킨다.
594 천문(千門) : 천문만호(千門萬戶). 원래『한서』「무제기」에서 한대 건장궁의 수많은 문과 방을 형용해 ‘천문만호’라 했다. 여기서는 당 궁성을 가리킨다.

春生江上幾人還.　　　봄이 온 강에는 몇 사람이 돌아갔나?

川原繚繞浮雲外,　　　강과 들은 구름 밖으로 휘돌아 가고

宮闕參差落照間.　　　궁과 궐은 낙조를 배경으로 지붕을 마주하네.

誰念爲儒逢世難,[595]　　누가 생각이나 해 주랴, 서생으로 난세를 만나

獨將衰鬢客秦關.[596]　　귀밑머리 세도록 홀로 장안을 떠도는 것을.

【왕평】

제3, 4구 : 두 구가 좋다. 칠언시는 이런 구가 있어야 비로소 어디에서 왔는지 안다.

제5, 6구 : 약하지 않다.

제7, 8구 : 마무리에서 '본래의 면모'를 모두 드러냈다.

二句好. 七言須有此, 方不昧所自來.

不纖.

一結本色盡露.

【해설】

어수선한 시국 속에서 고향을 그리워한 작품이다. 노륜의 고향은 하동으로 지금의 산서성山西省 영제현永濟縣이다. 비록 장안에서 아주 멀다

595　봉세난(逢世難) : 난세를 만나다.
596　진관(秦關) : 진 지방의 관새. 관중 지역을 말한다. 때로 함곡관이나 장안을 가리킨다.

고는 할 수 없어도 안사의 난 이후 티베트가 장안을 점령한다든지 절도사가 발호한다든지 하는 때여서 오가기도 쉽지 않았다. 제1, 2구는 고향 쪽에서 불어오는 바람을 맞이하다가 고개를 돌려 장안 궁궐을 바라보는 장면을 그리고, 제3, 4구는 '경구警句', 뛰어난 어구로 망향의 정을 토로했다. 제5, 6구는 다시 서경으로 고향과 장안을 각각 묘사한 듯하다. 말 2구는 고향 생각이라는 시의 주제를 요약했다. 두보의 「봄의 조망春望」과 비교하면 묘사는 섬세해졌지만, 감정이 더 처연하고 사색에 젖은 듯하다. 이러한 특징이야말로 중당 초기 '대력십재자'의 특징적인 시풍이라 할 것이다.

사공서司空曙 2수

酬李端校書見寄	교서랑 이단의 작품을 받고 답하며
綠槐垂穗乳烏飛,	푸른 홰나무 이삭 드리우고 어린 까마귀 날아도
忽憶山中獨未歸.	산중에서 돌아오지 않는 그대를 생각했지.
靑鏡流年看髮變,	파란 거울 속에 세월이 흘러 머리카락 세도록
白雲芳草與心違.	구름과 초목 속의 은거는 뜻대로 못했소.
乍逢酒客春遊慣,	자주 술친구를 만나 봄나들이 나가고
久別林僧夜坐稀.	숲속에서 스님과 밤에 앉은 지도 오래라오.

昨日聞君到城闕,
莫將簪弁勝荷衣.[597]

어제 들으니 그대가 도성에 왔다는데
비녀와 관모보다 연잎 옷 입는 은거가 나으
리라.

【왕평】

온화한 점은 중당에서 처음이다.

溫潤爲中唐首唱.

【해설】

친구 이단에게 자신의 도성 생활을 이야기하면서 은거를 권하는 내
용이다. 이단은 젊어서 은거를 했고, 과거에 급제해 비서랑이 된 이후
에도 은거했던 것으로 보인다. 사공서는 자신의 생활을 간단히 요약하
면서 벼슬하기보다는 차라리 은거를 택하는 것이 좋다고 말하고 있다.
자신 역시 은거에 대한 바람을 언제나 가지고 있음을 드러낸 것이라
할 수 있다.

---

597 잠변(簪弁) : 비녀와 예관. 관리의 복식. 관리를 지칭한다.
    하의(荷衣) : 연잎으로 만든 옷. 『초사』 「이소(離騷)」에 "연잎을 엮어 윗옷을 만
    들고, 연꽃을 모아 치마를 만드네(製芰荷以爲衣兮, 集芙蓉以爲裳)"란 구절이 있
    다. 은자가 입는 옷을 가리킨다.

送王尊師歸湖州[598]　　호주로 돌아가는 왕 존사를 보내며

煙蕪滿洞靑山遠,[599]　　청산을 돌아가는 안개가 거처에도 가득한데

幢節飄空紫鳳飛.[600]　　깃발과 부절이 나부끼고 자주색 봉황이 난다.

金闕乍看迎日麗,　　선계의 궁궐이 언듯 보이더니 해를 맞아 눈
부시고

玉簫遙聽隔花微.　　멀리서 들려오는 옥퉁소 소리 꽃 사이 은은
하다.

多開石髓供調膳,[601]　　석수石髓를 자주 캐어 음식으로 먹고

時御霓裳奉易衣.　　때로 무지개를 타고 가며 옷차림 바꾸네.

莫學遼東華表上,　　배우지 말게나, 요동의 화표 위 학이 된 정
령위

千年始欲一回歸.[602]　　천년에 비로소 한 번 돌아온 것을.

【왕평】

배치가 자연스럽다.

排撰自然.

---

598 湖州(호주) : 지금의 절강성 호주시. 태호의 남안에 소재한다.
599 煙蕪(연무) : 안개에 싸인 풀밭.
　洞(동) : 신선이 사는 곳. 여기서는 왕 존사의 거처를 말한다.
600 幢節(당절) : 신선의 깃발 의장.
601 石髓(석수) : 종유석(鐘乳石). 고대인들은 종유석을 갈아 먹으면 장생할 수 있다
　고 믿었다.
602 千年(천년) 구 : 요동 사람 정령위가 영허산에서 도술을 배워 학이 되어 돌아왔다
　는 이야기를 이용하였다. 『수신후기(搜神後記)』 참조.

【해설】

　왕 존사를 보내며 지은 송별시이다. 도사의 높은 신분에 어울리게 그 행차를 신선의 장속과 의식衣食으로 비유하였다. 말미에서 너무 오래 머물지 말고 일찍 돌아오길 바라는 마음을 썼다.

이익李益 1수

鹽州過胡兒飮馬泉[603]	염주에서 호아음마천을 지나며
綠楊著水草如煙,	푸른 버들가지 물에 닿고 풀은 우거진
舊是胡兒飮馬泉.	이곳은 예전에 오랑캐가 말에 물 먹이던 샘.
幾處吹笳明月夜,	달 밝은 밤 여기저기 호가 소리 들리는데
何人倚劍白雲天?[604]	누가 구름처럼 높은 장검에 기대어 있는가.
從來凍合關山路,	예전부터 관문으로 가는 길은 얼어붙었는데
今日分流漢使前.[605]	지금은 사신으로 가는 내 앞에서 녹아 흐르네.

---

603 염주(鹽州) : 서위(西魏) 때 설치된 지명. 치소는 오원(五原).
　　胡兒飮馬泉(호아음마천) : 벽제천(鸊鵜泉)이라고도 한다. 시인의 자주(自注)에 "벽제천은 풍주성의 북쪽에 있으며, 호인들이 여기에서 말에 물 먹인다(鸊鵜泉在豐州城北, 胡人飮馬於此)"고 하였다. 제목이 다른 판본에는 「오원에서 호아음마천을 지나며(過五原胡兒飮馬泉)」라 되어 있다. 오원은 한대 군(郡) 이름으로, 당대에는 풍주(豐州)라 하였다. 치소는 지금의 내몽골 임하현(臨河縣) 동북.
604 倚劍白雲天(의검백운천) : 송옥(宋玉)의 「대언부(大言賦)」에 나오는 "네모진 땅을 수레로 삼고, 둥근 하늘을 수레 덮개로 삼으며, 장검은 번쩍이며 하늘 밖에 기대어 있다(方地爲車, 圓天爲蓋, 長劍耿耿倚天外)"는 말을 활용하였다.

莫遣行人照容鬢,[606]

恐驚憔悴入新年.

행인들이 샘물에 얼굴을 비추지 않도록 하게

새해인데도 늙어가는 모습 보고 놀랄까 두

려우니까.

재능은 칠언시에 맞으나, 학식이 얕은 사람은 이를 알지 못해, 반드시 '幾處', '何人', '從來', '今日'과 같은 말을 들어 날카롭고 조급하다고 비난할 것이다.

才稱七言, 小生不知, 必且以'幾處''何人''從來''今日'譏其尖仄.

【해설】

봄이 온 변방의 음마천을 지나며 일어나는 감회를 썼다. 음마천이 있는 오원五原은 시인의 고향인 농서隴西와도 멀지 않는, 섬서성 북부와 내몽골의 경계 지역으로, 당시 당과 티베트가 자주 쟁탈하는 변방이었다. 특히 시인은 유주절도사 유제劉濟의 막부에서 오래 있었고, 정원貞元 연간 초기에 상군上郡과 오원五原 지역에 사오년 지냈기에 변방의 상황에 대해 잘 알고 있는 터였다. 제4구는 변경을 보위할 영웅의 도래를 기다리는 듯하다. 변새의 바람에 얼굴은 주름에 덮여가도 뜻한 바를 이루지 못한 안타까운 심정을 강조하였다.

---

605 分流(분류) : 봄이 되어 얼음이 녹으면서 물이 흐름.
606 行人(행인) : 행인. 여기서는 시인 자신.

왕부지는 세인들이 이 시의 가운데 네 구가 날카롭고 조급하다고 비난한 점에 대해 반박하였다. 사실 '幾處'와 '何人'은 의문문을 이끄는 말로 많이 쓰이고, '從來'와 '今日'은 대비하는 내용을 제시할 때 한 쌍으로 쓰인다. 이 때문에 제3구와 제4구는 둘 다 의문문 형식으로 시인의 급박한 정서를 드러내고, 이어지는 제5, 6구는 대조로 인한 강한 전환과 기세의 변화를 이룬다. 왕부지는 이러한 견해를 잘못된 비난으로 보고, 오히려 칠언시로서 충분한 기세와 운치를 갖추었다고 높이 평가하였다.

두공竇鞏 1수

南陽道中作[607]	남양 가는 길에 지음
東風雨洗順陽川,[608]	동풍에 실린 비가 순양順陽의 들을 씻어내니
蜀錦花開綠草田.[609]	비단 같은 꽃들이 푸른 풀밭에 피었구나.
彩雉鬪時頻駐馬,	울긋불긋한 꿩이 싸우길래 자주 말을 멈추고
酒旗翻處亦留錢.	술집 깃발 펄럭이는 곳에선 술을 마신다.

---

607 南陽(남양) : 당대에는 등주(鄧州)의 속현이었다. 지금의 하남성 남양시.
608 順陽(순양) : 수대의 현 이름. 623년(무덕 6) 폐현되었다. 지금의 하남성 등현(鄧縣) 서쪽에 소재했다.
　　　川(천) : 들.
609 蜀錦(촉금) : 촉 땅에서 생산되는 채색 비단. 현란한 색채를 비유한다.

新晴日照山頭雪,　　비 갠 뒤 햇살은 산마루의 눈을 비추고

薄暮人爭渡口船.　　저물녘 나루터에선 사람들이 다투어 배를

　　　　　　　　　　탄다.

早晚到家春欲盡,　　어느 날 집에 갈까 봄도 다 지났는데

今年寒食月初圓.　　올해도 한식날에 달이 막 둥글었구나.

【왕평】

고음苦吟하지 않았는데 절로 의미가 심원하다.

不苦寫, 自遠.

【해설】

봄날 남양 가는 길의 풍광을 서술하고 고향을 그리는 마음을 나타냈다.

왕건王建 8수

早春五門西望[610]	이른 봄 오문에서 서쪽을 바라보며

百官朝下五門西,　　　백관이 조회를 마치고 오문을 나와 서쪽을
　　　　　　　　　　　바라보면
塵起春風過御堤.[611]　봄바람에 먼지가 어제御堤를 건너온다.
黃帕蓋鞍呈過馬,　　　노란 천으로 안장을 덮은 말이 바쳐지고
紅羅纏項鬪迴鷄.　　　붉은 비단으로 목을 두른 투계가 싸웠지.
館松枝重檣頭出,[612]　홍문관의 소나무는 담장 위로 가지를 내밀고
御柳條長水面齊.[613]　어구의 늘어진 버들가지는 수면에 닿아 나
　　　　　　　　　　　란하다.
唯有敎坊南草綠,[614]　교방의 남쪽은 초록빛으로 뒤덮였는데
古苔陰處冷凄凄.　　　이끼 낀 그늘은 아직도 음산하구나.

610　五門(오문) : 午門(오문)이라고도 한다. 대명궁 남쪽 성벽에 있는 다섯 문. 가운
　　　데 단봉문(丹鳳門)을 두고 그 동쪽으로 망선문(望仙門)과 연정문(延正門)이 차
　　　례로 있고, 단봉문의 서쪽으로 건복문(建福門)과 흥안문(興安門)이 차례로 있다.
　　　그 오문을 나와 서쪽을 보면, 서내(西內)의 태극궁과 액정궁과 동궁이 있다. 이
　　　서내는 현종이 행락을 하는 중요한 장소 가운데 하나로 의춘원(宜春苑)의 이원
　　　제자(梨園弟子)들이 활동하는 곳이기도 하다.
611　御堤(어제) : 어구(御溝)의 둑.
612　館(관) : 문하성에는 홍문관(弘文館)이 있고 중서성에는 사관(史館)이 있다.
613　御柳(어류) : 어구의 양옆 둑에 심은 버드나무.
614　敎坊(교방) : 배우(俳優)와 잡기(雜技)를 관장하는 기관.

특별히 실어 보낸 기운이 있는 것이지, 화려한 수사가 아니다.

중당시는 왕건, 유우석, 두목에 이르러 대력십재자의 누습을 일변시켜, 비로소 시의 개성과 면모가 뚜렷해졌다. 대화 연간827~835 이후로 당나라는 안정되었다. 대력 연간766~779부터 정원 연간785~805까지 나라는 거의 망하였고 소리는 어지러웠다. 노륜과 경위는 이러한 풍기에 물들 수밖에 없었다.

別有吹送, 非以藻詞.

中唐詩至王建劉禹錫杜牧一變十才子之陋, 眉目乃始可辨. 太和以降, 唐以小康. 大曆貞元國幾于亡, 音乃亂矣. 盧綸, 耿湋當爲風氣所攝.

【해설】

황음으로 나라를 위기에 빠뜨린 현종을 비판하였다. 직접적인 서술이나 감정적인 표현은 하나도 쓰지 않고 현종이 행락을 즐기던 의춘원宜春苑에서 불어오는 봄바람으로부터 이전을 회상하는 방식으로 전개하여 독자가 체득하게 하였다. 제3, 4구로 현종의 행락을 요약하고, 제5, 6구로 지금의 모습을 제시해 고금을 명확히 대비시켜 허실이 결합된 가운데 금석지감을 일으키게 하였다.

題應聖觀[615]　　　　　　　응성관에 적다

精思堂上畫三身,　　　　정사당에 세 신선이 그려져 있으니

廻作仙宮度美人.[616]　　선궁에서 미인을 이끌고 승천하는 듯하네.

賜額御書金字貴,　　　　황제가 내린 편액에는 금빛 글자가 고귀하고

行香天樂羽衣新.[617]　　향 피울 때 올리는 예상우의곡이 새로웠지.

空廊鳥啄花磚縫,　　　　빈 회랑에는 새들이 꽃무늬 벽돌 틈새를 쪼고

小殿蟲緣玉像塵.　　　　전각에는 벌레들이 옥 조각상 먼지 위를

　　　　　　　　　　　　기어다닌다.

頭白女冠猶說得,　　　　머리 하얀 여도사는 여전히 지난 일을 말해

　　　　　　　　　　　　주지만

薔薇不似已前春.　　　　그 장미꽃은 더 이상 예전의 그 봄이 아니다.

615　應聖觀(응성관) : 장안에 있는 도교 사원. 원주(原注)에 "응성관은 이림보의 고
　　택이다(觀卽李林甫舊宅)"라 되어 있다. 『자치통감』 권216에 750년(천보 9) "이
　　림보 등이 모두 자신의 집을 희사하여 도관을 짓고, 이로써 성수를 축원하기를
　　청하니, 주상께서 기뻐하셨다(李林甫等皆請捨宅爲觀, 以祝聖壽, 上悅)"는 기록이
　　있지만 도관의 이름은 없다. 정처회(鄭虛誨)의 『명황잡록(明皇雜錄)』에는 이림
　　보 집에 요괴가 나오고 아이들이 불을 들고 출입하는 게 싫어 그 땅을 가유관(嘉
　　猷觀)으로 상주하였다는 기록이 있다. 송민구(宋敏求)의 『장안지(長安志)』에는
　　평강방(平康坊)에 가유관이 있는데, 현종이 자신이 쓴 금자 편액을 하사하였고,
　　정사원(靜思院)에는 왕유, 정건(鄭虔), 오도자가 그린 벽화가 있으며, 이림보가
　　죽은 후에는 도관으로 고쳤다고 하였다.
616　美人(미인) : 여자 도사인 여관(女冠)을 비유하였다.
617　行香(행향) : 신에게 예배하는 의식의 하나로, 향로를 들고 도량이나 거리를 도
　　는 일.
　　羽衣(우의) : 예상우의곡(霓裳羽衣曲). 서역에서 전래된 「바라문(婆羅門)」이란
　　악곡으로 현종이 편곡하였다.

【왕평】

작은 아름다움이 단연 빼어나다.

시구 속에 풍자가 깃들어있고, 모두 사람이 '뜻'으로 체득하게 하였으니, '비방하되 지나치지 않다誹而不傷'고 할 수 있다.

小艷絶群.

句帶諷刺, 俱令人以意得之, 可云'誹而不傷.'

【해설】

응성관의 영광과 퇴락을 대응시켜 금석지감今昔之感을 나타내었다. 원주原注에 "응성관은 이림보의 고택이다觀卽李林甫舊宅"고 되어 있으므로, 결국 천보 연간 이림보의 전성기와 이후의 몰락을 대비한 것이라 할 수 있다. 그 몰락을 빈 회랑의 새와 작은 전각의 벌레가 채우는 적막한 선궁으로 보여주었다.

江陵卽事[618]	강릉에서 눈에 보이는 대로
瘴雲梅雨不成泥,[619]	장기瘴氣 속 매우梅雨가 내려도 흙이 질지 않고
十里津頭壓大堤.	십리 나루의 무거운 공기가 둑을 짓누른다.

---

618 江陵(강릉) : 당대에 산남도(山南道)에 속하며 강릉부 강릉군을 설치했다. 춘추시대에는 초나라 영(郢)이었으면 한대에는 남군(南郡)의 치소였다. 지금의 호북성 형주.
619 瘴雲(장운) : 장기(瘴氣)를 띤 구름과 안개.
　　梅雨(매우) : 강남 지역에 매실이 익을 때 내리는 비.

蜀女下沙迎水客,[620]　　촉 땅의 여인은 모랫가에 내려가 어부를 맞
　　　　　　　　　　　　이하고

巴童傍驛賣山鷄.　　　파 땅의 아이는 역참 옆에서 꿩을 판다.

寺多紅藥燒人眼,　　　절에는 붉은 작약이 많아 사람의 눈을 불태
　　　　　　　　　　　　우고

地足靑苔染馬蹄.　　　땅에는 파란 이끼가 많아 말발굽을 물들인다.

夜半獨眠愁在遠,　　　한밤중에 홀로 잠들며 타향살이를 서러워
　　　　　　　　　　　　하니

北看歸路隔蠻溪.[621]　　북으로 돌아갈 길 바라보니 강 건너 있구나.

【왕평】

조화로운 리듬이 있다.

韻.

【해설】

초여름 강릉의 아름다운 풍광을 그리고, 객지에서의 고독감과 향수
를 나타내었다. 제3, 4구는 현지 사람들의 생활상을 그려 토속적이고
향토적인 색채를 나타내면서 동시에 낯선 객지에 와 있음을 말하고,
제5, 6구는 '소燒'와 '염染'자로 색채감을 강렬하게 나타냈다.

620　水客(수객) : 어부.
621　蠻溪(만계) : 남방의 강.

上張弘靖相公[622]　　　　장홍정 상공께 올림

傳封三世盡河東,[623]　　삼대에 걸쳐 봉지를 모두 하동에서 받았으니

家占中條第一峰.[624]　　집은 중조산 제일봉을 차지하였네.

早歲天敎作霖雨,[625]　　어린 시절 하늘은 그대에게 단비가 되라 했고

明時帝用補山龍.[626]　　밝은 시대에 황제는 강산을 보필하는 용으로 삼았네.

草開舊路沙痕在,　　풀밭에 난 옛길에는 모래 자국이 남아 있고

日照新池鳳迹重.[627]　　해 비치는 연못에는 봉황의 자취 찍혔다네.

卑散自知霄漢隔,　　낮은 신분이라 은하수와 멀다는 걸 알지만

若爲門下賜從容.　　만약 문 아래 가게 된다면 너그러이 받아주소서.

---

622 張弘靖(장홍정) : 포주(蒲州) 사람으로, 문음(門蔭)으로 하남부 참군을 시작으로 남전현 현위, 전중시어사, 예부원외랑, 병부랑중, 중서사인 등을 거쳐, 헌종 때 재상과 절도사를 역임하였다. 목종 때 무주자사, 태자태보를 역임했다.

623 傳封(전봉) 구 : 조부 장가정(張嘉貞)은 중서령에 이르렀지만 병주대도독부 장사를 지냈고, 부친 장연상(張延賞)은 좌복야에 이르렀지만 태원소윤을 지냈다. 장홍정도 하동절도사를 지냈기에 삼대에 걸쳐 하동 지역에서 높은 관직을 지낸 셈이다.

624 中條(중조) : 중조산. 하중부(河中府)에 속한다. 지금의 산서성 남부에 소재. 장홍정의 출신지 포주는 중조산에서 멀지 않다.

625 霖雨(임우) : 단비. 이 구는 『상서』 「설명(說命)」에서 은나라 무정(武丁)이 부열(傅說)에게 "만약 큰 가뭄이 들면 너를 단비로 삼겠다(若歲大旱, 用汝作霖雨)"는 말을 환기한다.

626 補(보) : 군주의 과실을 간언(諫言)하다.
　　山龍(산룡) : 군주가 입는 곤룡포에 그려진 산과 용.

627 日照(일조) 구 : 고대에는 재상의 직위를 봉지(鳳池)로 비유하였기에 이 구는 곧 재상이 될 것을 환기하였다.

뛰어난 구를 적구摘句하여 읊어도 좋고, 전편을 읊어도 좋다. 대력 연간의 거칠고 난삽한 시풍은 이런 작품으로 씻어낼 수 있다.

摘可句誦, 合可篇吟. 大曆傖澀, 詎可不以此滌之?

【해설】

정홍정에게 자천하여 올린 시이다. 이때는 장홍정이 태원에서 하동절도사로 있다가 이부상서로 장안에 들어올 때인 819년원화 14 5월로 보인다.

送魏州李相公[628]	위주 이 상공을 보내며
百代功勳一日成,	백대의 공훈을 하루만에 이루어
三年五度換雙旌.[629]	삼 년 동안 다섯 번 장수의 깃발을 바꾸었다.
閑來不對人論戰,	한가할 때도 사람들과 전쟁을 논하지 않았고
難處長先自請行.	어려운 자리에선 항상 몸소 나서서 행했다.

---

628 魏州李相公(위주이상공) : 이소(李愬).
629 三年五度(삼년오도) : 삼 년에 다섯 번 관직을 수여받다. 817년(원화 12) 11월 오원제(吳元濟)를 평정하여 양주자사, 산남동도절도사, 양등수등관찰사가 되었으며, 818년(원화 13) 5월 봉상농우절도사로 제수되었으나 출발하기 전에 서주자사, 무녕군절도사가 되었다. 820년(원화 15) 9월 노주대도독부 장사, 소의절도사가 되었고 10월에 위주대도독부 장사, 위박절도사가 되었다. 『구당서』「이소전」 참조.
雙旌(쌍정) : 쌍깃발. 자사 겸 장수인 경우는 쌍정(雙旌)과 쌍절(雙節)을 하사했다.

旗下可聞誅敗將,[630]	기치 아래서는 패장을 처단했다는 말이 들리지만
陣頭多是用降兵.	전선에서는 항복해온 병사를 활용하는 경우가 많았다.
當朝面受新恩去,	조정에서 직접 새로운 은명을 받고 떠나가시니
算料妖星不敢生.[631]	다시는 요망한 별이 감히 나타나지 않으리라.

【왕평】

이러한 종류의 시는 격식의 밖에서 시구를 모아야 하며, 활시위를 튕기자마자 놀란 기러기가 멀리 날아간 듯해야 한다. 배우려 해도 닮을 수 없고, 닮으려 할수록 추해지니, 재능 있는 시인이 아니면 지을 수 없다.

此種詩須于其出格處揀取, 扣弦初鳴, 驚鴻已遠. 學卽不似, 似益成醜, 除才人無能爾也.

---

630 旗下(기하) 2구 : 이소가 군사 운용에 뛰어남을 말한다. 회서를 토벌할 때 이소는 수당등절도사로 오원제의 부장 정사량(丁士良), 오수림(吳秀琳), 이충의(李忠義), 이우(李祐), 동중질(董重質) 등을 차례로 귀순하게 했고, 817년 겨울 채주(지금의 하남 汝南)를 야습할 때 이우와 이충의를 선봉에 서게 하여 결국 오원제를 생포하였다. 『구당서』「이소전」 참조.

631 妖星(요성) : 요사스런 별. 혜성 등을 가리키며, 혜성은 전쟁의 징조로 보았다.

【해설】

　이소李愬를 보내며 쓴 시이다. 820년원화15 10월에 위주대도독부 장사 겸 위박절도사가 되었을 때 쓴 것으로 보인다. 주로 이소의 공적과 사람됨을 중심으로 전개하였다.

聞說	들은 이야기
桃花百葉不成春,[632]	복사꽃이 백 겹으로 피어도 봄을 이룰 수 없고
鶴壽千年也未神.	학이 천년을 살아도 신령스럽지 않다고 여긴다.
秦隴州緣鸚鵡貴,[633]	진주와 농주는 앵무새를 공물로 잡느라 값이 치솟고
王侯家爲牡丹貧.[634]	왕후의 집안은 모란을 사느라 가난해졌다.

632　桃花百葉(도화백엽) : 백 겹의 복사꽃. 여기서 葉(엽)은 꽃잎.

633　秦隴(진롱) : 진주(秦州)와 농주(隴州). 앵무새는 농산에서 나왔다고 알려졌다. 예형의 「앵무부」에 "서역의 신령한 새로다(惟西域之靈鳥兮)"는 말이 있고, 『문선주』에서 "서역은 농산을 말하는데, 이 새가 거기서 나온다(西域謂隴坻, 出此鳥也)"고 주석하였다. 농산의 지금의 섬서성 농현(隴縣)과 감숙성 평량(平涼) 사이에 있는 높고 험준한 산.

634　王侯(왕후) 구 : 당대 모란을 감상하는 풍조를 비판하였다. 백거이의 「값비싼 꽃(買花)」에 "불타는 듯 붉게 핀 백 송이는, 쌓인 명주 다섯 필의 값이로다(灼灼百朶紅, 戔戔五束素)"라 하였고, "진홍색 꽃 한 떨기 값이, 열 가호 중산층 집안의 세금과 맞먹는구나!(一叢深色花, 十戶中人賦!)"고 비판하였다. 이조(李肇)의 『당국사보(唐國史補)』에도 다음 기록이 있다. "도성의 귀족들이 모란을 숭상한 지 30여 년이 되었다. 매년 늦봄이 되면 수레와 말이 미친 듯이 다니며, 실컷 즐기지

歌頭舞遍廻廻別,　　춤과 노래도 할 때마다 다르고

鬟樣眉分日日新.[635]　　머리와 눈썹 화장도 날마다 새롭다.

鼓動六街騎馬出,[636]　　북이 울리고 도성 거리에 말 타고 놀러 나온 자들

相逢總是學狂人.　　만나는 사람마다 모두가 미치광이를 흉내 낸다.

【왕평】

체재는 『시경』「학명鶴鳴」에서 나왔다. 앞 여섯 구에서 평이하게 서술하다가 말미에서 결말지었으니, 어찌 세속의 장법과 같은가? 「과진론」을 천 번 읽으면 자연스레 이해가 된다.

　體制自『小雅·鶴鳴』來, 前三聯平敍, 約以一結, 何嘗如世俗章法? 讀「過秦論」千遍, 自然解此.

않는 것을 부끄러움으로 여겼다. 집금오(궁성 경비대)나 그 밖의 절과 도관에서도 이를 심어 이익을 추구하니, 한 포기에 수만 전이나 하는 것도 있었다(京城貴遊, 尚牡丹三十餘年矣. 每春暮車馬若狂, 以不耽玩爲恥. 執金吾鋪官圍外寺觀種以求利, 一本有直數萬者.)"

635 鬟樣(빈양) 구 : 정원 연간 말에 도성에서는 말이 떨어지는 듯한 모양의 머리 타래인 타마계(墮馬髻)와 우는 듯한 모양의 눈썹인 제미장(啼眉粧)이 유행했다.

636 鼓動(고동) : 장안성에 새벽이 되면 원래 금오(金吾)가 서로 소리쳐 알렸는데, 나중에는 거리에 북을 쳐 알렸다.
　六街(육가) : 장안성 안은 좌우 각기 여섯 거리로 이루어졌다.

【해설】

　부호와 귀족들의 소비적이고 향락적인 세태를 비판하였다. 첫머리에서 복사꽃과 학으로 비상식적인 가치 관념을 지적한 후, 이어서 앵무새, 모란, 춤과 노래, 머리와 눈썹 화장 등 네 가지 사례로 귀족과 부호들의 상식에 어긋나는 과도한 유행을 나열하였다. 말미에서 이들을 '미치광이' 같다고 결말지었다.

　왕부지는 구성의 측면에서 이 시의 특징을 높이 평가하였다. 처음부터 여섯 구는 모두 현상들을 나열하다가 말미의 두 구에서 부호들의 '미친' 과도한 유행임을 밝혔다. 이러한 장법의 유래로 제시한 「학명鶴鳴」을 보면, 학, 물고기, 박달나무를 나열한 후 말미에서 '타산지석'을 이끌어내었다. 물론 왕건이 「학명」이나 「과진론」을 참고하여 장법을 구성하였다는 뜻은 아니다. 왕부지의 초점은 "어찌 세속의 장법과 같은가?"라는 말에서 알 수 있는데, 율시에 대해 '기-승-전-결'이라는 틀을 씌워 전개하는 상투적인 구성을 비판하면서, 별도의 자연스러운 구성이 얼마든지 있다는 뜻을 나타내었다.

歲晚自感	연말에 감회가 있어
人皆欲得長年少,	사람은 모두가 오래도록 젊고 싶으나
無那排門白髮催.[637]	백발이 문을 열고 찾아와 재촉하니 어쩔 수 없네.

637　無那(무나) : 무내(無奈). 어쩔 수 없다.

一向破除愁不盡,[638] 　　단번에 시름을 없애려 하나 시름은 끝이 없어

百方廻避老須來. 　　백방으로 피하려 해도 늙음은 오고 말더라.

草堂未就終須置, 　　초당을 짓지 못했으나 결국은 지어야 하고

松樹難成亦且栽. 　　소나무도 자라기 어려워도 일단 심어야 한다.

瀝酒願從今日後,[639] 　　술을 뿌리며 바라나니 오늘 이후부터

更逢二十度花開. 　　다시 스무 번의 꽃 피는 봄을 맞이하게 하

　　　　　　　　　　소서,

【왕평】

진정으로 「행로난」의 계통을 이었으니, 그 정신적 전통을 흐리지 않았다.

眞從「行路難」得譜系, 爲不昧宗風.

【해설】

연말에 세월의 흐름을 생각하고 젊게 살고자 하는 마음을 나타냈다. 먼저 생각한 것은 '시름愁'을 없애야 늙지 않으니 시름을 없애려 하나 시름도 끝이 없다. 이에 초당에 소나무를 두고 한가히 지내는 것이다. 그런데 그동안 초당도 소나무도 만들지 않았기에 이제부터라도 이를 만들어 한가히 지내려고 하였다. 앞으로 이십 년을 더 살겠다는 것이

638　一向(일향) : 一餉(일향)과 같다. 삽시간.
639　瀝酒(역주) : 술을 땅에 뿌리다. 소원을 말하거나 맹세를 나타내는 의식적 동작.

아니라, 앞으로 소나무 아래 초당에서 지내겠다는 뜻이다.

贈索暹將軍[640]　　　　　삭섬 장군께

渾身著箭瘢猶在,　　　온몸에 맞은 화살 상처 아직도 있는데
萬槊千刀總過來.　　　만 자루 창과 천 자루 칼을 지나왔었지.
輪劍直衝生馬隊,　　　검을 말아쥐고 기마대에 곧장 지쳐 들었고
抽旗旋踏死人堆.　　　깃발을 뽑아 들고 시체 더미를 밟고 다녔지.
聞休鬪戰心還癢,　　　전투가 끝났다고 들으면 마음 아직 미진하고
見說煙塵眼卽開.[641]　봉화 연기 올랐다고 들으면 눈이 번쩍 뜨였다.
淚滴先皇階下土,　　　선황이 묻히신 섬돌 아래 흙에 눈물 뿌리고
南衙班裏趂朝廻.[642]　남아南衙의 금군으로 조회를 마치고 돌아온다.

【왕평】

각화를 지극히 하다가 결말에서 다시 부족한 듯 돌아갔으니, 잡았다
가 놓아주기를 제 맘대로 한다.

칠언율시는 속됨을 피할 수 없다. 이는 마치 오언고시가 속됨에 들
어가선 안 되는 것과 같다. 이를 알지 못하면 경릉파의 시들처럼 억지

640　索暹(삭섬) : 미상.
641　煙塵(연진) : 봉화 연기와 흙먼지. 전쟁을 가리킨다.
642　南衙(남아) : 호위병. 천자의 금군은 크게 남아(南衙)와 북아(北衙)로 나뉘는데,
　　　남아는 위병이고 북아는 금군이다. 위병은 금오(金吾), 영군(領軍), 천우(天牛)
　　　등이고, 금군은 우림(羽林), 용무(龍武), 신책(神策) 등이다. 『신당서』「병지(兵
　　　志)」 참조.

로 시어를 결합하여 시큼한 가짜 맛을 내게 되니, 학자들의 병통이 되
고 만다.

刻寫已極, 結處却還他不盡, 擒縱可云如意.

七言律之不可避俗, 猶五言古之不可入俗. 唯此不辨, 則有竟陵一派, 强酸
假醋之詩, 爲學究命根矣.

【해설】

노병의 형상을 생생히 부각하였다. 역대로 이 시에 대해선 비판이
많다. 사신행查愼行은 제5구가 '용속[粗俗]'하다고 하였고, 기윤紀昀은 속
되고 조악하여 시장바닥에서 탄사彈詞를 노래하는 것과 같다고 비판하
였다.鄙俚粗惡, 殆如市上所唱彈詞.

왕부지가 이 시를 뽑은 것은 칠언율시의 특징을 말하기 위한 것으로
보인다. 그는 "칠언율시는 속됨을 피할 수 없다七言律之不可避俗"고 하여
화답하거나 창화唱和하는 등 교제를 위한 형식으로 칠언율시가 사용되
는 특징을 말하였다. 즉 왕부지가 말하는 '시큼한 가짜 맛을 내는 시'
는 곧 창화시唱和詩나 수답시酬答詩를 가리키며, 나아가 궁중에서의 응제
시應製詩 등도 포함된다. 이런 이유로 칠언율시의 기격氣格이 낮아질 수
밖에 없다는 점을 지적하였다.

유우석劉禹錫 8수

和牛相公遊南莊醉後寓言戲贈樂天兼見示[643]

우 상공의 '남장에서 유람한 후 취해 백거이에게 장난삼아 지어서
주고 겸하여 유우석에게 보임'에 화답하며

城外園林初夏天,	성밖에 숲은 초여름 날씨인데
就中野趣在西偏.[644]	그중의 자연의 정취는 서쪽 편에 있다네.
薔薇亂發多臨水,	장미가 물가에 어지러이 피고
鸂鶒雙遊不避船.	비오리는 배를 피하지도 않고 쌍쌍이 노네.
水底遠山雲似雪,	물에 비친 먼 산에 구름은 눈과 같고
橋邊平岸草如煙.	다리 옆의 언덕에 풀은 안개 같구나.
白家唯有杯觴興,[645]	백씨 집에 있는 것이라곤 주흥酒興뿐이어서
欲把頭盤打少年.[646]	투반을 들고서 청년을 때리려 한다네.

---

643 牛相公(우상공) : 우승유(牛僧孺). 805년 과거에 급제한 후 우당(牛黨)의 영수가
되어 이덕유(李德裕)를 중심으로 한 이당(李黨)과 대립하였다. 822년 재상이 되
었다. 825년 재상을 마치고 무창군절도사로 나갔다. 830년 다시 입조하여 병부
상서에 재상이 되었다. 832년 회남절도사로 나갔다가 837년 동도 유수(東都留
守)가 되었다. 우승유는 시문에 능했으며, 젊어서는 한유, 황보식과 시우였고,
만년에는 백거이, 유우석과 친하였다.
644 野趣(야취) : 자연을 좋아하는 정취.
645 白家(백가) : 백거이.
　　杯觴興(배상흥) : 주흥(酒興).
646 頭盤(두반) : 骰盤(투반)이라고도 쓴다. 주사위를 던질 때 쓰는 그릇.

【왕평】

함련제3, 4구과 경련제5, 6구 두 연은 칠언율시의 '성스러운 경지[聖境]'이며, 결말도 악부와 표리를 이룬다. 당대 칠언율시 가운데 이와 같은 것은 열 수 이상 되지 않는다. 이와 같은 걸작이 줄곧 묻혀온 것은, 전적으로 교연 같은 무리들이 '검은 콩으로 눈알을 바꾸는' 식으로 식견을 흐리게 만든 탓이다. 참으로 탄식할 일이다.

腹頷兩聯, 七言聖境, 結亦與樂府相表裏. 唐七言律如此不能十首以上, 乃一向湮沒, 總爲皎然一項人以烏豆換睛也, 一歎.

【해설】

초여름에 친구들과 야외에서 유람하는 흥취를 썼다. 우승유는 유우석보다 8살 연하로 과거 보러 갈 때 시문을 고쳐달라 청한 적이 있는 일화가 유명하다. 이때는 우승유가 동도 유수로 있을 때로 백거이와 함께 자주 어울려 창화하였다. 838년개성3 4월 낙양에서 지었다.

荊門道懷古	형문 가는 길에서 회고하다
南國山川舊帝畿,[647]	남국의 산천은 옛 제왕의 도읍지
宋臺梁館尙依稀.[648]	유송劉宋의 누대와 양나라의 궁관이 지금도

---

647 舊帝畿(구제기) : 옛 제왕의 도읍지. 552년 남조 양 원제(梁元帝) 소역(蕭繹)이 즉위하면서 수도를 강릉(江陵)으로 정하고 연호를 승성(承聖)이라 하였다. 그러나 이 년 후인 554년 서위(西魏)의 공격으로 항복하였다.
648 宋臺梁館(송대양관) : 유송(劉宋)의 누대와 양의 궁관. 남조 시기의 궁궐과 누대.

| 馬嘶古道行人歇, | 말이 우는 옛길에선 행인들이 쉬고 |
희미하여라.

馬嘶古道行人歇,　　말이 우는 옛길에선 행인들이 쉬고

麥秀空城野雉飛.[649]　보리 이삭이 패는 빈 성엔 꿩이 날아오른다.

風吹落葉塡宮井,　　바람에 날린 낙엽이 궁궐 우물을 메우고

火入荒陵化寶衣.[650]　능묘에 들불이 들어가 진귀한 옷이 타버렸네.

徒使詞臣庾開府,[651]　부질없이 대시인 유신庾信으로 하여금

咸陽終日苦思歸.[652]　함양에서 종일토록 고향 생각만 하게 했어라.

【해설】

형주 강릉성을 둘러보고 지은 회고시이다. 형주는 전국시대 초나라

依稀(의희) : 흐릿하다.

649 麥秀(맥수) : 보리 이삭. 보리가 이삭을 틔었으나 아직 알을 맺지 않은 상태. 상나
라가 망한 후 주왕(紂王)의 숙부 기자(箕子)가 상의 도읍지 은허를 지나다가 무
너진 궁실에 벼와 기장이 자란 것을 보고 「보리 이삭(麥秀)」이란 시를 지어 슬퍼
한 일을 가리킨다. "보리 이삭 패어 무성하고, 벼와 기장 기름졌구나. 저 완고한
동자여, 나와 사이좋게 지내지 않았어라(麥秀漸漸兮, 禾黍油油兮. 彼狡童兮, 不與
我好兮.)" 『사기』 「송미자세가」 참조.

650 荒陵(황릉) : 황폐한 능묘. 양 원제의 능묘를 가리킨다. 강릉현 현성 동문 밖에
있었다.
寶衣(보의) : 무덤에 묻힌 의복.

651 庾開府(유개부) : 유신(庾信). 남조 양나라 시인이나 554년 서위(西魏)로 사신
으로 간 사이 나라가 망해 서위에 그대로 머물렀다. 서위가 망하고 북주(北周)가
들어서자 표기대장군(驃騎大將軍), 개부의동삼사(開府儀同三司)에 이르렀다.
북조에 있으면서도 남조를 그리워하여 여러 작품을 남겼다.

652 咸陽(함양) 구 : 유신은 「애강남부(哀江南賦)」의 말미에서 "어찌 알았으랴, 파릉
에서 밤 사냥하던 이가 여전히 예전의 그 이광 장군일 줄을. 함양의 베옷 입은 선
비로 고국에 돌아가고 싶어 하는 왕자는 그뿐만 아닌 것을(豈知灞陵夜獵, 猶是故
時將軍. 咸陽布衣, 非獨思歸王子.)"라고 자신의 고향에 대한 그리움을 표현하였다.

의 수도이자 남조 양 원제가 수도로 정한 곳이기도 한다. 시인은 폄적
되어 가는 도중에 눈앞에 보이는 풍경에서 역사의 흔적을 찾고, 동시
에 자신의 영락을 되돌아보았다. 더구나 유신의 경우를 자신의 처지와
연결하여 돌아가고 싶은 심정을 강하게 호소하였다. 전편에 감상의 정
조가 강하다. 814년 연말에 도성으로 소환되었다가 815년 3월 연주로
다시 폄적되어 가는 도중에 지은 것으로 보인다.

松滋渡望峽中[653]	송자 나루에서 삼협을 바라보며
渡頭輕雨灑寒梅,	나루터의 가랑비가 차가운 매화에 뿌려지고
雲際溶溶雪水來.[654]	구름 끝에선 넘실넘실 눈 녹은 물 내려온다.
夢渚草長迷楚望,[655]	운몽택의 풀은 자라 초 땅의 산천을 가리고
夷陵土黑有秦灰.[656]	이릉의 검은 흙엔 진나라 때 잿더미도 있다더라.
巴人淚應猿聲落,	파인巴人들은 원숭이 울음소리에 눈물 흘리고
蜀客船從鳥道廻.[657]	촉의 나그네는 배를 타고 새를 따라 벼랑을

---

653 松滋渡(송자도) : 송자 나루. 지금의 호북성 송자시 북쪽 소재.
　　峽中(협중) : 협주(峽州)를 가리킨다. 치소는 지금의 호북성 의창시(宜昌市).
654 溶溶(용용) : 강물이 넘실대는 모양.
655 夢渚(몽저) : 운몽택(雲夢澤)의 물가.
　　楚望(초망) : 초 지방의 산천. 초나라 강역.
656 夷陵(이릉) : 원래 초나라 선왕의 능묘였으나, 나중에 현 이름이 되었다. 지금의
　　호북성 의창시. 『사기』「백기열전」에 "백기(白起)가 초나라를 공격하여 영도를
　　함락하였으며 이릉을 불살랐다(白起攻楚, 拔郢, 燒夷陵)"는 기록이 있다.
657 鳥道(조도) : 새만이 날아서 넘어갈 수 있는 험난한 산길.

| 十二碧峰何處所?[658] | 무산의 열두 봉우리는 어디에 있는가? |
| 永安宮外是荒臺.[659] | 영안궁 바깥에는 황량한 누대가 있으리라. |

돌아간다.

【왕평】

자연스러운 감회는 모두 '경景'에서 비롯되었으니, 이것이 바로 '경' 속에 '정'을 담는 '경중장정景中藏情'이다. 칠언구가 구의 길이가 길어지면서 실패하는 것은 낱자單字를 쉽게 쓰고 쌍자雙字를 달걀처럼 쌓았기 때문인데, 글자마다 의미를 넣으면 말이 막히고, 의미가 없는 글자를 쓰면 오언시에 오리 목을 억지로 붙인 격이 된다. 이를 모르는 자는 오히려 여기에 힘을 써 '구안句眼'이라 하나, 이는 마치 끊어진 지렁이를 풀로 붙인 것과 같아서, 양쪽 끝은 움직여도 붙인 곳은 죽은 것과 같다. 그러므로 칠언시의 최고 경지는 글자가 자연스럽게 흘러가고 뜻이 '하나의 색'으로 통합되는 것이다. 전기錢起와 유장경劉長卿 이후의 시인들은 이 기준으로 살펴보면 모두 듣기 좋지 않다. 오직 두심언杜審言만이 네 글자 구조를 잘 활용하여 '하나의 뜻'을 나타낼 수 있었으니, 필력

---

658 十二碧峰(십이벽봉) : 무산 십이봉. 삼협 가운데 무협의 남북에 소재한 열두 봉우리로 그중 신녀봉이 가장 뛰어나다.

659 永安宮(영안궁) : 유비가 백제성에 세운 궁전. 지금의 사천성 중경시 봉절현 소재. 222년 유비가 동오에 패전하여 백제성에 후퇴하였을 때 세웠다. 유비는 다음 해 4월 이 궁전에서 죽었다.
　荒臺(황대) : 양대(陽臺). 무산현 현성 서쪽의 고도산(高都山)에 소재. 초 회왕(懷王)이 무산 선녀를 만난 곳.

이 높고 뛰어나 고금을 초월했기에 이룰 수 있었다. 유우석劉禹錫은 세 글자 구조를 많이 사용했으니, 한신韓信의 용병을 제외하면 오로지 조참曹參의 야전술을 꼽을 만하다. 그 밖의 시인들은 그저 평범할 뿐이니 논할 가치가 없다.

自然感慨, 盡從景得, 斯謂景中藏情. 七言以句長得敗者, 率用單字, 雙字 塚砌如累卵, 字字有意, 是蹇吃不了; 有無意之字, 則是五言而故續梟項也. 不知者偏于此著力, 謂之句眼. 如蚓已斷, 而粘以膠, 兩頭自活, 著力處卽死. 故七言之聖證, 唯有字欲長行, 意欲一色. 錢劉以下, 以此律之, 都不入耳. 唯 杜襄陽能用四字, 亦解一意. 要唯筆力高秀, 卓絶古今, 故能爾爾. 夢得多用三 字, 韓信之餘, 定推曹參野戰, 餘子碌碌, 何足道哉!

【해설】

삼협의 초입에서 역사와 전설을 회고한 일종의 회고시이다. 드넓은 운몽택과 험준한 삼협을 배경으로 곳곳에서 역사의 흔적을 찾고 흥망과 성쇠를 생각하였다. 말 2구는 전국시대 초나라는 물론 삼국시대 궁전도 폐허가 되었음을 상기하였다. 822년장경2 초에 기주夔州로 부임하러 가는 도중에 지었다.

왕부지는 칠언율시는 "글자가 자연스럽게 흘러가고 뜻이 통합되어야 한다字欲長行, 意欲一色"고 하였다. 오언율시보다 길어졌지만 하나의 뜻으로 통합되어야 주제가 분산되지 않는다는 뜻이다. 오언을 기준으로 하여 칠언을 보았을 때 글자 수를 늘이려고 뜻이 없는 글자 또는 쌍성이나 첩운 등을 쓰거나 반대로 글자마다 의식적으로 뜻을 넣는다면 적절성을 잃어 실패하기 쉽다.

送渾大夫赴豐州[660]	풍주로 부임하는 혼 대부를 보내며
鳳銜新詔降恩華,[661]	봉황이 조서를 물고 내려와 은혜와 영화를 내리니
又見旌旗出漢家.[662]	한나라 조정을 떠나는 깃발을 다시금 보는구나.
故吏來辭辛屬國,[663]	예전의 부하들이 와서 전속국 신 씨를 송별하는 듯하고
精兵願逐李輕車.[664]	정예병들이 경거장군 이채를 다투어 따르는 듯하구나.

---

660 渾大夫(혼대부) : 혼회(渾鐬). 혼감(渾瑊)의 아들로 음서(蔭敍)로 제위참군(諸衛參軍)이 되었고 이후 제위장군(諸衛將軍)이 되었다. 대화 연간 초에 풍주자사, 천덕군사(天德軍使)가 되었다.
　　豐州(풍주) : 치소는 구원(九原). 지금의 내몽고자치구 구원현 남쪽. 당시 천책군이 있었다.
661 鳳銜新詔(봉함신조) : 황제가 새로 내린 조서.
　　恩華(은화) : 은택과 광화(光華).
662 又見(우견) : 이전에 부친 혼감이 덕종 때 주차(朱泚)의 난을 평정하며 큰 공을 세워 하중절도사에 함녕군왕에 봉해졌으며, 혼회의 형 혼호(渾鎬)도 814년(원화 9) 의성군절도사가 되었기 때문이다.
663 屬國(속국) : 전속국(典屬國). 관직 이름으로 귀순한 비한족을 관리한다. 辛屬國(신속국)은 미상. 서한 때 파강장군 신무현(辛武賢)과 그의 아들 신경기(辛慶忌)가 서이(西夷)에 위협이 되었으므로 혼회 부자에 비유한 것으로 보인다.
664 李輕車(이경거) : 서한 때의 경거장군 이채(李蔡).

氈裘君長迎風馭,[665]　　　　털옷을 걸친 수령들이 바람을 맞으며 달려

오고

錦帶酋豪踏雪衙.[666]　　　　비단 띠를 맨 추장들이 눈을 밟고 관청으로

오리.

其奈明年好春日,[667]　　　　어찌할 것인가, 내년의 좋은 봄날

無人喚看牡丹花.[668]　　　　모란꽃을 보러 오라 부를 사람이 없음을.

【왕평】

맑게 씻어낸 듯하다.

如滌.

【해설】

변경으로 부임하는 혼회를 보내며 지은 송별시이다. 한 구 한 구가
혼회의 역량과 책략을 조각해내듯 묘사했다. 혼씨는 철륵 구성 부락의
혼부渾部로 이름 높았다. 828년대화2 겨울 지었다.

왕부주의 평어 '맑게 씻어낸 듯하다'는 시어가 순수하고 풍격이 청

665　氈裘君長(전구군장) : 모직물과 갑옷을 입은 유목민족의 수령.
666　錦帶酋豪(금대추호) : 비단 허리띠를 두른 추장.
　　　衙(아) : 여기선 동사로 쓰였다. 관청에 모여 상급자의 지시를 받다.
667　其奈(기내) : 無奈(무내)와 같다. 어쩔 수 없다.
668　牡丹花(모란화) : 장안의 혼씨 집안은 모란으로 유명하다. 유우석의 작품 중에
　　　「혼 시중 집안의 모란(渾侍中宅牡丹)」이란 시가 있으며, 백거이도 「혼씨 집안의
　　　모란화를 보고 장난삼아 이이십에게(看渾家牡丹花戱贈李二十)」란 시를 지었다.

신하다는 뜻을 넘어서, 작품의 유기적 통합성을 적시한 표현이다. 이는 마치 물줄기가 처음부터 끝까지 하나의 호흡으로 관통하듯, 시의 모든 요소가 하나로 잘 융합되었음을 의미한다.

洛中送楊處厚入關便遊蜀謁韋令公[669]

관중에 들어온 후 곧 촉으로 유람가며 위 영공을 배알하는 양처후를 낙중에서 보내며

洛陽秋日正凄凄,	낙양의 가을이 마침 쓸쓸한데
君去西秦更向西.	그대는 서쪽 진 땅을 떠나 더욱 서쪽으로 가는구나.
舊學三冬今轉富,[670]	예전에 삼년 동안 닦은 학문 이제 더욱 두터워졌고
曾傷六翮養初齊.[671]	한때는 여섯 날개 다쳤지만 이제 고르게 자랐네.
王城曉日窺丹鳳,[672]	궁성의 아침 해에 단봉문을 엿보고
蜀路晴天見碧鷄.[673]	촉으로 가는 길 갠 하늘에 벽계산을 보리라.

669 楊處厚(양처후) : 정원 원화 연간에 활동했다. 815년(원화 10) 왕승계 문객 소표와 사귀다가 연좌되어, 향공진사에서 공주(邛州) 대읍위(大邑尉)로 좌천되었다. 入關(입관) : 동관(潼關)에 들어오다.
韋令公(위령공) : 위고(韋皐). 당시 검남서천절도사. 영공(令公)은 상서령 또는 중서령에 대한 존칭이다.
670 三冬(삼동) : 겨울 석 달. 또는 세 번의 겨울인 삼 년.
671 傷六翮(상육핵) : 날개를 다치다. 과거에 낙제했음을 비유한다.
672 丹鳳(단봉) : 단봉문. 대명궁의 정남문. 황궁을 가리킨다.

早識臥龍應有分,[674] 　일찍이 면식이 있는 와룡과 연분이 있으니

不妨從此躡丹梯.[675] 　지금부터 붉은 계단을 올라도 무방하리라.

【왕평】

재료를 가려 내고 문장을 다듬는 솜씨가 힘차다.

裁剪有力.

【해설】

촉 땅으로 떠나는 양처후를 보내며 쓴 송별시이다. 짧은 시 속에 양처후의 경력이 간략히 요약되어 있으며, 말미에서 위고의 천거를 얻기 바라는 마음도 들어가 있다.

題于家公主舊宅[676] 　우씨 집안의 공주 저택에 적다

　樹繞荒臺葉滿池, 　나무들이 폐허가 된 누대를 둘러싸고 연못엔 낙엽이 가득한데

　簫聲一絶草蟲悲.[677] 　퉁소 소리 끊긴 이후 풀벌레 소리만 구슬프

673　碧鷄(벽계) : 산 이름. 지금의 사천성 서창(西昌)시 소재.

674　臥龍(와룡) : 제갈량 위고를 비유한다.

　　　分(분) : 연분.

675　丹梯(단제) : 붉은 계단.

676　于家公主(우가공주) : 우씨 집안의 공주. 헌종의 딸 영창공주(永昌公主)로 우계우(于季友)에 시집 갔다. 우계우는 우적(于頔)의 아들이다.

677　簫聲(소성) 구 : 공주의 죽음을 완곡하게 표현하였다. 진 목공의 딸 농옥이 소사(簫史)를 따라 퉁소를 배워 봉황을 울음을 낼 줄 알았다는 전고를 사용하였다.

구나.

鄰家猶學宮人髻,	이웃집은 아직도 궁중의 머리 모양 흉내 내 는데
園客爭偸御果枝.	객들은 궁중에서 하사한 과수의 과일을 다 투어 훔친다네.
馬埒蓬蒿藏狡兔,[678]	마장馬場에는 쑥대만 자라 토끼가 숨고
鳳樓煙雨嘯愁鵄.[679]	누대에는 연무가 자욱하고 올빼미가 울부짖 는다.
何郎獨在無恩澤,[680]	하안何晏 같은 부마는 홀로 남아 은택을 입 지 못하니
不似當初傅粉時.[681]	당초 하얀 분을 바르던 젊을 때와 같지 않구나.

---

678 馬埒(마랄) : 마장(馬場). 서진 왕제(王濟)는 상산공주(常山公主)와 혼인했는데,
명문 출신에 "말 타고 활 쏘는 것을 좋아하여, 땅을 사들여 마장(馬場)을 만들고
는, 동전을 엮어 땅에 깔아 마장을 채웠다. 당시 사람들이 이를 '금구(金溝)'라
불렀다.(濟好馬射, 買地作埒, 編錢幣地竟埒. 時人號曰'金溝'.)"『세설신어』「태치
(汰侈)」 참조.
679 鳳樓(봉루) : 공주의 거처.
680 何郎(하랑) : 삼국시대 위나라의 하안(何晏). 금향공주(金鄕公主)와 혼인했다.
여기서는 당시 명주자사로 있던 우계우를 비유한다.
無恩澤(무은택) : 우적은 정원 연간에 산남동도절도관찰사로 있을 때 조정에 저
항하였고, 나중에 입조하여 사공이 되었지만, 원화 연간에 그의 아들 우민(于敏)
이 사람을 죽여 사사(賜死)되자, 이에 연좌되어 우적은 은왕부(恩王傅)가 되고
우계우도 이전의 두 관직이 추탈(追奪)되었다. 장경 연간에는 우계우의 형 우방
(于方)도 주살되었다.
681 傅粉時(부분시) : 분을 바를 때. 곧 얼굴이 젊고 아름다울 때.

묘사와 채색이 정교하나, 초당 시인들은 이를 추구하지 않았으니,
설령 일부러 하더라도 이렇게 정교하게 하지는 못했을 것이다.

點染工刻, 初唐人不爲此, 乃爲亦未必工.

【해설】

영창공주 저택의 황량한 광경을 둘러보고 공주와 부마의 일을 회상
하였다. 전반부는 공주를 애도하고 후반부는 부마를 슬퍼하였다.

和僕射牛相公春日閑坐見懷[682]

복야 우 상공의 '봄날 한가히 앉아' 나를 생각하며 보낸 시에 화답하다

官曹崇重難頻入,[683]	관청은 높아 자주 드나들기 어렵지만
第宅淸閑且獨行.	저택은 맑고 한가하니 잠시 홀로 거니네.
階蟻相逢如偶語,	계단의 개미는 만나면 서로 말하는 듯하고
園蜂速去恐違程.[684]	정원의 벌은 재빨리 날아가니 늦을까 걱정 하는 듯하다.
人於紅藥惟看色,	사람은 붉은 작약에서 오로지 빛깔만 보지만

---

682 僕射(복야) : 상서성의 장관으로 재상에 해당한다. 당대에는 좌우 두 사람을 두었다.
　　牛相公(우상공) : 우승유(牛僧孺). 우승유는 838년(개성 3) 9월에 좌복야가 되었다.
683 官曹(관조) : 관서(官署).
　　崇重(숭중) : 높고 중요하다.
684 違程(위정) : 규정에 정한 일정을 지키지 못하다.

鶯到垂楊不惜聲.　　　　꾀꼬리는 버들에서 소리를 아끼지 않는다.

東洛池臺怨抛擲,　　　　낙양의 연못과 누대는 멀리 내쳐진 걸 원망
　　　　　　　　　　　하는 듯

移文非久會應成.[685]　　 멀지 않아 '이문移文'을 써서 질책하리라.

【왕평】

유우석은 은근하고 깊은 풍자에 능한데, 이 작품 또한 역사적 풍자라 할 수 있다.

"꾀꼬리는 버들 사이에서 소리를 아끼지 않는다鶯到垂楊不惜聲"는 세상에 둘도 없는 '정어情語'로, 최고로 정감어린 말이다.

夢得深於影刺, 此亦謗史也.

"鶯到垂楊不惜聲"情語無雙.

【해설】

우승유에게 은거를 권하며 쓴 화답시이다. 당시 우승유는 장안성에서 좌복야로 막중한 업무를 하면서 낙양 귀인리歸仁里에 집이 있고 또 별도의 별장인 남장南莊이 있었다. 때문에 낙양에서 장안성까지 오가기가 번거로웠고, 남장은 거의 못 내려갔다. 이 시는 마치 공치규가 「북산이문」에서 북산이 화자가 되어 출사하는 주옹周顒을 질타하듯, 남장

685　移文(이문) : 관공서 문서의 일종으로, 상대 관청의 행정상의 잘못을 지적한다.
　　　이를 응용한 공치규의 「북산이문(北山移文)」이 유명하다.

南莊이 '멀리 내쳐진 걸 원망하며怨抛擲' 주인인 우승유에게 돌아오라고 호소하는 듯한 구조로 이루어졌다. 당시 극심했던 당쟁은 마치 제3, 4구에서 개미의 다툼과 벌의 집요함으로 비유한 듯하다. 839년개성4 봄 낙양에서 지었다.

왕부지는 이 작품을 마치 사관이 통치자의 잘못을 그대로 적은 '방사謗史'라고 하였다. 그는 『독통감론』에서 "사마천의 역사서는 방사이다. 비판하지 않은 것이 없다司馬遷之史, 謗史也, 無所不謗也"고 한 데서 알 수 있듯이 이러한 태도를 높이 평가하였다.

再授連州, 至衡陽酬柳柳州贈別[686]

다시 연주자사를 수여받고, 형양에 이르러 유 유주자사의 '증별'에 화답하며

去國十年同赴召,[687]	도성 떠나 십 년 만에 함께 소환되었더니
渡湘千里又分歧.	상수 건너 천리 길 다시 헤어지는구나.
重臨事異黃丞相,[688]	나는 처지가 다르나 임지에 다시 온 황패와 같고

---

686 連州(연주) : 계양군(桂陽郡)이라고도 한다. 지금의 광동성 연현(連縣).
　　柳柳州(유유주) : 유주자사 유종원.
687 去國(거국) : 도성을 떠남.
　　同赴召(동부소) : 함께 장안으로 소환되다.
688 黃丞相(황승상) : 서한의 황패. 승상이 되기 전에 두 번 영천 태수가 되었다. 유우석 역시 두 번 연주로 가게 되어 비슷한 처지이지만, 황패가 한 선제(漢宣帝)의 신임을 받고 임지도 중원인데 비해, 유우석은 헌종의 내침을 받고 멀리 변방으로 좌천된 점이 다르다.

三黜名慚柳士師.[689]　　　그대는 세 번 파면된 유하혜와 같아라.

歸目併隨回雁盡,[690]　　　돌아보는 눈길은 북으로 돌아가는 기러기를
　　　　　　　　　　　　　따르고

愁腸正遇斷猿時.　　　　시름 찬 마음은 마침 애끊는 원숭이 소리 들
　　　　　　　　　　　　　을 때라.

桂江東過連山下,[691]　　　계림의 강물은 동으로 연산 아래를 흐르니

相望長吟有所思.[692]　　　그대 쪽 바라보며 '그리운 사람'을 오래 읊
　　　　　　　　　　　　　으리라.

689　三黜(삼출) : 세 번 파면되다. 유우석은 연주, 낭주, 연주 등지로 세 번에 걸쳐 각
각 폄적되었다.
柳士師(유사사) : 유하혜(柳下惠). 본명은 전금(展禽). 춘추시대 노나라 사람. 『논
어』「미자(微子)」에 관련된 기록이 있다. "유하혜는 옥리(獄吏)가 되었는데 세 번
이나 파면되었다. 어떤 사람이 말하기를 '그대는 왜 아직 떠나지 않으십니까?' 하
니, 유하혜가 대답하였다. '도를 곧게 지키며 남을 섬긴다면 어디를 가더라도 세
번 파면되지 않겠습니까? 도를 굽혀서 남을 섬긴다면 굳이 부모님의 나라를 떠날
필요가 있겠습니까?'(柳下惠爲士師, 三黜. 人曰 : "子未可以去乎?" 曰 : "直道而事
人, 焉往而不三黜? 枉道而事人, 何必去父母之邦?")" 여기서는 유종원을 비유한다.
유종원 역시 소주(邵州)자사, 영주사마, 유주자사로 세 번 축출되었다.
690　歸目(귀목) : 돌아갈 곳을 바라봄.
回雁(회안) : 북으로 돌아가는 기러기. 형양에는 회안봉이 있어 기러기들이 여기
까지 왔다가 봄이 되면 북으로 다시 돌아간다고 한다.
691　桂江(계강) : 지금의 광서 계림에 있는 이강(漓江).
連山(연산) : 연산군(連山郡). 연주를 연산군이라고도 한다.
692　有所思(유소사) :「그리운 사람」. 한대 악부시의 하나. 여기서는 그 제목의 뜻으
로 그리움을 나타내었다.

글자가 모두 씻은 듯하고 구가 모두 뽑아나온 듯하니 어찌 심전기와 송지문보다 못하겠는가? '장음유소사長吟有所思' 다섯 자는 '하나의 기운'으로 이루어졌다. 「그리운 사람有所思」은 악부의 제목으로, 동쪽을 바라보며 이 곡을 읊조린다는 뜻이다. 이를 통해 칠언시에서 구를 짓는 방법을 알 수 있다.

字皆如濯, 句皆如拔, 何必出沈宋下? '長吟有所思'五字一氣. 「有所思」樂府篇名, 言相望而吟此曲也. 于此可得七言命句之法.

【해설】

유우석과 유종원은 영정 개혁의 실패로 함께 십 년 간 폄적되었다가 815년 조정에서 재주를 아낀다는 뜻에서 장안으로 소환되었다. 그러나 조정에서 이를 반대하는 의견이 많아 관직만 올린 채 다시 지방으로 좌천시켰다. 유우석은 연주자사로, 유종원은 유주자사로 나가면서 생사의 동지가 된 두 사람은 함께 남행하다가 호남 형양에서 헤어지게 되었다. 두 사람의 처지와 그동안의 경과를 전반부에서 곡진하게 서술하였고, 후반부에서 헤어지는 장면과 이후의 그리움을 토로하였다.

한유韓愈 1수

答張十一功曹[693]　　　장십일 공조에게 답하며

山淨江空水見沙,　　　산 맑고 강 넓어 물속으로 모래가 보이는데

哀猿啼處兩三家.　　　원숭이 울음 구슬픈 곳 두세 채 집이 있네.

筼簹競長纖纖筍,[694]　　왕대나무와 여린 죽순이 서로 다투어 자라고

躑躅閑開艷艷花.[695]　　철쭉이 고운 꽃을 한가히 피워냈구나.

未報恩波知死所,　　　군왕의 은혜를 갚지 못했는데 죽을 곳도 알

　　　　　　　　　　　지 못해

莫令炎瘴送生涯.　　　무더운 장기瘴氣 속에서 생애 마치지 말게.

吟君詩罷看雙鬢,　　　그대가 보낸 시를 읽고 양쪽 살쩍 바라보니

斗覺霜毛一半加.[696]　　문득 서리 같은 흰머리가 반쯤 섞여 있구나.

【왕평】

슬픔은 바로 지금의 감흥과 풍경 속에서 자연스럽게 일어난다.

寄悲正在興比處.

693　張十一(장십일) : 장서(張署). 하간(河間) 사람으로, 803년 한유가 양산령(陽山
　　令)으로 폄적될 때, 장서는 임무령(臨武令)을 폄적되었다. 이후 805년 함께 사면
　　되어 강릉부로 양이되면서 한유는 법조참군이 되고 장서는 공조참군이 되었다.
　　功曹(공조) : 공조참군. 보좌관으로 제사, 예악, 학교, 선거 등을 담당한다.
694　筼簹(운당) : 왕대. 마디가 길고 키가 크다.
695　躑躅(척촉) : 철쭉.
696　斗覺(두각) : 갑자기 깨닫다.
　　霜毛(상모) : 백발.

【해설】

　같은 때 폄적되어 멀리 있는 장서張署가 보내온 시에 화답하였다. 전반부는 조용하고 한가한 풍경을 그렸다. 이것은 시인이 폄적된 곳의 풍광이기도 하지만 사실은 군왕의 은혜를 갚지 못했으니 죽을 곳도 아니기에, 한가할 수 없는 처지에 갖는 그러한 한가함은 오히려 적막과 고독을 돋보이게 할 뿐이다. 때문에 왕부지는 맑고 한가한 풍광이 더욱 슬픔을 일으킨다고 하였다. 804년정원20 봄에 지금의 광동 양산에서 지었다.

유종원柳宗元 1수

別舍弟宗一[697]	아우 유종일과 헤어지며
零落殘魂倍黯然,	영락零落하여 흩어진 넋은 더욱 암담해
雙垂別淚越江邊.[698]	월 땅의 강가에서 우리 둘 이별의 눈물 흘리네.
一身去國六千里,[699]	외로운 몸으로 도성 떠나 육천 리
萬死投荒十二年.[700]	만 번 죽을 고비에 황량한 땅에서 십이 년.

697　舍弟(사제) : 집안의 동생. 유종원의 사촌동생. 유종원에게는 친형제가 없고 사촌동생으로 유종일(柳宗一), 유종직(柳宗直), 유종현(柳宗玄)이 있었다.
698　越江(월강) : 유주는 고대에 남월(南越) 지역이었으므로 월강이라 했다. 유강(柳江)을 가리킨다.
699　去國(거국) : 도성을 떠나다. 國(국)은 국도(國都).
700　十二年(십이년) : 유종원은 805년(永貞 원년) 영주로 좌천되고 815년(원화 10)

桂嶺瘴來雲似墨,[701]　　계령에 장기瘴氣가 퍼지니 구름은 먹과 같지만

洞庭春盡水如天.　　　동정호에 봄이 다 가면 물빛은 하늘과 같으리.

欲知此後相思夢,　　　이제 알겠나니, 이후에 그대를 그리는 꿈은

長在荊門郢樹煙.[702]　오래도록 형문荊門과 영주郢州의 숲가에 있으리.

【왕평】

정은 깊고 글은 밝다.

情深文明.

【해설】

　유종원이 815년원화10 유주로 폄적될 때 사촌동생 가운데 유종일과 유종직이 따라갔는데 유종직은 곧 병으로 죽었다. 다음해인 816년 유종일이 강릉으로 돌아갈 때 유종원이 위 시를 지어 주었다. 제3, 4구는 자신의 폄적을 거리와 시간으로 간결하게 표현해내었다. 제5구는 자신이 있는 유주를, 제6구는 동생이 가는 형주를 각각 묘사하였다.

　수도로 소환되었다가 같은 해 7월 다시 유주자사로 나갔다. 이 시를 쓰는 816년까지 12년이 되었다.

701　桂嶺(계령) : 하주(賀州) 계령현(桂嶺縣) 동쪽 소재. 지금의 광서장족자치구 하현(賀縣) 동북. 여기서는 유주 부근의 산을 가리킨다.

702　荊門(형문) : 형주.
　郢(영) : 초나라의 도읍지로 지금의 호북성 형주 강릉현(江陵縣) 서북.

양거원楊巨源 6수

和大夫邊春呈長安親故

대부의 '변경의 봄'에 화답하며 장안 친구에게 드림

嚴城吹笛思寒梅,[703]	삼엄한 성루의 피리 소리는 매화를 그리는데
二月冰河一半開.	이월의 강물엔 얼음이 반이나 풀렸다.
紫陌詩情依舊在,	도성 거리엔 시정詩情이 예전과 같으리니
黑山弓力畏春來.[704]	흑산에선 봄이 오면 활의 강도가 약해질까 두렵다.
遊人曲岸看花發,[705]	곡강에선 사람들이 피어난 꽃을 구경할 터인데
走馬平沙獵雪回.	사막에선 말 달리며 눈 속에서 사냥하고 돌아온다.
旌旆朝天不知晚,[706]	깃발을 들고 천자를 뵈어도 늦지 않으니
將星高處近三臺.[707]	장군별이 높이 떠 삼대성에 가깝다.

---

703 嚴城(엄성) : 삼엄하게 경계를 하고 있는 성(城).
　　思寒梅(사한매) : 피리의 곡조가 「매화락(梅花落)」이라는 뜻도 중의적으로 나타냈다.
704 黑山(흑산) : 지금의 섬서성 유림현(楡林縣) 서북에 소재한 산.
705 曲岸(곡안) : 곡강의 물가.
706 旌旆(정패) : 깃발.
707 將星(장성) : 장군성. 천장성(天將星) 12성은 누수(婁宿)의 북쪽에 있으며 군사를 주관한다. 지상의 장군과 대응된다.
　　三臺(삼대) : 삼대성(三臺星). 상대성, 중대성, 하대성으로 이루어졌으며, 삼공이 시인의 칠언시는 평원平遠하고 깊고 세밀해, 중당의 제일 고수이다. 『당시기사』에선 그가 '새로운 말[新語]'을 쓰지 않고 율시가 실질을 중시한다고 칭찬하였다. 여기서 말하는 '새로운 말'이란 대력십재자 이후의 작품들처럼 마른 가지와 썩은 줄기 같은 것을 가리킨다. 시의 허虛와 실實은 신운神韻에 있으며, 흥興과 비比의 유무로 우열이 갈리는 것이 아니다. 이 시처럼 허공에 '경景'을 구축하여 좋은 구를 홀로 얻었으니, 어찌 틀에 얽매이고 정情이 없는 작품보다 더 낫지 않겠는가? 이 점에서 보면, 이 시인의 시풍은 속된 정위鄭衛의 음악이 울리는 강가에서 아악을 연주하는 것과 같아, 그의 고상한 곡에 화답하는 자가 적음을 알겠다!

此公七言平遠深細, 是中唐第一高手. 『紀事』稱其不爲新語, 律體務實. 所云'新語'者, 十才子以降, 枯枝敗梗耳. 虛實在神韻, 不以興比有無爲別, 如此空中構景, 佳句獨得, 詎不賢于硬架而無情者乎? 以此求之, 知此公之奏雅于鄭衛之濱, 曲高和寡矣!

대부의 시에 화답하며 봄이 오는 변경에서 장안을 그리며 공을 세우기를 기원하였다. 변경과 장안을 번갈아가며 대조적으로 묘사한 점이 눈에 두드러진다. 말미에서 대부가 삼공과 재상의 지위에 오르기를 기

(三公)에 대응된다.

원하였다.

<table>
<tr><td>長安春遊</td><td>장안의 봄 유람</td></tr>
</table>

長安春遊　　　　　　　　장안의 봄 유람

鳳城春報曲江頭,[708]　　장안성 곡강에 봄소식이 들려오면

上客年年是勝遊.　　　　해마다 유람객들 이곳이 승경지라 찾아오네.

日暖雲山當廣陌,　　　　해 따뜻한 날 산은 넓은 길과 마주하고

天淸絲管在高樓.　　　　하늘 맑은 날 음악은 높은 누대에서 울려 퍼진다.

蘢葱樹色分仙閣,[709]　　우거진 녹음은 누각을 두고 나누어지고

縹渺花香泛御溝.[710]　　어렴풋한 꽃향기는 어구에 맴돈다.

桂壁朱門新邸第,[711]　　계수나무 벽에 붉은 칠한 대문의 새 저택

漢家恩澤問酇侯.[712]　　한나라 황제의 은택이 찬후酇侯에 내려진다.

【왕평】

다만 평이한 서술만으로 여러 정황을 널리 표현했으니, 그래서 "시는 고정된 뜻이 없다詩無達志"고 한 것이다. 한나라 황초 연간220~226 이

708　鳳城(봉성) : 장안을 가리킨다.

709　蘢葱(농총) : 葱蘢(총롱)과 같다. 초목이 번성한 모양.
　　　仙閣(선각) : 누각.

710　縹渺(표묘) : 어렴풋하다. 보이다 보이지 않다 하다.
　　　御溝(어구) : 궁중을 지나가는 개울.

711　桂壁(계벽) : 계수나무로 세운 벽. 부호의 저택을 비유한다.

712　酇侯(찬후) : 서한 초기 소하(蕭何). 한 고조 유방이 천하를 평정한 후 논공행상을 할 때 소하를 첫 번째로 삼았다.

후 이러한 기풍이 끊어졌다.

只平敍去可以廣通諸情, 故曰'詩無達志', 漢人自黃初以降, 此風絶矣.

【해설】

장안의 봄을 노래하였다. 곡강에 나온 유람객부터 시작하여 실과 누대, 누각과 어구를 두루 서술하다가, 말미에서 화려한 대저택의 인물이 제후에 봉해지는 은전을 입는 것으로 마무리 지었다. 봄의 충만한 생명력과 제후에 봉해지는 상승력이 서로 어울려 절정을 이루는 장면은 태평하고 즐거운 성당의 기상을 연상시킨다. 어느 특정의 때가 아니라 '해마다'年年 찾아오는 봄이어서, 봄이 지닌 보편적인 속성을 노래했다고 할 수 있다.

왕부지는 이 시의 뛰어난 점을 말하면서 "시는 고정된 뜻이 없다"는 뜻으로 '시무달지詩無達志'를 말하였다. 이는 왕부지의 시학의 중요한 내용 가운데 하나로, 시는 다의성과 불확정성이 있다는 뜻이다. 시적 언술은 함축적이고 다의적이며, 복합적인 연상이 일어날 수 있도록 써야 하고, 때문에 독자는 자신의 상상으로 이해하고 파악해야 하는 것이다. 시가 직설적이고 구체적이며 명확하다면 독자는 더 이상 자기대로의 상상과 이해의 여지가 사라지므로 지시적인 의미로 끝날 수 있다. 결국 왕부지의 '시무달지詩無達志'는 중국고전시의 특징을 말함과 동시에 함의가 풍부한 시가 좋다는 근거로써, 고전시를 이해하는데 있어 의의가 높다고 해야 할 것이다.

早朝

아침 조회

鐘聲淸禁才應徹,[713]

맑은 종소리가 황궁에서 막 울려 퍼지면

漏報仙闈儼已開.[714]

시각을 알리며 궁문이 장엄하게 열린다.

雙闕薄煙籠菡萏,[715]

쌍궐의 얇은 안개는 연꽃을 둘러싸고

九成初日照蓬萊.[716]

하늘의 첫 햇살은 봉래궁을 비춘다.

朝時但向丹墀拜,

조회할 때 다만 붉은 계단을 향해 절하고

仗下方從碧殿回.[717]

의장대 물러난 뒤에야 푸른 전각을 돌아나
온다.

聖道逍遙更何事,

성인의 도는 자유로우니 무슨 일이 더 있으
리오

願將巴曲贊康哉.[718]

미천한 나의 곡으로 태평시대를 노래하려네.

【왕평】

홀로 개원 천보 연간의 여운이 있다.

---

713 徹(철) : 다하다. 끝나다.
714 仙闈(선위) : 황궁을 비유한다.
715 菡萏(함담) : 연꽃. 쌍궐을 비유한다.
716 九成(구성) : 구중(九重). 지극히 높다. 하늘을 가리킨다.
    蓬萊(봉래) : 봉래궁. 대명궁의 별칭.
717 仗下(장하) : 퇴궐하다. 장(仗)은 조회의 의장.
718 巴曲(파곡) : 「파인(巴人)」. 세속적인 곡.
    康哉(강재) : 편안하구나! 태평시대를 노래하다. 『상서』「익직(益稷)」에 "군주는
    밝고, 신하는 어지니, 만사가 편안하구나!(元首明哉, 股肱良哉, 庶事康哉!)"라 하
    였다.

獨有開天餘韻.

【해설】

대명궁의 아침 조회를 그렸다. 시간의 순서에 따라 전개했으며 말미
에서 태평시대를 노래하였다.

送定法師歸蜀 – 法師卽紅樓院供奉廣宣上人兄弟[719]

촉 땅으로 돌아가는 정 법사를 보내며 – 법사는 홍루원의 공봉 광선
상인과 형제이다

鳳城初日照紅樓,	장안성에 첫 햇살이 붉은 누대를 비추면
禁寺公卿識惠休.[720]	황궁의 사찰에서 공경들이 혜휴를 알아보네.
詩引棣華沾一雨,[721]	시는 '당체화'를 인용하여 은택을 입더니
經分貝葉向雙流.[722]	불경을 패엽경을 나누어 성도로 향한다.

719 紅樓院(홍루원) : 장안 장락방(長樂坊) 대안국사(大安國寺) 안에 소재했다. 원래
   는 예종이 번왕이었을 때 사용한 저택이었으나 710년(경운 1) 절로 세웠다. 원
   화 연간에 광선 상인이 여기 머물렀다. 『당양경성방고』(唐兩京城坊考) 참조.
   廣宣上人(광선상인) : 교주(交州) 사람으로, 정원 연간에는 촉 땅에 살았다.
720 禁寺(금사) : 황가 사찰.
   惠休(혜휴) : 남조 제량 시기의 승려. 여기서는 정 법사를 비유한다.
721 棣華(체화) : 당체의 꽃. 꽃받침이 서로 가까이 의지하고 있으므로 형제의 우애
   를 비유한다. 『시경』 「당체(棠棣)」에 "당체의 붉은 꽃이여, 꽃받침이 선명하구나.
   지금 세상 사람 중에, 형제만 한 이가 없다네(常棣之華, 鄂不韡韡. 凡今之人, 莫如
   兄弟)"란 구절이 있다.
   一雨(일우) : 은택을 비유한다. 이 구는 응제시를 지었다는 뜻이다.
722 貝葉(패엽) : 고대 인도에서 패트라(貝多羅) 나무의 잎에 쓴 경전. 불경을 가리킨다.
   雙流(쌍류) : 성도(成都)를 가리킨다. 이빙(李氷)이 도강언을 수축하였기에 사

孤猿學定前山夕,[723]　　　외로운 원숭이도 앞산에서 참선을 따라 하

　　　　　　　　　　　　　는 저녁

遠雁傷離幾地秋.　　　　　멀리 가는 기러기도 날아가며 이별을 슬퍼

　　　　　　　　　　　　　하는 가을.

空性碧雲無處所,[724]　　　공空의 이치는 푸른 구름처럼 머무는 곳이

　　　　　　　　　　　　　없으니

約公曾許剡溪遊.[725]　　　그대와 섬계로 유람 가기로 약속하려네.

【왕평】

여러 장면이 하나로 어우러져 서로 돋보이게 하였다.

合寫巧映.

【해설】

촉 땅으로 떠나는 정 법사를 보내며 쓴 송별시이다. 제3구에서 알

　　　천의 관현(灌縣) 서북에서 민강(岷江)이 두 줄기로 나뉘어 성도의 북면과 남면으
　　　로 흐르다가 다시 합류하여 남으로 흐른다.
723　定(정) : 선정(禪定). 좌선할 때 한 곳에 마음을 집중하여 묘리(妙理)를 명상하다.
724　空性(공성) : 불성(佛性).
　　　碧雲(벽운) : 헤어질 때 쓰는 말. 남조 양나라 강엄(江淹)이 지은 「혜휴 상인의
　　　'이별의 원망'을 본떠(擬休上人別怨)」에 "해가 지고 푸른 구름도 모이는데, 가인
　　　은 아직 오지 않네(日暮碧雲合, 佳人殊未來)"라는 구절이 있다. 여기서는 강엄으
　　　로 자신을 비유하고, 혜휴로 정 법사를 비유하였다.
725　剡溪(섬계) : 대계(戴溪)라고도 한다. 지금의 절강성 승현(嵊縣)에 있는 조아강
　　　(曹娥江)의 상류.

수 있듯 축 땅에는 정 법사의 형제인 광선 상인이 있기에 황제의 윤허
를 받아 떠났다.

元日含元殿下立仗丹鳳樓門下宣赦上相公⁷²⁶

정월 초하루 함원전에서 조회를 마치고 단봉문 문루 아래에서 사면
을 선포하시다 – 상공께 올림

臨軒啓扇似雲收,	전각에서 부채를 펼치니 구름이 걷히는 듯 하고
率土朝天劇水流.⁷²⁷	신하들이 조회하니 강물이 바다에 모이는 듯해라.
瑞色含春當正殿,	상서로운 기운에 봄빛이 어려 정전에 가득 하고
香煙捧日在高樓.	높은 누각에 향이 피어올라 해를 받드는 듯 하네.

---

726 원일(元日) : 정월 초하루.
　　含元殿(함원전) : 대명궁의 중축선에 자리잡은 정전. 단봉문의 정북에 위치한다.
　　立仗(입장) : 황제의 의장. 황궁의 여러 문과 조정에 세운다.
　　丹鳳樓(단봉루) : 대명궁의 정문인 단봉문의 문루.
　　宣赦(선사) : 사면령을 선포하다.
　　相公(상공) : 재상. 당시 재상은 배도(裴度), 왕애(王涯), 최군(崔群), 이용(李廊)
　　이다. 『신당서』「재상표」 참조.
727 率土(솔토) : 영토의 안. 『시경』「북산」에 "하늘 아래 왕의 땅이 아닌 곳이 없고,
　　왕토의 끝까지 신하가 아닌 자가 없다(普天之下, 莫非王土. 率土之濱, 莫非王臣)"
　　는 말이 있다.

三朝氣蚤迎恩澤,[728]　　정월 초하루 이른 기운이 은택을 맞이하며

萬歲聲長繞冕旒.[729]　　만세 소리 길게 면류관 주위를 울린다.

請問漢家功第一,　　묻노니 한나라에서 제일 공신이 누구인가

麒麟閣上識酇侯.[730]　　기린각 위에 있는 찬후酇侯인 줄 알겠네.

【왕평】

표현이 지극히 치밀하다.

"만세 소리 길게 면류관 주위를 울린다萬歲聲長繞冕旒"는 허공에 색을 칠했으니, "만국의 사신들이 면류관 쓴 황제를 배알한다萬國衣冠拜冕旒"와 같이 다만 화려한 수사만 한 좋은 구보다 훨씬 낫다. 참으로 시대의 전후로 높이고 낮출 일이 아니다.

密到.

"萬歲聲長繞冕旒"倚空設色,　愈于"萬國衣冠拜冕旒"[731]獨妝好句遠矣.　固不可以時世抑揚.

728　三朝(삼조) : 정월 초하루를 가리킨다. 한 해와 한 달과 하루의 시작이란 의미이다. 蚤(조) : 早(조)와 같다.

729　冕旒(면류) : 면류관. 황제를 가리킨다.

730　麒麟閣(기린각) : 한나라 미앙궁에 있던 전각. 공신의 화상을 모신 곳. 酇侯(찬후) : 소하(蕭何). 여기서는 배도(裴度)를 가리킨다. 817년(원화 12) 7월 배도는 재상 겸 창의군절도사 및 회서선무처치사로 회서의 반란을 토벌하러 나가, 10월에 평정하고, 12월에 돌아와 진국공(晉國公)에 봉해졌다. 『구당서』「헌종기」 참조.

731　왕유의 「가지 사인의 '대명궁 아침 조회'에 화답하며(和賈至舍人早朝大明宮之作)」에 나온다.

【해설】

818년元和13 정월 초하루 헌종이 함원전에서 조회를 마치고 단봉루
에 가서 천하에 사면을 내렸을 때의 상황을 서술하였다.

將歸東都寄令狐舍人[732]　　장차 동도로 돌아가며 영호 사인께 부침

　綠楊紅杏滿城春,　　　푸른 버들 붉은 앵두가 봄 성에 가득한 때

　一騎悠悠萬井塵.[733]　　홀로 말 타고 번화한 곳 유유히 다녔지.

　岐路未關今日事,[734]　　갈림길은 오늘 일과 관련이 없고

　風光欲醉長年人.[735]　　풍광은 나이 든 사람을 취하게 하는구나.

　閑過綺陌尋高寺,[736]　　아름다운 거리를 한가히 지나 절을 찾아가고

　強對朱門謁近臣.　　　일부러 권세가의 집을 찾아 고관을 알현하리.

　多病晚來還有策,[737]　　병 많고 늙어가도 지팡이가 있으니

　洛陽山色舊相親.　　　낙양의 산빛은 예부터 친하다네.

【왕평】

굳이 애써 고음苦吟하여 놀라운 구절을 얻으려 할 필요가 없다. 애초

732　令狐舍人(영호사인) : 중서사인 영호초(令狐楚).
733　萬井(만정) : 많은 사람이 모여 사는 곳.
734　岐路(기로) : 갈림길. 전국시대 양주(楊朱)가 길을 가다가 갈림길을 만나자 통곡
　　하였다. 남쪽으로 갈 수도 있고 북쪽으로 갈 수도 있었기 때문이었다. 앞날을 예
　　측할 수 없음을 표현한다. 『회남자』「설림훈(說林訓)」 참조.
735　長年人(장년인) : 나이 많은 사람.
736　綺陌(기맥) : 번화한 길.
737　策(책) : 지팡이.

에 두 황보황보염과 황보증 형제와 다섯 두씨두상, 두모, 두군, 두양, 두공 형제 부류의 풍골과는 다르다.

不必得驚人句, 自非兩皇甫五竇一流風骨.

【해설】

낙양에 대한 애착을 나타내었다. 노년이 되어 젊은 날을 회상하는 것을 시작으로 사람을 취하게 만드는 풍광 속에 절과 고관을 찾아가는 심경을 그렸다.

백거이白居易 3수

錢塘湖春行[738] 전당호 봄나들이
  孤山寺北賈亭西,[739] 고산사孤山寺 북쪽에 가공정賈公亭의 서쪽
  水面初平雲脚低.[740] 수면이 불어나고 구름 낮게 내려온다.

---

738 錢塘湖(전당호) : 서호.
739 孤山寺(고산사) : 남조 진 문제(陳文帝) 때 창건하였으며 처음에는 승복사(承福寺)라 하였다. 고산은 서호 북부에 위치하며 후호(後湖)와 외호(外湖) 중간에 있는 작은 산. 다른 산과 연결되지 않고 독립되어 있기에 고산이라 하였다.
    賈亭(가정) : 가공정(賈公亭). 서호에 있는 정자로, 정원(貞元) 연간(785~804)에 항주자사 가전(賈全)이 세웠다.
740 雲脚(운각) : 흐르는 구름. 운각저(雲脚低)는 비가 오기 전이나 온 후 구름이 낮게 내려온 현상을 말한다.

幾處早鶯爭暖樹,	여기저기 이른 꾀꼬리들이 햇볕 따뜻한 나무를 차지하려 다투고
誰家新燕啄春泥?	누구 집에 새로 온 제비인지 봄 진흙을 물어오네.
亂花漸欲迷人眼,	어지러운 꽃들은 점점 사람의 눈을 미혹시키고
淺草才能沒馬蹄.	막 자란 풀은 말발굽을 덮을 수 있구나.
最愛湖東行不足,	가장 좋아하는 호수 동편은 다녀도 부족하니
綠楊陰裏白沙堤.[741]	그곳은 바로 푸른 버들 그늘진 백사제라네.

【왕평】

대력 시풍이 장경의 시풍으로 변화하는 것은, 마치 귀주의 깊은 계곡에서 벗어나 운남의 아름다운 땅으로 들어가는 것과 같다. 원진과 백거이는 하나의 독특한 풍미를 가지고 있어 천하 사람들의 마음을 사로잡았으니, 그 고아한 운치로 감상할 만하다. 하지만 대력 시인처럼 미세한 부분까지 압축하는 것은 이들의 장기가 아니니, 그 점을 가지고 이들에게 요구해서는 안 될 것이다.

大曆之詩變爲長慶, 自如出黔中溪箐入滇南佳地. 元, 白固以一往風味, 流

---

741 白沙堤(백사제) : 서호의 백제(白堤). 단교제(斷橋堤) 또는 십금당(十錦塘)이라고도 한다. 백거이가 항주에 부임하기 전에 이미 있었던 제방으로, 후세에 잘못 와전되어 백거이가 지은 것으로 알려졌다. 호구의 백공제야말로 백거이가 자사로 있을 때 축조했다.

蕩天下心脾, 雅可以韻相賞. 櫽括微至, 自非所長, 不當以彼責此.

【해설】

이른 봄의 생기 넘치는 서호를 그렸다. 고산사와 가정이란 구체적인 지점에서 시작하여 호면을 조망한 후, 근경으로 꾀꼬리와 제비를 묘사하고, 꽃과 풀의 변화를 언급한 후, 마지막으로 동북편에 있는 백사제로 귀결하였다. 비록 서호를 그렸지만 이를 통해 봄과 생명에 대한 열정을 일깨운 작품이다. 항주자사로 있을 때인 823년장경3 경에 지은 것으로 보인다.

杭州春望	항주에서의 봄의 조망
望海樓明照曙霞,[742]	망해루가 새벽노을에 밝게 비칠 때
護江堤白踏晴沙.	강가의 둑에 내려가 하얀 모래를 밟는다.
濤聲夜入伍員廟,[743]	밤중이면 파도 소리가 오자서 사당에 들어오고

---

742 望海樓(망해루) : 백거이의 원주에 "성의 동루 이름이 망해루이다(城東樓名望海樓)"고 하였다.

743 伍員廟(오원묘) : 오자서(伍子胥)를 기린 사당. 춘추시대 초나라 사람으로 부형이 해를 입자 오나라로 달아나 오왕 합려를 도와 초나라를 쳤고, 또 부차를 도와 월나라를 이겼다. 나중에 부차가 참언을 듣고 오자서를 죽였다. 전설에 따르면, 오자서는 오왕을 원망하여 죽은 후 바닷물을 몰고 오는 조수가 되었다고 한다. 여기에서 '자서도(子胥濤)'란 말이 생겼고, 역대로 그를 위해 오공산(伍公山) 위에 오공묘(伍公廟)를 지어 기렸다.

柳色春藏蘇小家.[744]	봄날에는 버들 빛이 소소소의 집을 뒤덮는다.
紅袖織綾誇柿蔕,[745]	여인들이 짠 능라는 감꼭지 문양을 자랑하고
靑旗沽酒趁梨花.[746]	푸른 깃발 걸린 주점은 배꽃 필 때 술을 판다.
誰開湖寺西南路?[747]	누가 서남쪽 고산사 가는 둑길을 열었나?
草綠裙腰一道斜.[748]	초록색 치마 허리띠가 비스듬히 누워있다.

【왕평】

운치와 격조는 노파가 이해할 수 있는 바가 아니다. 세상 사람들이 "원진은 가볍고 백거이는 속되다元輕白俗"고 함부로 말해서는 안 된다.

韻度自非老嫗所省. 世人莫浪云'元輕白俗'.

【해설】

항주의 아름다운 봄날을 그렸다. 각 구마다 항주의 가장 대표적인

---

744 蘇小(소소) : 소소소(蘇小小). 남조 제(齊)나라 때 전당의 명기(名妓)이다. 서호에 소소소의 무덤이 있다.

745 紅袖(홍수) : 능단을 짜는 여인.
    柿蔕(시체) : 원래 감꼭지란 뜻이나 능라의 문양 이름이다. 백거이의 원주에 "항주에서 생산되는 비단 가운데 감꼭지 문양이 특히 빼어나다(杭州出柿蔕花者尤佳也)"고 하였다.

746 梨花(이화) : 원래 배꽃이란 뜻이나 술 이름이다. 백거이의 원주에 "그 습속에 술을 빚는데, 배꽃이 필 무렵 술이 익으므로, 이름을 '이화춘'이라 하였다(其俗釀酒, 趁梨花時熟, 號爲'梨花春')"고 하였다.

747 誰開(수개) 구 : 단교에서 서남쪽 고산사(孤山寺)로 가는 둑길은 백사제(白沙堤) 또는 백제(白堤)라고 하는데, 이를 가리킨다.

748 草綠(초록) 구 : 백거이의 원주에 "고산사는 호수의 섬에 있는데, 풀이 푸르러질 때 멀리서 보면 치마의 허리띠와 같다(孤山寺在湖洲中, 草綠時, 望如裙腰)"고 하였다.

풍광이나 특산을 하나씩 그려내다가, 말미에서 두 구로 백제白堤를 원경으로 그리며 마무리했다. 화려한 색채에 자연과 사람이 어우러져 생활의 정취가 가득하다. 백거이는 822년장경 2부터 824년장경 4 봄까지 항주자사로 근무하였으므로 이 시는 응당 823년이나 824년 봄에 지은 것으로 보인다.

왕부지는 문단에서 널리 퍼진 "원진은 경박하고 백거이는 속되다"는 말을 비판하며 반론을 제기하였다. 이 말은 송대 소식蘇軾의 「유자옥 제문祭柳子玉文」에서 비롯된 것으로, 이후 백거이의 시가 평이하고 통속적이라는 의미로 굳어져 정론으로 받아들여졌다. 또 다른 유명한 일화는 송대 혜홍惠洪의 『냉재야화冷齋夜話』에 보이는데, 백거이가 시를 지을 때마다 한 노파에게 보여주며 "이해가 되시나요?"라고 물었고, 노파가 이해하면 그대로 두고 이해하지 못하면 고쳐 썼다고 한다.白樂天每作詩, 令一老嫗解之, 問曰解否? 嫗曰解則錄之, 不解則易之. 소식의 평과 이 노파 일화는 지대한 영향을 미쳐, 남송의 장확張擴은 "원진은 가볍고 백거이는 속되다고 사람들이 공연히 다투어 말한다元輕白俗浪爭先"고 했으며, 청대 심덕잠沈德潛도 "속된 곳이 많고 함축적인 데가 적다俚俗處多而蘊藉處少"고 평하였다. 그러나 백거이의 현존 시가 2,800여 수란 점을 고려하면 그의 시 세계를 단순히 '속되다'는 한 마디로 규정하기 어렵다. 또한 시의 표현이 평이하다고 해서 그 안에 담긴 예술 세계가 쉬운 것만은 아니다. '속되다'는 말에는 표현이 평이하다는 의미도 있지만, 함축과 여운이 부족하다는 의미도 내포되어 있다. 이러한 점에서 왕부지는 오히려

백거이 시에는 '운치와 격조[韻度]'가 있다고 보았으며, 이는 일반인이
쉽게 이해할 수 있는 예술적 경지가 아니라고 보았다.

<table>
<tr><td>酬李二十侍郎⁷⁴⁹</td><td>이이십 시랑에 답하며</td></tr>
</table>

筍老蘭長花漸稀,	죽순과 난초가 자라고 꽃이 짐짐 사라져길 때
衰翁相對惜芳菲.	노옹은 이를 마주하고 봄을 아쉬워한다.
殘鶯著雨慵休囀,	비 맞은 꾀꼬리는 지쳐 제대로 울지 못하고
落絮無風凝不飛.	버들개지도 바람이 없어 엉긴 채 날지 못한다.
行搦木芽供野食,	걷다가 나무 싹이 보이면 따서 야식으로 삼고
坐牽蘿蔓掛朝衣.	앉으면 넝쿨이 달라붙어 관복에 걸린다.
十年分手今同醉,	십년 동안 헤어졌다 오늘 함께 취하니
醉未如泥莫道歸.	고주망태가 되지 않으면 돌아간다 말하지 말게나.

【왕평】

한대 시인들은 '투탈어透脫語'를 쓰지 않았으니, 투탈어는 후인들이
말하는 "구슬이 들어있고 옥이 숨어있기에 산과 못이 절로 아름답다珠
涵玉韞, 自媚山澤"란 말과 같이 자연스러운 함축미를 가진 구를 가리킨다.

---

749 李二十侍郎(이이십시랑) : 이신(李紳). 833년(대화 7) 1월 수주자사에서 돌아와
　　태자빈객이 되어 동도에 있었다. 그는 십년 전인 823년(장경 3) 강주관찰사로
　　나가게 되었으나 내직을 청하여 호부시랑으로 바뀌어졌다. 때문에 이 시의 제목
　　에서 시랑 직책을 붙였다.

서진 시대에 처음 "나비가 남쪽 정원에서 난다蝴蝶飛南園"와 같은 구가 나타났고, 사령운이 이를 계승하여 "연못에 봄 풀이 자란다池塘生春草"라는 절창을 남겼다. 사조謝朓는 한결같이 청아한 울림을 내었고, 이백도 "이백이 가구를 써내니李侯有佳句"라고 두보의 인정을 받았다. 이러한 시풍은 맥이 이어져, 마치 운문종雲門宗의 '일자관一字關'과 같이 한두 글자로 하늘과 땅을 비추었고, 끊임없이 읊고 노래하여 결코 사라질 수 없었다. "버들개지도 바람이 없어 엉긴 채 날지 못한다落絮無風凝不飛"는 구도 그 연원이 매우 깊다. 미련제7, 8구 또한 『시경』「담로湛露」에서 뜻을 끌어온 것으로, 이를 유연하게 확장하여 더욱 감동적으로 만들었으니, 이것이 칠언시의 귀중한 부분이다.

　漢人不爲透脫語, 　所謂珠涵玉韞,⁷⁵⁰ 　自媚山澤. 　西晉始倡則有"蝴蝶飛南園"⁷⁵¹之句, 謝客踵之, "池塘生春草"⁷⁵²遂爲絶唱. 玄暉一往, 每拾淸響, "李侯佳句"⁷⁵³, 見許杜陵, 其宗風相嗣如雲門一二字照天照地,⁷⁵⁴ 吟詠不廢, 此

750　珠涵玉韞(주함옥온) 2구 : 구슬이 들어있고 옥이 숨어 있기에 산과 못이 절로 아름답다. 서진 육기(陸機)의 「문부(文賦)」에 나오는 "바위 속에 옥이 있어 산이 빛나고, 물 속에 구슬이 있어 강물이 아름답다(石韞玉而山輝, 水懷珠而川媚)"는 구절을 가리킨다. 「문부」의 전후 맥락을 보면, 옥과 구슬로 가구(佳句)를 비유하고, 산과 강물로 작품 전체를 비유하였다. 육기는 시문의 뛰어난 부분[警策]이 평범한 부분[常音]을 이끌어나가는 긍정적인 뜻으로 사용하였다.

751　蝴蝶飛南園(호접비남원) : 서진 장협(張協)의 「잡시 10수」 중의 제8수에 나온다.

752　池塘生春草(지당생춘초) : 유송 사령운(謝靈運)의 「연못가 누대에 올라(登池上樓)」에 나온다.

753　李侯佳句(이후가구) : 이백이 가구를 쓰다. 두보의 「이십이와 함께 범십의 은거지를 찾아(與李十二白同尋范十隱居)」에 "이백에게는 아름다운 시구가 많은데, 종종 음갱과 비슷하다(李侯有佳句, 往往似陰鏗)"는 구절에서 나왔다.

754　雲門一二字(운문일이자) : 운문종의 조사 운문문언(雲門文偃)은 학인을 계도할

不可泯. "落絮無風疑不飛" 其來遠矣. 結聯亦自「湛露」詩出引伸, 旖旎尤爲動
人. 所以貴有七言.

【해설】

십 년만에 만난 이신李紳과의 즐거움을 노래하고 노년의 심경을 노래
하였다. 제3, 4구는 앞의 '쇠쇠衰'자를 이어받아 자연의 형상을 빌려와
형상화한 듯하다. 청대 초기 하작何綽은 "백거이 시 가운데 가장 여운이
있는 작품이다白詩中最有餘味者"고 하였다.

왕부지는 조탁을 반대하고 자연스러운 유로流露를 강조하였다. 시는
작법에 따라 만들어지는 것이 아니라 '흥興'이 촉발될 때 만들어진다는
것이다. "나비가 남쪽 정원에서 난다蝴蝶飛南園"나 "연못에 봄 풀이 자란
다池塘生春草"는 정情에서 직접적으로 생겨난 시구이지 조탁하여 만들어
진 것이 아니다. 이렇게 작법의 규칙에서 벗어난 혼성渾成하고 원윤圓潤
한 구를 투탈어透脫語라 하여 높이 쳤다. 투탈은 완전히 벗어난다는 뜻
이다. 이러한 관점은 왕부지 이전에 종영鍾嶸과 엄우嚴羽가 있었고, 왕
부지 이후에 왕사진王士禎으로 이어졌다. 왕부지는 운문종에서 선문의
요체를 한두 마디의 간결한 말을 사용하여 전하듯 현량現量과 투탈透脫
의 말이 시의 언어가 되어야 한다고 했다.

때 간결한 글자 하나로 선(禪)의 요지를 설파하였기에 사람들이 '운문일자관(雲
門一字關)'이라 하였다.

원진元稹 1수

早春尋李校書[755]　　　　이른 봄 이 교서를 찾아가며

款款春風澹澹雲,[756]　　　부드러운 봄바람에 가벼운 구름

柳枝低作翠襱裙.　　　　버들가지 낮게 드리워 비췻빛 치마가 되었다.

梅含鷄舌兼紅氣,[757]　　매화는 계설향을 피우며 붉은 기운을 띠고

江弄瓊花散綠紋.　　　　강물은 옥 같은 꽃을 희롱하며 푸른 물결 흩뜨린다.

帶霧山鶯啼尙小,　　　　안개 낀 산에 꾀꼬리 울음 아직 가냘프고

穿沙蘆筍葉才分.　　　　모래를 뚫고 나온 갈대 싹은 잎이 막 갈라졌다.

今朝何事偏相覓,　　　　오늘 아침 무슨 일로 그대 찾아왔는가?

撩亂芳情最是君.　　　　내 춘흥을 가장 어지럽히는 자네 때문이로다.

755　李校書(이교서) : 이경신(李景信). 이경검(李景儉)의 동생으로 두 사람 모두 과거에 급제하였다. 원진이 통주에 있을 때 이경신이 충주(忠州)에서 자신을 방문하여 자주 마시고 창화하였다. 「백거이의 ‘동남행’에 답하며 일백 운(酬樂天東南行一百韻)」 서문에서도 언급하였다.

756　款款(관관) : 하늘하늘. 천천히 움직이는 모양을 나타낸 의태어.

757　鷄舌(계설) : 향료의 일종. 한나라 때 상서랑이 상주할 때 계설향을 물고 했다. 『한관의(漢官儀)』 참조.

【왕평】

가볍고 화사하다고 하여 이 시를 배척한다면, 『시경』에서 삭제해야 할 작품이 너무나 많을 것이다. 다만 양대梁代 궁체시의 음란함을 범하지 않았으니, 바라건대 비평가들은 쉽게 비난하지 않기를 바란다.

必欲抹此以輕艶, 則『三百篇』之可刪者多矣. 但不犯梁家宮體, 願皋比先生勿易由言也.

【해설】

이 교서를 찾아가며 느낀 초봄의 풍광을 그리고 감흥을 썼다. 화창한 초봄의 봄빛을 시각과 청각은 물론 후각까지 동원하여 그렸으며, 이들보다 더욱 마음을 뛰게 하는 것은 바로 이 교서 때문이라며 깊은 우정을 나타내었다. 818년원화13 통주사마로 좌천되었을 때 통주通州, 지금의 사천達州에서 지었다. 당시 이경신이 충주자사로 있는 형 이경검과 함께 충주忠州, 지금의 사천 충현에 있었는데, 원진을 찾아 통주까지 왔기에 두 사람은 자주 어울렸다.

이신 李紳 1수

憶春日曲江宴後許至芙蓉園[758]

봄날 곡강의 연회 후 부용원에 참가하기를 허락받은 일을 회상하며

春風上苑開桃李,	봄바람이 상림원에 불어 도리꽃 피어나자
詔許看花入御園.	주상께서 윤허하시어 어원에 꽃을 보러 들어간다.
香徑草中回玉勒,[759]	풀이 자란 향기로운 오솔길에서 말을 돌리고
鳳凰池畔泛金樽.[760]	봉황지 물가에서 금 술잔을 띄운다.
綠絲垂柳遮風暗,	푸른 실 같은 능수버들이 바람을 막아 어두워지고
紅藥低叢拂砌繁.	붉은 작약의 꽃무더기가 계단을 스치며 무성하다.
歸繞曲江煙景晚,	곡강을 둘러 돌아가니 안개 낀 풍광이 저무는데
未央明月鎖千門.[761]	미앙궁의 밝은 달이 궁문을 모두 닫았구나.

758　芙蓉園(부용원) : 곡강의 서남 물가에 있는 정원. 원래 수나라 때 성동의 산수(滻水)를 끌어들이면서 곡강지를 부용지(芙蓉池)라 개칭하고 정원 이름도 부용원이라 했다가, 당대 개원 연간에 호수를 넓히면서 서남쪽의 정원을 부용원이라 하였다.
759　玉勒(옥륵) : 옥 재갈. 말을 가리킨다.
760　鳳凰池(봉황지) : 중서성. 여기서는 중서령이 있는 곡강지를 비유적으로 말하였다.
761　未央(미앙) : 한나라 장안의 미앙궁. 여기서는 당나라의 궁전을 가리킨다.

【왕평】

이신의 시격은 허혼과 비슷한데, 이 작품은 그러한 굴레를 벗어났다.

李相詩格多類許渾, 此爲擺落矣.

【해설】

덕종이 823년장경3 상사일3월3일에 백관에 연회를 베푼 일을 노래했다.

왕초王初 2수

送王秀才謁池州都官[762]	지주 도관을 만나러 가는 왕 수재를 보내며
池陽去去躍雕鞍,	말 안장에 뛰어올라 멀리 지주로 가니
十里長亭百草乾.	십리 역참의 온갖 풀이 마른다.
衣袂障風金鏤細,[763]	바람을 막는 옷소매는 금실이 촘촘하고
劍光橫雪玉龍寒.	눈발 같은 검광은 옥룡玉龍이 차갑다.
晴郊別岸鄕魂斷,	헤어지는 교외의 강가에서 그대는 고향 생각 끝없고
曉樹啼烏客夢殘.	새벽 나무에서 우짖는 까마귀에 나그네 꿈이 쓰러지리.

---

762 池州(지주) : 지금의 안휘성 지주시.
763 金鏤(금루) : 금실. 여기서는 금실로 수놓은 화려한 옷.

南館星郎東道主,⁷⁶⁴　　남쪽 객사에서 낭관郎官이 그대를 맞을 터이니

搖鞭休問路行難.　　채찍을 휘두르며 길이 얼마나 험한지 걱정

하지 말게.

【왕평】

시의 운율과 감정 표현이 나쁘지 않다.

聲情不惡.

【해설】

멀리 지주池州로 가는 왕 수재를 보내며 지은 송별시이다. 첫머리의 말 안장에 뛰어오르는 모습에서 고향으로 향하는 왕 수재의 절실함을 알 수 있으며, 이는 말미에서 길이 얼마나 험한지 묻지 않는다는 사실과 수미쌍관을 이루어, 왕 수재의 귀향에 대한 절박한 심정을 묘사하는데 초점을 맞추었다. '온갖 풀이 마른다'는 표현도 빨리 달리는 말발굽을 방해하지 못한다는 뜻을 사용했다.

764　南館(남관) : 남쪽의 객사. 빈객이 머무는 곳을 가리킨다.
　　星郎(성랑) : 상서성의 낭관(郎官)을 가리킨다. 낭관은 외직으로 주로 지방에 가서 정무를 보고, 하늘의 별자리와 대응되기에 성랑이라 하였다.
　　東道主(동도주). 동도주인(東道主人). 빈객을 맞이하는 주인. 춘추시대 정나라가 진나라의 사신을 맞이하면서 자신을 가리킨 데서 유래했다.

自和書秋　　　　　　　내가 지은 '가을에 쓰다'에 화답하며

　隴首斜飛避弋鴻,[765]　　농산에서 비껴 날며 주살을 피하는 고니

　頹雲蕭索見層空.　　　흩어지는 쓸쓸한 구름에 높은 하늘이 드러
　　　　　　　　　　　　난다.

　漢宮夜結雙莖露,[766]　　한나라 궁중에선 밤중에 승로반에 이슬이
　　　　　　　　　　　　고이고

　閶闔涼生六幕風.　　　궁문에서 서늘한 기운 일어나 천지사방에
　　　　　　　　　　　　바람이 분다.

　湘女怨弦愁不禁,[767]　　상비湘妃는 슬瑟을 켜며 슬픔을 이기지 못하고

　鄂君香被夢難窮.[768]　　악군鄂君은 향기로운 이불에 꿈이 끝없어라.

　江邊兩槳連歌渡,[769]　　강가에서 두 개의 노가 함께 노래하며 건너니

　驚散遊魚蓮葉東.[770]　　놀란 물고기에 연잎이 사방으로 흔들린다.

765　隴首(농수) : 농산(隴山)의 꼭대기.
　　弋鴻(익홍) : 고니를 잡으려고 주살을 쓰는 사람.
766　雙莖(쌍경) : 한 쌍의 청동 기둥. 한 무제가 만든 청동 신선 승로반(承露盤)을 가
　　리킨다.
767　湘女(상녀) : 전설에 나오는 요 임금의 딸인 아황과 여영. 순 임금에게 시집갔다.
　　나중에 순 임금이 창오산에서 죽자 아황과 여영이 동정호까지 가서 슬을 켜며
　　슬퍼하였다.
768　鄂君(악군) : 춘추시대 초나라 왕의 동생 악군(鄂君) 자석(子晳)을 말한다. 그가
　　호수에 파란색 새가 조각된 배를 띄웠을 때, 노를 젓는 월 지방 여인이 노를 안고
　　노래로 사랑을 고백하였다.『설원』「선세(善說)」참조.
769　江邊(강변) 구 : 남조 시기의 악부시「막수악(莫愁樂)」의 내용을 환기한다. "막
　　수는 지금 어디 있나? 막수는 지금 석성의 서쪽에 있답니다. 쪽배에 쌍 노를 저어,
　　얼른 막수를 데려 오라.(莫愁在何處? 莫愁石城西. 艇子打兩槳, 催送莫愁來.)"
770　驚散(경산) 구 : 한대의 악부시「강남(江南)」의 내용을 이용하였다. "강남에선 연

【왕평】

이전 시가들의 장면을 모아 한 편을 만들었다. 체제가 제량齊梁 시대의 화려한 스타일에 물들었으나 우아하게 조화를 이룰 수 있었으니, 요합姚合 일파의 시풍에서 천리나 멀리 떨어진 작품이 아니겠는가?

採集成篇, 體制淫入齊梁而雅能諧稱, 不當去姚合一流千里邪?

【해설】

가을의 정취를 그렸다. 전반부에선 농산에서 도성으로 이어지며 가을의 쌀쌀한 기상을 그리고, 제5, 6구에서 다시 동정호와 건강까지 관련되며 가을의 상념이 끝없음을 서술하였다. 말미에서 배를 타고 노래하는 사람에 흩어지는 물고기를 그려 가을을 슬퍼하는 나그네의 마음을 나타내었다.

밤을 따기 좋아, 연잎은 얼마나 수려한가. 물고기가 연잎들 사이에서 헤엄치네. 물고기가 연잎의 동쪽에서 헤엄치네, 물고기가 연잎의 서쪽에서 헤엄치네, 물고기가 연잎의 남쪽에서 헤엄치네, 물고기가 연잎의 북쪽에서 헤엄치네.(江南可採蓮, 蓮葉何田田, 魚戲蓮葉間. 魚戲蓮葉東, 魚戲蓮葉西, 魚戲蓮葉南, 魚戲蓮葉北.)"

이상은李商隱 13수

藥轉[771]	제련한 단약
鬱金堂北畫樓東,[772]	울금당鬱金堂의 북쪽에 화려한 누대의 동쪽
換骨神方上藥通.[773]	신선이 된다는 신비한 약 향기가 퍼진다.
露氣暗連靑桂苑,	이슬은 모르는 사이 계수나무 정원을 덮고
風聲偏獵紫蘭叢.	바람 소리는 자주 자란紫蘭 더미에 불어온다.
長籌未必輸孫皓,[774]	손호孫皓에겐 휴지를 줄 필요가 없었고
香棗何勞問石崇.[775]	석숭石崇에게 수고롭게 대추를 청할 필요 없

---

771 藥轉(약전) : 제련한 단약. 도교에서는 단약을 제련하는데, 특히 아홉 번 제련한 단약을 중시여겼다. 갈홍의 『신선전(神仙傳)』에 "약 가운데 최상의 것으로 아홉 번 제련한 단약이 있다(藥之上者有九轉還丹)"는 말이 있다.

772 鬱金堂(울금당) : 울금을 벽에 스미게 하여 실내에 향기가 나게 한 집. 또는 울금을 향료로 태우는 집. 울금은 생강과에 속하는 여러해살이 초본식물.

773 換骨(환골) : 도교에서 금단(金丹)이나 선주(仙酒)를 복용하면 사람의 몸이 선골(仙骨)로 바뀐다고 한다. 술 이름으로도 쓰인다.
上藥(상약) : 최상의 약. 선약(仙藥).

774 長籌(장주) : 휴지. 장구한 계책이라 새길 수도 있다.
孫皓(손호) : 삼국시대 오나라 황제로 손권의 손자이다. 이 구는 『법원주림(法苑珠林)』의 내용에 근거하였다. 오나라 때 건업의 후원 평지에서 금상을 하나 얻었는데, 손호가 평소 믿음이 없었기에 측간에 두고선 휴지를 들고 있게 하였다. 사월 팔일 욕불(浴佛) 때는 그 머리 위에 오줌을 쌌다. 조금 후 종기가 생기고 특히 사타구니가 극도로 아파 소리를 지르고 참기 어려울 정도였다. 태사가 점을 쳐 말하기를 "신성을 범하였기 때문이다"고 하였다. 이에 손호가 불법에 귀의하고 간절히 참회하고 향으로 상을 씻어내니 통증이 점점 가셨다.

775 石崇(석숭) : 서진의 부호. 이 구는 『백첩(白帖)』의 전고를 사용하였다. 석숭은 측간에 시녀 수십 명이 비단을 입고 시립하게 하였으며, 칠상자를 놓고 안에는 마른 대추를 두어 코를 막는데 쓰게 하였다. 대장군 왕돈이 와서는 상자 속의 대

었지.

憶事懷人兼得句,   지난 일과 그 사람을 생각하며 시를 읊노라니
翠衾歸臥繡簾中.[776]   수놓인 주렴 안에 돌아와 비취 이불에 눕는다.

【왕평】

이상은의 시는 깊은 함의를 지니며, 화려한 수사로 은유적 의미를 펼치는데, 이러한 기법은 사실『초사』에서 유래했다. 송대 초기에 여러 문인이 그 외형만을 답습하여 서곤체와 향렴체가 나오게 되었지만, 이러한 작품에 대해서는 그 의미를 제대로 알지 못하였다.

義山詩寓意俱遠, 以麗句影出, 實自楚辭來. 宋初諸人得其衣被, 遂使西崑與香奩幷目, 當于此等篇什, 了不解其意謂.

【해설】

역대로 논란이 많은 작품으로 의견이 분분하다. 전반부는 여인의 거처로 보이는 울금당 북쪽에서 그녀에게 선약을 전해주었다는 일을 서술했다. 후반부는 이 일에 대한 감상으로 손호처럼 즉흥적으로 하였고 석숭처럼 쉽게 하였다고 볼 수 있다. 말미에선 내가 시구를 구상하는 사이 그녀는 이미 비취 이불 속에 들어갔다고 마무리지었다. 주이존朱彝尊이나 기윤紀昀과 같이 아예 '이해할 수 없다'고 하는 경우도 있지만,

---

추를 보고 먹었기에 시녀들이 웃었다.
776 翠衾(취금) : 비췻빛 이불.

'선약上藥'이 쓰였다는 점과 손호와 석숭의 전고가 측간과 관련된다는 점에서 풍호馮浩는 규중의 여인이 사생아를 낳았다가 약으로 낙태한 일을 기록했다고 보았다. 현대 학자들도 풍호의 설은 따르는 경우가 많다. 이밖에 제5구를 손호가 경황후를 죽인 계책보다 낫고, 제6구를 대추를 써서 악취를 없애는데 남편으로 비유되는 석숭이 이미 죽거가 출타한 연고로 물을 필요가 없다는 설도 있다.

二月二日[777]	2월 2일
二月二日江上行,	이월 이일 강가를 걷노니
東風日暖聞吹笙.	동풍에 날이 따뜻하고 생황 소리 들린다.
花鬚柳眼各無賴,[778]	꽃술과 버들잎은
紫蝶黃蜂俱有情.	자주 나비와 노란 벌은 모두가 정이 간다.
萬里憶歸元亮井,[779]	만리 타향에서 도연명의 옛 우물을 생각하며
三年從事亞夫營.[780]	삼년 동안 주아부 같은 장수 아래 임직하였다.

---

777 二月二日(이월이일) : 촉 지방의 풍속으로 2월 2일은 답청일(踏靑日)이다.
778 花鬚(화수) : 꽃의 수술이 수염처럼 길다는 뜻.
　　柳眼(유안) : 버들잎이 싹트기 시작하면 눈처럼 옆으로 길다는 뜻.
　　無賴(무뢰) : 막돼먹은 행동이나 성품을 뜻하나, 겉으로는 미워하나 사실은 아끼고 좋아한다는 뜻도 있다.
779 元亮(원량) : 도연명. 원량은 자(字). 도연명의 「전원에 돌아와 살며(歸園田居)」 제4수에 "우물과 부엌은 흔적이 남아있고, 뽕과 대는 그루터기만 남았어라(井竈有遺處, 桑竹殘朽株)"는 구절이 있다. 도연명도 막부에서 참군으로 임직한 적이 있다.
780 從事(종사) : 동천절도사 막부에서 임직하는 일을 가리킨다.
　　亞夫營(아부영) : 서한 주아부(周亞夫)의 병영. 주아부는 장안 근처 세류(細柳)

新灘莫悟遊人意,　　　　새로 불은 여울은 나그네의 마음을 모르는데

更作風簷夜雨聲.　　　　더구나 바람 부는 처마는 밤 빗소리 들려준다.

【왕평】

어떤 곳이 두보보다 못하는가? 세상 사람들의 피상적인 논의는 언급할 가치가 없다.

何所不如杜陵? 世論悠悠不足齒.

【해설】

촉 지방에서 답청일을 맞아 객지에서 지내는 처지를 돌아보았다. 한 편의 짤막한 여행기와 같으며, 전반부의 경쾌하고 밝은 분위기에 비해, 후반부는 객지 생활에 고향을 그리는 시름을 토로하였다. 853년대중7 봄에 지었다.

卽日　　　　　　　오늘 바로

一歲林花卽日休,　　　한 해의 꽃들이 오늘 바로 떨어지니

江間亭下悵淹留.　　　강 사이 정자 아래 오랜 객지 생활을 슬퍼하노라.

重吟細把眞無奈,[781]　다시 읊으며 자세히 음미해도 정말 어쩔 수

에 주둔하면서 군기를 엄정히 하였다.

781　把(파) : 가지고 감상하다.

없어

已落猶開未放愁.　　이미 진 꽃은 아직 피어있고, 아직 피지 않은 꽃은 시름겹다.

山色正來銜小苑,　　산빛은 마침 작은 정원까지 와 있고

春陰只欲傍高樓.　　봄날의 구름은 높은 누대 옆에 기대있다.

金鞍忽散銀壺漏,[782]　　물시계가 다하자 사람들은 홀연 말 타고 사라지니

更醉誰家白玉鉤?[783]　　다시 누구 집에 가서 달빛 아래 취해볼거나?

【왕평】

힘들여 구상하고 부드럽게 드러냈으니, 두보의 초기 작품에서만 이런 경지를 볼 수 있고, 촉 땅에 들어간 이후는 이런 여운을 따라가지 못한다. 내가 이런 평을 내리니, 더 이상 세상 사람들이 원망하더라도 상관하지 않을 것이다.

苦寫甘出, 少陵初年乃得似此, 入蜀後不逮矣. 予爲此論, 亦不復知世人有恨.

【해설】

늦봄의 낙화에 촉발되어 시간의 흐름을 탄식하고 객지에 오래 머무는 처지를 슬퍼하였다. 이러한 '상서傷逝'의 정감은 말미에서 물시계를

---

782 金鞍(금안) : 황금 장식한 안장. 여기서는 그러한 말을 탄 사람.
783 白玉鉤(백옥구) : 백옥 갈고리. 달을 비유한다.

통해 다시 변주된다. 비록 시름이 퍼져있으나 전체적인 정감은 부드러운 필치에 산뜻한 멋이 드러난다.

九成宮[784]	구성궁
十二層城閬苑西,[785]	낭원閬苑 서쪽의 열두 층 궁궐
平時避暑拂虹霓.[786]	태평 시절 피서할 때는 무지개까지 닿았다.
雲隨夏后雙龍尾,[787]	구름은 하나라 왕 계啓가 탄 쌍룡의 꼬리에서 일어나고
風逐周王八馬蹄.[788]	바람은 주 목왕周穆王이 모는 여덟 준마의 발

---

784 九成宮(구성궁): 장안 서쪽 봉상부(鳳翔府) 인유현(麟遊縣, 지금의 섬서성 寶鷄市 麟遊縣)에 소재한 궁. 원래 수 문제(隋文帝)가 세운 인수궁(仁壽宮)이었는데 631년 당 태종이 피서궁으로 만들고 구성궁이라 개명하였다.

785 十二層城(십이층성): 열두 개의 층성. 층성은 곤륜산에 있다는 높은 성. 『회남자』에서는 "곤륜산에는 아홉 겹의 층성이 있다(崑崙山有層城九重)"고 했고, 『한서』「교사기」에서는 "오성 십이루(五城十二樓)"라 했고, 『습유기』「곤륜산」에서는 "옆에는 요대 열두 개가 있고, 각각의 너비가 천 보나 되며, 모두 무색의 옥으로 기초를 놓았다(傍有瑤臺十二, 各廣千步, 皆無色玉爲臺基)"고 했을 뿐, 정확히 '십이 성'이란 말이 없다. 그러나 이상은의 시에서 십이 층, 십이 루, 십이 성, 십이 대 등 '십이'란 숫자가 많이 쓰이고 대부분 신선이 거주하는 곳으로 등장한다. 당대에는 도교가 성행했고, 이상은도 자를 선옥양(仙玉陽)이라고 할 정도로 도교 서적과 여도사 생활에 익숙한 것으로 보아, 별도의 근거가 있는 것으로 보인다.
閬苑(낭원): 낭풍지원(閬風之苑). 전설에서 곤륜산 위 신선들이 거주하는 곳. 여기서는 경성.

786 平時(평시): 태평한 시대.

787 夏后雙龍(하후쌍룡): 하후 계(夏后啓)가 쌍용을 타고 다녔다는 전설을 환기한다. 『산해경』「해외서경」에 "대락의 들, 하후 계가 여기에서 구대(말 이름)를 춤추게 하고, 쌍용을 탔다(大樂之野, 夏后啓於此儛九代, 乘兩龍)"는 말이 있다.

굽을 따른다.

吳岳曉光連翠巘,[789]　오산吳山의 새벽빛에 푸른 산봉우리 이어지고

甘泉晚景上丹梯,[790]　감천궁의 저녁 빛은 붉은 계단 위를 비친다.

荔枝盧橘沾恩幸,[791]　여지와 노귤도 천자의 은총을 입어 궁중에 실려오고

鸞鵲天書濕紫泥.[792]　난새 같은 글씨로 쓴 조서에는 자주색 봉인이 찍혔다.

【왕평】

마무리에서 '거두기'와 '풀기'가 균형을 잡았다. 유장경 이후로 이러한 구성을 찾는 사람이 없다.

788　周王八馬(주왕팔마) : 주 목왕(周穆王)이 여덟 필의 준마를 타고 서쪽으로 곤륜산에 가서 서왕모를 만났다는 전설을 환기한다. 『목천자전(穆天子傳)』 참조.
789　吳岳(오악) : 산 이름. 오산(吳山)이라고도 한다. 지금의 섬서성 농현 서남에 소재.
790　甘泉(감천) : 감천궁. 지금의 섬서성 순화(淳化) 서북 감천산에 소재했다. 진나라에서 임광궁(林光宮)이라 하였으나, 한 무제가 확건하고 피서지로 썼다.
791　荔枝(여지) : 남방에서 나는 과일. 과육이 달고 향기로우며, 양귀비가 좋아한 것으로 유명하다.
　　盧橘(노귤) : 껍질이 두꺼운 귤의 일종. 사마상여의 「상림부(上林賦)」에 "노귤이 여름에 익고(盧橘夏熟)"라는 말이 있다.
792　鸞鵲(난작) : 아름답고 뛰어난 서예. 남조 양(梁) 유견오(庾肩吾)의 『서품(書品)』 서문에서 "파도처럼 돌아가는 획은 거울을 보고 춤추는 난새와 같고, 해서의 돌아보는 점획은 장자가 조릉의 숲에서 본 사마귀를 노리는 까치와 같다(波廻墮鏡之鸞, 楷顧雕陵之鵲)"고 한 데서 유래했다.
　　天書(천서) : 천자가 내린 조서(詔書).
　　紫泥(자니) : 군주가 편지를 봉할 때 쓰는 자주색 도장 인주.

一結收縱有權, 劉長卿以還不能問津也.

【해설】

　현종의 구성궁 행락을 그린 시이다. 구성궁의 장려한 모습을 그린 후, 제왕의 피서 행차를 구름과 바람을 헤치고 가는 용과 말로 비유하였다. 제5, 6구는 구성궁을 두고 동서에 있는 오산과 감천의 새벽과 저녁 풍광을 그렸다. 말미에서는 여지와 노귤을 공물로 얻기 위해 천자의 조서를 내린다고 하였다. 역대 시평가 가운데는 인재를 찾지 않고 국사를 돌보지 않는 현종을 풍자하였으며, 때를 만나지 못한 시인 자신의 불우지감을 나타냈다고 보는 사람도 있다. 그러나 풍호馮浩와 기윤紀昀 등 다수 시평가들은 정관 연간 태종 때의 태평성세를 그리워하는 것으로 풀이하였다.

無題	무제
重帷深下莫愁堂,⁷⁹³	겹겹의 휘장이 깊이 내려진 막수莫愁의 집
臥後淸宵細細長.	자리에 누우니 맑은 밤이 길고 길구나.
神女生涯原是夢,⁷⁹⁴	무산 신녀의 생애는 원래가 꿈이었고
小姑居處本無郎.⁷⁹⁵	청계의 '아가씨'도 낭군 없이 혼자 지냈지.

793　莫愁(막수) : 여인의 이름. 남조 악부에 나오는 여인으로, 석성의 가무에 능한 여인이거나, 금릉의 노씨 집안에 시집온 젊은 아낙이거나, 남편이 출정 나가 독수공방하는 아낙으로 등장한다.
794　神女(신녀) : 무산의 선녀. 전국시대 초 양왕이 꿈속에서 만났다는 전설이 있다.

風波不信菱枝弱,　　마름 가지는 풍파에 시달려 제멋대로 흔들
　　　　　　　　　리고
月露誰教桂葉香.　　계수나무 잎은 달빛과 이슬을 못 받아 향기
　　　　　　　　　가 없네.
直道相思了無益,　　비록 그리워해도 전혀 소용없다고 말하지만
未妨惆悵是淸狂.　　괴로움에 싸여 어리석은 정에 집착해도 해
　　　　　　　　　가 되진 않으리.

염시艶詩 중의 특별한 가락이다.

艶詩別調.

【해설】

사랑을 잃은 젊은 여인의 원망을 그렸다. 젊은 여인이 깊은 밤 지난 일

을 회상하며 독백하는 방식으로 이루어져, 구체적인 정황은 잘 드러나지

않지만 이를 통해 정서와 심리를 알 수 있다. 실연의 고통과 상사相思의

무익에도 불구하고, 사랑을 위해 기꺼이 고통을 받아들이겠다는 뜻으로

마무리했다. 이성적으로는 부정되지만 정서적으로는 필연적인 사랑의

795　원주(原注)에 "고시에 '아가씨는 낭군이 없어'란 구가 있다(古詩有小姑無郎之句)"
　　고 하였다. 남조 악부 「신현곡(神弦曲)」 중의 「청계소고곡(靑溪小姑曲)」에 "아가
　　씨가 사는 곳은, 혼자 살며 낭군이 없다네(小姑所居, 獨處無郎)"는 구절이 있다.

본질을 드러냈다. 이 자체가 아름다운 시로 감상할 수 있지만, 역대로 시인이 시적 주인공으로 자신의 처지를 비유한 것으로 보는 평론이 많다.

一片   한 조각

一片非煙隔九枝,[796]   한 조각 등불이 구지등 촛대 위에 떠 있어

蓬巒仙仗儼雲旗.[797]   봉래산 신선들이 세운 구름 깃발 같구나.

天泉水暖龍吟細,[798]   도성의 샘물이 따뜻해지니 용이 길게 읊조리고

露畹春多鳳舞遲.[799]   이슬 흠뻑 내린 봄 밭에 봉황이 우아하게 춤춘다.

楡莢散來星斗轉,[800]   느릅나무 열매가 흩어지면 북두칠성이 돌고

桂花尋去月輪移.   계수 꽃을 찾으러 가면 달이 기운다.

人間桑海朝朝變,[801]   인간 세상에 상전벽해는 날마다 일어나니

---

796 非煙(비연) : 상서로운 구름.『사기』「천관서(天官書)」에 "안개 같으나 안개가 아니고, 구름 같으나 구름이 아니며, 자욱하고 분분하며, 엷으면서 뭉쳐 있는 것, 이것을 일러 '경운(慶雲)'이라 한다(若煙非煙, 若雲非雲, 鬱鬱紛紛, 蕭索輪困, 是謂慶雲)"는 말이 있다. 여기서는 등불을 가리킨다.
　九枝(구지) : 구지등. 하나의 기둥 위에 받침대가 아홉인 촛대.
797 蓬巒(봉만) : 봉래산.
　雲旗(운기) : 구름으로 만든 깃발. 구름으로 깃발을 삼다.
798 天泉水(천천수) : 낙양의 동쪽에 있는 샘물. 여기서는 당대 도성에 있는 샘물.
799 畹(원) : 면적 단위. 열두 무(畝).
800 楡莢(유협) : 느릅나무 열매. 음력 이월에 나와 삼월에 떨어진다.
　星斗轉(성두전) : 일몰 때 정남향을 향해 바라보면, 북두칠성의 자루가 가리키는 방향이 매달 바뀌므로 세월의 흐름을 나타낸다.
801 桑海(상해) : 상전벽해(桑田碧海). 세월의 거침없는 변화. 갈홍(葛洪)의『신선전

莫遣佳期更後期.　　　아름다운 약속은 나중으로 미루지 마소서.

【왕평】

시간의 흐름을 아쉬워하여, 말 없는 가운데 슬픔을 기탁하였으니,
시정이 풍부하면서 또한 영웅의 눈물이 있다.

愴時托賦, 哀寄不言, 旣富詩情, 亦有英雄之淚.

【해설】

봉래산과 봄날의 기상으로 시작하여 아름다운 봄날의 만남이 쉽게
흘러감을 말하였다. 제5, 6구는 시간의 흐름을 나타내 말미의 주제가
쉽게 전해지도록 하였다. 이렇게 보면 제1구는 화촉의 불빛으로 길일吉
日의 징조를 나타내고, 제2구는 만남이 신선 세계를 노니는 것과 같다
는 비유로도 볼 수 있다. 역대 평론가들은 봉래산으로 궁중을 비유한
것으로 보고, 용과 봉황의 자질이 있는 자신을 재상 영호도令狐綯가 도
와줄 것을 바랐다고 해석하기도 하였다. 후반부도 삼월의 느릅나무와
구월의 계화를 이미 놓쳤으니 더 이상 미루지 말기를 바랐다고 보았다.

왕부지는 이 시의 주제에 대해 시간의 변화를 슬퍼하고 말 없는 가
운데 슬픔을 나타냈다고 보았다. 여기에 더하여 '영웅의 눈물'이 있다
고 하였는데, 이는 제7, 8구와 같은 치열한 추구에서 연상한 듯하다.

(神仙傳)』에서 선녀 마고(麻姑)는 일찍이 동해가 세 번 뽕나무밭으로 바뀌는 걸
보았다고 하였다.

이상은은 「무제無題」, 「금슬錦瑟」, 「항아嫦娥」와 같은 시에서 신화의 인물들을 즐겨 다루었고, 그중에 정위精衛와 같이 나뭇가지를 물어 동해 바다를 메우려고 하는 불가능을 시도하는 추구가 있기 때문이다.

富平少侯[802]	젊은 부평후
七國三邊未到憂,[803]	칠국의 난과 북방의 변란에도 근심하지 않고
十三身襲富平侯.	열세 살에 부평후 작위를 물려받았지.
不收金彈抛林外,[804]	숲 밖에서 황금 탄환을 쏘고도 거두지 않고
却惜銀床在井頭.[805]	오히려 우물가의 난간을 아꼈지.
彩樹轉燈珠錯落,[806]	울긋불긋한 등대 주위로 등불은 보석처럼 흩어지고
繡檀廻枕玉雕鏤.[807]	화려한 박달나무 베개는 둘러가며 옥으로

---

802 富平少侯(부평소후) : 젊은 부평후. 서한 때 장방(張放)을 가리킨다. 원래 장안세(張安世)가 부평후 작위를 받았으나 그 뒤로 장연수, 장발, 장임, 장방으로 차례로 계승되었고, 특히 장방은 성제(成帝)의 총애를 받았다.

803 七國(칠국) : 서한 경제(景帝) 때인 기원전 145년 오, 초, 조, 교동, 교서, 제남, 치천 등 일곱 나라가 일으킨 난. 여기서는 당대의 번진 세력을 비유한다.
三邊(삼변) : 한대의 유주(幽州), 병주(幷州), 양주(涼州)를 가리킨다. 또는 전국 시대에 흉노와 인접한 연, 조, 진 세 나라를 가리킨다고 볼 수도 있다. 여기서는 당대의 티베트, 위구르, 당항 등 변방 세력을 비유한다.

804 不收(불수) 구 : 황금 탄환을 만들어 새를 쏘다가 놓친 탄환을 거두지 않다. 서한 때 한언(韓嫣)은 황금으로 탄환을 만들어 쏘았는데, 하루에 십여 개씩 잃었다고 한다. 아이들은 한언이 출유 나가는 날에는 탄환을 주우러 따라 나갔다고 한다. 『서경잡기』 참조.

805 銀床(은상) : 우물의 도르래를 거는 난간.

806 彩樹轉燈(채수전등) : 주위에 등촉이 둘러싼 화려한 촛대 기둥.

아로새겼네.

當關不報侵晨客,[808]

新得佳人字莫愁.[809]

문지기는 새벽에 찾아온 관원을 막았으니

새로 들인 미인 '막수'가 있기 때문이라네.

【왕평】

풍도가 우아하여 악부에 들어간다.

姿度雅入樂府.

【해설】

서한의 부평후 장방의 호사와 위세를 주로 그렸다. 제3, 4구는 아껴야 할 것은 아끼지 않고 잃을 염려가 없는 걸 아끼는 어리석음을 묘사했고, 제5, 6구는 호사와 사치를 그렸고, 제7, 8구는 여색에 빠져 나라의 긴요한 일로 새벽에 찾아온 관리를 막는 모습을 그렸다. 비록 제목이 '젊은 부평후'라 되어 있지만 칠국의 난을 근심해야 하나 근심하지 않으니 지위로 친다면 그 대상은 제왕이 되어야 적합하리라. 그러므로 하작何綽, 서봉원徐逢源, 풍호馮浩 등은 풍자 대상을 당대의 경종敬宗으로 보았다. 경종은 16세의 나이인 824년장경4부터 826년보력2 시해될 때까지 3년간 재위하면서 절제 없이 사냥과 잔치에 빠지고 안락을 탐했

807　繡檀廻枕(수단회침) : 수놓인 듯 화려하게 조각된 박달나무로 만든 베개.

808　當關(당관) : 문지기.

809　莫愁(막수) : 남조 악부에 나오는 여인의 이름. 여기서는 '근심이 없다'는 뜻을 중의적으로 사용하였다.

다. 일부 학자들은 풍자 대상을 무종武宗으로 보기도 하였다. 고대의 일을 빌려 현실을 비판하는 것은 이상은의 장기인데, 이 역시 그러한 작품군의 대표작 가운데 하나이다.

<table>
<tr><td>野菊</td><td>들국화</td></tr>
<tr><td>苦竹園南椒塢邊,[810]</td><td>고죽원 남쪽의 산초나무 언덕 옆</td></tr>
<tr><td>微香冉冉淚涓涓.[811]</td><td>옅은 향기에 꽃이 눈물을 흘리는구나.</td></tr>
<tr><td>已悲節物同寒雁,[812]</td><td>절기의 사물들이 기러기와 같음을 슬퍼하는데</td></tr>
<tr><td>忍委芳心與暮蟬.</td><td>향기로운 마음은 차마 석양의 매미에 맡기지 못한다.</td></tr>
<tr><td>細路獨來當此夕,</td><td>좁은 길을 홀로 걸으며 이 저녁을 보내는데</td></tr>
<tr><td>淸樽相伴省他年.[813]</td><td>맑은 술잔을 벗 삼아 지난날을 돌아본다.</td></tr>
<tr><td>紫雲新苑移花處,[814]</td><td>자줏빛 궁궐 새 정원에 꽃을 옮겨심는다는데</td></tr>
<tr><td>不取霜栽近御筵.</td><td>서리 맞은 국화를 어연御筵 가까이 두지 않는구나.</td></tr>
</table>

---

810 苦竹(고죽) : 참대. 대의 일종으로 죽순의 맛이 써서 먹을 수 없기에 이름 붙여졌다. 일반적으로 우산자루를 만드는데 쓰인다.
811 淚涓涓(누연연) : 눈물이 줄줄 흐르다. 꽃에 얹힌 이슬을 형용한다.
812 節物(절물) : 절기를 띤 경물.
813 省他年(성타년) : 예전의 일을 돌아보다.
814 紫雲(자운) : 보랏빛 구름. 다른 판본에서는 紫微(자미)로 되어 있어 중서성을 가리키는 것으로 볼 수도 있다.

【왕평】

바람에 돌아드는 눈발의 풍도가 있다. 『금슬집』에는 이런 작품으로 시인의 '본래의 면모'가 전해진다.

有飛雪回風之度, 『錦瑟集』中賴此以傳本色.

【해설】

들국화의 어려운 처경과 고결을 그리고 발탁되지 않는 자신의 처지를 비유하였다. 제5, 6구에서 시인이 등장하면서 국화와 시인은 자연스레 혼연일체가 되었기에 제2구의 눈물도 시인의 눈물이 되었다. 이상은이 이당李黨의 왕무원王茂元의 딸과 결혼하였기에 우당牛黨의 배척을 받게 된 결과, 전에는 친구였으나 이제는 중서사인이 된 영호현令狐絢으로부터 냉대를 받는 침통한 심정이 아낌없이 드러났다.

和友人戲贈   친구의 '장난삼아 주다'에 화답하며

    迢遞靑門有幾關?[815]   멀리 청문까지 몇 겹의 궁문이 막혀있는지

    柳梢樓角見南山.   버들가지 늘어진 누각 모퉁이로 종남산이 보이누나.

    明珠可貫須爲佩,   밝은 구슬은 꿰어 패물로 삼아야 하고

    白璧堪裁且作環.[816]   벽옥璧玉도 다듬어 옥고리를 만들 수 있다.

---

815 迢遞(초체) : 먼 모양. 아득하다. 멀다.

   靑門(청문) : 한대 장안성의 동남문. 여기서는 장안성의 동문을 가리킨다.

子夜休歌團扇掩,[817]　　한밤중에 「단선가」를 부르다 그치고

新正未破剪刀閑.[818]　　정월 초라 가위질이 없어 손이 한가해라.

猿啼鶴怨終年事,　　한해 내내 원숭이 울고 학이 원망한다고 해도

未抵熏爐一夕間.　　향로를 두고 견디는 하룻밤보다 못해라.

【왕평】

여기에 아름다운 정이 깃들어 있으니, 두도竇滔의 아내가 비단으로 수놓은 시구만 있는 게 아니다.

斯有麗情, 不徒錦字.

【해설】

규중의 여인이 종남산에 있는 사람을 그리는 규원시閨怨詩이다. 제1, 2구는 청문도 먼데 더 멀리 있는 남산을 바라보며 자신이 그리는 사람이 사는 곳을 서술했다. 이는 제7구의 원숭이 울고 학이 원망하는 곳이기도 하다. 제3, 4구는 「초사」의 기법으로 자신의 고결함을 나타냈

816　璧(벽) : 옥면(玉面)의 폭 길이가 중간의 비어있는 부분의 지름보다 배로 긴 옥. 環(환) : 옥면의 폭 길이와 빈 부분의 지름이 같은 옥을 말한다. 環(환)은 '돌아오다'는 뜻의 '還'(환)과 해음(諧音)이 된다.

817　團扇(단선) : 「단선가(團扇歌)」. 동진의 중서령 왕민(王珉)은 하얀 단선으로 더위를 씻어내곤 했다. 왕민은 형수의 시녀 사방자(謝芳姿)와 애정이 생겨 자주 같이 있다 보니 형수가 이를 듣고 매질을 하곤 했다. 방자가 노래를 잘하였기에 형수는 방자가 노래를 하면 용서하겠다고 하자 「단선가」를 지어 불렀다. 『송서』「악지(樂志)」 참조.

818　新正(신정) : 음력 정월.

다. 제5, 6구는 「단선가」로 자신의 그리움을 나타냈다. 말미에서 밤새 잠 못 이루며 일 년의 시간보다 하룻밤의 그리움이 더욱 간절함을 나타냈다.

왕부지가 평어에서 말한 '금자錦字'는 비단으로 수놓은 시를 가리키는데, 이는 선신前秦 시대 두도竇滔가 서억으로 임시가 옮겨졌을 때, 그의 아내 소혜蘇蕙가 남편을 그리워하는 마음을 담아 비단에 수놓아 보낸 회문시廻文詩를 가리킨다. 따라서 '금자'는 여인이 남편에게 보내는 정감 어린 편지를 뜻한다. 왕부지가 이 시에 대해 "비단으로 수놓은 시구만 있는 게 아니다"고 평한 것은, 화려한 언어 뒤에 정치적 포부나 인생에 대한 감회가 담겨있음을 지적한 것으로 볼 수 있다. 다시 말해 시인이 자신을 알아주기를 바라거나 발탁해 주기를 바라는 마음을 은유적으로 드러낸 표현으로 읽을 수 있다.

漢南書事[819]	한남에서 시사에 대해 적다
西師萬衆幾時廻?[820]	서쪽으로 출정 나간 수만 명은 언제 돌아오는가?
哀痛天書近已裁.[821]	천자의 '애통조'가 이제 막 작성되었다.

---

819 漢南(한남) : 한수의 남쪽. 형주를 가리킨다. 당대에는 산남동도(山南東道)의 치소 양주(襄州)를 한남이라 불렀다.

820 西師(서사) : 서쪽의 당항(黨項)을 토벌하러간 군사.

821 哀痛天書(애통천서) : 애통조(哀痛詔). 군주가 재해나 전란 등으로 백성이 살기 어려워질 때 자신에게 잘못이 있음을 알리는 조서. 한 무제가 윤대에서의 전쟁에 대해 애통조를 내린 일이 유명하다. 849년(대중 3) 8월 선종(宣宗)은 한 무제의

文吏何曾重刀筆,[822]　　문관은 현능한 신하를 중용한 적이 없고

將軍猶自舞輪臺.[823]　　장군은 여전히 윤대輪臺에서 검을 휘두른다.

幾時拓土成王道,　　언제 영토를 확장한 자가 왕도 정치를 이루

　　었던가

從古窮兵是禍胎.　　예부터 무력의 남용은 재앙의 근원이었지.

陛下好生千萬壽,[824]　　폐하께선 생령을 사랑하사 천만년을 사실지니

玉樓長御白雲杯.[825]　　옥루玉樓에서 오래도록 장수의 술잔을 드소서.

【왕평】

완곡한 표현이 크게 있으나 다만 칼끝 같은 날카로움만 드러난다.
응거應璩의 「백일시百一詩」 이래 이러한 시풍이 적지 않다.

大有宛折, 但露鋒芒. 『百一』以來不乏此制.

「죄기조(罪己詔)」를 거울삼아 "변방에서 전란을 일으키지 않을 것을 장구한 방
책으로 삼는다는 제사(制詞, 즉 조서)를 썼다. 『구당서』 「선종기」 참조.

822 刀筆(도필) : 관청의 문서. 여기서는 이러한 문서를 작성하는 관리인 도필리(刀
筆吏). 한대 소하(蕭何)와 같은 현신을 가리킨다. 이 구는 문관 세력이 유화 정책
을 쓰지 않음을 가리킨다.

823 輪臺(윤대) : 한나라 때 지금의 신강 윤대 이남에 소재했던 나라. 한 무제가 이광
리를 파견하여 멸망시킨 일을 환기한다.

824 好生(호생) : 생명을 보호하다. 살생하지 않다.

825 玉樓(옥루) : 신선의 거처.
白雲杯(백운배) : 장수를 기원하는 술잔. 서왕모가 주 목왕을 위해 부른 「백운요
(白雲謠)」 가사에 "흰 구름이 하늘에 있고, 산 능선이 절로 뻗어나가네. 길은 아
득히 먼데, 산과 강이 우리 사이를 가로막고 있구나. 그대가 앞으로 죽지 않는다
면 다시 올 수 있으리(白雲在天, 山陵自出, 道里悠遠, 山川間之. 將子無死, 尚能復
來)"란 구절이 있다. 『목천자전』 참조.

　당항족과의 전쟁에 대한 견해를 밝혔다. 변방의 장수가 당항족의 말과 양을 빼앗고 함부로 죽이자 당항이 845년회창 5 빈주邠州, 영주寧州, 염주鹽州를 공격하였다. 전선이 교착 상태에 빠지자, 이상은은 영토 확장을 위한 전쟁을 반대하는 입장에서 선종宣宗과 재상 백민중白敏中의 방침을 비판하였다. 비록 후반부에서 겉으로는 선종이 '호생好生'의 덕을 가지고 있다고 칭송하였지만, 그 이면에는 제3, 4구에서 문신과 무장이 모두 호전 정책을 쓰고 있다고 하여 이들은 물론 선종까지 완곡하게 비판하였다. 849년대중3에 쓴 것으로 보인다.

　왕부지는 이 시에 대해 표현은 완곡하나 그 속에 담긴 비판의식은 날카롭다고 평하였다. 완곡한 면모는 '생명을 사랑하는[好生] 군주'라 칭송하는 제7, 8구에서 잘 드러나며, 날카로운 비판은 제5, 6구에서 뚜렷하게 나타난다. 이러한 시풍은 동한 말기의 응거應璩가 지은 「백일시百一詩」에서도 찾아볼 수 있다. 그는 "높은 명성은 오래 머물지 못하고, 도리어 공격과 비방을 받기 쉽다名高不宿著, 易用受侵誣"라고 말하며, 벼슬과 명예에 대한 반성적 인식을 드러낸 바 있다.

寫意	뜻을 쓰다
燕雁迢迢隔上林,[826]	연 땅의 기러기는 상림원이 아득하여
高秋望斷正長吟.	가을날 멀리 바라보며 길게 읊조린다.

826　上林(상림) : 상림원. 장안을 가리킨다.

人間路有潼江險,[827]　　　인간 세상의 길에는 험한 재동강이 있고

天外山惟玉壘深.[828]　　　하늘 밖 산에는 오직 깊은 옥루산이 있다.

日向花間留返照,　　　햇빛은 꽃 사이에 남은 빛을 반사하고

雲從城上結層陰.　　　구름은 성 위에 모여 층층이 엉겨있구나.

三年已制思鄕淚,[829]　　　삼년 동안 고향 생각에 눈물을 참아왔건만

更入新年恐不禁.　　　다시금 한 해가 다가오니 견디기 어려워라.

【왕평】

결말이 초당시이다.

一結初唐.

【해설】

객지에서 경물을 바라보는 감회를 적었다. 주로 고향 생각이 절실함을 나타냈지만, 덧붙여서 절기의 변화 속에 지모遲暮의 회한과 곡절 많은 세상사에 대한 감개도 엿보인다. 이상은 특유의 억제된 정서가 유창한 성량 속에서 나타나고 있다.

왕부지가 이 시의 결말에 초당시와 같다고 긍정적으로 평가하였다. 초당은 위진남북조와 이어져 있기에 아직 당풍에 물들지 않아 고시의

827　潼江(동강) : 재동강(梓潼江). 사천의 사홍(射洪)에서 부강(涪江)으로 합류한다.
828　玉壘(옥루) : 옥루산. 사천 관련(灌縣) 서북에 소재.
829　制(제) : 한정하다. 구속하다.

면모가 살아있다고 보았기 때문이다.

<table>
<tr><td>柳</td><td>버들</td></tr>
<tr><td>江南江北雪初消,</td><td>강 남쪽과 강 북쪽에 눈이 막 녹아갈 때</td></tr>
<tr><td>漠漠輕黃惹嫩條.[830]</td><td>연둣빛이 드넓게 어린 가지에 묻어난다.</td></tr>
<tr><td>灞岸已攀行客手,[831]</td><td>파수의 강가에선 나그네의 손에 이미 꺾여 있고</td></tr>
<tr><td>楚宮先騁舞姬腰.</td><td>초나라 궁중에선 먼저 무희의 허리처럼 흔들렸네.</td></tr>
<tr><td>淸明帶雨臨官道,</td><td>청명절에 비 맞으며 한길에 늘어서고</td></tr>
<tr><td>晚日含風拂野橋.</td><td>석양에 바람을 안고 다리를 쓸어댄다.</td></tr>
<tr><td>如線如絲正牽恨,</td><td>선과 같고 실과 같아 마침 한恨을 끌어내는 듯</td></tr>
<tr><td>王孫歸路一何遙.</td><td>왕손이 돌아가는 길은 얼마나 먼가.</td></tr>
</table>

【왕평】

「유지사」를 율시로 풀어내니 배로 높은 소리가 난다.

「柳枝詞」演作律詩, 倍爲高唱.

830　漠漠(막막) : 드넓은 모습.
831　灞岸(파안) : 파수의 강가. 장안성 동남쪽 교외에 소재했다. 당대에 장안에서 동쪽으로 왕래할 때 반드시 거치는 곳이기에, 이곳에서 버들가지를 꺾어 주며 떠나는 사람을 배웅하였다.

【해설】

버들을 노래한 영물시이다. 별다른 기탁이나 비유가 없이 비교적 대상을 묘사하는 방식으로 눈이 녹아가는 초봄의 경물 속에 연둣빛 버들의 부드러운 가지를 표현하였다. 말미에서 고향과 도성에 대한 그리움을 끊어질 듯 끊어지지 않는 한恨이라 보고 이를 버들가지와 연결했는데, 시인의 한을 표현하기 위해 버들가지를 썼다기보다는 버들가지를 형상화하기 위해 시인의 한이 보조적으로 사용된 느낌을 준다.

贈別前蔚州契苾使君[832]	전 울주 계필 사군과 헤어지며
何年部落到陰陵?[833]	어느 해에 부족을 이끌고 음산으로 왔는가?
三世勤王國史稱.[834]	삼 대에 걸쳐 왕실을 섬긴 공적이 역사에 기록되어 있구나.
夜卷牙旗千帳雪,	밤이면 깃발을 거두니 천 개의 장막이 눈처럼 변하고

832　蔚州(울주) : 치소는 지금의 산서성 영구현(靈丘縣).
　　契苾(계필) : 복성(複姓). 원래는 민족 이름으로 칙륵부의 하나였다. 수당 때 언기(焉耆) 서북에 거주하다가, 632는 족장 계필하력(契苾何力)이 당에 귀순하여 감숙성으로 이거하였다. 계필 사군은 계필통(契苾通)을 가리킨다.
　　使君(사군) : 자사.
833　陰陵(음릉) : 음산(陰山). 내몽골자치구의 남부에 있는 산맥으로 흥안령에서 영하(寧夏)에 걸쳐 있다. 계필하력의 아들 계필명(契苾明)이 계전도(鷄田道, 영하 靈武) 대총관이 되었을 때 음산 일대로 이동한 것으로 보인다.
834　三世(삼세) : 조부부터 손자까지의 삼대.
　　勤王(근왕) : 왕을 위해 힘을 다하다.

朝飛羽騎一河冰.[835]　　아침이면 우서를 전하는 기병이 얼어붙은
　　　　　　　　　　　　강을 건넜지.

蕃兒襁負來靑塚,[836]　청총에서는 번족의 아이들이 포대기에 업혀
　　　　　　　　　　　　서도 나오고

狄女壺漿出白登.[837]　백등산에서는 오랑캐 여인이 물병 들고 맞
　　　　　　　　　　　　이하리.

日晚鷿鵜泉畔獵,[838]　해 저물면 벽제천 옆에서 사냥할 터인데
路人遙識郅都鷹.[839]　길가의 사람들이 멀리서도 '질도의 매'임을
　　　　　　　　　　　　알아보리라.

【왕평】

평원하다.

835　羽騎(우기)：우서(羽書)를 전달하는 기병.
836　蕃兒(번아)：중국 서북부에 사는 비한족의 남자.
　　　襁負(강부)：포대기에 아이를 업다.
　　　靑塚(청총)：왕소군 묘. 내몽골 후허하오터 남쪽 소재.
837　狄女(적녀)：중국 서북부에 사는 비한족의 여자.
　　　壺漿(호장)：단사호장(簞食壺漿). 광주리의 밥과 물병의 물. 백성들이 밥과 물을
　　　들고 나와 자신을 지키는 군대를 환영하다. 『맹자』「양혜왕」 참조.
　　　白登(백등)：백등산. 산서성 대동시(大同市) 동쪽에 소재.
838　鷿鵜泉(벽제천)：지금의 내몽골 임하현(臨河縣) 동북에 있는 샘. 호아음마천(胡
　　　兒飮馬泉).
839　郅都(질도)：서한 문제와 경제 시기에 활동한 관리. 대담하고 경직하며 직간하
　　　는 것으로 잘 알려졌다. 법을 집행함에 있어 백성이든 귀족이든 엄하게 대하였기
　　　에 '창응(蒼鷹)'이란 별명을 얻었다. 경제 때 안문태수가 되어 부임하니 흉노가
　　　감히 접근하지 못했다. 여기서는 계필통을 비유한다. 『사기』「혹리열전」 참조.

平遠.

【해설】

　출정하는 계필통契苾通을 보내며 쓴 시이다. 842년 9월 위구르가 침입하자 은주자사 하청조何淸朝와 울주자사 계필통을 천덕天德, 내몽골 우라터으로 보내어 막게 하였다. 계필 부족이 당대 초기 귀순한 이래 '근왕勤王'한 일을 기리고, 신속한 작전 능력을 칭찬하였다. 후반부는 출정한 이후 이민족의 환영을 받고, 흉노가 질도郅都를 두려워하듯 위구르가 계필통을 두려워할 것이라며 격려하였다.

온정균溫庭筠 1수

回中作[840]　　　　　회중에서 짓다

　蒼莽寒空遠色愁,[841]　　아득히 찬 하늘 먼 풍경이 시름겨운데

　鳴鳴戍角上高樓.[842]　　수자리 호각 소리 들으며 높은 누대에 오른다.

　吳姬怨思吹雙管,[843]　　오 땅의 여인은 원망스런 생각에 쌍관을 불고

840　回中(회중) : 고대의 도로 이름. 회중도(回中道). 관중 평원과 농동(隴東) 고원 사이의 교통 요도. 진시황은 이곳에 회중궁(回中宮)을 지어 행궁으로 삼았다. 또 기원전 107년(원봉 4) 한 무제가 옹현(雍縣)에서 회중도를 거쳐 북으로 소관(蕭關)을 나간 일이 유명하다.
841　蒼莽(창망) : 광활하고 끝없는 모양.
842　戍角(수각) : 수자리의 호각 소리.

燕客悲歌動五侯.[844]　　　연 땅의 형가는 태자를 격동시키는 격앙된
　　　　　　　　　　　　노래를 부른다.

千里關山邊草暮,　　　　천리의 산과 관문에 변경의 풀이 저물고
一星烽火朔雲秋.[845]　　한 점 봉홧불에 북방의 구름이 가을빛이다.
夜來霜重西風起,　　　　밤이 되니 된서리 내리고 서풍이 부는데
隴水無聲凍不流.[846]　　소리 없는 농수隴水는 얼어붙은 채 흐르지도
　　　　　　　　　　　　않구나.

【왕평】

온정균과 이상은을 병칭하여 '온리溫李'라 부르는데 예부터 지금까지 전해지는 피상적인 말이다. 온정균은 종규鍾馗의 얼굴에 분을 발랐을 뿐이어서, 이상은의 풍골 천 개 가운데 한 개도 얻지 못했다. 오직 이 작품만이 순정純淨하여 음송할 만하다.

溫, 李幷稱, 自今古皮相語, 飛卿一鍾馗傅粉耳. 義山風骨, 千不得一, 唯此作純淨可誦.

843　雙管(쌍관) : 고대의 악기 이름.
844　燕客悲歌(연객비가) : 전국시대 연나라의 형가가 이수 강가에서 격앙하여 부른 노래.
　　　五侯(오후) : 다섯 제후. 권문세가를 가리킨다.
845　一星(일성) : 한 점. 산꼭대기에 타오르는 봉홧불이 마치 별과 같다는 뜻을 취했다.
846　隴水(농수) : 농산에서 흘러나오는 물길. 지금의 섬서성 농현에서 감숙성 평량 일대를 지나간다.

【해설】

　해 저무는 늦가을 변경의 창망한 풍광을 그렸다. 사경寫景 위주로 묘사한 가운데 드넓은 서북 변경의 공간과 풍경에서 창량하고 비장한 정서를 만들었다.

　왕부지는 온정균 시의 특징을 이상은과 비교하여 갈파하였다. 일반적으로 '온리'라 병칭하기 때문에 두 시인은 비슷한 공력이 있는 것으로 보나, 온정균은 분 바른 종규처럼 겉모습은 화려하지만 사실은 조악하고 풍골이 없다고 했다. 온정균 시의 특징을 형상성 높은 말로 간결하게 서술하였다.

두목杜牧 5수

長安雜題 六首選三　　　　장안 잡제 - 6수에서 3수 뽑음

제1수

晴雲似絮惹低空,　　　　맑은 하늘에 솜 같은 구름이 낮게 드리우고

紫陌微微弄袖風.[847]　　도성 거리에 살랑이는 바람이 소매를 흔든다.

韓嫣金丸莎覆綠,[848]　　한언韓嫣이 쏜 황금 탄환은 신록이 덮인 풀

847　紫陌(자맥) : 도성의 거리.
848　韓嫣(한언) : 한 무제의 총신으로, 황금으로 만든 탄환을 사용하여 사냥한 일이 유명하다.

밭에 떨어지고

許公韉汗杏粘紅.849   허국공許國公의 준마가 흘리는 한혈汗血은 살구꽃보다 붉다.

煙生窈窱深東第,850   안개는 왕후王侯의 저택 깊은 곳에서 피어오르고

輪撼流蘇下北宮.851   수레는 매달린 술을 흔들며 북궁으로 내려간다.

自笑苦無樓護智,852   나에게 누호樓護의 재주가 없음을 스스로 웃나니

可憐鉛槧竟何功.853   안타깝게도 연필과 목간을 들고 무슨 공을 이루었나?

---

849 許公(허공) : 수나라의 허국공(許國公) 우문술(宇文述).
鞯汗(천한) : 말의 가슴에 장식한 말다래. 우문술은 말다래의 뒤쪽 모서리를 세 치 길이로 네모나게 자르고 흰색이 드러나게 하였기에 사람들이 모방하자 새로운 유행이 되었는데. 이를 '허공결세(許公缺勢)'라 하였다. 여기서는 천리마들이 달릴 때 갈기에서 흘러내린 피가 가슴골을 타고 흐르는 모양을 말한 것으로 보인다.

850 窈窱(요조) : 窈窕(요조)와 같다. 깊고 그윽한 모양.
東第(동제) : 왕후의 저택.

851 流蘇(유소) : 술. 비단이나 깃털로 둥글게 만들어 깃발이나 가마 등에 다는 장식물.
北宮(북궁) : 한대 장안의 계궁(桂宮). 미앙궁의 북쪽에 있기에 북궁이라 했다.

852 樓護(누호) : 서한 때 사람으로 말을 잘 하고 권세가를 잘 사귀었고, 다섯 제후의 상객이 된 일이 유명하다.

853 鉛槧(연참) : 연필과 목간. 글자를 쓰는 공구. 서한 때 양웅이 항상 연참을 들고 계리를 따라 사방을 다니며 방언을 수집한 일이 유명하다.

【왕평】

조탁만 힘쓰면 높은 경지에 이르기 어렵지만, 이 작품은 품격이 떨어지지 않았다.

琢者難爲高, 此得不卑.

【해설】

장안의 번화한 모습과 권세가와 부호들의 위세를 그리고, 자신의 청빈을 대조시켰다. 이러한 구성은 노조린의 「장안 고의」를 압축한 듯한 효과를 준다.

제2수

雨晴九陌鋪江練,[854]	비 갠 장안 거리는 명주처럼 펼쳐있고
嵐嫩千峰疊海濤.	수천 봉우리의 남기嵐氣는 파도를 쌓은 듯해라.
南苑草芳眠錦雉,	부용원의 향기로운 풀밭에 비단 빛 꿩이 졸고
夾城雲暖下霓旄.[855]	협성의 구름은 무지개 깃발 아래로 내려온다.

---

854 九陌(구맥) : 한대 장안성의 아홉 갈래 길.
　　江練(강련) : 강이 하얀 비단을 펼친 듯하다. 사조(謝朓)의 시구 "맑은 강은 고요하여 하얀 비단과 같아라(澄江靜如練)"를 이용하여 장안의 거리를 형용하였다.
855 夾城(협성) : 현종이 흥경궁에서 곡강의 부용원까지 원래 있는 성벽 옆에 또 하나의 성벽을 세운 통로. 황제만이 다닐 수 있게 하였다.
　　霓旄(예모) : 깃털을 오색으로 물들여 만든 깃발로, 황제가 사용하는 의장의 하나이다. 그 모습이 무지개와 비슷하다는 뜻을 채용하였다.

少年羈絡靑紋玉,　　청년이 탄 말의 굴레엔 푸른 옥이 박혀있고

遊女花簪紫蔕桃.　　처녀의 꽃 비녀 모양은 자주 받침 복숭아라.

江碧柳深人盡醉,[856]　푸른 곡강에 짙은 버들 사람은 모두 취해있

으나

一瓢顔巷日空高.[857]　한 바가지 물에 만족하는 안회 사는 골목엔

해가 높구나.

【왕평】

조탁한 곳엔 정이 보이고, 조탁하지 않은 곳엔 참됨이 드러난다.

琢處見情, 率處見眞.

【해설】

봄날 장안의 번화함을 그리고 자신의 청빈을 대비시켰다. 이 시 역
시 바로 위의 시와 마찬가지의 구성을 취하였다.

제3수

洪河淸渭天池浚,　　넓은 황하와 맑은 위수가 천지天池처럼 깊고

856　江(강) : 여기서는 장안 남쪽에 있는 곡강지를 가리킨다.
857　一瓢(일표) 구 : 공자가 안회(顔回)의 안빈낙도를 칭송한 말을 가리킨다. "어질
구나, 안회여. 밥 한 그릇과 물 한 바가지로 누추한 골목에 사는 것을 보통 사람들
은 그 근심을 견디지 못하지만 안회는 그 즐거움을 바꾸지 않는구나(賢哉, 回也!
一簞食, 一瓢飮, 在陋巷, 人不堪其憂, 回也不改其樂)."『논어』「옹야(雍也)」참조.

太白終南地軸橫.　　　　　태백산과 종남산이 지축을 가로질렀다.

祥雲輝映漢宮紫,[858]　　　상서로운 구름에 궁궐은 자줏빛으로 돋보
　　　　　　　　　　　　　이고

春光繡畫秦川明.　　　　　봄빛에 진천秦川은 수놓은 듯 환하다.

草妒佳人鈿朵色,[859]　　　풀은 미인의 꽃 모양 장신구를 시샘하고

風回公子玉銜聲.　　　　　바람은 공자가 탄 말의 옥 재갈 소리를 들려
　　　　　　　　　　　　　준다.

六飛南幸芙蓉苑,[860]　　　여섯 말이 끄는 수레가 남쪽 부용원에 달려
　　　　　　　　　　　　　가면

十里飄香入夾城.　　　　　십리에 걸친 향기가 협성에 들어간다.

【왕평】

태산에 구름이 걸리고 동정호에 달이 잠기듯 웅장하다. 말미에서 감
회와 포부를 표현하지 않았는데, 「국풍」에도 종종 이런 작품이 있다.

岱岳披雲, 洞庭侵月, 末章偏不及感遇意, 『國風』往往有此.

【해설】

장안의 형세를 넓은 배경에서 그리고, 곡강에서 노니는 미인과 공자

858　紫(자) : 자줏빛 기운. 상서로운 기운.
859　鈿朵(전타) : 금은이나 패옥 따위로 만든 꽃 모양의 장식물.
860　六飛(육비) : 황제의 수레를 끄는 여섯 마리의 말. 나는 듯이 빨리 달린다는 뜻을
　　　채용하였다.

의 풍모를 묘사하였다.

殘春獨來南亭因寄張祜　　늦봄에 홀로 남정에 왔다가 장호에 부침

　暖雲如粉草如茵,　　　구름은 분가루 같고 풀은 돗자리 같은데

　獨步長堤不見人.　　　홀로 긴 방둑을 걸으니 사람이 보이지 않구나.

　一嶺桃花紅錦黗,[861]　　산마루의 복사꽃은 붉은 비단처럼 물들고

　半溪山水碧蘿新.　　　시내의 한쪽으로 푸른 덩굴이 새롭다.

　高枝百舌猶欺鳥.　　　높은 가지의 백설조는 여전히 뭇 새를 업신

　　　　　　　　　　　여기고

　帶葉梨花獨送春,　　　잎이 붙은 배꽃은 홀로 봄을 보낸다.

　仲蔚欲知何處在.[862]　장중울이 어디에 있나 알아보려 하니

　苦吟林下拂詩塵,　　　숲 아래 애쓰며 시를 다듬고 있구나.

【왕평】

역시 준수하다.

居然俊物.

---

861 黗(울) : 검게 바랜 흔적.
862 仲蔚(중울) : 동한의 장중울(張仲蔚). 같은 지역의 위경경(魏景卿)과 함께 수양
　　하고 은거하며 출사하지 않았다.

【해설】

　늦봄에 찾아와 둘러본 남정의 아름다운 풍광을 노래하고, 친구 장호를 생각하였다. 특히 제5구에서 백설조가 뭇새를 업신여긴다는 말에서 장호가 원진元稹의 배척을 받은 점을 비유하고, 말미에서 장중울의 전고를 이용하여 장호가 은거할 수밖에 없는 처지를 안타까워하였다.

聞慶州趙縱使君與黨項戰中箭身死[863]

경주자사 조종이 당항족과 싸우다 화살을 맞고 죽었다는 소식을 듣고

將軍獨乘鐵驄馬,[864]	장군은 홀로 철갑 입은 말을 타고
榆溪戰中金僕姑.[865]	유림새 전투에서 금복고 화살에 맞았지.
死綏却是古來有,[866]	비겁한 자는 예부터 많았지만
驍將自驚今日無.	놀랍게도 용맹한 장수는 지금도 없구나.
靑史文章爭點筆,	청사에선 문장을 다투어 쓰건만
朱門歌舞笑捐軀.	권세가는 가무를 탐하며 몸 바친 자를 비웃

863　慶州(경주) : 치소는 지금의 감숙성 경양현(慶陽縣).
　　趙縱(조종) : 생졸년 미상. 당시 경주자사였다.
　　黨項(당항) : 고대 민족. 남북조시대에 지금의 청해성과 사천성의 산간지대에 거주했으며, 당대 들어서 티베트의 추격을 받아 감숙, 영하(寧夏), 섬북(陝北) 일대에 거주했다. 문종과 무종 때 상당한 위협이 되었으나 선종 때인 851년(대중 5) 평정되었다. 두목은 봉칙하여 「당항족의 평정을 축하하는 표(賀平黨項表)」를 지었다.
864　鐵驄馬(철총마) : 철갑을 입은 말.
865　榆溪(유계) : 유림새(榆林塞). 북방의 요새로, 지금의 내몽고 악이다사(鄂爾多斯) 황하 북안.
　　金僕姑(금복고) : 화살 이름.
866　死綏(사수) : 전투에 패하여 응당 죽어야 하는 사람.

誰知我亦輕生者,　　　　누가 알랴, 나 또한 목숨이 아깝지 않은데

不得君王丈二殳.[867]　　군왕을 위하여 긴 창 잡을 기회가 없구나.

【왕평】

마땅히 함축적이고 조화롭게 어울리는 곳을 알아야 한다.

이런 제재는 '일편단심의 푸른 피丹心碧血', '일월과 산하日月山河', '석양의 시든 풀衰草夕陽'과 같은 말에서 벗어나야 절로 무한한 정감을 나타낼 수 있다. 졸렬한 자들은 이들 말을 쓰지 않으면 붓을 대지 못하니, 마치 배우가 노인의 흉내를 내면서 오직 흰 수염에만 의지하는 것과 같다.

當知其蘊藉浹洽處.

此等題于丹心碧血, 日月山河, 衰草夕陽外自有無限. 劣者彼不用, 則更無下筆處, 如優人作老態, 但賴白髻.

【해설】

유림새에서 당항족과 싸우다 죽은 경주자사 조종의 용맹을 형상화하였다. 목숨을 구걸하고 현재의 일락에 탐하는 비겁한 자들과의 대조를 통해 희생을 두려워 않고 싸운 주인공의 모습을 더욱 돋보이도록 하였다. 말미에서 자신 또한 재능은 있으나 기회를 얻지 못한 불우감不

867　殳(수) : 창.

遇感을 토로했다.

왕부지는 시의 의상이 중복되고 공식화되는 것을 비판하였다. 충정을 노래한 수많은 시문들이 상투적인 말로 채워져 있으니 진실된 감흥이 없게 된다는 것이다. 이는 그가 문파를 세우고立門庭 고지식한 법칙을 강구하는講死法 풍기를 비판하는 것과 일맥상통한다. 그래서 『강재시화』에서 "법칙이라 말하는 것은 법칙이 아니다凡言法者, 皆非法也"고 하였다. 사실 중국고전시에 있는 광범위한 중복성을 비판한 말로 왕부지만큼 철저한 사람도 없을 것이다. 그런 면에서 보면 이 시가 기존의 천편일률에서 벗어나 독창성을 이룬 것도 대상을 마주하여 일어나는 순간적인 감흥에서 나온 것을 알 수 있다.

허혼許渾 1수

臥疾	병으로 누워서
寒窓燈盡月斜暉,	차가운 창가에 등불이 다하고 달도 기울면
珮馬朝天獨掩扉.868	말 타고 조회 가는 아침 혼자 사립 닫는다.
淸露已凋秦塞柳,869	맑은 이슬에 장안 인근 버들이 벌써 시들고

---

868 珮馬(패마) : 말의 굴레에 방울이나 옥가로 장식한 것.
　　朝天(조천) : 천자를 조견하다.
869 秦塞(진새) : 진나라 때 세워진 관새. 여기서는 장안 일대.

白雲空長越山薇.　흰 구름은 월 땅의 고비를 부질없이 자라게
하리라.

病中送客難爲別,　병중에 손님을 보내려니 작별이 더욱 괴롭고

夢裏還家不當歸.　꿈속에서 집에 돌아가도 막상 돌아간 게 아
니라네.

惟有寄書書未得,　그저 편지를 부쳐보나 답장은 받지 못해

臥聞燕雁向南飛.　누워서 들리는 건 남으로 날아가는 기러기
소리.

【왕평】

허혼의 시는 논할 가치가 없어, 그저 휘주徽州 상인들의 춘련春聯으로
나 쓸 만하다. 양신楊愼은 양재楊載, 학천정郝天挺, 고병高棅 세 사람이 식
견이 없다면 비웃었지만, 정작 그가 추천한 「가을 저녁 운양역 서쪽 정
자의 연못秋晚雲陽驛西亭蓮池」이라는 율시는 역시 진부한 작품에 지나지
않는다. 허혼 시집에서 오직 이 작품만이 사내다운 기상이 서려 있다.

渾詩不足道, 但資新安賈作春聯耳. 楊用修笑楊仲弘郝天挺高棅之無目, 然
而用修所推'秋晚蓮池'一律猶故物也. 于渾集中唯此有鬚眉氣.

【해설】

병들어 누워있기에 더욱 절실해지는 고향 생각을 표현하였다. 장안
에서 조회도 못 나가면서 멀리 강남을 그렸다. 제4구의 '월 땅의 고비'

는 남방 고향에서의 은거를 환기한다.

조하趙嘏 4수

九日陪越州元相宴龜山寺[870]

중양절 월주자사 원 상공을 모시고 구산사에서 잔치하며

佳晨何處泛花遊,	아름다운 아침에 꽃을 띄우고 노는 곳은 어디인가?
丞相筵開水上頭.	알고 보니 승상께서 물가에 잔치를 열었구나.
雙影旆搖山雨霽,[871]	쌍 깃발 그림자 흔들리자 산에 내리던 비가 멎고
一聲歌裛寺雲秋.	노랫소리 한 자락에 절 위의 구름이 가을빛이로다.
林光靜帶高城晚,	숲의 고요한 빛은 저녁의 높은 성을 두르고

---

870 越州元相(월주원상) : 원진(元稹)을 가리킨다. 원진은 823년(장경 3) 8월에 동주자사에서 월주자사 겸 절동관찰사(浙東觀察使)가 되었으며, 한 해 전인 822년 2월부터 6월까지 재상으로 있었기에 원상(元相)이라 하였다.
　　龜山寺(구산사) : 월주 산음현(山陰縣)에 소재한 절.
871 雙影旆(쌍영패) : 雙旆影(쌍패영)과 같다. 지덕 연간(756~758) 이후 중원에서 전란으로 인해 대장이자 자사가 된 사람에게는 천보 연간의 변장(邊將)의 일에 의거하여 절도사의 칭호를 부여하고 여러 군(郡)을 통제하게 하면서 쌍정(雙旌)과 쌍절(雙節)을 하사했다.

湖色寒分半檻流.　　　호수의 차가운 한기는 반 열린 문으로 흘러
　　　　　　　　　　　든다.

共賀萬家逢此節,　　　온 백성이 이 명절을 축하하니

可憐風物似荊州.[872]　　사랑스러운 풍광은 형주荊州와 비슷해라.

【왕평】

종영鍾嶸이 말하길 시는 '평平'이 귀하다고 했는데, 이 작품 역시 험하고 척박한 모습이 없다.

결말이 별도로 나왔지만, 그래도 잡다하지 않다.

시에 준어俊語가 있기를 세상 사람들이 모두 바라지만, 대부분 급하고 날카로워 속됨에 떨어진다. 조하는 "피리 가락 한 소리에 사람은 누대에 기대있다長笛一聲人倚樓"로 이름을 얻었으나, 만약 「남향자」의 말구를 짓는다면 "노랫소리 한 자락에 절 위의 구름이 가을빛이로다一聲歌裊寺雲秋"로 바꾸길 바란다.

鍾嶸言詩以平爲貴, 如此亦無崎嶇嶢确之態.

一結別出, 依然不雜.

詩有俊語, 世所同羨, 而多以急勁入俗. 煆以"長笛一聲人倚樓"得名, 要爲南鄕子落句耳, 請以"一聲歌裊寺雲秋"易之.

872　荊州(형주) : 치소는 지금의 호북성 강릉시. 원진은 810년(원화 5) 3월에 강릉사
　　　조참군(江陵士曹參軍)이 되었다.

【해설】

중양절에 월주자사 겸 절동관찰사 원진元稹을 모시고 구산사에 올라 참가한 연회를 그렸다. 제3, 4구는 비록 대구 형식을 취하고 있지만, 제3구에서 원진의 위엄과 신분을 간접적으로 드러내면서, 제4구에서 이를 누그러뜨리고 있어, 마치 예禮와 악樂으로 균형을 잡은 듯하다.

왕부지는 종영의 '평미平美' 관점을 계승하여 이를 높이 평가하였다. 앞에서 장구령(張九齡)의 「임금이 지으신 '삭방군에 부임하는 상서 연국공 장열을 보내며'에 삼가 화답하며奉和聖制送尙書燕國公赴朔方」에 대한 평어에서도 "종영이 시를 평할 때 '평平'자 하나를 중시했는데 바로 이를 말하는 것이다鍾嶸論詩寶一平字, 正謂此也"라고 한 데서 명확히 알 수 있다. 종영의 『시품』을 보면, 부량博亮을 평하면서 "또한 평미하다亦復平美"고 하였고, 왕철王彳, 변빈卞彬, 변삭卞鑠을 함께 평하면서 "평미平美에서 멀다去平美遠矣"고 하였다. 평미平美는 '평平의 아름다움'이라 할 수 있다.

"피리소리 한 자락에 사람은 누대에 기대있네長笛一聲人倚樓."는 조하가 지은 「장안의 가을 조망長安秋望」에 나오는 구이다. 이 구에 대해 특히 두목(杜牧)이 크게 상찬하여 조하를 '조의루趙倚樓라 부른 일화가 『당시기사』 권56에 실려있다. 「남향자」는 사패詞牌의 하나인데 말구가 칠언으로 되어 있다. 송대 이래 집구시集句詞로 소동파의 「남향자-집구南鄕子-集句」가 유명한데, '상회傷懷'나 '배회徘徊'에 이어지는 그 말구가 유우석이나 이상은의 시에서 가져온 시구보다 차라리 위 작품의 제4구가 더 좋다고 하였다.

送僧歸'廬山　　　　　여산으로 돌아가는 스님을 보내며

禪棲忽憶五峰遊,[873]　스님께서 홀연히 오로봉五老峰이 생각나서

去著方袍謝列侯.[874]　방포方袍를 꺼내 입고 태수를 하직하네.

經啓樓臺千葉曙,[875]　누대에서 경전을 펼치면 새벽빛이 깃들고

錫含風雨一枝秋.　　한 줄기 석장엔 가을 비바람이 담기리라.

題詩片石侵雲在,　　시를 적은 바위는 구름에 파묻히고

洗鉢香泉覆菊流.　　바리 씻던 샘물은 국화가 떠 흘러가리.

却憶前年別師處,　　돌이켜 생각하리니 예전에 스승을 떠나던 곳

馬嘶殘月虎溪頭.[876]　초승달 아래 말이 우는 호계虎溪의 입구를.

【왕평】

경책이다.

警.

【해설】

여산으로 떠나는 스님을 보내며 지은 송별시이다. 말미를 보면 이

873　禪棲(선서) : 출가하여 은거하다. 여기서는 스님을 가리킨다.
　　　五峰(오봉) : 여산에 있는 오로봉(五老峰). 여기서는 여산을 가리킨다.
874　方袍(방포) : 승려가 입는 가사. 펼치면 네모꼴이 되기에 이름 지어졌다.
875　千葉(천엽) : 불경. 불경을 패엽(貝葉)에 쓴 데서 유래했다.
876　虎溪(호계) : 여산에 있는 계곡. 동진의 고승 혜원(慧遠)이 여산에 은거하면서 손
　　　님을 배웅할 때 호계를 지나면 호랑이가 포효하기에 건너지 않았다. 한번은 도연
　　　명, 육정수와 이야기에 열중하다 호계를 지나자 호랑이가 포효하였기에 웃으며
　　　멈추었다. 『여산기(廬山記)』 참조.

스님의 스승은 원래 혜원과 같이 덕이 높았던 것으로 보인다.

왕부지는 '경警'자로 일자평一字評을 하였다. '경'은 '경책警策'에서 나온 말로, 원래 채찍으로 말을 때린다는 뜻인데, 육기陸機가 「문부文賦」에서 "시문에서 중요한 자리에 있는 한 마디는 한 편의 경책이다文片言而居要,乃一篇之警策"라고 하여, 마치 말에 채찍을 가해 더 빨리 달리게 하듯, 잘 쓴 한 마디가 다른 문장까지 구사하여 시문의 뜻을 더욱 명확히 한다는 뜻으로 사용하였다. 왕부지는 여기에서 더 나아가 사람을 놀라게 하는 뛰어난 시편을 '경'자로 평하였다.

平戎	오랑캐를 평정하다
邊聲一夜殷秋鼙,[877]	변방의 소리가 하룻밤에 가을 북소리로 바꿔더니
牙帳連烽擁萬蹄.[878]	연이은 봉홧불에 수만의 기마가 대장기를 에워싼다.
武帝未能忘塞北,[879]	한 무제는 변경의 북쪽을 잊지 않았고
董生才足使膠西.[880]	동중서는 출중하여 교서膠西를 다스리기 족

---

877 邊聲(변성) : 변경에서 들을 수 있는 특징적인 소리. 말 울음 소리, 호각 소리, 바람소리 등을 통칭한다.
  殷(은) : 우레 치는 소리. 여기서는 북소리를 비유한다.
878 牙帳(아장) : 아기(牙旗)가 세워진 군막. 여기서는 위구르의 오개 가한(烏介可汗)이 머무는 군막을 가리킨다.
879 武帝(무제) : 한 무제. 무제는 위청, 곽거병 등을 여러 차례 변경으로 보내 흉노를 쳤다.
880 董生(동생) : 동중서(董仲舒). 이 구는 동중서가 무제의 형인 교서왕(膠西王) 유

	했다.
冰橫曉渡胡兵合,	얼어붙은 강을 새벽에 건너자 오랑캐 병사들이 모여들고
雪滿窮沙漢騎迷.[881]	눈 가득한 사막 끝에 한나라 기병이 길을 잃었다.
自古平戎有良策,	예부터 오랑캐 평정에 좋은 계책 있었으니
將軍不用倚雲梯.[882]	장군은 운제雲梯에 의지할 필요가 없었다.

【왕평】

경책이고 적절하다.

제5, 6구 또한 사건을 기록한 말이지 경어景語가 아니다. 제3, 4구에 정情을 배치하고, 제5, 6구에 경景을 배치하는 식으로 규칙에 얽매이면 더 이상 시가 없게 된다.

亦警亦適.

단(劉端)의 상국(相國)으로 임명된 일을 말한다. 당시 무제의 승상인 공손홍(公孫弘)이 『춘추』 연구에 있어 동중서에 실력이 미치지 못하자 이를 시기하여 일부러 교만하고 상국이나 태수 등을 살해한 교서왕에게 보내려고, 무제에게 "오직 동중서만이 교서왕의 상국이 될 만합니다(獨董仲舒可使相膠西王)"이라고 추천하였다. 『한서』 「동중서전」 참조.

881 漢騎迷(한기미) : 이광(李廣)의 전고를 이용하였다. 이광이 군사를 이끌고 우장군 역이기와 연합하여 동도(東道)로 나섰으나, 군사가 향도를 잃어 미혹되어 길을 잃었다. 『사기』 「이장군열전」 참조.

882 雲梯(운제) : 공성 도구. 공수반이 초나라를 위해 운제를 만들어 송나라를 공격하려 했다. 『묵자』 「공수」 참조.

腹聯亦紀事語, 非景語. 頷入情, 腹入景, 則不復有詩.

【해설】

위구르와의 전투를 긴장감있게 서술하였다. 840년개성5 키르키즈點
戛斯가 위구르 제국을 멸망시키자, 위구르의 13개 부락이 오개烏介를 가
한으로 삼고 고비 사막 남부로 내려갔다. 841년회창1 오개 가한은 태화
공주를 붙잡아 볼모로 삼고 천덕天德을 거쳐 남으로 내려가 운중, 삭방,
북천을 공격하였다. 이 시는 이러한 과정에서 842년 8월 오개 가한이
기세를 떨칠 때 우승유牛僧孺를 중심으로 방어를 주장하는 의견과 이덕
유李德裕를 중심으로 공격을 주장하는 의견이 대립할 때, 천덕군사天德軍
使 전모田牟가 성의 방비를 든든히 하여 견제해야 한다고 주장할 때 지
었다. 이후 843년회창3 유면劉沔과 석웅石雄이 불시에 이들을 공격하여
격파하고 공주도 데려왔다. 이 시는『구당서』「무종기」와 함께 읽어야
그 맥락을 파악할 수 있다.

浙東陪元相公遊雲門寺[883]

절동관찰사 원 상공을 모시고 운문사에 유람하며

松下山前一徑通,　　산 앞의 소나무 아래 놓인 오솔길

燭迎千騎滿山紅.　　불을 밝혀 천 기騎를 맞이하니 온산이 붉어라.

溪雲乍斂幽巖雨,　　계곡의 구름이 문득 걷히니 바위에 비 내리고

曉氣初開大旆風.　　새벽의 기운이 처음 열리니 큰 깃발이 펄럭

　　　　　　　　　인다.

小檻宴花容客醉,　　작은 난간 옆 꽃이 손님을 취하게 하고

上方看竹與僧同.[884]　높은 곳 대숲을 스님과 함께 완상하네.

歸來吹盡嚴城角,[885]　돌아오면 통금한 성에서 화각을 불고난 때

路轉橫塘亂水東.　　길을 돌아 연못에 이르면 어지러운 물이 동

　　　　　　　　　으로 흘러간다.

【왕평】

56자는 마치 진천秦川의 한 봉우리처럼 모두 궁원宮苑이 되었다. 결말

883　元相公(원상공) : 원진(元稹). 앞의 「중양절 월주자사 원 상공을 모시고 구산사
　　에서 잔치하며(九日陪越州元相宴龜山寺)」 참조.
　　雲門寺(운문사) : 지금의 절강성 소흥시 남쪽에 소재한 운문산에 있는 절. 남제
　　(南齊) 때 하윤(何胤)이 운문산에서 은거하며 가르칠 때 양 무제가 학생을 데리
　　고 종종 운문산에 올라 하윤에게 수업을 받았다. 당대에는 승려 지영(智永)이 여
　　기에서 삼십 년을 살았다.
884　上方(상방) : 지세가 가장 높은 곳.
885　嚴城(엄성) : 밤에 계엄에 들어간 성.
　　角(각) : 화각(畵角).

은 특히 다 말하지 않음으로써 오히려 끝없는 여운을 느끼게 한다.

五十六字如秦川一峰盡成宮苑, 一結尤以不盡爲無餘.

【해설】

원진을 모시고 간 운문사의 유람을 그렸다. 첫머리에서 가는 길을 그리고, 중간 네 구에서 운문사에서의 유람을 서술하고, 말미에서 돌아올 때를 서술하여 시간 순서로 정연하게 그렸다.

설능薛能 3수

許州題德星亭[886]　　허주 덕성정에 적다

漢水南流東有堤,[887]　　샘물은 남으로 흐르고 동쪽엔 방죽이 있는데

堤邊亭是武陵溪.[888]　　방죽 옆에 정자는 무릉 시내와 같구나.

槎松配石堪僧坐,　　굽은 소나무는 바위와 어우러져 스님이 앉기 좋고

蕊杏含春欲鳥啼.　　꽃망울 맺힌 살구나무엔 봄기운 가득하여

886　許州(허주) : 지금의 하남성 허창시.

887　漢水(분수) : 땅속에서 솟구쳐 오르는 샘물. 그밖에 산서성 합양현(郃陽縣) 성북과 성남에 분수가 있다는 기록이 있으나 허주에서 멀어 관련이 없다고 보기에 취하지 않는다.

888　武陵溪(무릉계) : 무릉의 시내. 도연명의 「도화원기」에 나오는 지명으로, 어부가 찾아간 이상향으로 이어진 아름다운 시내.

	새가 울려고 한다.
高樹月生滄海外,	높은 나무에 달은 바다 밖에서 떠오르고
遠郊山在夕陽西.	먼 들판의 산은 석양 서쪽에 있다.
頻來不似軍從事,[889]	자주 오다 보니 군사 행정관처럼 보이지 않고
只戴紗巾曳杖藜.	그저 누건 쓰고 지팡이 끄는 한가한 사람일 뿐이라.

【왕평】

설능의 시체는 본래 허약한 편이지만, 이런 종류의 시는 차마 버릴 수 없다. '흥회興會'를 체득하지 않고 '시격詩格'을 논하는 것은 내가 따르고 싶은 방법이 아니기에, 그런 논의를 제외하고 이 시만 가려 뽑는다.

許昌詩體卑弱, 然如此等不忍棄置. 興會不親而談體格, 非余所知也, 故去彼取此.

【해설】

허주의 덕성정에서 바라본 풍광을 묘사하고 한가한 마음을 노래했다.

왕부지가 "흥취와 의경을 체험하지 않고 형식을 논하는 것은 내가 아는 바가 아니다"라고 말한 대목은 그의 시관을 잘 보여준다. 그는 시의 형식이나 체격을 결코 경시하지 않았지만, 그것은 어디까지나 시의

---

889 軍從事(군종사) : 군중의 일을 하다. 설능은 878년(건부 5) 허주자사(許州刺史) 겸 충무군절도사(忠武軍節度使)가 되었다.

정신을 온전히 담아내기 위한 그릇일 뿐, 시를 성립하게 하는 근본 요소는 '흥취와 의경[興會]', 다시 말해 시인이 세계와 외물을 감득한 순간의 생생한 감정과 심경의 경계라고 보았다. 따라서 시를 읽고 논함에 있어 우선해야 할 것은 기계적 규범이나 외형적 격률을 따지는 일이 아니라, 그 시가 어떤 정경情景을 창출하며 어떠한 발견을 전해주는가를 살피는 일이다. 왕부지는 명대 시단이 원칙만을 앞세우고 체격을 지나치게 교조적으로 따지는, 시적 체험이 없는 형식 논쟁을 경계하였다.

<table>
<tr><td>幷州⁸⁹⁰</td><td>병주</td></tr>
</table>

少年流落在幷州,	젊은 시절 병주에 와 떠돌았으니
裘脫文君取次遊.[891]	가죽옷을 전당 잡히고 탁문군과 노닌 사마상여 같았지.
携挈共過芳草渡,	함께 손잡고 풀 향기 싱그런 나루를 건너고
登臨齊憑綠楊樓.	푸른 버드나무 옆 누대에 함께 올라 기대었지.
庭前蛺蝶春方好,	마당 앞의 나비는 봄이라 마침 좋고
床上樗蒲宿未收.[892]	평상 위의 저포는 전날 밤 놀던 그대로였지.

---

890 幷州(병주) : 지금의 산서성 태원시. 723년(개원 11) 태원부(太原府)로 개명했다.

891 裘脫(구탈) 구 : 가죽옷을 벗어 술을 사 탁문군과 함께 마시며 제멋대로 놀다. 젊은이의 낭만적인 생활을 가리킨다. 서한 때 사마상여가 탁문군과 성도로 도피행각을 벌였을 때 가난하여 힘들었는데, 사마상여가 입고 있던 숙상구(鷫鷞裘) 가죽옷을 주점에 잡히고 술을 사와 탁문군과 함께 마셨다는 이야기가 있다. 『서경잡기』 참조.

892 樗蒲(저포) : 윷놀이와 비슷한 놀이의 일종. 참가자들이 5개의 주사위를 교대로

坊號偃松人在否?[893]　　　‘언송방’이라 부르는 거리의 사람들 아직도

　　　　　　　　　　　　　　　있을까?

餠爐南畔曲西頭.　　　　　빵 굽던 화덕 남쪽의 서쪽 모퉁이.

【해설】

　병주에서 사는 젊은이의 호방한 삶을 회상조로 노래하였다. 병주幷
州, 태원일대는 예부터 유주幽州, 북경일대와 함께 유협의 땅으로 알려졌기에
이에 어울리는 청년의 구속없는 생활을 그려냈다. 설능은 분주汾州 사
람이므로 아마도 자신의 자전적인 생활을 그린 것으로 보인다.

春日書懷　　　　　　　　봄날 회포를 쓰다

伯牙琴絶豈求知,[894]　　　백아가 거문고 줄 끊은 뒤 어찌 친구를 구하랴

往往情牽自有詩.　　　　　시정詩情이 일어나면 종종 시를 쓸 뿐이라.

壟月正當寒食夜,　　　　　언덕 위 뜬 달에 마침 한식의 밤인데

春陰初過海棠時.　　　　　봄 추위가 지나니 해당화 피는 때로다.

耽書未必酬良相,　　　　　책을 탐독해도 꼭 재상이 되는 건 아니고

斷酒唯堪作老師.　　　　　술을 끊었으니 그저 남의 선생이 될 만하리.

　　던지며 6매의 말을 먼저 빼내는 사람이 이긴다.

893　坊號(방호) : 거리나 골목의 구획.

894　伯牙琴絶(백아금절) : 백아가 거문고의 줄을 끊다. 춘추시대 거문고의 명수 백아
　　가 자신의 곡을 잘 알아주던 친구 종자기가 죽자 거문고의 줄을 끊었다는 고사.
　　『여씨춘추』「본미(本味)」 참조.

多病不任衣更薄,　　　병이 많아 얇은 옷 견디기 어려우니

東風臺上莫相吹.　　　누대 위 동풍은 더 이상 불지 말아라.

위 두 수는 모래를 헤쳐 금을 찾은 듯하니 종종 보배를 얻는다.

二詩如披沙見金, 往往得寶.

【해설】

청년의 고독과 지향을 노래하였다. 자신의 뜻을 알아주는 지기知己가 없다고 해도 한식의 밤과 해당화 피는 봄날에 술을 끊고 책을 탐독하는 모습이 잘 그려졌다. 현대적인 감각이 가득하다.

한종韓琮 1수

牧丹　　　　　　　모란

桃時杏日不爭濃,　　　복사꽃과 살구꽃이 필 땐 농염함을 다투지 않다가

葉帳陰成始放紅.　　　녹음이 휘장처럼 짙을 때 비로소 붉게 피어나는구나.

曉艷遠分金掌露,[895]　　새벽의 고운 꽃잎은 금동 승로반의 이슬을

	나누어 갖고
暮香深惹玉堂風.[896]	저녁의 향기는 옥당의 바람에 깊이 스며들었지.
名移蘭杜千年後,	이름은 난초나 두약보다 천년 뒤까지 전해지고
貴擅笙歌百醉中.	고귀함에 생황과 노래보다 사람을 더 취하게 만드네.
如夢如仙忽零落,	꿈같고 선녀 같다가 문득 사라지니
暮霞何處綠屏空.[897]	저녁노을은 어디 가고 푸른 병풍만 남았는가!

【왕평】

모란을 노래한 훌륭한 작품이다.

牡丹佳唱.

【해설】

모란을 상찬한 영물시이다. 모란의 품격과 뛰어남을 노래하다가, 제

---

895 金掌露(금장로) : 이슬을 받는 청동제 신선의 손바닥. 한 무제가 방사의 말을 믿고 장안성의 건장궁(建章宮)에 청동의 신선상을 세웠는데, 팔을 벌려 승로반(承露盤)을 받들고 있는 형상이다. 『사기』「봉선서」 참조.

896 玉堂(옥당) : 당대에는 한림원을 의미한다. 여기서는 부귀한 집을 가리킨다. "모란은 꽃 가운데 부귀한 것이다(牡丹, 花之富貴者也)"는 인식 때문이다.

897 暮霞(모하) : 저녁노을. 여기서는 모란꽃을 비유한다.
綠屏(녹병) : 푸른 병풍. 잎을 비유한다.

5구에서 모란을 시기하는 난화와 두약의 시도가 헛됨을 나타내 은연
중에 정치적 박해를 비유하였다. 실제로 한종은 중서사인과 호남관찰
사 등을 역임한 중신이었으나 858년대중12 석재순石載順 등에 의해 축출
되었기에 자신의 심정을 나타낸 것으로 읽을 수도 있다. 말미에서 모
란꽃의 낙화로 아름다움의 소멸과 부재를 탄식하였다.

유창劉滄 2수

題王母廟[898]　　　　　　왕모묘에 적다

　　寂寥珠翠想遺聲,　　　적막한 사당에 진주 비취는 예전의 패옥소
　　　　　　　　　　　　리 연상되는데

　　門掩煙微水殿淸.　　　잠긴 문에 안개 걷히니 물가의 전각이 청정
　　　　　　　　　　　　해라.

　　拂曙紫霞生古壁,　　　날이 밝자 자색 노을이 옛 벽에서 일어나니

　　何年絳節下層城.[899]　어느 해의 붉은 부절이 층성層城에서 내려왔나?

　　鶴歸遼海春光晩,[900]　요동의 바다에 학이 돌아오는 늦은 봄

898　王母(왕모) : 서왕모. 고대 신화에서 곤륜산에 사는 신선으로 나온다. 소설『목천
　　자전』에선 주 목왕을 접대하였으며,『한무내전』에선 한 무제를 찾아가는 것으로
　　나온다.
899　絳節(강절) : 사신이 신표(信標)로 지닌 붉은 색의 부절(符節).
　　層城(층성) : 고대 신화에서 곤륜산에 있다는 아홉 층으로 된 성.
900　鶴歸遼海(학귀료해) : 요동 사람 정령위(丁令威)가 학이 되어 고향 요동에 돌아

花落閑階夕雨晴.　　　한가한 계단에 꽃이 떨어지는 비 개인 저녁.

武帝無名在仙籍,[901]　신선의 명부에는 한 무제의 이름도 없지만

玉壇星月夜空明.[902]　제단엔 별과 달만 밤하늘에 밝구나.

【왕평】

　제3구와 제6구는 경景을 말하고, 제4구와 제5구는 정情을 말하여, 격식에서 벗어났으나 대구는 모르는 사이 절로 정교해졌으니 참으로 기이한 작품이다. 작자는 다만 '하나의 뜻'을 자연스럽게 전개했는데, 만약 의식적으로 지었다면 볼 만한 게 없을 것이다.

　三六說景, 四五言情, 格法擺落, 而對仗工密不覺, 眞奇作也. 作者只一意自然, 令有心爲之, 則亦不足觀矣.

【해설】

　서왕묘 사당을 그린 작품이다. 과거와 현재, 천상과 지상을 오가며 서왕묘의 신성과 엄숙을 묘사하고 강림하기를 기원하였다. 말미에서 도근道根이 깊지 않고 수양이 높지 않으면 신선이 될 수 없기에, 인간세계의 제왕조차 미물에 불과함을 나타내어, 별이나 달과 같이 영원히 빛나는 가치와 대비하고 있다.

　온 일을 가리킨다. 여기서는 서왕모가 다시 인간세계에 강림하길 바라는 의미로 썼다.

901　武帝(무제) : 한 무제.

902　玉壇(옥단) : 서왕모를 모시는 제단. 왕모묘를 가리킨다.

送元敍上人歸上黨[903]

　太行關路戰塵收,

　白日思鄕別沃州.[904]

　薄暮焚香臨野燒,

　淸晨漱齒涉寒流.

　溪邊殘壘空雲木,

　山上孤城對驛樓.

　此去寂寥尋舊迹,

　蒼苔滿徑竹齋秋.

상당으로 돌아가는 원서 상인을 보내며

태항산 관문 길에 전쟁의 먼지 가시자

대낮에 고향을 생각하고 옥주산을 떠난다.

저물녁에 들불 앞에서 향을 피우고3

새벽에 차가운 강을 건너며 양치질하리.

계곡 옆 부서진 참호에는 구름처럼 높은 나무

산 위의 외로운 성과 마주한 역참의 누각.

지금 떠나시면 적막히 옛 행적을 찾을 터인데

푸른 이끼 가득한 오솔길 대숲 승방엔 가을이 깊으리.

【왕평】

승려를 송별하는 시인데도 채소 만두의 기운이 들어가지 않았기에 절로 다르다.

수려하여 잠삼을 본뜬 듯하다.

送僧詩不入蔾餡氣, 自別.

蒼秀欲擬岑參.

903　元敍上人(원서상인) : 미상. 상인은 승려에 대한 존칭.
　　上黨(상당) : 노주(潞州)의 치소. 지금의 산서성 장치시(長治市).
904　沃州(옥주) : 옥주산. 동진의 지둔(支遁)이 절을 세우고 도를 행한 곳. 『고승전』「지둔전(支遁傳)」 참조. 고승이 살고 있는 산림.

【해설】

　원서 상인을 보내며 지은 송별시이다. 첫머리에서 왜 떠나는지 이유와 가는 곳과 떠나는 곳을 밝히고, 이어서 제3, 4구에서 여로의 모습을 상상하고, 제5, 6구에서 여로의 경관을 그렸다. 말미에서 남겨진 대숲 승방을 그려 석별의 정을 나타냈다.

내붕來鵬 1수

淸明日與友人遊玉粒塘莊	청명일에 친구와 옥립당장에서 노닐며
幾宿春山逐陸郎,[905]	며칠을 봄산에서 묵으며 친구와 어울렸는데
淸明時節好煙光.	청명 시절이라 풍광이 아름답구나.
歸穿細荇船頭滑,[906]	돌아올 땐 뱃머리에 노랑어리연들이 갈라지고
醉踏殘花屐齒香.[907]	취해 밟은 떨어진 꽃에 나막신 굽이 향기롭다.
風急嶺雲飄迥野,	빠른 바람에 고개 위 구름은 먼 들로 떠가고
雨餘田水落方塘.	넉넉한 비에 논의 물은 둠벙으로 떨어진다.
不堪吟罷東回首,	시를 짓고 차마 동으로 고개 돌리기 어려우니

905　陸郎(육랑) : 육적(陸績). 삼국시대 동오의 인물. 용모가 웅장하고 학식이 높았다. 관직은 울림태수에 이르렀다. 어려서 원술을 방문했을 때 모친을 생각해 품속에 귤을 가져가려 한 효자로 유명하다.
906　細荇(세행) : 노랑어리연.
907　屐齒(극치) : 나막신의 굽.

滿耳蛙聲正夕陽.　　　귀에 가득 들려오는 석양 속 개구리 울음소리.

【왕평】

'경물 선택[取景]'이 쉽고 말이 편하다. 세상 사람들의 눈에는 들어오지 않으나, 나는 그 '흥취와 의경[興會]'을 특별히 사랑한다.

取景近, 脫口輕. 世眼所不取, 吾特賞其興會.

【해설】

친구와 청명일에 봄놀이 나간 즐거움을 그렸다. 제1구의 육랑陸郞은 학식이 높은 친구를 비유한 것으로 보인다. 제3, 4구가 특히 감각적인 가운데 말미의 서경도 여운이 가득하다.

왕부지는 흥회興會를 강조했다. 흥회는 '영감靈感' 또는 '심미적인 감흥'으로, 시인에 있어 정과 경이 융합할 때 일어나는 직각적인 사유이다.

최로崔櫓 2수

春日卽事　　　봄날 눈에 보이는 대로
一百五日又欲來,[908]　　　동지 후 일백오 일 한식이 다가오니
梨花梅花參差開.　　　배꽃과 매화꽃이 여기저기 피어난다.

908　一百五日(일백오일) : 한식절을 가리킨다. 한식은 동지부터 105일째 되는 날이다.

行人自笑不歸去,	나그네인 나는 돌아가지 못해 스스로 비웃 지만
瘦馬獨吟眞可哀.	마른 말이 혼자 우니 진실로 애처롭다.
杏酪漸香鄰舍粥,[909]	이웃집에서 끓이는 살구죽에 향기가 전해오고
楡煙將變舊爐灰.[910]	느릅나무에 새 불을 옮겨오니 화로의 재가 달라진다.
畫橋春暖淸歌夜,	봄이라 온화해져 다리에서 맑은 노래 들리 는 밤
肯信愁腸日九回?[911]	하루에도 아홉 번 애간장이 끊어진다면 누 가 믿으랴?

【왕평】

운치와 격조가 있으니 초당시의 '격 밖의 뜻[格外之旨]'을 얻었다.

韻度自愔, 得初唐格外之旨.

【해설】

한식을 맞이하는 즐거움을 노래했다. 한식은 보통 청명과 같은 시기

---

909 杏酪(행락) : 살구 알을 찧어 끓인 죽.
910 楡煙(유연) : 느릅나무 가지에 붙인 불. 한식에 불을 금한 후 다시 불을 붙이는
      걸 말한다.
911 愁腸日九回(수장일구회) : 뱃속에서 애간장이 하루에 아홉 번 돌 정도로 걱정이
      많다.

이므로 양력 4월 5일 경이 된다. 이때는 이미 봄빛이 완연할 때로 겨울이 지나고 봄이 왔다는 확실한 계절 감각이 들게 된다. 한식의 계절감을 봄이 주는 생명감에 실어냈다. 말미의 애간장 끊어지는 시름은 제3, 4구에서 보듯 고향에 돌아가지 못해 일어나는 것으로 보인다.

<table>
<tr><td>岸梅</td><td>언덕의 매화</td></tr>
<tr><td>含情含怨一枝枝,</td><td>가지마다 정을 머금고 원망을 머금은 듯</td></tr>
<tr><td>斜壓漁家短短籬.</td><td>어부 집 낮은 울타리에 비스듬히 기대있네.</td></tr>
<tr><td>惹袖尙餘香半日,</td><td>소매를 스치면 반나절 동안 향기가 맴돌고</td></tr>
<tr><td>向人如訴雨多時.</td><td>비 많이 오면 사람에게 눈물로 호소하는 듯.</td></tr>
<tr><td>初開偏稱雕梁畵,</td><td>막 피었을 땐 화려한 들보의 그림과 어울리고</td></tr>
<tr><td>未落先愁玉笛吹.⁹¹²</td><td>떨어지기 전엔 옥피리 곡 「매화락」을 근심한다.</td></tr>
<tr><td>行客見來無去意,</td><td>나그네가 와서 보곤 떠날 생각 않다가</td></tr>
<tr><td>解帆煙浦爲題詩.</td><td>안개 낀 포구에 돛 내리고 시를 짓는다.</td></tr>
</table>

【왕평】

최로는 두목을 흠모하여, 시의 풍모와 신운이 매우 흡사하지만, 두

---

912 未落(미락) 구 : 피리 곡에 「매화락(梅花落)」이란 곡이 있으므로, 꽃이 떨어지기 전에 피리의 가락에서 먼저 떨어진다고 하였다. 여기서는 쌍관법으로 매화와 곡조를 함께 의미한다.

목 시에 보이는 중첩된 구는 피했다. 정통적인 시는 중첩된 구를 쓰는 것으로 우위를 삼지 않는다.

부득이하여 이렇게 결말을 지었지만, 전체는 여전히 '하나의 색'이다.

櫓慕杜牧, 爲詩豐神正似而去其重句, 詩正不以重句爲勝.

不得已寧作此結句, 猶然一色.

【해설】

매화를 노래한 영물시이다. 제1구와 제4구에서 의인화시켜 호소력을 높였다.

이영李郢 2수

江亭春霽　　　강가 정자의 갠 봄날

江蘺漠漠荇田田,[913]　　궁궁이 가득하고 노랑어리연꽃 무성한데

江上雲亭霽景鮮.　　강가의 정자에 갠 뒤 풍경이 선명해라.

蜀客帆檣背歸燕,　　촉 땅 나그네의 돛단배는 돌아가는 제비를 등지고

913　江蘺(강리) : 蘼蕪(미무). 천궁(川芎). 궁궁이. 향초이다.
　　荇(행) : 노랑머리연꽃. 수생 식물이다.
　　田田(전전) : 연잎이 무성한 모양.

楚山花木怨啼鵑. 초 땅 산속의 꽃나무는 우는 두견새를 원망한다.

春風掩映千門柳,[914] 봄바람에 흔들리는 천문만호의 버드나무

曉色凄涼萬井煙. 새벽빛에 쓸쓸한 수많은 집의 아침 연기.

金磬泠泠水南寺,[915] 청동 경쇠 소리 찌렁찌렁 강 남쪽 절에서 들려오는데

上方僧室翠微連.[916] 높은 곳의 승방이 푸른 산빛과 이어져 있다.

【왕평】

맑고 섬세하다.

淸微.

【해설】

비 그친 봄날의 강변 풍경을 그렸다. 그 위치는 '초산楚山'이라 하였으므로 강남으로 보인다. 제5, 6구에서 봄바람과 버들, 새벽빛과 안개로 봄이 온 풍광을 잡아냈다.

---

914 掩映(엄영) : 가리다. 때로 가리고 때로 드러내다.
915 金磬(금경) : 절에서 쓰는 청동 바라와 같은 악기.
　　泠泠(영령) : 찌렁찌렁. 맑고 높은 소리를 나타내는 의성어.
916 上方(상방) : 도가에서 말하는 천상의 선계(仙界). 절의 가장 높은 곳을 가리키기도 한다.

送劉谷⁹¹⁷　　　　　　유곡을 보내며

村橋西路雪初晴,　　　마을의 다리 서쪽 길에 눈이 막 개어

雲暖沙干馬足輕.　　　온화한 구름과 마른 모래에 말의 발걸음이
　　　　　　　　　　　가볍다.

寒澗渡頭芳草色,　　　차가운 여울 나루터에 향기로운 풀빛

新梅嶺外鷓鴣聲.　　　매화 핀 고개 너머 자고새 울음소리.

郵亭已送輕車發,⁹¹⁸　역참에선 이미 가벼운 수레 보냈다는데

山館誰將候火迎.⁹¹⁹　산속 관사에선 누가 불을 들고 맞이할까.

落日千峰穿迢遞,　　　떨어지는 해가 천 개의 봉우리를 뚫고 지
　　　　　　　　　　　나면

知君回首望高城.　　　내 아나니 그대 머리 돌려 높은 성을 바라볼
　　　　　　　　　　　것을.

【왕평】

맑고 굳셈이 고적과 잠삼보다 못하지 않다.

결말에서 '형상 밖의 형상[象外之象]'을 얻었다.

清勁不減高岑.

一結得象外之象.

917　劉谷(유곡) : 당대 말기 시인으로 이영과 시를 주고 받았다.
918　郵亭(우정) : 역참의 관사.
919　候火(후화) : 손님을 맞이하는 불빛.

친구를 보내며 지은 송별시이다. 전반부는 주로 떠나는 장소 주위의 풍광을 썼고, 제5, 6구는 여로에 대한 관심을, 말미에선 내가 상대를 생각하듯 상대도 나를 생각하리란 예상을 썼다. 석별에 두 사람이 서로를 생각하는 정이 깊다.

이빈李頻 1수

湘中送友人⁹²⁰　　　　상수에서 친구를 보내며

　中流欲暮見湘煙,　　　강물이 저물어가니 상수湘水에 안개가 퍼지고

　岸葦無窮接楚天.　　　강기슭의 끝없는 갈대는 초 지방 하늘과 잇
　　　　　　　　　　　닿았다.

　去雁遠衝雲夢雪,⁹²¹　떠나는 기러기 멀리 운몽택의 눈발을 뚫고

　離人獨上洞庭船.　　　헤어지는 사람 홀로 동정호 가는 배에 오른다.

　風波盡日依山轉,　　　풍파는 진종일 산을 따라 돌고

　星漢通霄向水懸.　　　은하수는 밤새 강물에 걸려 있으리.

　零落梅花過殘臘,⁹²²　연말이 지나면 매화꽃 날리니

920　湘中(상중) : 상수(湘水) 일대. 지금의 호남성.
921　雲夢(운몽) : 운몽택. 대략 호북성 중부의 장강 남북을 포괄한다.
922　殘臘(잔랍) : 납월(臘月, 음력 12월) 말미.

故園歸去又新年.　　　　그대 고향에 닿으면 새해가 되리라.

【왕평】

운율이 조화를 이루며 잡스럽지 않다.

成響不雜.

【해설】

연말에 상수에서 친구와 헤어지며 쓴 시이다. 기상이 활달하며 시원스럽다. 제3구에서 북쪽으로 날아가는 기러기로 동정호로 가는 친구를 형상화하였다. 말미에서는 고향에 가지 못하는 시인의 쓸쓸함이 깔려있다.

피일휴皮日休 1수

西塞山泊漁家[923]　　　　서새산에서 어부의 집에 배를 대고

白綸巾下髮如絲,[924]　　　　흰 윤건 아래 머리카락은 실처럼 희어

靜倚楓根坐釣磯.　　　　단풍나무 뿌리에 조용히 기대어 낚시한다.

923　西塞山(서새산) : 호주(湖州)에 있는 산. 호북성 대야현(大冶縣)에 있는 같은 이름의 산과 다르다.
924　綸巾(윤건) : 굵은 청색 실로 짠 두건의 일종.
　　髮如絲(발여사) : 머리카락이 실과 같다. 여기서는 백발을 가리킨다.

中婦桑村挑葉去,[925]　　며느리는 뽕나무 마을에서 뽕잎을 짊어지고 오고

小兒沙市買簑歸.　　아이는 모랫가 저자에서 도롱이를 사 온다.

雨來蓴菜流船滑,[926]　　비가 오면 뱃머리에서 미끄러지는 순채

春後鱸魚墜釣肥.　　봄이 지나면 낚시에 걸리는 살 오른 농어.

西塞山前終日客,　　서새산 앞 종일 머문 나그네

隔波相羨盡依依.[927]　　물결 너머에서 부러워하며 차마 떠나지 못한다.

【왕평】

경쾌하고 아름다우며, 구양수와 매요신의 선구라 할 만하다. 그러나 풍골이 강건하고 상쾌하여 그들이 미칠 바가 아니다.

피일휴와 육구몽이 창화한 『송릉집松陵集』의 시들도 빛나 다른 작품들과 절로 다르다. 심혈을 기울여 만든 가구佳句들은 참으로 숨길 수 없다. 마치 천태산과 안탕산이 본래 태산과 화산과 품계를 다툴 생각이 없는 것과 같다. 여기서 모두 기록할 겨를이 없을 뿐이지, 시법에 있어 허물이 있어서가 아니다.

輕好殆爲歐梅先驅, 而風骨健利, 非彼所及.

925　中婦(중부) : 둘째 아들의 처. 둘째 며느리.
926　蓴菜(순채) : 순채. 순나물. 다년생 수초로 잎은 국을 만들어 먹을 수 있다.
927　相羨(상선) : 부러워하다. 상(相)자는 대상을 표시할 뿐 뜻을 새기지 않는 허사(虛辭)이다.

皮陸松陵唱和詩, 奕奕自別, 巧心佳句, 誠不可掩. 如天台雁宕, 自不欲與
岱華競品目. 玆不暇錄, 非謂以法受過也.

【해설】

경쾌하고 서정적인 필치로 어부의 한가하고 여유있는 생활을 그리
고 부러워하는 마음을 나타냈다. 순채와 농어를 써서 장한張翰의 자족自
足을 은연중에 환기하고 있다.

육구몽陸龜蒙 2수

別墅懷歸   별장에서 고향에 돌아갈 생각하며

水國初冬和暖天,   어촌의 초겨울이 온화한 날씨라

南榮方好背陽眠.928   남향 처마가 마침 좋아 등을 쬐며 잠든다.

題詩朝憶復暮憶,   시를 쓰며 아침에도 저녁에도 생각하고

見月上弦還下弦.   달을 보면 상현 때도 하현 때도 생각한다.

遙爲晚花吟白菊,929   멀리 있는 늦게 핀 흰 국화를 보고 읊고

近炊香稻識紅蓮.930   가까이 지은 밥 냄새가 홍련미紅蓮米인 줄 알

---

928 南榮(남영) : 방의 남쪽 처마. (榮)은 처마 양쪽이 솟구친 부분.
    背陽(배양) : 등에 햇빛을 쬐다.
929 晚花(만화) : 늦게 핀 꽃. 국화를 가리킨다.
930 紅蓮(홍련) : 올벼의 일종. 쌀알이 굵고 밥맛이 향기롭다.

何人授我黃金百,

買取蘇君負郭田.[931]

겠다.

어느 누가 나에게 황금 백냥을 준다면

소진이 말한 부곽전負郭田을 사서 고향에 머

물리라.

【왕평】

농담이 들어 있어나 우아한 정취를 나타냈다.

調笑入雅.

【해설】

객지에 살면서 고향을 그리워하였다. 제1, 2구와 제5, 6구를 보면 시인은 그리 어려운 생활을 하는 게 아니지만, 그래도 고향이 지극히 그리워 제3, 4구에서 보듯 밤낮으로 생각하고 해와 달이 가도록 그리워함을 알 수 있다. 말미에서는 해학적인 어조로 마무리하였다.

---

931 蘇君(소군) : 전국시대 소진(蘇秦)을 가리킨다.
　　負郭田(부곽전) : 성벽 옆의 좋은 밭. 소진은 "만약 나에게 낙양 성곽 주변의 밭 두 마지기만 있었더라면, 내가 어찌 여섯 나라 재상의 관인을 찰 수 있었겠소?(且使我有雒陽負郭田二頃, 吾豈能佩六國相印乎?)"라 말했다. 『사기』「소진열전」참조. 여기서는 자신이 만약 부곽전이 있다면 고향에서 살지 객지를 떠돌지 않을 것이란 뜻이다.

小雪後書事[932]　　　　소설이 지난 후 쓰다

時候頻過小雪天,[933]　　　절기가 지나고 지나 소설小雪 무렵이 되었지만

江南寒色未曾偏.[934]　　　강남의 추위는 아직 심하지 않다.

楓汀尙憶逢人別,　　　　단풍나무 물가는 헤어진 사람을 기억나게
　　　　　　　　　　　　하고

麥隴唯應欠雉眠.　　　　보리 밭둑은 잠드는 꿩의 모습을 기다리게
　　　　　　　　　　　　한다.

更擬結茅臨水次,[935]　　　다시 집을 지을 생각에 물가에 이르고

偶因行藥到村前.[936]　　　어쩌다 약성을 발산하러 걷다보면 마을 앞
　　　　　　　　　　　　에 이른다.

鄰翁意緖相安慰,　　　　이웃 노옹은 위안의 뜻으로

多說明年是稔年.[937]　　　내년엔 풍년이 들 거라고 자주 말하네.

【왕평】

아름다운 풍골은 천부적으로 타고났으며, 만물을 접촉할 때마다 좋은 시를 짓는다. 이 시풍을 이어받을 수 있는 사람으로 오직 육유陸游뿐

932　小雪(소설) : 24절기 가운데 하나. 보통 양력 11월 22일이나 23일에 해당한다.
933　時候(시후) : 계절. 절후(節候).
　　　頻(빈) : 빠르다.
934　偏(편) : 정도가 심하다.
935　水次(수차) : 물가.
936　行藥(행약) : 약을 복용한 뒤 약성을 발산시키기 위해 천천히 걷는 일.
937　稔年(임년) : 풍년.

으로 그 정수의 십분의 칠을 얻었다.

妍骨天成, 觸物成好, 嗣此音者, 唯陸務觀得其十七.

【해설】

겨울날의 시골 생활의 정경과 흥취를 묘사했다. 중간의 네 구가 특히 뛰어나며, 말미에서 노옹이 풍년을 기원하는 마음으로 마을 사람들의 삶과 바람을 요약하였다.

정곡鄭谷 1수

蜀中 촉 땅에서

馬頭春向鹿頭關,[938] 봄날에 말머리를 녹두관으로 향하니

遠樹平蕪一望閑.[939] 멀리 초목 우거진 들판이 드넓기만 하구나.

雪下文君沽酒市,[940] 눈발 아래 탁문군이 술 팔던 저자가 있고

雲藏李白讀書山.[941] 구름 속에는 이백이 공부하던 산이 있구나.

---

938 鹿頭關(녹두관) : 녹두수(鹿頭戍). 덕양현 북쪽 38리에 소재했다. 『원화군현지』(元和郡縣志)』 권31 참조.

939 平蕪(평무) : 초목이 무성한 들판.
　　閑(한) : 평탄하고 넓다.

940 文君沽酒(문군고주) : 탁문군이 술을 팔다. 서한 때 탁문군은 부친이 사마상여와의 결혼을 반대하자 성도로 도피 행각을 벌였다가 다시 고향 임공에 돌아가 술집을 열고 직접 술청에 앉아 술을 팔았다.

941 李白讀書山(이백독서산) : 이백이 젊었을 때 공부했던 곳. 창명(彰明, 지금의 강

江樓客恨黃梅後,[942]　　강가 누대에선 나그네가 납매가 진 후에 왔음을 아쉬워하고

村落人歌紫芋間.[943]　　마을에선 사람들이 토란밭 사이에서 노래한다.

堤月橋燈好時景,　　둑 위에 달이 뜨고 다리에 등불 걸린 좋은 때에

漢庭無事不征蠻.[944]　　한나라 조정은 편안하여 남만 정벌도 없어라.

【왕평】

전편이 균형 잡혀 있으면서 속되지 않으니, 정곡의 장점이 이 작품에 있다. 그가 지은 「자고새」와 「해당화」는 속인의 귀에 즐거울 따름이다.

勻好不入俗, 都官之長止此矣. 鷓鴣海棠, 取悅里耳而已.

【해설】

성도 부근의 명승지를 노래했다. 정곡은 880년광명1 12월 장안을 떠나 다음해 가을에 흥주興州에 머물다가 882년중화2 또는 883년에 성도

　　유)의 대광산(大匡山)을 가리킨다.

942 黃梅(황매) : 여기서는 납매(臘梅)로 보인다.

943 紫芋(자우) : 토란의 일종. 속칭 우잉(芋芿) 또는 우두(芋頭)라고 한다.

944 漢庭(한정) : 한나라 조정. 여기서는 당나라 조정을 가리킨다.

　　征蠻(정만) : 당나라의 남만에 대한 정벌. 남조(南詔)가 863년(함통 4) 12월과 870년(함통 11) 2월 두 차례에 걸쳐 성도를 공격하자 당군이 격퇴한 일을 가리킨다. 『자치통감』 권250~252 참조.

에 들어간 것으로 보인다. 884년부터 촉 땅에 난리가 시작되기에, 바로 그 전이라 아직 어조가 밝은 편이다. 3수 가운데 제1수이다.

오융吳融 2수

春歸次金陵[945] 봄에 돌아가다 금릉에 머물며

春陰漠漠覆江城,[946] 봄 구름이 아득히 강가의 성읍을 덮고

南國歸橈趁晚程. 남으로 돌아가는 배는 밤을 도와 가노라.

水上驛流初過雨, 강가의 역참에 빗줄기 막 지나가고

樹籠堤處不離鶯. 둑을 덮은 나무에 꾀꼬리들 떠나지 않는구나.

迹疎冠蓋兼無夢,[947] 벼슬과 인연이 멀어 꿈에도 생각지 않았으니

地近鄕園自有情. 고향이 가까우니 절로 정이 생겨나는구나.

更被東風動離思, 더구나 동풍이 불면 고향 떠난 그리움이 더해지니

楊花千里雪中行.[948] 천리에 휘날리는 버들개지 그 눈발 속을 가노라.

---

945 金陵(금릉) : 지금의 남경시.
946 春陰(춘음) : 봄철에 하늘이 흐릴 때의 어두운 기운.
　　漠漠(막막) : 흐릿한 모양.
947 冠蓋(관개) : 관과 차개. 관리의 복장과 탈것. 벼슬을 가리킨다.
948 楊花(양화) : 버들개지.

좋은 구가 많아 훌륭하다.

佳句好.

뱃길로 고향 가는 길에 남경에서 지은 시이다. 시인의 고향은 월주 산음山陰, 절강 소흥시으로 북방에서 남경에 이르면 이미 강남의 문화권이라 멀지 않는 기분이 든다. 고향에 대한 생각으로 밤을 도와 가는 나그네의 들뜬 기분이 봄의 풍경으로 펼쳐졌다.

卽事[949]	보이는 대로
抵鵲山前雲掩扉,[950]	저작산 앞 구름이 사립문을 가리면
便甘終老脫朝衣.[951]	늙도록 관복을 벗고 여기 살아도 좋아라.
曉窺淸鏡千峰入,	새벽에 거울 보면 천 개의 봉우리 들어오고
暮倚長松獨鶴歸.	저녁에 장송에 기대면 학 한 마리 돌아온다.
雲裏引來泉脈細,[952]	구름 아래에서 가느다란 우물을 끌어오고
雨中移得藥苗肥.	빗속에서 잘 자란 약초를 옮겨 심는다.

---

949 卽事(즉사) : 눈앞의 사물이나 일을 제재로 한 시. 시 제목에 습관적으로 붙이는 경우가 많다.
950 抵鵲山(저작산) : 형주에 소재한 산.
951 脫朝衣(탈조의) : 조복을 벗다. 관직을 그만 두고 은거하다.
952 泉脈(천맥) : 땅속에 흐르는 샘물의 길.

何須一箸鱸魚膾,[953]　　　어찌 한 젓가락 농어회 때문에

始挂孤帆問釣磯!　　　쪽배에 돛 달고 낚시터를 찾으랴!

【왕평】

뜻이 있다.

有意.

【해설】

은일의 즐거움을 노래하였다. 오융이 시어사로 있다가 형남에 폄적되었던 895년 반관반은半官半隱 생활을 할 때 지었다. 중간 4구는 물론 말미도 소탈한 은일의 정취를 경쾌하게 잘 나타내었다.

왕부지에게 있어 뜻[意]은 시인이 의식적으로 추구하는 주제나 정취가 아니라, 감흥이 일어나 자연스럽게 흘러나오는 자발성을 의미한다. 물론 "당대 시인들은 뜻[意]으로 고시를 짓고, 송대 시인들은 뜻[意]으로 율시와 절구를 지었기에 시가 마침내 사라졌다唐人以意爲古詩, 宋人以意爲律詩, 絶句 , 而詩遂亡"『명시평선』고 했을 때의 뜻[意]처럼 의식적이고 목적성이 있는 뜻[意]의 의미로도 사용했다. 다 같이 뜻[意]이라고 썼지만 문맥에 따라 그 의미는 전혀 다르다. 이 시의 평어에서 '뜻이 있다'는 것은 전

953　何須(하수) 구 : 장한(張翰)이 가을바람이 불 때 농어회가 먹고 싶어 낙양의 벼슬을 그만 두고 강남의 고향으로 돌아간 일을 환기한다. 여기서는 풍경이 아름다워 고향과 다름없으니 굳이 장한처럼 농어회를 생각하며 떠날 필요가 없다는 뜻을 나타내었다.

자의 의미로, 작품을 일관되게 유지하고 자연스럽게 균형을 잡는 시인
의 자발적인 정서를 의미한다.

한악韓偓 1수

傷亂   난리를 슬퍼함

岸上花根總倒垂,   강기슭에선 꽃 뿌리가 모두 거꾸로 매달려

水中花影幾千枝.   물속에 비친 꽃 그림자 수천 가지라네.

一枝一影寒山裏,   차가운 산속에선 가지마다 그림자를 하나씩
드리웠으니

野水野花淸露時.   강물과 들꽃이 맑은 이슬 속에 있다네.

故國幾年猶戰鬪,   나라는 몇 해 동안 아직도 전쟁이라

異鄕終日見旌旗.[954]   타향에서 날마다 병사들의 깃발을 본다.

交親流落身羸病,[955]   친구들은 흩어지고 내 몸은 병들었으니

誰在誰亡兩不知.   누가 살아있고 누가 죽었는지 서로 알 수 없
어라.

---

954 旌旗(정기) : 깃발. 여기서는 군기(軍旗).
955 交親(교친) : 친구.

【왕평】

‘흥興’과 ‘부賦’가 어지럽지 않다.

이몽양李夢陽의 시 가운데 “강물에 비친 꽃마다 모두 둘씩 짝을 이루어 비친다江花朵朵照成雙.”가 있는데, 양신楊愼이 절창이라 탄복했지만 이 작품이 먼저임을 알지 못한 탓이다.

興賦不亂.

李獻吉有“江花朵朵照成雙”之句, 楊用修歎爲絶唱, 不知此已先得之.

【해설】

당대 말기 극심한 사회 혼란 슬퍼하였다. 특히 903년천복3 소종昭宗의 복위 실패와 주전충朱全忠의 조정 장악으로 당나라는 풍전등화였다. 제6구의 “타향에서 날마다 병사들의 깃발을 본다”는 한악이 중서사인으로 있으면서 주전충朱全忠에 의지하기를 거부한 탓에 폄적되어 복건福建 지역을 떠돌 때 직접 겪은 일을 서술한 것으로 보인다.

왕부지는 ‘흥興’과 ‘부賦’의 운용이 질서정연하다고 평하였다. 전반 네 구는 ‘흥’의 기법으로, 후반 네 구는 ‘부’의 기법으로 직서하면서 선명하게 구분된다. 제1구에서 “강기슭에선 꽃 뿌리가 모두 거꾸로 매달려” 있다는 것으로 ‘흥興’을 일으켜 목숨이 위태로운 백성의 처지를 암시하였다. 이에 반해 산속에 있는 꽃들은 맑은 이슬 속에 있기에 은거하는 사람의 삶을 대조적으로 비유하는 듯하다.

위장韋莊 1수

<table>
<tr><td>綏州作⁹⁵⁶</td><td>수주에서 지음</td></tr>
</table>

雕陰無樹水南流,[957]	수주는 나무가 없고 강물은 남으로 흐르는데
雉堞連雲古帝州.[958]	구름과 잇닿은 성벽은 옛 황제黃帝의 고을 답다.
帶雨晚駝鳴遠戍,	저녁 비에 낙타 울음이 먼 수자리에서 들려오고
望鄕孤客倚高樓.	고향을 그리는 외로운 나그네 높은 누대에 기댄다.
明妃去日花應笑,[959]	왕소군 떠나던 날 꽃들은 웃었을 터이고
蔡琰歸時鬢已秋.[960]	채염이 돌아올 때는 귀밑머리 이미 세었으리.
一曲單于暮烽起,[961]	한 곡조 '선우'가 저녁 봉화대에 일어나는데

956 綏州(수주) : 치소는 지금의 섬서성 수덕현(綏德縣) 서남.
957 雕陰(조음) : 수주(綏州). 수나라 초기에 수주를 조음군(雕陰郡)이라 개명했다. 조산(雕山)의 북쪽에 있어 조음이라 했다.
958 雉堞(치첩) : 성 위의 여장. 성벽을 가리킨다.
　古帝州(고제주) : 고제(古帝)의 고을. 전설에 나오는 황제(黃帝)의 무덤이 성남 교산(橋山)에 있다.
959 明妃(명비) : 서한의 왕소군(王昭君). 본명은 왕장(王嬙). 소군(昭君)은 자(字)였는데 서진 때 사마소(司馬昭)의 이름을 피휘하기 위해 명군(明君)이라 했고, 이로부터 명비(明妃)라고도 칭했다.
960 蔡琰(채염) : 동한 말기 채옹(蔡邕)의 딸. 초평(初平) 연간(190~193)에 흉노의 포로로 끌려가 12년간 살면서 두 아들을 낳았다. 조조(曹操)가 채옹의 후사가 없음을 걱정하여 흉노에 사신을 파견하여 재물을 주고 데려왔다.
961 單于(선우) : 악곡 이름. 「대선우」와 「소선우」 등의 곡이 있다.

扶蘇城上月如鉤.[962]　　부소성 위에 뜬 달은 갈고리 같아라.

【왕평】

경쾌하고 준수하지만 경박하지 않다.

輕俊不佻.

【해설】

섬서성의 북방에 있는 황량한 수주에 대해 읊었다. 제3, 4구는 변방에 나간 시인의 고적감을 표현하였고, 제5, 6구는 왕소군과 채염을 통해 자신의 불우를 토로하였다. 제5구에서 '꽃들이 웃었을 터'는 봄날의 꽃들이 피어 만발한데 이와 어울리지 않게 황막한 곳으로 떠난다는 뜻을 말하였다. 말미에서는 음악과 달로 나그네의 상심을 나타내었다.

---

962 扶蘇城(부소성) : 진(秦)의 상군성(上郡城). 진시황의 태자 부소(扶蘇)가 군사를 감독한 곳이다. 수주는 742년 상군(上郡)으로 개명하였다.

요광도廖匡圖 1수

九日陪董內召登高[963]

중양절에 동 내소를 모시고 높은 곳에 오르다

祝融峰下逢嘉節,[964]	축융봉 아래에서 명절을 맞아
相對那能不愴神.[965]	서로 마주하니 어찌 슬프지 않으랴!
煙裏共尋幽澗菊,	안개 속에 함께 깊은 계곡의 국화를 찾으나
樽前俱是異鄉人.	술잔 앞에선 모두가 고향 떠나온 사람들이라.
遙山帶日應連越,[966]	해가 있는 먼 산은 응당 남월 땅으로 이어지려니
孤雁來時想別秦.[967]	외로운 기러기 날아올 땐 떠나온 진 땅을 생각하네.
自古登高盡惆悵,	예부터 중양절에 높은 곳 오르면 늘 시름이 생겼으니
茱萸休笑淚盈巾.	수유 꽂은 그대들은 내 수건이 눈물에 젖었다고 비웃지 말게.

---

963 董內召(동내소) : 미상.
964 祝融峰(축융봉) : 남악(南嶽) 형산(衡山)의 주봉. 지금의 호남성 형양시 남악구(南嶽區)에 소재.
965 愴神(창신) : 슬퍼하다.
966 連越(연월) : 남월 땅과 이어지다.
967 別秦(별진) : 진 땅을 떠나다. 중원을 떠나다.

【왕평】

의경이 드높아 절로 높은 운치가 있다.

제5, 6구는 광막한 경계를 묘사하였는데, 문구로 억지로 꾸며서 '경'을 만들고 '정'을 만든 것이 아니니, 진정한 시인이라면 어찌 마땅히 이렇게 읊지 않을 수 있겠는가?

掀擧自有高韻.

五六寫入沈寥, 非從言句作景作情, 吟客詎不宜爾邪?

【해설】

중양절에 등고한 감회를 썼다. 요광도는 당나라가 망한 후 오대십국 시기에 호남으로 내려가 남초南楚를 개국한 마은馬殷 아래에서 강남관찰판관을 지냈으며 제3대 마희범馬希范 아래에서 십팔학사 가운데 한 사람이 되었다. 난세가 되어 중원에서 내려온 사람들이 남악에 오르는 감회가 처연하지 않을 수 없음을 잘 형상화하였다.

담용지譚用之 1수

再遊韋曲山寺⁹⁶⁸ 다시 위곡의 산사에서 놀며

鵲巖煙斷玉巢攲,⁹⁶⁹ 작암에 안개가 개이니 새 둥지가 기울어 있고

罨畵春塘太白低.⁹⁷⁰ 그림 같은 봄 연못에 태백성이 낮게 드리웠다.

馬踏翠開垂柳寺, 말이 풀을 밟고 열어가는 버들 늘어진 절

人耕紅破落花蹊. 농부가 밭 갈며 헤쳐가는 꽃 덮인 오솔길.

千年勝概咸原上,⁹⁷¹ 함양의 들판은 천년의 경승지인데

幾代荒涼繡嶺西.⁹⁷² 수령궁 서쪽은 얼마나 오래 황량했던가.

碧吐紅芳舊行處, 푸른 잎이 붉은 꽃을 토해내는 예 놀던 곳

豈堪回首草萋萋. 차마 고개 돌려 무성해진 풀을 볼 수 없구나.

【왕평】

정교하게 조탁한 곳과 다소 거칠게 쓴 곳이 모두 적절하니, 이러한 적절함은 시인의 재능에 달려 있다.

琢率皆適, 適者存乎詩才.

968　韋曲(위곡)：위곡진(韋曲鎭). 지금의 서안시 장안구(長安區)에 소재했던 지명. 위씨들이 모여 사는 곳이어서 이름 붙여졌다.
969　鵲巖(작암)：위곡산에 있는 바위 이름.
970　罨畵(엄화)：색이 선명한 그림.
　　太白(태백)：태백성.
971　咸原(함원)：함양원(咸陽原). 함양과 장안 일대를 가리킨다.
972　繡嶺(수령)：수령궁(繡嶺宮). 당 현종이 건립한 궁으로, 장안 동남 여산(驪山) 위에 있다.

【해설】

　위곡의 산사를 유람하며 번성했던 시절을 회고하였다. 제2구에서 "태백성이 낮아졌다"고 한 것은 전란이 멈추어졌음을 환기하는 것으로 보인다. 당나라가 망한 후 황량해진 도성의 모습에 아랑곳하지 않고 우거진 풀과 꽃만이 변함없이 찬란하다. 비록 왕조의 몰락과 전란으로 황폐해진 경상을 말하지 않고 있어도 시대의 격절감과 회고의 감정이 무한하다.

　왕부지는 이 시에서 정교한 조탁雕琢과 초솔草率한 표현이 공존하는 점에 주목하였다. 조탁이 가장 뚜렷한 부분은 제3, 4구로, 翠開와 紅破의 구법을 통해 시인의 시선과 대상이 중첩되며, 시점의 이동에 따른 시각적 효과가 강하게 드러냈다. 또한 제1구의 玉巢敧, 제2구의 罨畫春塘, 제7구의 碧吐紅芳 역시 정교한 수사가 보인다. 이에 비해 제5, 6구는 장구한 시간을 배경으로 장엄과 쇠퇴를 단숨에 그려낸 초솔한 묘사이다. 또한 제8구는 익숙한 반어적 표현을 사용하여 과거와 현재를 대비시키며, 흥망성쇠에 대한 감회를 선명하게 드러냈다. 이러한 조탁雕琢과 초솔草率은 각각 지나치지 않는 균형을 유지하면서도, 동시에 한 편의 시 안에서도 조화를 이룬다. 즉 자연 묘사에서는 비교적 정교한 표현을, 감정 표현에서는 소박한 어조를 사용함으로써, 표현 방식의 변화가 적절하게 작용하여 작품의 균형을 유지하고 있다. 특히 전반부와 후반부가 조탁과 초솔로 단절되지 않도록, 제7구에 碧吐紅芳이라는 다소 정교한 표현을 배치한 점도 매우 뛰어나다.

석영철釋靈徹 1수

送鑒供奉歸蜀寧親⁹⁷³

촉 땅으로 부모님을 뵈러가는 감 공봉을 보내며

林間出定戀庭闈,⁹⁷⁴	숲속에서 수행을 마치니 부모님이 그리워
聖主恩深暫許歸.	성은이 깊으셔서 잠시 귀가를 허락하셨다.
雙樹欲辭金錫冷,⁹⁷⁵	사라쌍수의 땅을 떠나려니 석장이 차갑고
四花猶向玉階飛.⁹⁷⁶	네 가지 꽃은 아직도 옥 섬돌에 날린다.
梁山拂漢分淸境,⁹⁷⁷	검각산이 은하수에 닿아있어 맑은 땅을 나누고
蜀雪和煙惹翠微.	촉 땅의 눈이 안개와 섞이어 산 중턱에 어려 있으리.
此去不須求彩服,	이번에 가시면 오색 옷을 구할 필요 없으니

973 鑒供奉(감공봉) : 황제 옆에서 일하는 승려로 이름은 감(鑒)이다. 그밖의 사항은
미상.
寧親(녕친) : 성친(省親).
974 出定(출정) : 좌선에 들어간 입정(入定)을 끝냄.
庭闈(정위) : 부모가 사는 곳. 여기서는 부모. 서진(西晉) 속석(束晳)의 「보망시
(補亡詩)」에 "부모님 계신 뜰과 문이 그리워, 마음이 편안할 겨를이 없어라(眷戀
庭闈, 心不遑安)"는 구절이 있다.
975 雙樹(쌍수) : 사라쌍수(沙羅雙樹). 부처가 입적한 곳.
金錫(금석) : 석장.
976 四花(사화) : 불경에서 말하는 법화(法華)의 육서(六瑞) 가운데 우화서(雨花瑞)
의 네 가지 꽃인 만다라화(曼陀羅花), 마하만다라화(摩訶曼陀羅花), 만수사화
(曼殊沙花), 마하만수사화(摩訶曼殊沙花).
977 梁山(양산) : 검문산(劍門山). 지금의 사천성 북부에 소재.

紫衣全勝老萊衣.[978]　　　자주색 가사가 노래자의 옷보다 훨씬 나으
리라.

【왕평】

승려의 시는 성성이 소리 같고 여성의 시는 앵무새 소리 같다. 둘 다
사람에게 영합해 말을 배우지만, 대체로 각자의 기질에서 크게 벗어나
지 못한다. 이 작품은 준수한 기풍을 잃지 않아, 이야李冶의 「한 교서에
게 부침」과 함께 수록한다.

僧詩如猩猩, 女郞詩如鸚鵡, 曲學人語, 大都不離其氣類. 此作英英鬚眉未
墜, 與李季蘭「寄韓校書」[979]詩雙存之.

【해설】

촉 땅으로 가는 스님을 보내며 지은 송별시이다. 떠나는 동기, 떠날
때의 상황, 촉 땅의 풍광을 차례로 서술하고, 말미에서 첫 구의 '부모
님이 그리워'와 연결지어 이번의 출행이 효성에서 나왔음을 밝혔다.
정연한 구성으로 이루어진 한 편의 짧은 시 속에 감 공봉의 인생이 오
롯이 요약되었다.

---

978 紫衣(자의) : 자주색 가사. 조정에서 특별히 하사한 승복.
　　老萊衣(노래의) : 노래자(老萊子)의 색동옷. 춘추시대 초나라의 노래자는 나이
　　일흔이 되어도 오색 색동옷을 입고 어린아이 짓을 하며 부모를 기쁘게 했다.
979 寄韓校書(기한교서) : 앞에 실린 「교서랑 일곱째 오빠에게 부침(寄校書七兄)」을
　　가리킨다.

　　왕부지는 영철의 시를 높이 평가하는 가운데, 승려와 여성의 시에 대한 전반적인 평가를 제시하였다. "승려의 시는 성성이의 소리와 같다"는 비유는 마치 유인원의 울부짖음처럼 소박하고 다듬어지지 않은 특성을 가리키는 것으로 보인다. 반면 "여성의 시는 앵무새 소리와 같다"는 표현은 표면적으로는 화려하고 모방하는 능력이 뛰어나지만, 내재된 독창성이나 정신적 풍모는 부족하다는 뜻으로 보인다. 여기에는 상당한 폄의貶義가 들어가 있다. 이에 비해 영철과 이야의 작품은 그러한 한계에서 벗어났다고 평가하였다. 중국 고대 비평가들이 대체로 완곡하고 신중한 표현을 사용하는 것과 달리, 왕부지는 기존 권위나 관습에 구애받지 않고 직설적이며 거리낌 없는 어조로 자신의 견해를 표출했다. 비록 그가 비평가의 태도에 대해 직접적으로 논한 적은 없지만, 그의 평어를 종합해보면 일관된 비평 관점과 기준을 바탕으로 독자적인 심미적 식견과 명확한 판단을 제시한 사실을 알 수 있다. 그의 비평에는 문파門派의 속박이 없고 막연한 고인 존중과 같은 선입견이 적다. 그의 독특하고 날카로운 비평적 어조는 바로 이러한 비평의 독립에서 비롯된 것으로 보인다.

당시평선 전체 차례

1 ——

해설　　30

권1 악부가행

2 ——

권2 오언고시

3 ——

권3 오언율시

부록 오언배율

4 ——

권4 칠언율시